Poupées brisées

Du même auteur
dans la même collection

L'Enfant du silence (nº 207)
Le Visage de paille (nº 265)
Oiseau de lune (nº 334)

Abigail Padgett

Poupées brisées

Traduit de l'anglais (États-Unis)
par Danièle et Pierre Bondil

Collection dirigée par
François Guérif

Rivages/noir

Titre original : *The Dollmaker's Daughters*

106, bd Saint-Germain – 75006 Paris

ISBN : 2-7436-0937-0
ISSN : 0764-7786

À mon fils, Brian

PROLOGUE

Au début, personne n'avait remarqué la poupée. C'était un poupon auquel il manquait un œil, emmailloté de dentelle noire déchirée d'où pendait, inerte, un bras en porcelaine ébréchée. Sur la terrasse embrumée du Goblin Market, ce jouet étrange se trouvait dissimulé par les ombres aux effluves salés et par les plis de la robe en satin noir de l'adolescente. Personne ne pouvait voir que le poupon était relié par une chaîne à un bracelet en cuir qui entourait le poignet de la jeune fille, ni qu'une autre chaîne remontait sous les petits boutons noirs de son corsage jusqu'à un collier à clous chromés qui lui enserrait le cou. De même que personne, au début, n'avait perçu que ses yeux étaient vides, comme si elle avait, elle aussi, été moulée en biscuit de porcelaine, et mise au rebut avant l'ajout des délicates nuances de peinture qui créent l'illusion de la vie.

Nombreux étaient ceux qui, dans cette assemblée, portaient de tels ornements qui leur bridaient le cou ou les poignets, des corsets, des vestes ou des bottes en cuir noir. Comme le voulait la coutume, la plupart des participantes et beaucoup de participants avaient les yeux bordés de khôl noir et se dévisageaient en toute courtoisie. Leurs lèvres étaient peintes d'un ton rouge bleuté, la couleur du sang privé d'oxygène qui coule des veines plutôt que des artères. Certains exhibaient des canines pointues en acrylique qui tintaient contre les chopes en métal dans lesquelles, au Goblin Market, on servait boissons et café exotique. Tous étaient vêtus de noir. C'étaient des Gothiques, des curiosités même dans le monde souterrain nocturne d'une génération impossible à étiqueter que ses aînés appelaient simplement « X ».

– Bonsoir, Fianna, lança près de la porte latérale du club un garçon de dix-huit ans portant poignets en dentelle et pourpoint en cuir. Où est Bran ?

La jeune fille ne lui répondant pas, il regagna la piste de danse, à l'intérieur, où une poignée de personnes en vêtements noirs bougeaient aux sons d'une musique lancinante jouée sur un mode mineur. Dehors, le fracas des vagues ajoutait sa pulsation lente et hypnotique, garantissant la constante popularité dont jouissait le Goblin Market parmi les endroits que fréquentaient les Gothiques de San Diego.

On était en décembre, et les brouillards de la plage flottaient en filaments fantomatiques au ras du sable, créant à partir de minuit des enfers changeants où les Gothiques pouvaient s'imaginer perdus dans le temps. À une heure du matin, quand la foule qui envahissait le club en semaine était la plus dense, rien d'autre n'était visible au-delà des portes du Goblin Market qu'un linceul de brume, percé de halos de lumière qui bordaient la rue côté terre. Ce fut à ce moment que le garçon en pourpoint se souvint de la fille nommée Fianna et qu'il alla à sa recherche sur la terrasse. Cinq secondes après, le cri qu'il poussa déchira le brouillard comme un coupe-verre.

Elle était allongée, recroquevillée sur un banc patiné par les intempéries, sous les frondes mortes et parcheminées d'un palmier dattier, les yeux grands ouverts, fixant le néant. Mais le garçon en pourpoint jura par la suite que, lorsqu'il avait touché son épaule, le poupon avait bougé dans ses langes de dentelle. Il jura que sa tête était retombée comme celle d'un vrai nouveau-né et que son œil unique brillait de douleur.

1

Bo Bradley se réveilla dans des sueurs froides et s'aventura à déplier de vingt centimètres l'une de ses longues jambes. Elle glissa agréablement entre des épaisseurs de tissu doux qui se révéleraient presque à coup sûr être des draps en flanelle. Vert forêt, semés d'un imprimé de minuscules rennes au nez rouge. Elle se souvint qu'elle les avait achetés deux jours plus tôt, coup de cœur de dernière minute pour décorer la maison en cette période de Noël. La présence de ses jambes dans ce tissu était, se dit-elle, un signe assez fiable qu'elle pouvait probablement ouvrir les yeux en toute sécurité. Elle se trouvait bel et bien dans son propre appartement en bord de mer, et dans son propre lit. L'autre endroit, c'était un rêve. Enfin, peut-être.

Faire des rêves bizarres n'avait rien d'inhabituel. Elle en faisait depuis l'enfance, c'était un aspect maîtrisable de la chimie instable de son cerveau, léguée par des générations de poètes, de musiciens, d'artistes et autres excentriques irlandais de moindre envergure atteints de folie. Névrose maniaco-dépressive. Mais maintenant, les rêves étaient jugulés par des médicaments, ainsi que par la longue expérience de la rêveuse âgée de quarante et un ans. Alors, s'interrogea-t-elle en tremblant, d'où lui était venue cette effroyable horreur ?

Ce qu'elle vit en ouvrant prudemment un œil confirma l'estimation qu'avait fournie sa jambe. Les murs et les meubles familiers étaient là, bien réels sous le voile de pénombre. Sur sa couche en laine d'agneau posée par terre, Molly, sa toute jeune teckel, ronflait doucement. Tout était normal. Tout sauf le rêve.

C'était un de ces rêves que Bo considérait comme venu d'ailleurs, et non émergeant du système de symboles qu'avait organisé son esprit pour le plaisir, à partir des innombrables détails tirés de son vécu. Ce rêve-là, pensa-t-elle en cherchant par terre du pied gauche les mules en tatou qu'elle avait envoyées au sol quelques heures plus tôt, ce rêve-là venait d'ailleurs. Pas d'elle. Rien de ce qui le constituait ne lui paraissait connu. Pas même ce sentiment d'effroi presque maniaque.

Le rêve lui avait montré une pièce froide et sans fenêtre remplie de sons métalliques haletants. Des sons mécaniques. Répétitifs et dépourvus de sens. Et la pièce était une sorte de piège, ou de prison, ou un lieu d'exil rempli de douleur et de colère, et d'une épouvantable impression d'attentc. Ccla ressemblait à une station de métro depuis longtemps abandonnée où aucun train n'était venu depuis des années, alors qu'on en attend encore un, qui sera le dernier, et ne transportera rien de vivant.

« La Station des Morts », tel fut le titre que Bo donna au tableau que son cerveau s'activait à créer à partir de l'image mentale évanescente. Tout en angles gris, avec des zones envahies de champignons, un univers industriel, la désespérance. Et en bas, courant d'un coin à l'autre, des rails vides, et une unique lumière rouge luisant faiblement dans les ténèbres. Elle espéra qu'elle aurait oublié le tableau au matin, quand l'envie de préparer une détrempe à l'œuf pourrait s'affirmer irrésistible.

Dans la cuisine miniature de l'appartement, Bo frissonna en se remémorant l'image du rêve et concentra alors son attention sur le moulin à café posé au sommet d'une pile de catalogues sur le comptoir. Un mur de vapeur cotonneuse tourbillonnait derrière la vitre au-dessus de l'évier. Un café lui ferait du bien, se dit-elle. Exactement ce qu'il fallait pour émousser le tranchant d'un événement mental exceptionnellement effrayant qui s'était infiltré avec le brouillard. Seulement, le moulin allait réveiller Molly, et ensuite il faudrait qu'elle s'habille pour sortir la jeune chienne. Descendre pour les petits besoins du chien en plein brouillard de décembre à deux heures et demie du matin…

– Pas question, murmura Bo à l'intention du moulin à café. Je ne sors pas par ce temps-là !

À l'intérieur de son sac à main posé sur le comptoir, elle s'empara d'un briquet et leva la flamme dans la cuisine envahie par l'obscurité.

– Je sais bien que t'es là, Cally, déclara-t-elle en prenant l'accent de sa grand-mère quand elle s'adressait à Caillech Beara, un mythe celte, la personnification de la mort et de la folie. C'est ta saison, là, c'est ta fête qu'arrive, mais, vois, j'ai de la lumière, pour moi et pour la petite chienne. Tu t'en vas rester loin de nous maintenant, Cally. Va garder tes rêves morts là-bas, dans le brouillard, ouste !

Cet exorcisme improvisé était une compilation de faits appris d'une certaine Bridget Mairead O'Reilly, qui avait apporté des sacs de tourbe d'Irlande jusqu'au Cap Cod chaque été, afin que sa première petite fille, et dix ans plus tard la deuxième, puissent connaître la signification de la lumière.

– La vieille Cally, elle déguerpit quand elle voit la flamme, avait-elle expliqué à la petite Bo âgée de quatre ans qui écarquillait les yeux. C'est pour l'empêcher de s'en venir gémir près de nous, c'est pour ça, le feu, et pour assurer la sécurité des vivants, les garder en bonne santé. Rappelle-toi toujours que la flamme, c'est le cœur des vivants, et la lumière de la flamme, tu vois, Cally, elle en veut pas !

Bo tint le briquet levé dans la cuisine jusqu'à ce que son pouce commence à la brûler, puis elle regarda un ovale violet au pourtour vert néon flotter devant ses rétines, là où la flamme avait découpé sa forme. Ce petit rituel était rassurant mais ne fit rien pour apaiser le malaise laissé par le rêve. Le tableau inquiétant, dut admettre Bo avec un soupir, n'était pas une distorsion projetée au niveau de la conscience par des synapses aberrantes, ou des croque-mitaines irlando-écossais. Cette image était bel et bien réelle. Elle ne saurait jamais ce qu'elle était, ni d'où elle était venue, mais elle était réelle.

– Merde ! souffla-t-elle lorsque l'abrupte sonnerie du téléphone la fit sursauter. Vous vous fichez du monde ? prononça-t-elle sans ménagement dans le combiné en plastique beige.

– Bradley, vous êtes debout, fit la voix familière et sonore de l'inspecteur de police Dar Reinert. Tant mieux. J'ai une faveur à vous demander ; vos services vont avoir l'affaire à traiter dès ce matin de toute manière, mais vous, vous aurez une longueur d'avance, d'accord ?

Bo s'évertua à trouver un moyen de définir l'absence totale d'information que contenaient ces paroles. Seul le mot « faveur » était clair, or elle en devait plusieurs à l'inspecteur au caractère bourru qui enquêtait sur des cas de maltraitance infligée à des enfants. Il l'avait aidée un certain nombre de fois à régler des dossiers qui avaient atterri sur son bureau, aux Services de Protection de l'Enfance du comté de San Diego, où elle exerçait elle-même les fonctions d'enquêteur dans des affaires d'enfants maltraités.

– Dar, qu'est-ce que vous racontez ? demanda-t-elle en raclant le bout de l'une de ses mules en tatou sur le sol carrelé. Vous savez qu'il est deux heures et demie du matin ?

De la chambre lui parvint un bruit d'oreilles de teckel qui s'ébroue, lui signalant que Molly se réveillait. Bo s'interrogea pour la millième fois sur une évolution canine qui interdisait l'usage d'un bac à litière. Elle allait devoir s'habiller et escorter Molly dans le brouillard jusqu'à un coin d'herbe soigneusement selectionné.

– Je viens de recevoir chez moi un appel du standard, dit-il en bâillant. Il y a deux policiers en uniforme qui sont là-bas, mais ils ont les jetons. La gamine part à l'hôpital Sainte-Marie en ambulance, sauf s'ils refusent de la prendre. Dans ce cas, j'imagine qu'il faudra qu'elle aille au centre psychiatrique du comté. Un ami à elle dit qu'elle a quinze ans. Est-ce qu'ils les prennent, aux enfants malades, quand ils ont atteint cet âge-là ? Et quand ils sont pas nets ? Les gars en uniforme ne savent pas quoi faire, et ces conneries d'histoires de vampires, ça les panique. Je me suis dit que vous pourriez faire un saut là-bas et m'épargner le déplacement d'un bout à l'autre de la ville, puisque de toute façon, cette affaire va atterrir aux services sociaux d'ici une heure. D'accord ?

Molly était entrée en trottinant dans la cuisine et agitait la queue en regardant Bo d'un air joyeux.

– Dar, il faut que je sorte la chienne, alors dites-moi deux ou trois choses dans l'ordre. Les flics en uniforme sont là-bas, *où* ? *Quelle* gamine est dirigée vers Sainte-Marie ou le centre psychiatrique ? *Quand* cesserez-vous d'utiliser le terme « pas nets » pour désigner n'importe quoi, de la toxicomanie aux coupes de cheveux qui vous déplaisent, et depuis quand croyez-vous aux vampires ?

Le rire de l'inspecteur évoqua aux oreilles de Bo le bruit des bûches projetant de la vapeur d'eau dans un feu ronflant. Une impression de chaleur et de sécurité.

– Je n'y crois pas, dit-il, et ce qui se passe, c'est qu'une gamine prénommée Fianna est tombée en catatonie dans un club qui se trouve à deux rues de chez vous. Ils ont cru qu'elle était morte. Le directeur de la boîte a appelé le 911, nos hommes sont arrivés en six minutes, mais c'est l'horreur. Le club s'appelle le Goblin Market. C'est un endroit fréquenté par les jeunes qui se prennent pour des vampires, des trucs comme ça. Le standard affirme qu'on n'avait jamais eu d'appel de chez eux avant cet incident. Les flics sur place disent que ça ne ressemble pas à une histoire de drogue, et un jeune en costume de Robin des Bois leur a dit que la fille vit chez une famille d'accueil. C'est un cadeau qui va arriver aux SPE, et ce foutu brouillard est tellement épais qu'il va me falloir une heure pour me rendre là-bas. Qu'est-ce que vous en dites ?

– Je n'ai jamais vu de club du nom de Goblin Market à Ocean Beach, lui répondit Bo, perplexe. Vous êtes sûr que c'est ici, pas à Mission Beach, à Pacific Beach, ou à La Jolla ?

La liste des quartiers correspondant aux différentes plages de San Diego, chacune avec ses propres caractéristiques en termes de résidents, était une source de perpétuelle confusion pour les nouveaux venus. Mais Dar n'avait rien d'un nouveau venu.

– Il s'agit d'un restaurant appelé Chez Delaney, carrément sur la plage. Delaney loue les locaux pour des soirées à ce type qui dirige le club de vampires. Vous devriez sortir davantage le soir.

– C'est ce que je vais faire, acquiesça Bo. Mais uniquement pour vous rendre service, à vous et à ma chienne.

– Faxez-moi votre rapport de votre bureau.

– Ça marche.

Cinq minutes plus tard, Bo coinçait sous son bras gauche le teckel qui gigotait et poussait la porte de son appartement sur un monde rendu menaçant par l'absence de références visuelles. La main sur la rampe de l'escalier extérieur, elle descendit prudemment dans des tourbillons de vapeur pour gagner la rue. Son coin de rue. Le terminus de Naragansett Street et du continent nord-américain. L'aspect théâtral des lieux, avec cette géographie de fin de parcours, avait saisi son imagination quatre ans auparavant, quand elle avait quitté Saint Louis pour prendre l'emploi qui continuait à payer son loyer. Et qui allait l'entraîner dans un nid de vampires.

En adressant un sourire au globe de brume couleur pêche qui enveloppait le haut d'un lampadaire, elle dut reconnaître qu'elle ne voudrait rien changer à cette situation. Les vampires, ça allait être intéressant. Ils lui fourniraient, songea-t-elle, une diversion pour éloigner ce rêve étrange. Les vampires allaient devenir ses alliés dans la bataille quotidienne que livrait son esprit contre l'ennui malgré les médicaments qui le bridaient. Après une courte promenade, sur un ou deux blocs, Molly tira sur sa laisse jaune, gambadant vers les lumières clignotantes rouges et bleues d'une voiture de patrouille de la police de San Diego garée sur le parking public jouxtant le restaurant de plage, que Bo ne connaissait que sous son aspect diurne. La nuit, comprit-elle, c'était quelque chose de radicalement différent.

Au-dessus de l'enseigne « Chez Delaney », la silhouette d'un château découpée dans du contreplaqué noir s'élançait vers le ciel. N'étant pas éclairé, ce décor paraissait réel dans les dérives du brouillard. Bo traversa le parking en longeant la station de sauvetage délaissée en cette saison et sentit Molly se raidir lorsqu'elles atteignirent la plage. La petite chienne n'avait jamais aimé le sable. Bo la prit dans ses bras et s'approcha avec prudence du décor baigné d'un éclairage fantasmagorique.

Les policiers en uniforme dont avait parlé Dar se tenaient sur une terrasse partiellement fermée attenant au petit restaurant, éclairant de leurs lampes torches une jeune fille pâle habillée de noir. Elle était assise toute droite sur un banc, et son regard traversait, comme s'ils n'étaient pas là, les jeunes policiers guindés. Près d'elle, un garçon en pourpoint et chemise à dentelles lui présentait de manière réitérée une chope métallique remplie d'un liquide fumant que Bo imagina être du café, mais l'adolescente ne réagissait pas. Quelque quarante autres silhouettes, toutes vêtues de noir, piétinaient sur place et regardaient la scène, l'air sombre. Bo s'était bien attendue à quelque chose de théâtral, mais lorsqu'un jeune homme blond vêtu d'une cape la salua et lui sourit, elle serra instinctivement Molly contre elle et regretta l'absence de pieux en bois pointus dans le fatras qu'elle trimbalait à l'intérieur de son sac. Les crocs que dévoila son sourire n'étaient pas en paraffine parfumée à la menthe comme ceux que l'on achetait et dont elle avait gardé le souvenir depuis les fêtes de Halloween de son enfance. Ils étaient vrais.

– Je ne sais plus ce que j'ai fait de ma tresse de gousses d'ail, lui dit-elle plaisamment. Mais croyez-moi, mon sang a goût de sauce tomate bouillie. À cause des médicaments. Vous savez ce que c'est. Au fait, il s'agit d'une caractéristique familiale ?

– Il y a un dentiste à L.A. qui les pose pour soixante-dix dollars, expliqua la silhouette vêtue de la cape en lui adressant un sourire ravi. C'est un cadeau d'anniversaire de ma femme.

– Joyeux anniversaire, fit Bo en souriant avec un signe de tête en direction de la terrasse. Vous savez quelque chose sur ce qui s'est passé ?

– Elle est peut-être arrivée au terme de la quête, suggéra-t-il.

– La quête de quoi ?

– De la solitude.

Sur ce, il s'enroula dans sa cape dont il ramena un large pan devant sa poitrine avant de disparaître dans le brouillard. Bo eut l'intime conviction qu'elle venait de s'égarer dans une production de théâtre d'avant-garde que tout le monde comprenait, sauf elle. De l'intérieur lui parvenait la musique d'une guitare qui égrenait perpétuellement les quatre mêmes accords derrière des effets électroniques, et une voix masculine qui psalmodiait quelque chose avec un accent anglais. Il était question de rouille. Sous le bras de Bo, Molly se mit à émettre de timides hurlements.

– Je suis Bo Bradley, des Services de Protection de l'Enfance, expliqua-t-elle à deux policiers en montrant le badge accroché à son sweat-shirt. L'inspecteur Reinert m'a téléphoné. J'habite près d'ici et, à son avis, cette affaire va de toute façon finir dans les bureaux des SPE d'ici quelques heures. Que se passe-t-il ?

– Hum, commença le plus jeune des deux, est-ce que votre chien a un problème ?

– Elle chante, répondit Bo. Quand elle entend de la musique, elle chante. Bon, alors, qu'est-ce qui est arrivé à cette jeune fille ?

– Quelqu'un du centre psychiatrique du comté va venir la chercher. Elle a disjoncté. Une fêlée. Nous devons rester ici jusqu'à ce qu'on l'ait emmenée. Ça fait froid dans le dos, hein ?

– Et Sainte-Marie ? Dar a dit qu'on allait voir avec eux d'abord.

Le jeune flic aux cheveux en brosse haussa les épaules.

– Sais pas. Le standard a juste parlé du centre psychiatrique, et nous, on doit attendre. Maintenant que vous êtes là, on peut peut-être partir. Je vais appeler pour savoir. Bon sang, ce que c'est malsain, ici !

Bo regarda autour d'elle. Personne n'avait les pupilles dilatées comme des pièces de vingt-cinq *cents*, personne ne titubait tellement il était ivre, et en dépit de leur maquillage livide et de leurs yeux cerclés de noir, les habitués du Goblin Market paraissaient tous très sains. Et disposant de revenus suffisants pour acheter des accessoires onéreux qui leur seraient de peu d'utilité au cours de leur journée de travail. Des bottes en cuir avec des boucles en argent en forme de crâne, des capes, des cols en dentelle, des brassards et des bracelets cloutés, des gilets noirs, des corsets, des bustiers élégamment portés sur des chemisiers en soie.

– Vous ne connaissez pas le sens du mot malsain, dit-elle au jeune policier. Vous n'y êtes pas du tout. Qui dirige cet endroit ?

– Le type qui est derrière le bar, avec une cagoule sur la tête.

– Ah, le bourreau, remarqua Bo. Et que dit-il, de ce qui est arrivé à cette jeune fille ?

– Il ne sait rien, il dit que c'est une habituée, qu'elle fréquente un type nommé Bran qui est une sorte de fana d'informatique et qui ne s'est pas montré ce soir. Apparemment, elle est arrivée un peu avant minuit, elle est restée environ une heure sur la terrasse et puis elle a pété les plombs. Personne ne lui a parlé. Vous avez jeté un coup d'œil à la poupée ?

Bo regarda la jeune fille assise. Elle tenait quelque chose, mais l'objet était caché sous les épaisseurs de dentelle noire.

– Une poupée ?

– Une horreur mégaglauque. Allez voir.

Le policier soupira, et partit vers la voiture de patrouille.

En s'approchant doucement, Bo garda les yeux rivés sur les pieds de l'adolescente. S'il s'agissait d'une crise de type psychotique, elle savait qu'une attitude agressive et un contact direct du regard ne pouvaient qu'accroître la terreur ressentie par le sujet.

– Qui êtes-vous ? demanda le garçon qui tenait la chope de café.

– Bo Bradley. Je travaille pour les Services de Protection de l'Enfance, l'agence qui s'occupe des placements familiaux, entre autres choses. On m'a dit que Fianna vit dans une famille d'accueil.

Levant très doucement les yeux, Bo s'adressa directement à la jeune fille.

– C'est vrai, Fianna ? Pourrais-tu me dire le nom de tes parents nourriciers ?

La fille appelée Fianna regardait droit à travers le

front de Bo, vers un point perdu, à deux cents mètres dans le brouillard. Bo remarqua que sa respiration était rapide et superficielle, et qu'elle tremblait.

– Il faut que je te prenne le pouls, lui dit-elle doucement. Je vais toucher ton bras gauche, maintenant, ton poignet. Si tu préfères que je ne te touche pas, je ne le ferai pas, mais il faut que tu me le dises.

Comme elle ne recevait pas de réponse, elle posa Molly sur le banc à côté de l'adolescente et tendit la main vers un bras pâle caché sous la dentelle noire chiffonnée. Autour du poignet, Fianna avait un bracelet en cuir noir d'où partait une fine chaîne reliée à un objet qu'elle tenait dans son autre main. Bo tira sur la chaîne et resta bouche bée lorsqu'une petite jambe potelée émergea du paquet de dentelle sur les genoux de la jeune fille. Décolorée et figée dans la position caractéristique légèrement pliée des nouveau-nés, cette jambe lui parut réelle l'espace d'une seconde. Et paralysée dans l'état transitoire qu'on appelle rigidité cadavérique.

Bo se força à prendre une profonde respiration et dégagea la poupée de ce qui la recouvrait. Même usée et privée d'un œil, ce jouet témoignait encore de l'adresse de l'artisan qui l'avait fabriqué. Un œil de verre bleu regardait fixement sous des cils peints avec délicatesse, au-dessus d'un nez épaté. Même la petite lèvre supérieure avançait légèrement par rapport à la lèvre inférieure en retrait, un détail typique de la bouche des nourrissons. Bo remarqua que les cheveux peints du poupon avaient été d'une couleur foncée, mais qu'ils étaient maintenant presque complètement délavés. Et ses bras et ses jambes en biscuit étaient encore solidement cousus à un corps en tissu désormais maculé et sale. Bo ressentit une tristesse intense en recouvrant le jouet de ses dentelles, puis en prenant le pouls de l'adolescente. Une tristesse qui ressemblait à celle du rêve.

Elle passa la main dans ses boucles désordonnées, argent et auburn, et secoua la tête pour dissiper ce sentiment. Le pouls qui battait sous ses doigts était rapide mais assez fort. Il était clair que Fianna avait un problème, mais qui ne venait probablement pas d'un choc physique. Sa peau était fraîche sans présenter de froideur inquiétante, son teint était dans les limites de la normale.

– Elle appelle sa poupée Kimmy, dit le garçon en pourpoint. Depuis un moment, elle l'a toujours avec elle. Ça fait bizarre, non ?

– Vous la connaissez ? demanda Bo.

– Pas vraiment. Elle vient ici de temps en temps. Elle sort avec un type qui s'appelle Bran. Il est plus vieux qu'elle. Il travaille pour une société d'informatique. J'ai déjà raconté tout ça aux flics. Bran n'est pas venu ce soir.

Il soupira et haussa les épaules d'un air embarrassé.

– Je me suis inquiété à son sujet. C'est pour ça que je suis sorti sur la terrasse, et je l'ai trouvée complètement partie. Elle est folle, non ?

Dans cette question, Bo sentit une énorme distance s'instaurer entre la fille au regard figé et le garçon, la foule, le monde connu tout entier. C'était une distance qu'elle ne connaissait que trop bien, impossible à réduire une fois qu'elle était en place.

– Non ! répondit-elle instinctivement. Je ne crois pas que ce soit le cas. Mais il s'est passé quelque chose, et elle est en état de choc. Elle a besoin de se retrouver chez elle maintenant. Elle a besoin qu'on s'occupe d'elle. Savez-vous où elle habite ?

– Bran m'a dit une fois qu'elle était placée dans une famille, mais c'est tout ce que je sais.

La main gauche de la jeune fille se mit à bouger doucement, comme si elle cherchait quelque chose qui n'était perceptible que par le toucher.

– Comment puis-je joindre ce Bran ? demanda Bo.

– Sais pas. C'est, enfin, c'est pas son vrai nom. Les gens prennent des noms différents ici, des noms anciens, vous voyez ? Moi, par exemple, mon vrai nom, c'est Mark Byfield, mais ici tout le monde me connaît sous le nom de Gunther. Ça fait partie de nos habitudes.

La main de la jeune fille avait trouvé Molly sur le banc à côté d'elle et restait en suspens au-dessus de la petite chienne comme si elle testait un champ magnétique.

– Nous ? Qui ça, nous ? demanda Bo.

– Les Gothiques, répondit le garçon.

– Les Gothiques ?

– Ouais. C'est une sorte de revendication. Nous créons notre ambiance.

– Oh, fit Bo en regardant la main fine et pâle de Fianna qui commençait à caresser les poils doux de Molly.

Dans les immenses yeux sombres de l'adolescente, des larmes se formèrent et finirent par couler sur le khôl et le maquillage blanc de ses joues. Aux limites de son champ de vision, Bo aperçut une ambulance qui s'arrêtait sur le parking.

– Cette petite chienne s'appelle Molly, dit-elle d'une voix douce à la fille, elle est réelle et bien vivante, et toi aussi !

Ces paroles venaient du cœur de Bo, et Fianna parut

faire un léger signe de tête, comme si elles avaient produit un effet.

– Je veux que tu veilles sur elle pendant que je m'occupe de te faire conduire dans un hôpital.

Tout en tenant son badge des SPE au-dessus de sa tête comme si c'était un bouclier de la police, Bo courut à grandes enjambées vers les ambulanciers.

– Emmenez-la à Sainte-Marie, dit-elle comme si c'était la destination évidente.

– Le standard a parlé du centre psychiatrique, répondit une jeune femme replète à l'air enjoué, aux joues roses et aux bras épais. Il nous faudrait quelqu'un ayant autorité, un médecin, pour changer les ordres.

– Attendez deux minutes, dit Bo.

Elle se précipitait déjà dans le restaurant.

– Andy, expliqua-t-elle hors d'haleine lorsqu'elle eut au bout du fil le docteur Andrew LaMarche, chef du service des enfants maltraités à l'hôpital Sainte-Marie, et seul homme dont la brosse à dents de secours se trouvait près de la sienne au-dessus du lavabo de sa salle de bains, je sais qu'il est trois heures du matin, mais j'ai absolument besoin que tu me rendes un service.

Moins de deux minutes plus tard, elle s'adressa à l'ambulancière :

– Le docteur LaMarche, de Sainte-Marie, a donné l'ordre d'admission. Ils l'attendent.

– Pas de problème, fit la jeune Brunehilde avec un sourire tout en dégageant le brancard des fixations qui le maintenaient au plancher de l'ambulance. On va la charger !

Lorsque l'ambulance eut disparu dans le brouillard, suivie de la voiture de police, Bo ramena Molly endormie sur son lit en laine dans l'appartement du bord de mer. Tout paraissait pareil qu'avant, se dit-elle, mais c'était différent. Quelque chose avait changé. Pas dans la structure physique du monde, mais dans la perception qu'elle en avait. Une fenêtre s'était ouverte quelque part entre le rêve et cette étrange fille. On aurait dit une fenêtre dans le temps par laquelle pénétraient les pleurs silencieux de quelque chose d'inachevé. Et Bo comprit que cette chose avait un étrange rapport avec elle-même.

2

Au matin, Bo déposa Molly chez la même dame âgée, sa voisine, qui s'était occupée de son vieux fox-terrier, Mildred, jusqu'à sa mort quelques mois auparavant. Puis elle partit vers l'intérieur du continent, en suivant l'I-8, quarante-cinq minutes plus tôt que d'habitude. Probablement quarante-cinq minutes plus tôt que *jamais*, pensa-t-elle. Il n'était pas encore sept heures et quart. Un incontestable record.

– Bo ! Vous êtes malade ? Qu'est-ce qui se passe ? hurla Madge Aldenhoven à travers la porte latérale encore fermée des bureaux des SPE situés dans Levant Street, au cœur de San Diego. Vous n'avez donc pas votre clef ? Qu'est-ce que vous fabriquez là ?

Les yeux d'un violet impossible de la chef de service révélaient une surprise mêlée de quelque chose d'autre. De la peur. Et Bo savait pourquoi.

– J'ai mangé ma clef hier soir, j'ai fait une crise psychotique, dit-elle en souriant et en penchant fortement la tête de côté tout en laissant pendre sa mâchoire. Je crois que c'était juste avant de faire sauter l'église, mais c'était peut-être juste après avoir enfermé le conseil municipal au grand complet dans un placard frigorifique tout en les forçant à la pointe du fusil à lire les Pages jaunes jusqu'à ce qu'ils se décident à dénoncer le capitalisme. Bref, je voulais arriver tôt pour pouvoir vous assassiner et envoyer votre corps en petits morceaux par la poste à des bases militaires isolées avant que les autres arrivent. Ouvrez.

– C'est dégoûtant, Bo, commenta Madge, le nez plongé dans une pile de papiers posée sur son bureau.

Elle avait poussé la porte juste ce qu'il fallait pour que la serrure s'ouvre, après quoi elle avait fui vers son antre.

Bo s'appuya contre le chambranle et soupira.

– C'est à ça que vous pensiez, Madge. Juste une seconde, mais pendant cette seconde, vous avez imaginé que, puisque je suis atteinte d'une maladie mentale, je suis dangereuse. Vous êtes seule ici. Quand vous m'avez vue, vous avez eu peur.

Madge, qui était l'aînée de Bo, ajusta une perle qu'elle portait à l'oreille et tapota le chignon d'un blanc neigeux rassemblé sur sa nuque.

– Je ne m'y attendais pas, dit-elle d'une voix sèche en se tournant vers Bo pour la dévisager à travers ses lentilles de contact violettes. Vous n'avez jamais compris que le fait d'arriver à l'heure au travail est une marque de professionnalisme.

Ce discours, pensa Bo, aurait pu figurer sur un sachet de thé. De l'Earl Grey.

– Madge, vous n'avez jamais rien raté, jamais commis d'erreur, enfreint de règles ?

– Pas au travail. Quand on s'occupe de la vie d'enfants, il est essentiel de suivre les règles.

Bo remarqua que la main de sa chef était venue se poser révérencieusement sur un exemplaire du *Manuel de procédures des services sociaux du comté de San Diego.* Il était tentant de mettre un genou à terre et de murmurer quelque chose en latin, mais Bo maîtrisa cette impulsion, en partie.

– *Caveat emptor*, souffla-t-elle. Mais *ubi est insula ?*

Depuis les cours de latin qu'elle avait suivis à Boston, elle attendait l'occasion de demander « Où est l'île ? » dans une langue morte. Cette occasion serait peut-être la dernière.

– Quoi ?

– J'ai dit que nous allions recevoir un nouveau dossier dès que la ligne d'urgence prendra le relais du numéro d'appel de nuit, répondit Bo. J'ai fait les premières démarches cette nuit. À Ocean Beach. Dar Reinert m'a appelée. Il lui était impossible de se rendre sur les lieux, avec ce brouillard.

La chaleur du soleil parvenait enfin à dissiper la brume. Bo vit la lumière pénétrer par la fenêtre du bureau de Madge, donnant une nuance d'un doré pâle à la pièce encombrée de papiers.

– Que s'est-il passé ? demanda la chef de service.

– Une fille de quinze ans avec une vieille poupée attachée par des chaînes à son poignet et à son cou s'est évanouie dans un club fréquenté par des vampires. Elle n'avait absorbé ni drogue, ni alcool, mais elle ne parlait plus. J'ai appelé le docteur LaMarche qui l'a fait admettre à Sainte-Marie.

La lumière matinale peignait des rehauts verts dans les plis du chemisier en soie bleue de la femme vieillissante, puis tombait sur la moquette en une flaque poussiéreuse. Bo regarda la lumière comme si c'était une amie.

– Vous savez que nous n'avons pas assez de personnel pour nous occuper des adolescents, Bo. Nos ressources doivent être consacrées à la protection des enfants les plus jeunes, qui sont les plus vulnérables.

Vous n'aviez pas à vous mêler de ça. Ce n'est pas du ressort des SPE !

– Cette fille a été placée dans une famille d'accueil, précisa Bo en écartant d'un coup de tête une boucle de cheveux qui lui tombait dans l'œil.

– Alors, bon sang, pourquoi n'avez-vous donc pas appelé les parents nourriciers ?

Madge s'était emparée d'une pointe Bic qu'elle planta dans ses cheveux, au-dessus de l'oreille. La journée, se dit Bo, commençait à paraître surmontable.

– Elle ne parlait plus, il n'y avait donc aucun moyen de connaître le nom de ces personnes, encore moins d'obtenir un numéro de téléphone. Mais elle est sous notre responsabilité, Madge. Elle fait déjà partie de notre organisation.

– Je vais appeler la responsable des placements familiaux et lui communiquer le nom de cette fille. Ce ne sera pas difficile de trouver la trace de la famille d'accueil.

– Je ne connais pas son nom, répliqua Bo. Elle se fait appeler Fianna, mais les jeunes qui fréquentent ce club utilisent tous des pseudonymes romantiques. Les policiers ont interrogé tout le monde là-bas. Personne ne connaissait son vrai nom, ni le vrai nom de son petit ami, qui se fait appeler Bran.

– Qu'est-ce qu'il y a de romantique dans Bran ? On dirait une marque de cérérales.

Dans la lumière où flottaient des grains de poussière, Bo perçut des motifs celtes.

– Les Fianna étaient les guerriers d'Erin, dit-elle doucement, il y a très, très longtemps. Et le plus courageux d'entre eux était Finn Mac Cool, qui tua le Farfadet Cracheur de Feu dont le nom était Aillen, et qui sauva Tara.

– La Tara de *Autant en emporte le vent* ? demanda Madge qui retira le stylo de ses cheveux pour en tapoter ses dents.

– Tara est une colline située près de Dublin, expliqua Bo en dérangeant d'un geste de la main droite les motifs que formait la poussière. C'était le trône ancestral des rois d'Irlande.

– Et Bran ?

– Parmi les chiens de sa meute, il y en avait deux que Finn Mac Cool préférait aux autres. Sgeolaun et Bran. Les gens racontent que, parfois, on voit les fantômes de ces chiens qui errent parmi les pierres éboulées du château de Finn dans le comté de Kildare, en gémissant d'impatience de partir à la chasse.

– Oh, fit Madge Aldenhoven en hochant la tête. Le petit ami de cette fille a pris un nom de chien.

– De chien fantôme, Madge. Je crois que c'est ça qui compte.

– Comment ça ?

Bo comprit qu'elle était dans une impasse et abandonna. Madge était capable d'apprécier une histoire, mais le symbolisme la dépassait.

– Quel était votre nom de jeune fille ? demanda Bo en reculant dans le couloir.

– Rasmussen. Pourquoi ?

– Et celui de votre mère ?

– Schramm.

– Et celui de sa mère à elle ?

– Je crois que c'était Thompson, mais ne me demandez pas de remonter plus loin, fit-elle en souriant. Pourquoi ces questions ?

– Je me disais bien qu'il n'y aurait pas de nom irlandais, répondit Bo. Mais je voulais vérifier.

– Le nom de la mère de mon père, c'était Quinn, annonça Madge d'un ton triomphant.

– Alors, vous êtes obligée de comprendre, pour le chien fantôme !

– Vous êtes folle, Bo.

– Ouais.

Ayant allumé la lumière du minuscule bureau qu'elle partageait avec une autre enquêtrice, Bo s'assit à sa table et écouta l'immeuble qui, plongé dans le silence, s'éveillait petit à petit à la vie. La conversation avec Madge avait été étrangement agréable, comme si l'animosité qui les opposait depuis longtemps avait disparu comme par enchantement. Bo mémorisa cette impression pour s'y référer ultérieurement, mais elle restait méfiante. Madge essayait en vain depuis plus de trois ans de la déloger de son emploi. Qu'une rencontre se fût déroulée sans affrontement n'instituait pas, se dit-elle, une authentique chaleur. Quand même, cela faisait bizarre de penser à Madge Aldenhoven enfant. Avec une grand-mère paternelle qui s'appelait Quinn. Presque comme si Madge avait réellement pu, à un moment, être humaine.

Voilà ce qui se passe, quand on arrive trop tôt au travail, Bradley. Les bureaucrates paraissent avoir les qualités des vivants. C'est une illusion. Il ne faudra pas que cela se reproduise.

Après avoir laissé un mot à l'intention d'Estrella Benedict, qui partageait son bureau et était sa meilleure amie, maintenant extrêmement enceinte, Bo se munit de toute la panoplie d'imprimés nécessaire, au cas où il lui faudrait présenter une requête dans l'affaire Fianna, puis téléphona à l'hôpital pour connaître le numéro de chambre de l'adolescente. Ensuite elle regagna rapidement le Pathfinder Nissan, un 4 × 4 qu'elle avait acheté à une vente aux enchères de la police, et quitta le parking des SPE alors qu'une centaine de travailleurs sociaux et d'employés de bureau essayaient d'y entrer. Les sentiments associés au fait d'être en avance étaient intéressants, pensa-t-elle. Arrogance et supériorité à l'égard de ceux qui se contentaient d'être à l'heure. Heureusement, il n'y avait pas de danger qu'elle renouvelle cette expérience.

À Sainte-Marie, elle se gara sur une place marquée POLICE et montra son badge au gardien de nuit qui assurait la tranche 23 heures/7 heures et qui terminait son service.

– Vous venez pour l'adolescente, là ? demanda l'homme. Celle qu'on a ramenée de la plage hier soir ?

– Eh bien, elle n'était pas à proprement parler sur la plage..., commença Bo.

– Ils m'ont appelé pour que je les aide à la maîtriser, continua-t-il avec tristesse en tripotant un paquet de Camel qui dépassait de la poche de sa chemise d'uniforme. Il a fallu l'attacher, et les infirmiers étaient tous aux urgences à cause d'un bus plein de jeunes scouts. Accidenté dans le brouillard ; ils rentraient chez eux après une journée à Disneyland. Sale nuit.

Bo regarda l'homme vieillissant et décharné et pensa aux chœurs grecs. Les nouvelles de la nuit révélées au jour, lequel allait reconstruire à partir de ce récit sa propre version de la réalité.

– Est-ce qu'il y a des blessés graves parmi les scouts ? demanda-t-elle.

– Non, Dieu merci, répondit le gardien qui, portant des lunettes à double foyer aux verres sales, leva vers le ciel un regard théâtral. Bon, je crois que je vais aller prendre mon petit déjeuner.

– Bonne idée, dit Bo qui était déjà dans l'ascenseur

dont les portes se fermèrent en produisant un bruit étouffé.

Attachée. Mauvaise nouvelle. Et ça allait barder quand Andrew LaMarche lui demanderait très logiquement pourquoi elle avait insisté pour que la jeune fille soit admise ici, alors qu'il était évident qu'elle avait besoin d'être suivie en milieu psychiatrique. Bo sentit des petits objets transparents tomber en cascade dans sa tête. Des morceaux d'objets que personne ne pouvait voir. Un puzzle. Elle avait la certitude que, la veille au soir, la jeune fille nommée Fianna ne faisait pas une crise psychotique, qu'elle était simplement bouleversée et en état de choc. Alors, que s'était-il passé pour qu'on ait été obligé de l'attacher ?

Elle était réveillée quand Bo frappa poliment contre la porte ouverte de sa chambre d'hôpital. Sur un plateau, près du lit, se trouvait le petit déjeuner complet auquel elle n'avait pas touché. La poupée n'était pas en vue, le personnel de l'hôpital l'avait apparemment rangée avec ses vêtements. Bo fit semblant de ne pas remarquer le gilet en tissu qui maintenait la patiente attachée, ni les poignets en cuir doublés de mouton souplement fixés aux montants du lit. Elle savait l'impression que cela donnait, de porter ça. C'était très désagréable.

– Tu ne te souviens peut-être pas de moi, mais je suis venue te voir hier soir au Goblin Market, commença Bo. Je travaille pour les Services de Protection de l'Enfance et…

– Kimmy a disparu, dit la fille d'une voix à peine audible et trop haut perchée. Kimmy n'est plus là.

Dans l'annonce puérile de cette nouvelle prononcée sur un ton aigu, Bo détecta les prémices de l'hystérie. Si l'enchaînement de pensées désespérées, lancées comme un train fou, n'était pas détourné, l'angoisse qui tenaillait la jeune fille pouvait devenir incontrôlable, emporter son corps. Et provoquer les gestes violents et désordonnés prévisibles contre lesquels les camisoles avaient été inventées.

– J'aime bien le nom que tu as choisi, Fianna, dit Bo d'une voix claire et sans émotion. Les Fianna étaient forts et courageux, il y a de cela très longtemps. Je vais te raconter une histoire sur les Fianna. Sur la bataille que les Fianna ont livrée contre Murf, le roi viking, et sa flotte de grands bateaux avec leurs rangées de boucliers en métal sur les côtés.

« Murf » lui était venu de nulle part, et la bataille que Bo décrivait d'une voix aussi monotone que possible n'avait jamais eu lieu. Le but était de provoquer l'ennui chez la jeune fille pour la faire redescendre de son hystérie grâce à un récit plat, chronologique et impersonnel. Comme la plupart des personnes de sexe féminin, se dit Bo, Fianna allait trouver la description d'hommes se battant en se jetant des lances parfaitement casse-pied. Mais suivre cette histoire ennuyeuse pouvait avoir un effet calmant.

– Et c'est ainsi que les Fianna ont sauvé l'Ulster, acheva-t-elle sans laisser retomber sa voix, et je veux que tu me dises ton vrai nom.

– Janny, répondit la fille d'une voix ensommeillée. Ou Janet ou Janice. Je ne sais pas. Mais je crois que ça a toujours été Janny.

– Et ton nom de famille ?

– Malcolm. Comme Malcolm X. Vous savez.

– Oui, enchaîna Bo de sa voix monocorde, un leader politique noir qui a été élevé par des familles nourricières dans trois États différents avant d'être envoyé en prison pour vol. Je vais aller passer un coup de téléphone maintenant, et ensuite je vais revenir t'apprendre comment faire pour rester calme. Pendant que je suis partie, tu dois te redire dans ta tête l'histoire des Fianna et du roi Murf, d'accord ?

– Je ne crois pas que son nom soit Murf.

– C'était peut-être Wurf. Mais fais-le.

– Wurf ?

– Fais-le, insista Bo en gagnant le couloir. Ça t'aidera à rester calme en attendant que je revienne.

Cette fille n'était pas psychotique. Bo ressentit une certaine fierté en s'apercevant qu'elle avait vu juste depuis le début. Quelque chose n'allait pas, une chose tellement terrifiante que Janny Malcolm n'avait pas les ressources nécessaires pour l'affronter. Mais avec un soutien, elle parvenait à suivre une histoire qui la sortait de ses pensées, à retrouver le contrôle d'elle-même et à répondre à des questions.

– Madge, dit-elle au téléphone depuis le bureau des infirmières, je connais le nom de la fille. Vous allez pouvoir en savoir plus en le transmettant au service de placement et vous pourrez appeler ses parents nourriciers. Il est arrivé quelque chose à cette gamine, mais dans l'immédiat, ce dont elle a le plus besoin, c'est d'être en sécurité dans un environnement familier. Et il va falloir que je parle à la personne qui s'occupe de son dossier pour qu'elle voie un psychologue. Elle a disjoncté, mais je crois que c'est dû à une situation, pas à un vrai problème psychiatrique.

– Beau travail, Bo, répondit sa chef. Quel est son nom ?

– Malcolm. Janny Malcolm.

Bo entendit une brève inspiration, puis le silence.

– Madge ? Qu'est-ce qui se passe ?

– Je… Je viens de me casser un ongle sur le rebord

de mon bureau, fit sa chef d'une voix perçante. Il n'est pas nécessaire que vous continuiez à vous occuper de ce dossier. On peut classer l'affaire maintenant que la famille nourricière est connue. Je veux que vous rentriez immédiatement au bureau. Estrella vient d'être chargée d'un dossier qui me semble trop dangereux pour elle dans son état. Je veux que vous alliez l'accompagner pour l'enquête préliminaire.

– Oui, bien sûr, répondit Bo. Il va juste me falloir quelques minutes pour établir les raisons qui permettent de signer une décharge auprès de l'hôpital.

Puis elle reposa le téléphone sur son socle d'un air songeur.

Il n'y avait pas de décharge à signer, Bo le savait bien. Aucun papier d'admission n'avait été rempli par Sainte-Marie concernant Janny Malcolm, parce que le personnel avait considéré que la jeune fille serait transférée vers un autre hôpital après la relève de l'équipe de nuit. Et il n'y avait aucune raison d'établir une prise en charge légale de toute manière, puisque les parents ou les gardiens de la mineure étaient impossibles à localiser au moment de l'admission. L'hôpital se serait procuré auprès du juge la permission de soigner l'enfant, si des soins avaient été nécessaires. En tout état de cause, Janny avait simplement passé la nuit dans un lit propre, on l'avait empêchée de se faire du mal, mais on ne lui avait administré aucun médicament ni autre traitement. Sainte-Marie n'avait pas besoin de papiers officiels pour ça, et Madge Aldenhoven le savait pertinemment.

Bo s'appuya sur le comptoir du bureau des infirmières et se représenta les mains de sa chef. Les ongles faits, parfaitement limés et ne dépassant pas le gras du doigt. Des mains de dactylo, même si Madge ne tapait jamais sur le moindre clavier. Des ongles courts, très courts. Impossible de les accrocher à quoi que ce soit, surtout pas au bord d'un bureau en Formica. Elle ne s'était pas cassé d'ongle, comprit Bo, perplexe. C'était le nom de la petite qui l'avait fait tressaillir.

Car depuis trois ans et demi qu'elle était aux SPE, Bo n'avait jamais vu d'enquêteurs travailler à deux. Cela ne se faisait pas. Il y avait trop de dossiers. Si une affaire se révélait dangereuse parce que les adultes concernés étaient drogués ou proféraient des menaces, alors on transmettait le tout à la police. La ligne de conduite à suivre figurait dans le *Manuel des procédures.* Incroyable, Madge enfreignait les règles.

– Quelque chose est pourri dans le royaume de Danemark [1], murmura Bo en regardant au mur une affiche qui représentait un mammouth à longs poils roses. Plusieurs choses, en fait.

Lorsqu'elle revint dans la chambre, Janny Malcolm regardait fixement le poignet qui maintenait son bras droit attaché. Dans la lumière matinale, elle paraissait encore plus fragile, pensa Bo. Comme une poupée ancienne qui aurait dû être vêtue de taffetas rose et de gants en dentelle, mais dont on avait fait une toxicomane du XVIIIe siècle droguée au laudanum. Les yeux enfoncés, en particulier, étaient très significatifs, et trahissaient une lassitude du monde trop lourde à porter même pour une enfant qui n'en était plus tout à fait une.

– Je n'ai pas beaucoup de temps, Janny, lui dit-elle, mais je veux t'aider.

– D'accord, soupira l'adolescente en essayant vainement de s'asseoir droite en dépit de la camisole qui

1. Shakespeare, *Hamlet*, I, 4, 90. *(N.d.T.)*

entravait ses mouvements. Je ne… sais vraiment pas ce qui s'est passé.

– Tu es allée au Goblin Market, la nuit dernière. Un garçon que tu connais sous le nom de Gunther m'a dit que tu étais restée sur la terrasse environ une heure, et quand il est venu te chercher, il t'a trouvée évanouie sur un banc. Est-ce que tu sais pourquoi tu t'es évanouie ? Tu étais malade ? Tu as bu quelque chose ou pris de la drogue ? Est-ce que quelque chose t'a contrariée avant que tu ailles là-bas ?

– Je ne prends pas ce genre de saloperie, répondit Janny. Les Gothiques, enfin, la plupart de ceux qui sont vraiment cool, ils ne prennent pas de drogue, ils ne se saoulent pas, rien de tout ça. C'est pas cool.

– Qu'est-ce qu'ils font, alors ?

Le visage blême s'anima dans son halo de fins cheveux noirs. Bo détecta un faible sourire aux coins de la bouche où le rouge à lèvres sombre avait séché et ressemblait à de fines croûtes de sang.

– Oh, c'est vraiment super ! commença-t-elle. C'est toute une ambiance. En fait, on s'habille avec des vêtements super, comme dans l'ancien temps, mais sexy, vous voyez, et puis on danse, on écoute de la musique. Il y en a qui se laissent un peu emporter, je trouve. Par exemple, il y a une fille qui porte un bustier sur un T-shirt tout en résille, on voit ses seins et tout. Je veux dire, ça, c'est pas vraiment gothique. Parce qu'en fait, l'idée, c'est d'avoir *l'air* de donner dans des trucs sexe un peu spéciaux, et tout ça, mais au fond, on est des gens très bien et on a, disons, un code secret, on a en fait de très bonnes manières, et personne en dehors de nous ne sait que les apparences glauques ne servent qu'à les berner et à les éloigner pour qu'ils ne découvrent jamais la vérité.

– Quelle vérité ? demanda Bo qui se sentait descendre en spirale dans la confusion de l'adolescence dont elle se souvenait à peine.

– Qu'en fait on est des gens très bien. Et même, *mieux* que le monde réel. Mieux que les choses telles qu'elles sont.

Bo hocha la tête, en fixant intensément les poignets de la jeune fille.

– Des bracelets en cuir fantaisie avec des clous chromés et des petites chaînes sont effectivement bien mieux que de vraies attaches qui vous immobilisent, même doublées de mouton, reconnut-elle. Tu sais pourquoi on t'a mis ça ?

– J'ai des crises de panique, avoua Janny. Quelque chose, genre... quelque chose qui vient tout le temps dans l'esprit. Je ne veux pas que... Je ne veux pas y penser.

– C'est comme si quelqu'un parlait ? demanda Bo tranquillement. Comme un bruit de fond ou des parasites radio qui ressemblent à des mots ?

– Nooon ! Je n'entends pas de voix, ni rien. Je ne suis pas folle !

– Il y a des gens qui entendent des voix, des mystiques, par exemple, et qui ne sont pas fous. Et il y en a qui n'entendent pas de voix et qui sont fous. Mais je ne crois pas du tout que tu sois folle. Ce que je crois, c'est que quelque chose t'a complètement bouleversée, et que tu as besoin de te sentir en sécurité et au calme chez toi, un certain temps, en attendant de pouvoir consulter quelqu'un qui puisse t'aider. Voudrais-tu que tes parents nourriciers viennent te chercher pour te ramener à la maison ?

Bo observa sa réaction. S'il y avait un problème avec les parents, s'ils avaient un quelconque rapport avec ce qui avait traumatisé Janny Malcolm, cette culpabilité serait trahie par son corps. Il n'y aurait peut-être qu'un tressaillement, un rapide pincement des lèvres, un regard effaré et fuyant qui chercherait à éluder la question.

– Peut-être, fit Janny avec un soupir nerveux que Bo ne put interpréter. J'aimerais bien retourner là-bas, mais si... je veux dire, ça a commencé à m'arriver quand j'étais là-bas...

Les yeux sombres considéraient Bo avec prudence.

– Ils ne savent pas. Howard et Bev. Ça fait deux ans que je suis avec eux maintenant. Ils sont gentils. Bev me conduit même au Goblin, vous savez, comme hier soir. Elle me laisse y aller une ou deux fois par semaine à condition que j'aie terminé mes devoirs. Et elle laisse Bran, mon copain, elle le laisse me reconduire à la maison. Mais je ne leur ai pas parlé de cette chose qui a commencé à se produire il y a deux semaines. C'est trop horrible. J'avais peur, vous savez, j'avais peur d'être folle et qu'ils ne veuillent plus me garder.

Bo, suivant son impulsion, se pencha au-dessus de l'adolescente et passa un bras sous les liens pour la serrer contre elle. Quelle impression cela faisait-il, se demanda-t-elle, de craindre à la fois la folie et la certitude d'être rejetée vers des inconnus à cause de cette folie ? Pas étonnant que cette gamine soit dans un tel état.

– Nous allons faire une petite expérience, suggéra Bo quand les sanglots de Janny se furent calmés. Je vais te détacher les poignets et te tenir les mains pendant que nous parlons de cette chose qui t'arrive. Tu crois que tu peux y parvenir ?

– J'ai peur, répondit Janny en frottant ses poignets lorsque Bo les eut libérés.

– Moi aussi, mais on va bien voir ce qui se passe. Voyons... Tout à l'heure, tu as dit : « Kimmy a disparu. » Qu'est-ce que ça signifie ?

– Je ne sais pas, répondit la jeune fille en secouant la tête. Mais ça a un rapport avec cette poupée, la vieille poupée que j'ai depuis que je suis toute petite. Je pense que la poupée doit être Kimmy, et qu'elle est morte, je ne sais pas. Seulement, moi, j'ai toujours appelé ma poupée Lateesha, parce que c'était le nom de mon amie dans un foyer il y a très longtemps. Elle était noire et plus âgée que moi, et elle était vraiment sympa. On jouait tout le temps. Elle me montrait comment faire des vêtements de poupée avec des bouts de tissu découpés et du scotch. Je crois qu'elle est retournée avec sa mère, je ne sais pas. Un jour, elle est partie et je ne l'ai plus jamais revue.

Janny régressait encore, remarqua Bo. Elle parlait de sujets importants dans son enfance, d'une voix aiguë et hachée. Elle parlait d'une enfance que seuls connaissent ceux qui ont vécu le placement familial, une enfance où les gens apparaissent et disparaissent pour des raisons inexplicables. Une enfance où l'on ne peut se fier à rien car tout est fluctuant. Bo tenait fermement les mains de l'adolescente et regrettait que les orphelinats soient si mal perçus. Au moins, dans un orphelinat, les gamins pouvaient se construire un concept d'appartenance, une notion d'identité.

– Alors peut-être que Kimmy, c'est le nouveau nom de Lateesha, suggéra-t-elle. Peut-être que tu grandis un peu maintenant, tu as un petit ami, tu t'habilles comme tu veux, tu fais partie des Gothiques. Peut-être qu'appeler la poupée Kimmy est un moyen pour toi de commencer à cesser d'être une petite fille.

Bo s'aperçut que cette analyse était aussi creuse

qu'incompréhensible pour Janny. Elle s'en voulut de s'être laissée aller à faire de la psychologie de salon.

– Non ! dit Janny secouée de pleurs. Il n'y avait pas de Kimmy avant, et depuis quelque temps, tout d'un coup, il y a une Kimmy, et puis maintenant elle a disparu. Hier soir. Hier soir elle n'était plus là. Et je devais aller avec elle, seulement je ne pouvais pas, et en fait j'avais l'impression d'être nulle part parce que je ne pouvais pas. Et ce n'est pas Lateesha, c'est Kimmy. Et il faut que je garde cette poupée. Il faut que je garde Kimmy, ou alors elle sera... en fait, ce sera comme si elle avait *toujours* disparu, seulement elle était là. Alors il faut que je... Il faut que je...

– D'accord, dit Bo d'une voix posée tandis que Janny s'agrippait à ses mains, c'est ça qui t'arrive, cette histoire avec Kimmy. Et c'est en train de se produire maintenant, et toi tu es toujours ici, dans cet hôpital, dans ce lit, et tu tiens mes mains. Tu vas bien. Tout ça est déstabilisant, mais toi, tu vas bien. Et ça fait peur, mais tu vas quand même bien. Maintenant, dis-moi qui étaient les Fianna.

– Des g-guerriers irlandais courageux. Il y a... très longtemps, répondit Janny en se détendant un peu.

– Et comment s'appelait le roi viking qu'ils ont combattu ?

– Murf-wurf dans les grands bateaux.

– Combien de batailles ?

– Plein. Elles se ressemblent toutes.

– Elles sont toutes pareilles, confirma Bo avec un sourire quand elle sentit les mains fines déserrer leur étreinte. Tu sais, quand j'ai peur, je récite le nom des bateaux qui ont fait naufrage. Ça marche.

– Je peux apprendre autre chose à réciter que le nom

de ces stupides guerriers ? demanda Janny avec un sourire timide en lâchant les mains de Bo.

– Les capitales des États ?

– Oh, trop nul ! Je veux « les Vampires célèbres ».

– Pas question. Ça fait peur. Quand tu as peur, il te faut quelque chose de vraiment ennuyeux pour te calmer.

– Les naufrages, c'est pas ennuyeux.

– Oh si, quand on ne dit que les noms et les dates.

– D'accord. Va pour les capitales des États.

– Excellent ! dit Bo en relâchant sa respiration.

Elle fouilla dans sa mallette à la recherche de sa carte de visite professionnelle.

– Voici mon numéro de téléphone au bureau et à mon domicile. Appelle-moi dès que tu seras prête et je te ferai faire des exercices.

– Je n'ai plus aussi peur maintenant, dit l'adolescente d'un air pensif. Mais je ne sais toujours pas qui est Kimmy, ni où elle est partie. Vous faites partie des travailleurs sociaux, c'est ça ? Donc, vous avez vu toutes sortes de gamins. Vous en avez déjà vu un à qui il arrivait ce genre de chose ?

– Je ne sais pas, répondit Bo. Mais je vais y réfléchir. Ce qui est important maintenant, c'est que tu n'aies plus aussi peur. Nous allons laisser Kimmy garder son mystère tant que tu ne sauras pas réciter la liste de *toutes* les capitales des États, d'accord ?

– Je vais essayer, acquiesça Janny Malcolm, mais est-ce que vous, en fait, est-ce que vous reviendrez un jour me voir, enfin, bon... ? Vous êtes, enfin, vous savez drôlement bien vous y prendre avec ces trucs de dingues qui font peur.

– Rien de plus naturel, dit Bo en souriant sur le pas de la porte. Et je vais te dire ce qu'on va faire. Si tes parents nourriciers sont d'accord, toi et moi, nous déjeunerons ensemble ce week-end, et peut-pêtre qu'après nous ferons un peu les magasins. Aujourd'hui, on est jeudi. Que dirais-tu de dimanche, si tu te sens assez en forme ?

– Pour de vrai ?

– Pour de vrai.

Dans le couloir où des tas de gens s'activaient, Bo considéra les quelques règles qu'elle venait d'enfreindre. Elle s'en moquait complètement. Quelque chose dans cette affaire, dans cette jeune fille terrorisée, lui paraissait étrangement proche, d'une manière qu'elle n'aurait su définir. Trop proche pour qu'elle tourne le dos.

Près de l'ascenseur, un petit groupe en costumes de la Belle Époque chantait a capella « Rudolph, le renne au nez rouge », et des enfants en fauteuil roulant, ou plâtrés, essayaient de les apercevoir par la porte de leur chambre. La chanson rappela à Bo ses draps en flanelle tout neufs et lui parut établir un lien mystique avec les événements de la veille, quand le rêve étrange l'avait effrayée autant que l'était Janny à cause de sa poupée. Bo s'arrêta pour écouter, pour permettre au symbolisme des petits rennes d'envahir sa conscience. Il y avait un lien. Elle le sentait.

– Oh, merde ! murmura-t-elle soudain en appuyant brutalement sur le bouton d'appel pour descendre.

Des rennes symboliques. Des messages mystiques. Les caractéristiques des épisodes maniaques. Elle se souvint qu'elle avait perdu trop de sommeil la nuit précédente. Et elle était stressée parce qu'elle n'avait pas envoyé une seule carte de Noël ni commencé à acheter les cadeaux. Sans compter Estrella qui allait avoir son bébé dans quelques semaines, et Bo se faisait du souci à son sujet. En plus, les vacances mettaient tout le monde à rude épreuve. Et même en prenant des médicaments, absolument n'importe quoi pouvait faire basculer son esprit instable vers des directions qu'il valait mieux laisser inexplorées. Comme les problèmes d'hallucinations de cette adolescente, qui semblaient encore demeurer hors de sa portée, et la narguer.

– J'appellerai ma psy dès que je serai au bureau, promit-elle à la paroi capitonnée de l'ascenseur. Je vois bien ce qui se passe, là.

Dans le Pathfinder, elle enfonça dans le lecteur de cassettes un enregistrement du *Concerto brandebourgeois n° 3 en sol majeur* de Bach et accorda sa respiration au rythme de la musique.

– Le *Kate Harding*, 1892, récita-t-elle. Le schooner britannique *Lily*, 1901.

Quelque chose l'effrayait. Mais elle n'était pas sûre de pouvoir dire si c'était une intrusion maniaque ou autre chose. Quelque chose de vide qui attendait un dernier train dans une station de métro où personne ne se rend jamais.

3

Pendant le trajet qui la ramenait vers son bureau, Bo réfléchit à l'exercice qu'elle avait proposé à Janny Malcolm en guise de calmant. Quelle était la capitale du Nevada ? Las Vegas ? Sûrement pas. Et celle du Wyoming ? De l'Idaho ? De l'Arizona ? Elle n'en connaissait aucune.

Tu ne serais même pas capable de réussir un examen d'éducation civique de niveau quatrième, Bradley. C'est pitoyable.

– Es, quelle est la capitale de l'Arizona ? demanda-t-elle en ouvrant la porte de son bureau. Et celle des autres États de l'Ouest, et du Rhode Island ?

Estrella Benedict, lente dans ses gestes mais néanmoins radieuse, pensa Bo, fit pivoter sa chaise de bureau pour l'orienter vers la porte. Le teint clair de la jeune femme, toujours attirante, avait pris une luminosité translucide dans les derniers mois de sa grossesse. Et les mouvements ralentis imposés par son volume inhabituel paraissaient moins empruntés que réfléchis.

– Nous partageons ce bureau depuis trois ans, plus rien ne devrait me surprendre…

Estrella lui souriait et secouait ses cheveux noirs dont la coupe courte et sophistiquée avait récemment été effectuée chez Sassoon.

– … Mais tu me surprends toujours. Je ne vois vraiment pas comment éviter cela. Tu es capable d'entrer dans ce bureau et de dire absolument n'importe quoi. Et c'est Phoenix, forcément. Pourquoi ?

– Je devrais le savoir, non ? répondit Bo, en arrachant une petite peau près de son ongle et en lançant un regard au dossier posé sur son bureau.

Elle remarqua que la chemise couleur crème, avec sa bande adhésive rouge vermillon, était neuve. Flambant neuve. Le nom « Malcolm, Janny » avait été tracé au feutre sur la bande.

– Madge a tellement peur que j'accouche dans ma voiture sur l'autoroute qu'elle te met sur le même dossier que moi, c'est incroyable, non ?

– Effectivement, c'est incroyable.

– Au moins, c'est tout près d'ici, continua Estrella. En fait, nous pouvons y aller à pied.

– Tu veux rire.

Sixième ville du pays par la taille, San Diego couvrait des centaines de kilomètres, et, étant un organisme du comté plutôt que de la ville, la juridiction des Services de Protection de l'Enfance s'étendait à des centaines de kilomètres au-delà des limites de la municipalité. Pour son travail, Bo s'était déplacée vers le nord jusqu'aux confins du comté d'Orange, vers l'est par-delà les montagnes, dans les profondeurs du très ancien désert de Sonora, et vers le sud jusqu'à la frontière mexicaine, tout cela sans jamais quitter le comté de San Diego. Mais en dépit de la nature marginale de la communauté qui habitait le vieux centre de San Diego où l'immeuble abritant son bureau s'élevait derrière de hautes clôtures grillagées, elle n'avait jamais entendu dire qu'un enquêteur ait eu à traiter un dossier dans ce quartier. Probablement parce que les membres de cette communauté composée majoritairement d'émigrants d'Asie du Sud-Est n'étaient pas encore suffisamment victimes d'acculturation pour considérer leurs enfants comme leur propriété.

– C'est un appartement dans Linda Vista Road en face de ce supermarché asiatique, à quatre rues d'ici, à peu près. Ça nous fera une promenade sympa.

– On ne te donne que des dossiers hispaniques. Comment pourrait-il y avoir une affaire à traiter en langue espagnole dans ce quartier ? demanda Bo en remarquant pour la vingtième fois que la doublure en tissu de laine écossaise de son trench-coat noir était déchirée et pendait de la manière la plus inélégante, le long de la double patte de boutonnage.

Elle avait acheté ce manteau au cours de ses années universitaires dans le Massachusetts, à l'époque où les manteaux en nylon noirs indéchirables marquaient une prise de position fondamentale concernant l'absence des droits de l'homme les plus élémentaires dans des pays qui ne disposaient pas d'alphabet. Maintenant les gens qui étaient nés dans ces pays achetaient du poulpe et du lait de riz parfumé à la fraise dans un supermarché à trois rues de son bureau, et leurs droits étaient intacts.

– Je ne sais pas, répondit Estrella. Mais tu as l'air d'une clocharde avec ce manteau.

Bo fronça les sourcils en direction du dossier posé sur son bureau. Le dossier d'une enfant qui avait un passé aux SPE, une enfant placée dans des familles d'accueil. Il aurait dû être épais, corné, maculé d'empreintes laissées par les nombreux travailleurs sociaux et employés de bureau qui y avaient inséré papiers et rapports. Il n'aurait pas dû être plat et neuf. L'ouvrant d'un geste vif, elle vit qu'il ne contenait qu'un unique feuillet. Bizarre.

– Je vais m'acheter un manteau correct, bien californien, pendant les soldes de Noël, dit-elle pour rassurer son amie. Ne t'inquiète pas, je serai superbe pour le baptême.

La froideur du matin avait déjà disparu, mais elle garda son manteau boutonné jusqu'en haut pour qu'on ne voie pas la doublure déchirée tandis qu'elle traversait avec Estrella un quartier d'habitations militaires préfabriquées construites pendant la Deuxième Guerre mondiale et vendues par la suite à des particuliers. À l'époque de leur construction, toutes les unités composées de deux appartements mitoyens à structure en bois étaient identiques, mais au fil des ans, vérandas, auvents pour voiture, stores et terrasses en dalles de ciment avaient été ajoutés aux demeures décrépites dont les petits jardins étaient envahis d'armoise sauvage. La netteté et la sobriété d'origine avaient été implacablement vaincues par le temps. Derrière une clôture basse couverte de géraniums à moitié morts, Bo entendit un cri répété, rauque et agressif.

– Mais qu'est-ce que c'est que ça ? s'exclama-t-elle en sursautant, heurtant Estrella qui secoua la tête.

– *El pollo*, expliqua cette dernière en riant et en tendant le doigt vers une grande cage en grillage cachée par des serviettes de toilette qui séchaient sur un fil à linge détendu.

Sur la cage se dressait un animal aux plumes rousses, arborant un air de maître des lieux.

– Un coq, articula Bo. Et les choses qui sont à l'intérieur de la cage sont de simples poulets.

– Très bien, Bo. Maintenant, nous allons apprendre à reconnaître les vaches qui font « meuh » et les petits chevaux. Bien, pour faire la différence…

Bo lança un regard mauvais au coq, qui sauta au sol et les fixa de ses petits yeux vitreux entre deux serviettes marquées HOLIDAY INN.

– Mais Es, on est en pleine ville, dit-elle. Normalement, il n'y a pas d'animaux de ferme.

– Beaucoup de ceux qui habitent ici étaient fermiers au Vietnam, au Cambodge ou au Laos. Ils les aiment, leurs poulets.

Bo imagina le coq dans une barquette en polystyrène sous un film transparent et poussa un soupir alors qu'elles tournaient le coin de la rue pour arriver dans Linda Vista Road, l'artère principale. À côté d'un restaurant Jack-in-the-Box, un petit magasin clamait son existence grâce à une enseigne où on lisait HEO QUAY DAT TAT DAI NAAN CHO TOI NHA. Pour elle, cela aurait aussi bien pu signifier : « Abandonne tout espoir, toi qui pénètres en ces lieux. » Le propriétaire, un petit homme qui portait un petit jean Wrangler et des tongues, astiquait les barres métalliques qui protégeaient la vitrine à l'aide d'eau savonneuse et d'une brosse à cheveux.

– Tu sais, en fait, je ne suis jamais venue par ici à pied, déclara Bo. Je traverse le quartier en voiture, c'est tout, pour aller au bureau et en repartir. C'est intéressant.

– C'est le Petit-Saïgon, dit Estrella. Un quartier d'émigrants depuis que l'armée en est partie. Il y a d'abord eu des Hispaniques, et après des gens d'Asie du Sud-Est. Mais quelques familles de Mexicains sont restées. L'affaire sur laquelle nous devons enquêter concerne l'une d'entre elles. Rien de sérieux, c'est juste une petite fille de quatre ans qui est venue à la crèche avec une curieuse brûlure au dos, et elle refuse de donner une explication. La grand-mère est à la maison avec elle, en ce moment.

Devant elles, sur le trottoir, un Latino qui portait un pantalon noir au pli parfait et un pull aux motifs sophistiqués parlait, tout en marchant, dans son téléphone portable. La main qui tenait le téléphone arborait une énorme bague en or sertie de diamants étincelants.

– Dealer ou maquereau ? demanda Bo pour faire la conversation.

– Dealer.

– Comment tu le sais ?

Estrella sourit à une jeune femme chinoise qui poussait des jumeaux dans une poussette double. L'homme au téléphone, ayant terminé sa conversation, s'arrêta et mit un genou à terre pour faire des risettes aux jumeaux, en espagnol.

– Les maquereaux n'exhibent pas de portable dans la rue, répondit Estrella dont le regard s'attarda sur les enfants joufflus vêtus de vestes chinoises matelassées. Mais c'est le pantalon qui le trahit.

– Le pantalon ?

– Ouais. Le pantalon noir avec son pli impeccable. Il y a des années, cela faisait partie de l'uniforme d'un gang hispanique qui s'appelait *Los Brujos*, « Les Magiciens ». *Los Brujos* étaient des adolescents qui travaillaient comme revendeurs de drogue pour le compte de clones mafieux sans envergure. Après, ils ont grandi, ils ont viré les clones et ont pris en main le marché qui consiste à fournir de la drogue aux enfants de leur propre communauté. Certains portent encore le pantalon noir.

– Comme une cravate d'université, observa Bo. Un réseau d'anciens élèves.

Estrella entourait son ventre rebondi de ses deux bras.

– Un avertissement, plutôt, rectifia-t-elle. Ce pantalon fait savoir aux autres dealers qu'il y a un *brujo* qui couvre le territoire. Ce n'est pas prudent de faire le malin avec eux. Ils tuent ceux qui veulent leur faire concurrence.

Bo admira la clarté du ciel à travers les branches nues d'un sycomore sur le terre-plein central entre Linda Vista Road et la rue perpendiculaire résidentielle qui s'appelait Morley Street.

– Comment sais-tu tout ça, Es ? Tu es une encyclopédie ambulante.

– J'ai un frère, répondit Estrella en vérifiant l'adresse sur la première feuille de son dossier.

– Et alors ?

– Alors c'est la petite maison jaune et marron, là, celle qui n'a pas de porte moustiquaire. Et mon frère est allé se mêler aux *Brujos* quand il n'avait que quartorze ans. Il a eu des ennuis avec la police. Mon père travaillait comme contremaître dans une grande plantation d'avocatiers, vers le nord, il gagnait bien sa vie, mais il est revenu à la maison pour s'occuper de Berto. Mon frère s'appelle Roberto. Mais le gang ne voulait pas le lâcher, ils l'ont menacé, ils l'ont passé à tabac. Une fois, ils ont lancé une brique par la fenêtre de notre salon : ils avaient collé dessus avec du scotch un petit crâne en plastique phosphorescent comme ceux qu'on achète pour Halloween. Cela signifiait que Roberto allait mourir. Je n'avais que huit ans à l'époque.

– Mon Dieu, Es, qu'est-ce qui s'est passé ?

– Mon père a pris des dispositions pour que Roberto aille vivre avec des parents à nous au Mexique, à Zacatecas. Ils étaient très pauvres, et malgré l'argent que leur envoyaient mes parents, Berto a dû travailler. Tout le monde travaille là-bas ; la vie est dure. Il y est resté quatre ans, il a arrêté ses études, à dix-huit ans il a épousé une fille de là-bas parce qu'elle était enceinte de lui. Un an après, il est revenu, mais la fille et ma nièce, que je n'ai jamais vue, sont restées là-bas. Sa fille a dix-sept ans maintenant. Elle va terminer ses études secondaires cette année.

Bo regarda un bus s'arrêter pour faire monter une femme aux cheveux blancs qui ressemblait à Lady Baden-Powell. Trois ans dans le même bureau, et elle ne connaissait pas Estrella Benedict, sa meilleure amie ; pas du tout.

– Tu ne m'avais jamais parlé de tout ça, de ton frère, Es. Pourquoi ? Toi, tu sais tout sur le suicide de ma sœur, ma psychose maniaco-dépressive, ma vie amoureuse débridée avant Andy, tout. Pourquoi ne m'as-tu pas… ?

Estrella fit avancer Bo vers la maison jaune et marron.

– Ce n'est pas la même chose, soupira-t-elle. Tu es blanche. Tu viens d'une bonne famille de Boston. Ta mère jouait du *violon*. Quand tu entres dans un restaurant, personne ne te regarde en se demandant si tu vas voler les cendriers ou filer avant de payer l'addition. Je n'avais pas envie que tu saches ça.

– Que je sache quoi ? fit Bo en déboutonnant son manteau et en arrachant avec colère un lambeau de soixante centimètres de la doublure qui pendait. Qu'après tout ce temps, tu n'as pas confiance en moi ?

Estrella prit le morceau de tissu écossais de la main de Bo et le fourra dans son sac.

– Bon, mon frère porte des bottes de cowboy, un filet dans les cheveux, et il se croit *muy macho*, dit-elle en regardant droit devant elle. Il a divorcé de la fille du Mexique, n'a jamais repris ses études, travaille de temps en temps dans des stations de lavage de voitures ou des fast-foods mexicains à Los Angeles, où il vit avec une femme qu'il n'a pas épousée mais à qui il a fait cinq enfants aux besoins desquels il ne pourvoit pas. Les enfants et elle vivent d'allocations sociales et de l'argent que ma sœur et moi lui envoyons. Il boit trop et quand il se sent vraiment *macho*, il lui brise les côtes. Elle le met dehors mais un mois plus tard, il revient. Ça dure depuis des années. Il ne frappe pas les enfants, sinon j'appellerais les SPE de Los Angeles pour le dénoncer moi-même, et il le sait. Mon frère est un moins que rien, un raté agressif et j'ai honte de lui. Alors, tu as l'impression qu'on te fait confiance maintenant ?

– Pardon, Es, répondit Bo qui se trouva trop grande, trop pâle, trop à l'aise en anglais, et trop privilégiée pour se trouver sous un petit érythrine, devant une maison minable avec, scotchée sur la porte, une guirlande en papier qu'avait confectionnée un enfant. Je ne voulais pas me sentir… tenue à l'écart, c'est tout.

– Eh bien, maintenant, tu ne l'es plus, soupira Estrella en prenant le bras de Bo pour garder l'équilibre comme elles montaient trois marches en bois affaissées pour accéder à la petite véranda.

– *¿ Bueno ?* dit une femme ronde en ouvrant la porte.

Elle était vêtue d'un fuseau en nylon rouge et d'un sweat-shirt rose orné de paillettes. Derrière elle, Bo aperçut une petite fille qui portait une robe et un pull sur un pantalon en velours côtelé vert trop grand pour elle, occupée à jouer par terre avec une poupée Barbie blonde et crasseuse. Pendant qu'Estrella et la femme avaient une conversation animée en espagnol, Bo s'installa dans un fauteuil poire en fausse fourrure qui avait jadis été de couleur violette mais dont le haut décoloré avait pris un ton gris sale. De cette place stratégique proche du sol, Bo devait lever les yeux pour regarder les deux autres femmes assises sur le canapé, dont les silhouettes se découpaient devant la fenêtre ouvrant sur la véranda. Elle se dit que cette position la mettait à distance confortable d'une conversation dont elle ne comprenait pas un mot.

– *Sí, gracias*, dit Estrella au bout d'un moment.

Puis elle dit quelque chose à la petite fille, ce qui eut pour effet de lui faire enlever son pull avant de se pencher sur la Barbie, la tête touchant le sol.

Bo regarda Estrella déboutonner le haut de la robe de l'enfant et prendre une photo du dos dénudé avec un Polaroid. Aux yeux de Bo, les faibles marques qui étaient visibles ressemblaient moins à des brûlures qu'à des égratignures. Des égratignures qui représentaient une sorte de dessin, comme des branches d'arbre posées verticalement sur la colonne vertébrale de l'enfant.

– Demande-lui si ses amis et elle ont joué à chat avec des bâtons, dit-elle à Estrella.

La petite fille se releva et considéra Bo avec mépris.

– Elle a pas besoin de me demander ça. Je comprends l'anglais. C'est quoi, ce jeu ?

– Il faut attraper quelqu'un en lui courant après et en le touchant. Quand on est touché, on est pris, expliqua Bo.

– Je joue pas à ça, dit doucement la petite fille. Je joue avec des poupées. Lai a une poupée exactement comme la mienne, sauf que son frère lui a coupé les cheveux. Son frère, c'est Chu. Il est en cours préparatoire.

Lai et Chu. Bo lança à Estrella un regard stupéfait, les yeux écarquillés. Elle venait de comprendre et articula une unique syllabe. « Hmong », qui se prononce « Mang ». C'était le nom d'un peuple ancien délogé de ses montagnes du Vietnam par une guerre qui ne le concernait en rien. De nombreux Hmongs étaient venus aux États-Unis en tant que réfugiés. Un pourcentage considérable d'entre eux avaient fini leur périple à San Diego et s'étaient installés dans ce quartier, auprès de compatriotes qu'ils n'auraient jamais vus dans leur pays natal. Les Hmongs étaient un peuple de l'âge de pierre et ils étaient restés entre eux dans les montagnes de l'Asie du Sud-Est. Et ils avaient maintenu vivantes certaines traditions anciennes honorant le rapport mystique entre l'humanité et la nature. L'une de ces traditions voulait que l'on appuie une branche chauffée sur le dos d'un enfant pour marquer le lien qu'il avait avec les forces naturelles et pour lui porter bonheur. Madge avait tenu à ce que tous les membres de son service assistent à un stage interne pluriculturel sur les pratiques hmongs, moins d'un mois auparavant. Pour une fois, Bo dut reconnaître que sa chef avait eu raison.

– Est-ce que Lai et Chu sont tes meilleurs amis ? demanda Estrella en entamant un interrogatoire gentil qui allait révéler une intéressante dimension du mélange culturel de ce quartier.

– Lai est mon amie, répondit la petite fille d'un ton las. Chu est un *garçon.*

L'ignorance aveugle dont faisaient preuve les adultes pour une réalité sociale immuable remplissait sa voix de condescendance.

– Bien sûr, dit Estrella avec un sourire. Ce que je peux être bête, quelquefois. Mais je suis sûre que toi et Lai, vous vous amusez beaucoup, vous avez des secrets, vous jouez ensemble, non ?

Bo accepta un verre de thé chaud que lui offrait la grand-mère et se renfonça dans son siège pour attendre la fin de l'histoire, qui allait raconter comment un enfant originaire d'une ancienne tribu asiatique avait dessiné sur le dos d'une petite fille hispanique un motif secret, un arbre, afin de lui porter bonheur. Ces égratignures étaient la marque d'une amitié, pas d'une agression. Bo aurait souhaité que l'affaire Janny Malcolm puisse se résoudre aussi facilement, mais il fallait commencer par comprendre de quoi il s'agissait.

Qu'est-ce qui, chez cette étrange adolescente, avait bien pu perturber Madge Aldenhoven au point de l'entraîner à commettre une infraction sans précédent au code des procédures ? Bo étouffa un bâillement pendant qu'Estrella continuait son interrogatoire. Un convecteur électrique situé près de la porte de la cuisine se mettait en marche toutes les quatre minutes et soufflait de l'air chaud sur la joue de Bo. La chaleur la faisait tomber dans une douce torpeur et, pour éviter de piquer du nez chez un client, ce qui aurait été on ne peut moins professionnel, elle concentra son attention sur des détails de la silhouette d'Estrella, devant la fenêtre. Elle se sentit soulagée lorsqu'un homme apparut sur la véranda, passa devant cette fenêtre. Cela lui procurait un sujet de réflexion, un moyen de rester éveillée. C'était peut-être le facteur, ou l'un des voisins de la maison mitoyenne. Pourtant, cet homme lui rappelait quelque chose. Son pull. L'un de ces pulls aux motifs sophistiqués que portent invariablement les hommes qui mettent aussi des bagues en or voyantes. C'était le *brujo* qu'elles avaient vu dans la rue !

Des coups violents frappés sur la porte d'à côté, la porte qui s'ouvrait, des paroles agressives en espagnol puis dans un dialecte asiatique. La conversation était audible à travers le mur qui séparait les deux habitations. Bo vit l'inquiétude se peindre sur le visage d'Estrella, de la petite fille et de la grand-mère. Alors, effectuant une série d'actions bien rodée, la vieille femme courut pousser le verrou de la porte d'entrée, força l'enfant à se relever et l'entraîna vers la cuisine puis dans la chambre dont elle referma la porte sur elles. Lorsqu'à côté les voix se firent moins sonores, mais plus menaçantes, Bo vit Estrella pâlir et se lever, puis remarquer la fenêtre derrière elle et se laisser vivement retomber sur le canapé en se penchant latéralement. Elle tenait ses genoux ramenés vers la poitrine, tout le corps en boule pour protéger son abdomen. Soudain, Bo comprit tout.

– Le bébé ! hurla-t-elle en s'extirpant de son fauteuil et en se jetant devant Estrella, au moment où retentissait une explosion assourdisante qui fit voler un nuage d'éclats de bois et de poussière blanche vers le plafond.

Une seconde explosion retentit sur la véranda, suivie d'un choc lourd qui lui donna un haut-le-cœur. Elles entendirent ensuite des mouvements désespérés dans l'appartement voisin, un bruit de course, le silence. Bo calcula que tout s'était déroulé en moins de dix secondes. Estrella sanglotait.

– C'est fini, Es, dit Bo qui sentait son cœur battre à tout rompre. Il y en a un sur la véranda, probablement abattu. Il ne bouge pas. L'autre s'est enfui.

– Ne *sors* pas, murmura Estrella quand Bo leva la tête pour jeter un coup d'œil par la fenêtre. Appelle la police et ne t'approche pas de la fenêtre avant qu'ils l'aient emmené. Il pourrait y avoir d'autres coups de feu. Reste accroupie et trouve un téléphone.

Quand Bo se laissa tomber sur le sol, elle remarqua que les cheveux de la poupée Barbie étaient pleins d'éclats de verre provenant de l'écran de la télévision pulvérisé, et que son manteau noir était recouvert d'une pellicule de poussière blanche. L'espace d'un instant, elle se fit l'impression d'être un fantôme, comme si, en fait, elle avait réellement été touchée par une balle qui l'avait tuée mais ne s'en était pas encore rendu compte. Les choses pouvaient se passer comme ça, se dit-elle. Comme dans un rêve où l'on se croit debout, habillé, prêt à partir travailler, et au réveil on s'aperçoit qu'on a été piégé par son esprit, on est toujours au lit et on va être en retard. Peut-être qu'après la mort, l'esprit rêve les instants qu'on s'apprêtait à vivre, songea-t-elle. Peut-être que l'esprit maintient l'illusion de la vie tant que la dernière particule d'oxygène n'a pas quitté la dernière cellule cérébrale, et qu'ensuite, cette illusion s'efface et tout devient noir.

– Es, est-ce que je suis morte ? hurla-t-elle à quatre pattes, d'une voix brisée par la panique.

Estrella perçut son désarroi et se laissa glisser au sol.

– Non, mais tu es sûrement un peu en état de choc, lui dit-elle doucement. Tu as dû avoir une prémonition, ou quelque chose comme ça, juste avant. Tu n'as pas pu comprendre ce que ça voulait dire en espagnol quand le *brujo* a dit : « Si tu tires, tu signes ton arrêt de mort », mais on dirait que tu savais ce qui allait se passer et tu as essayé de me protéger, moi et le bébé. Nous t'en remercions, Bo, nous t'aimons. Maintenant, détends-toi en attendant de te remettre du choc, d'accord ? Quelqu'un aura sûrement appelé la police. Détends-toi.

– Es, s'il suffit de deux coups de feu pour me faire perdre les pédales, quel effet ça peut avoir sur des gamins qui vivent ça toute leur vie ? Des petits enfants qui endurent ça tous les jours ?

– Peut-être qu'ils se croient morts, eux aussi, répondit Estrella à travers ses larmes au moment où une sirène retentissait et venait s'arrêter devant la porte verrouillée.

– Appelle le médecin légiste, lança une voix d'homme d'un ton détaché. Celui-là, il est foutu.

Bo et Estrella se levèrent pour s'approcher de la fenêtre et virent le *brujo* recroquevillé sur les marches, le pull trempé de sang. La porte qui donnait sur l'arrière de la maison claqua, indiquant que la petite fille et sa grand-mère étaient parties pour éviter d'avoir à affronter la police. Et Bo trouva que c'était une bonne idée.

– On devrait filer d'ici avant qu'il ne soit trop tard, suggéra-t-elle. Je vais appeler Dar du bureau et lui dire que nous étions là. Si les enquêteurs ont besoin de nous, nous pourrons leur parler après.

– Bien vu, acquiesça Estrella dont le visage se crispa alors qu'elle se dirigeait vers la porte de derrière. Je me sens vraiment drôle, Bo. C'est peut-être seulement parce que je suis un peu secouée, mais j'ai des espèces de douleurs…

– Oh, mon Dieu !

Bo sortit son badge des SPE de sa poche et ouvrit la porte d'entrée en le brandissant bien en évidence. Un vulgaire bout de plastique avec un clip, cela manquait un peu de panache, se dit-elle.

– Bo Bradley, des SPE, gronda-t-elle d'un ton autoritaire à l'adresse du policier en uniforme. Ma collègue et moi-même interrogions quelqu'un ici quand les coups de feu ont été tirés à côté. Personne n'a été blessé ici, mais ma collègue est enceinte et presque à terme, elle a besoin d'être immédiatement transportée à l'hôpital ! Le choc a peut-être déclenché…

– Oh, merde, murmura le policier trapu et myope tandis que ses joues roses blêmissaient. Nous sommes sur les lieux d'un crime, les témoins doivent rester pour être interrogés. Et elle, elle va avoir un *bébé* ?

– Ça, elle ne va pas avoir un chrysanthème, répliqua Bo.

Elle s'aperçut que l'une des épaisses semelles du policier se trouvait dans une flaque de sang rouge sombre.

– Et comme nous sommes venues à pied, il va nous falloir une voiture de patrouille pour la transporter.

– Madame, il m'est impossible de donner un tel ordre. Vous n'avez qu'à appeler une ambulance. Nous ne sommes pas une station de taxis. Nous avons une enquête à mener.

Bo regarda le nom qu'il portait sur son uniforme. W. M. BEADER. Pas de grade. Ce qui signifiait que Bill Beader était un bleu qui assurait l'accueil dans les bureaux de la police municipale, de l'autre côté de Linda Vista Road. C'était pour cela qu'il était arrivé aussi vite.

– Beader, lui intima-t-elle, vous avez le choix entre soit des félicitations pour votre coopération avec les Services de Protection de l'Enfance, soit un blâme pour non-assistance à personne en danger, en l'occurrence un autre représentant de la loi. Que ce soit l'un ou l'autre, cela restera dans votre dossier jusqu'à la fin de vos jours, mais dans le deuxième cas, cela bloquera votre carrière, que vous passerez derrière un bureau, parce qu'il n'y a pas un flic au monde qui acceptera de faire équipe et de patrouiller dans les rues avec un type qui place le règlement avant l'assistance à l'un des siens. À vous de choisir.

– Montez, soupira-t-il en faisant un geste vers le véhicule garé au bord du trottoir. Je l'emmènerai moi-même dès que les gars de la Criminelle seront arrivés.

Bo tendit l'oreille en entendant le hurlement de sirènes qui remontaient Linda Vista Road.

– Les voilà, constata-t-elle. Es, quel hôpital ?

– Miséricorde, répondit Estrella, le teint pâle. Bo, je crois que le moment est arrivé !

– Oh là là, firent Bo et le jeune policier à l'unisson avant de l'aider à descendre les marches et à traverser la foule de badauds pour rejoindre le véhicule.

– Girophare et sirène, ordonna Bo depuis le siège arrière isolé par une grille en acier.

– Je veux, répondit Bill Beader qui démarra comme s'il était poursuivi par des vampires.

4

Sur la piste de l'aérodrome Lindberg, à San Diego, un vol American Airlines qui faisait la navette au départ de l'aéroport international de Los Angeles acheva le trajet de trente minutes qu'il effectuait à basse altitude au-dessus de l'océan en suivant la côte. Essentiellement composés de touristes et d'hommes ou de femmes d'affaires, les passagers débarquèrent en empruntant la passerelle télescopique. Trois minutes plus tard, aucun d'eux n'aurait pu décrire la couleur des sièges de l'avion ni indiquer à quelle place il était assis. Aucun ne remarqua que l'équipage les observait de près tandis qu'ils quittaient l'appareil. Et aucun ne savait que l'équipage au sol qui déchargeait les bagages en dessous d'eux attendait de savoir quel message codé il fallait exécuter : « Déplacez l'avion avant de décharger le cadavre », ou « Attendez quinze minutes avant de décharger le cadavre à cette porte ». Si les choses se passaient sans accroc, comme elles se passaient tous les jours dans des centaines d'aéroports, les passagers ne sauraient jamais qu'ils avaient voyagé en compagnie d'un mort.

Les conditions optimales consistaient à déplacer l'avion et à l'amener devant une autre porte pour décharger la boîte en carton discrète mais soigneusement close. Ainsi, au cas où l'un des passagers resterait dans la zone de débarquement et apercevrait par hasard à travers la vitre le déchargement de ce long carton, cette personne supposerait que le corps avait été transporté dans un autre avion que le sien. Aucune des tentatives effectuées par les compagnies aériennes n'avait pu réussir à convaincre le personnel de traiter ces inévitables colis comme il traitait n'importe quel autre bagage. Quelque chose, pour les jeunes gens musclés employés à ce travail de force, paraissait exiger un rituel respectueux. Ils portaient le carton sur leurs épaules comme s'il s'agissait d'un vrai cercueil, se donnaient un mal fou pour l'entourer de couvertures protectrices et l'arrimer sur le chariot de transport, ils enlevaient leur casquette, effectuaient des gestes religieux, et même, ils priaient. Et si ces démonstrations étaient observées par l'un des passagers qui venaient de voyager dans cet avion, des problèmes pouvaient s'ensuivre. Parce que les compagnies aériennes avaient appris que même les personnes les plus rationnelles ressentent un certain malaise à se savoir enfermées dans un espace clos avec un mort. Et ce malaise peut se traduire de manière rétroactive dans une baisse des ventes de billets. C'était une règle commerciale ancienne qui voulait que les passagers ne devaient jamais connaître la nature de certain fret avec lequel ils avaient pu être amenés à voyager.

Ce jour-là, l'avion ne fut pas déplacé. Le carton venant d'une entreprise de pompes funèbres de Los Angeles fut déchargé et transporté sans autre indication vers la camionnette banalisée d'une entreprise de pompes funèbres de San Diego, garée à un endroit spécifique dans l'espace de déchargement des bagages. Le personnel, mal à l'aise, ayant respecté le délai de quinze minutes présumé nécessaire pour qu'aucun passager ne se trouve plus dans la zone de débarquement de cette porte, se sentit comme toujours soulagé lorsque la camionnette eut rejoint le flot des véhicules qui quittaient l'aéroport. La triste et vaguement effrayante responsabilité qui leur avait incombé leur avait été retirée.

Vingt minutes plus tard, le chauffeur de la camionnette, également embaumeur et cosmétologue, appuya sur un bouton de télécommande et entra à reculons dans le garage d'une entreprise de pompes funèbres du centre-ville. Ensuite, il referma promptement la porte du garage derrière lui. Il avait soixante ans et avait travaillé pour un bon nombre de ces entreprises. C'était toujours important de veiller à ce que les portes soient fermées.

Il fit glisser le carton de la camionnette sur un chariot à roulettes, puis le poussa dans la chambre froide sans allumer la lumière, serra le frein du chariot et ressortit pour aller fumer une cigarette. Le corps ayant été embaumé à Los Angeles, il n'y avait pas grand-chose à faire, à part s'occuper des vêtements et du maquillage. Et cela devrait attendre que la famille ou ceux qui avaient cette responsabilité lui apportent des vêtements et une photo ou une description afin de l'aider. Il aimait son travail et savait qu'il s'en acquittait bien, mais ce n'était pas le genre de choses dont les gens aimaient entendre parler.

Il rentra dans le garage par une porte latérale, relut les ordres épinglés sur un tableau en liège par le propriétaire-directeur des pompes funèbres, qui ne venait que pour les funérailles importantes. La plupart du temps, il jouait au golf, un portable à la ceinture pour prendre les appels professionnels.

Service demain midi dans la plus stricte intimité. Cercueil simple. Pas de déclaration publique, pas de rubrique nécrologique. Toute demande d'information doit être dirigée vers moi. Ne pas confirmer l'identité du défunt à la presse ni à aucune personne extérieure. Les frais seront couverts par des particuliers, Aldenhoven et Mandeer. Enterrement immédiatement après le service au cimetière du Mont-Espoir. Aldenhoven passera apporter des vêtements après 17 heures.

Le chauffeur eut un sourire de bonheur. Cela lui laissait tout le temps d'aller voir ce nouveau film de SF, celui avec des insectes mutants venus du futur par voie d'ordinateurs. Il serait de retour bien avant cinq heures.

Dans un étroit canyon sur la face sud du mont Fortuna, à trente kilomètres de l'entreprise de pompes funèbres, Daniel Man Deer regardait avec attention les excréments séchés d'un grand animal. Les déjections contenaient comme de coutume de la peau de souris, ainsi que celle, plus longue et plus substantielle, d'une biche. Il savait que le squelette de la biche devait se trouver quelque part au nord de l'autoroute 52, sur le vaste domaine que possédait toujours l'armée, au-delà des limites accessibles aux animaux humains. Mais pas inaccessibles, estima-t-il d'après la forme segmentée des déjections, à la race féline. Les excréments avaient été laissés au milieu d'un « couloir » qu'il avait soupçonné être celui d'un lynx. Maintenant il en était sûr. Sa prochaine tâche consistait à élaborer une méthode pour maintenir le lynx en vie.

À travers les verres correcteurs de ses lunettes de soleil, Man Deer scruta le sol autour de lui, cherchant à détecter l'éclat que lancerait un métal ancien, susceptible de lui signaler la présence d'une pièce d'artillerie qui n'avait pas explosé. Le parc avait servi de zone d'essais d'armements pendant la Deuxième Guerre mondiale, après quoi l'armée l'avait abandonné pendant un demi-siècle. Transformé en un parc régional de plus de deux mille cinq cents hectares, à douze kilomètres seulement du très animé cœur de San Diego, les gorges sauvages qui s'élevaient au-dessus de la rivière San Diego contenaient toujours la menace d'explosifs fabriqués pour arrêter le Reich d'Hitler. N'ayant rien repéré d'inquiétant, il étendit lentement son mètre quatre-vingt-cinq tout en muscles sur le sol et pensa à la mort. Et aux morts.

Selon son raisonnement, dans la nature, la mort n'exige rien en dehors d'elle-même. Il ne faisait aucun doute que la biche avait été malade, blessée, ou vieille, et rapidement tuée, probablement par des coyotes. La présence de la fourrure de l'animal dans les déchets du lynx indiquait que le félin n'avait pas été le premier à se nourrir de son cadavre. Les premiers prédateurs s'arrogeaient invariablement le foie riche en protéines et d'autres organes internes, laissant le reste à ceux qui viendraient après. La biche avait simplement pris sa place dans la chaîne alimentaire, sans souffrances prolongées ni traumatisme inutile.

Mais la mort humaine était quelque chose de radicalement différent. La mort humaine exigeait hommages, rites et stratagèmes pour protéger les vivants contre ses réalités impossibles à connaître. Des réalités qui pouvaient transgresser les limites entre les vivants et les morts si on ne les maîtrisait pas. Daniel Man Deer avait appris tout cela à la suite d'une effroyable expérience vécue par le passé. Avec un léger hochement de tête, il soupira et accepta le fait que cela pouvait se reproduire. Il n'en était pas sûr, mais il avait une intuition quant à ce qui avait réveillé Mary, dans la nuit. Ce qui l'avait fait hurler de terreur et s'agripper à lui dans le noir.

Il lui apparut que cette crise était peut-être la raison ayant provoqué les changements qui s'étaient imposés à lui ces deux dernières années. Sa retraite anticipée à cinquante-huit ans, après une longue et fructueuse carrière dans les prêts bancaires. Le fait de reprendre l'ancienne orthographe kumeyaay de son nom de famille, même si Mary avait trouvé cela ridicule et refusé de changer son nom à elle, abandonnant la forme anglicisée « Mandeer » pour la forme indienne « Man Deer [1] ». Peut-être cette crise avait-elle engendré la nécessité des recherches obstinées sur la vie de son grand-père Jeremiah Man Deer, un docker de San Diego qui avait déchargé des cargos pour quinze dollars par semaine jusqu'au jour où il avait été battu à mort par un gang de jeunes enseignes de vaisseau vêtus de l'uniforme blanc de la marine.

Dan n'avait jamais connu son grand-père, mais maintenant, il le connaissait. Sous le polo vert forêt des bénévoles du parc régional de Mission Trails, il portait un éclat de pierre monté sur un lien en cuir. Une pierre qui provenait du défilé de la rivière, en dessous de lui, où ses ancêtres avaient vécu plus de dix mille ans avant l'arrivée des Espagnols. Dans son cœur, il avait le sentiment de connaître ceux qui avaient disparu, et il était déterminé à leur rendre hommage en protégeant les choses sauvages qui erraient encore avec leurs esprits sur ces terres. En échange, ils lui montreraient comment protéger Mary contre le malheureux esprit

1. « Man Deer » : littéralement, Homme Cerf. *(N.d.T.)*

qui tentait peut-être de l'atteindre, depuis le royaume des morts. Ils l'aideraient. Et il serait prêt.

Dans le gris silencieux qui envahissait le canyon, il reconnut l'approche de la pluie, et sourit. Tout comme les sommets de Santiago qui dominaient la gorge depuis cent cinquante millions d'années, il appartenait à cette terre. Quelques gouttes de pluie n'y pouvaient rien changer.

5

Des nuages gris étain formaient des tours cotonneuses quand Bo se glissa dans la voiture de Madge Aldenhoven devant l'hôpital de la Miséricorde. Éclairés sur l'arrière par le soleil qu'ils dissimulaient, tout en le laissant percer à travers des déchirures de bleu, les nuages paraissaient frangés d'or. Bo n'aurait pas été surprise de voir surgir parmi eux des angelots de la Renaissance sonnant de la trompette. Cette image fut pour elle un nouveau rappel de toutes les cartes de Noël qu'elle n'avait pas encore envoyées.

– À quel stade du travail Estrella en est-elle ? demanda Madge avec sa précision habituelle.

– Elle a des contractions, qui sont apparemment une fausse alerte, donc ce n'est pas aujourd'hui que mon ou ma filleul(e) va faire ses débuts dans le monde, répondit Bo. Mais elle a un problème de tension artérielle. Son médecin veut qu'elle reste à l'hôpital tant qu'elle n'a pas les résultats des analyses. Ensuite, elle lui a dit qu'elle devra rester chez elle jusqu'à la naissance. Je dois dire qu'elle a explosé quand nous lui avons raconté ce qui s'est passé aujourd'hui, les coups de feu et tout. Ce que les médecins peuvent être dirigistes, parfois…

– Le médecin d'Estrella a entièrement raison de lui conseiller de rester à la maison, l'interrompit Madge en pinçant les lèvres. C'est un métier dangereux. Je ne pense pas que vous compreniez à quel point il peut être dangereux.

Une énorme goutte de pluie vint frapper le pare-brise de Madge, créant dans la poussière une forme qui rappela à Bo celle d'une plaquette de sang. La voix de sa supérieure hiérarchique tremblait d'émotion. De colère, pensa Bo, ou de peur.

– Avec ce qui s'est passé aujourd'hui, nous avons eu une chance inouïe, dit Bo.

Elle haussa les épaules et passa les mains dans sa chevelure auburn mêlée de gris.

– Il y a trop d'hommes qui se baladent avec des armes. Les gens se font tirer dessus dans les centres commerciaux, dans les parcs, dans leur propre voiture arrêtée à un feu rouge. Ce que je n'arrive pas à comprendre, c'est comment vous avez pu savoir qu'Es allait avoir des ennuis, comment vous avez eu l'idée de m'envoyer là-bas avec elle. Parce que, franchement, deux enquêtrices pour une seule affaire, c'est une entorse au règlement.

– Je ne le savais pas, fit Madge en tournant avec prudence pour accéder au vieux Cabrillo Highway qui traversait le cœur de San Diego du nord au sud. J'étais seulement inquiète en raison de la vulnérabilité d'Estrella. Elle aurait dû se mettre en congé depuis des mois.

– Hum, répondit Bo pour rester neutre tandis qu'elles passaient sous le pont tout décoré de Laurel Street dans Balbao Park.

Pendant les vacances, le pont était orné de guirlandes de lumières orange, créant une atmosphère de rêve que Bo associait à Venise, bien qu'elle n'ait jamais vu cette ville. Le pont illuminé lui rappela une nouvelle fois que le temps qui lui restait pour acheter ses cadeaux diminuait de minute en minute. Elle n'avait toujours rien à offrir à Andy, rien pour Estrella et Henry, ni pour Eva Broussard, sa psy. Pas le moindre petit cadeau gentil pour ses collègues ou pour la voisine qui s'occupait tous les jours de Molly.

– À vrai dire, fit-elle avec un soupir à fendre l'âme qui recouvrit le bruit humide et saccadé des essuie-glaces de Madge, je me sens un peu secouée, moi aussi, maintenant que la pression retombe. Il vaudrait peut-être mieux que je prenne mon après-midi, que j'aie quelques heures pour reprendre mes esprits.

– Bien sûr, acquiesça Madge sans ajouter son habituel sermon sur la conscience professionnelle. Je vais classer le dossier d'Estrella et transférer celui de la petite Malcolm au bureau des placements dans des familles. Vous devriez peut-être appeler votre psychiatre, aussi. Je suis sûre qu'une expérience violente comme celle-ci peut constituer, euh, peut présenter des difficultés pour quelqu'un qui a, euh, vos problèmes.

Bravo, Madge, comme c'est bien dit ! Un peu plus de délicatesse et même moi, je n'aurais pas compris de quoi vous vouliez parler.

– C'est très gentil à vous, Madge, fit-elle d'un ton plein de gratitude. Mais vous savez, je ne me sens pas le droit de classer l'affaire Malcolm avant d'avoir au moins rencontré la famille où elle est placée. Cette jeune fille était en grande décompensation hier soir ; elle a dû être attachée. Dans l'éventualité où cette affaire devrait être renvoyée devant le juge pour enfants pour une modification de placement ou autre chose à l'avenir, ce rapport va avoir piètre allure s'il ne rend pas compte d'une enquête sérieuse.

Sur le volant noir, les mains de Madge se crispèrent.

– Je présume que par « grande décompensation », vous voulez parler d'hystérie, dit-elle.

– En fait, « hystérie » veut dire « utérus flottant », dit Bo avec un sourire en rentrant le cou dans le col de son manteau. Jusqu'à une période très récente, la faculté de médecine dominée par les mâles avait la certitude que les changements d'humeur chez les femmes étaient causés par des utérus mal amarrés qui flottaient comme des sachets de chips vides sur l'étang d'un parc public. Maintenant ils sont un peu gênés et ils n'utilisent plus beaucoup ce terme. Et « en décompensation » veut dire psychiquement fragile, ayant du mal à évaluer la réalité. Janny Malcolm avait peur de quelque chose, elle se débattait, par moments elle n'était pas capable d'évaluer où elle était ni ce qui se passait. Mais je ne crois pas…

– De quoi avait-elle peur ? l'interrompit Madge.

Les différentes parties de son visage étaient étonnamment saillantes sous une peau pâle et sèche.

– C'est difficile à dire, répondit Bo en esquivant instinctivement la question. C'est pour ça que je veux parler aux parents de la famille où elle est placée. Vous savez ce que raconte la presse, ces temps-ci. Ils disent que les SPE s'amusent à transférer les gamins d'une famille à l'autre sans rien vérifier. Je crois que nous ferions bien de nous couvrir, là.

– Au cas où cette adolescente aurait un problème qui nécessiterait un environnement plus stable, un suivi plus médicalisé, dit Madge qui suivait ses propres pensées. Je vous donne mon accord, mais je veux voir ce dossier sur mon bureau demain en fin de journée. Nous serons vendredi. Je ne veux pas que cette affaire reste en attente tout le week-end, au-delà de la période des quarante-huit heures autorisées pour l'enquête. Tout dépassement entraîne automatiquement un retour devant le juge. Il faut éviter cela.

– Message reçu, répondit Bo en feignant de s'intéresser à deux clochards qui, sous la pluie, fouillaient les aizoacées qui bordaient la rampe d'accès à l'autoroute à la recherche de ce qui pouvait être recyclé. Vous savez depuis combien de temps Janny est placée dans des familles ? Je n'ai pas encore regardé le dossier, mais il a l'air plutôt mince. Elle est nouvelle, chez nous ?

Madge écrasa la pédale d'accélérateur et vira à gauche pour quitter Genesee Avenue et prendre Linda Vista Road juste au moment où la flèche orange passait au rouge. Dans l'obscurité baignée de pluie, Bo eut la certitude de voir des larmes dans les yeux violets de sa chef de service.

– C'est un nom qui me dit quelque chose, dit Madge d'un ton brusque. Mais je ne connais pas les détails.

Bo avait entendu les mensonges que lui avaient faits des tortionnaires d'enfants, des drogués, des sadiques, au cours de son travail pour les SPE. Et chaque fois, elle savait qu'on lui mentait. Elle pouvait détecter un mensonge dès la seconde où il était prononcé. Quand Estrella lui avait demandé comment elle s'y prenait, comment elle savait, Bo avait essayé de le lui expliquer dans ses propres termes.

– Je sais que ça va te paraître bizarre, lui avait-elle dit, mais c'est un sentiment. Un sentiment qui sent le *bleu.* Comme un éclair bleu que je sens derrière mon nez.

Cette fois-ci, c'était un bleu aigue-marine. Mais pourquoi Madge mentait-elle au sujet de Janny Malcolm ?

– Je vous remercie beaucoup d'être venue me chercher jusqu'à La Misécorde, dit-elle poliment quand Madge vira brusquement sur le parking des SPE.

– Je fais de mon mieux, répondit Madge avec un trémolo dans la voix.

Bo sentit que cela n'avait rien à voir avec l'hôpital de

La Miséricorde, avec Estrella, avec elle, ni avec quoi que ce soit dans le contexte immédiat.

– Bien sûr, dit-elle chaleureusement en essayant de ne pas se souvenir de plusieurs occasions où Madge avait insisté pour que les SPE libèrent Bo Bradley de ses fonctions. À demain.

Bo se précipita dans l'immeuble et s'empara du dossier de Janny Malcolm sur son bureau sans se préoccuper des petites notes roses, une par message téléphonique, qui étaient empilées à côté. C'était forcément des pièges dont la responsabilité ne lui laisserait aucune issue. Mieux valait ne pas les regarder.

Un quart d'heure plus tard, elle était à l'abri dans un des plus luxueux grands magasins de la Vallée de la Mode, le centre commercial du centre de San Diego le plus proche de son bureau, admirant des décorations de Noël d'un goût si raffiné qu'elles condescendaient à peine à être rouges et vertes. Il s'agissait d'un bordeaux profond associé à une couleur qui ressemblait au clair de lune sur un pin de Murray. Bo respira à fond et s'apprêta à passer un moment merveilleux.

Pour Madge, pour les autres travailleurs sociaux de son service et les employés de bureau, elle acheta des pommes piquées sur des bâtons en bois peint, recouvertes de chocolat belge et d'éclats d'amandes, et enveloppées dans de la cellophane rouge retenue par une petite serviette vichy. Ensuite, pour offrir à la vieille dame qui s'occupait de sa petite chienne pendant la journée, elle choisit un plaid en laine écossais, lavable, espérant que sur le tartan MacAlister, les poils roux de Molly ne seraient pas trop visibles. Elle estima qu'Estrella et Henry auraient bientôt besoin de se souvenir de l'histoire d'amour qui avait amené chez eux un nouveau venu bruyant et exigeant. Des draps en soie brodés d'un ton crème qui mettrait en valeur les cheveux noirs et le teint de son amie. Avec un sourire espiègle, elle tendit sa carte de crédit à la caissière. Es ne se serait jamais acheté quelque chose de si onéreux. C'était parfait.

– Je suis désolée, mais il y a apparemment un problème avec votre carte de crédit, dit la caissière d'un ton enjoué. Je vais vous demander d'attendre un instant pendant que je vérifie.

– Ah, elle est peut-être au maximum, dit Bo, contrariée.

Elle venait d'envoyer une somme importante pour équilibrer son compte en banque, mais la transaction n'avait probablement pas encore été effectuée. Les deux achats précédents avaient épuisé les limites fort peu considérables de son crédit.

– Je vais faire un chèque.

Il faut passer au plan B, Bradley. Tu dois admettre que ta dernière folie en phase maniaque, le siège inclinable avec le tissu de ton choix, t'a complètement ratissée. INTERDIT DE FAIRE LES MAGASINS !

Un mois plus tôt, elle s'était rendue avec Estrella et Henry dans une boutique de meubles afin de les aider à trouver un fauteuil confortable pour les futurs câlins et têtées à trois heures du matin. Mais leur choix avait été tellement parfait pour Bo également, le dossier inclinable et le soutien lombaire avaient un effet si prodigieux, qu'elle s'en était commandé un aussi. Et elle avait été hypnotisée par la gamme de tissus disponibles qu'avait déployée pour elle un vendeur qui, elle s'en souvenait encore, portait une cordelière en guise de cravate. La livraison du siège avait été à l'origine d'une dispute avec Andy, qui y avait vu la preuve qu'elle ne viendrait jamais habiter chez lui, et non simplement la manifestation d'une propension typiquement maniaque à trop dépenser. Maintenant, Noël approchait et elle n'avait plus de réserve d'argent pour ses cadeaux. Ce fauteuil représentait clairement tout ce qui en elle nécessitait du travail, se dit-elle, mais zut. C'était le meuble le plus confortable qu'elle ait jamais eu, et elle l'adorait.

– Un chèque, ce sera parfait, dit la caissière, à condition qu'il vienne d'une banque locale et que vous ayez un permis de conduire délivré en Californie.

– Vous savez quelle est la capitale du Montana ? contra Bo en montrant sa carte des SPE au lieu de son permis de conduire pour déstabiliser cette femme.

– Helena. Merci beaucoup, madame Bradley. Joyeux Noël.

Force lui fut de constater qu'il était impossible de déstabiliser les employés des grands magasins de luxe.

Le ciel s'éclaircissait déjà lorsqu'elle dépassa un arbre immense composé de poinsettias au milieu de la partie extérieure du centre commercial. Une mère qui n'en pouvait plus, vêtue d'un trench-coat ceinturé, essayait de photographier l'arbre tandis qu'une petite fille tirait le pan de son manteau.

– Je veux voir les poupées, pleurnichait la petite en montrant une boutique spécialisée que Bo n'avait jamais remarquée. Mamaaaaan. T'avais *promis*...

La vitrine de la boutique rappelait les élégants magasins de l'ancien temps, où Dickens aurait pu s'arrêter. Des huisseries en bois, la vitre embuée de faux givre. Des lanternes accrochées de chaque côté de la porte. Bas de porte et poignée en cuivre poli. Des haut-parleurs invisibles faisant entendre les accents de *God Rest Ye, Merry Gentlemen*, joué par un orchestre de cuivres. Enchantée, Bo approcha pour admirer la vitrine où des elfes animés s'activaient dans un atelier miniature. Une profusion de poupées partageaient la vitrine avec eux.

Bo reconnut Ann et Andy, les poupées de chiffon, Howdy Doody, les personnages des *Quatre Filles du docteur March* et le Pillsbury Doughboy, avant que son attention ne soit captée par un splendide poupon dans un panier blanc, installé sous un arbre de Noël aux lumières clignotantes. Il était en biscuit, et les détails en étaient admirables. Son petit nez épaté lui rappela étrangement quelqu'un. Bo donna quelques coups d'épaule pour parvenir à entrer dans la boutique pleine de monde, et eut soudain la sensation d'être envahie par une sorte de pressentiment.

– Le poupon qui est dans la vitrine, dit-elle lorsqu'une vendeuse surmenée approcha, celui qui est dans le panier. Est-ce que c'est quelque chose de spécial ? C'est une très belle réalisation.

– C'est Johanna, répondit la vendeuse comme si ce nom expliquait tout. Une pièce de collection. Voulez-vous la voir ?

– Oui, dit Bo dont la tête commençait à tourner.

Elle n'avait jamais joué à la poupée, même quand elle était petite, parce que ces jouets lui faisaient peur. Leur immobilité lui procurait un sentiment de malaise comme si elles dissimulaient une autre dimension qui n'existait que lorsqu'elle avait le dos tourné. Elle sentit sur elle le regard vitreux de multiples yeux quand la poupée fut déposée entre ses mains.

– Elle fait partie d'une édition à tirage numéroté, précisa la vendeuse. On n'en fabrique que deux mille par an pour Noël et ensuite le moule est détruit. On voit le numéro de cette série sur la nuque. Voulez-vous que je mette vos paquets derrière le comptoir pour que vous puissiez la regarder de plus près ? Mais faites attention. Nous n'en avons qu'une chaque année et elle a beaucoup de valeur.

– C'est-à-dire ? demanda Bo comme la vendeuse mettait ses volumineux achats en sécurité.

– Cinq cent quatre-vingt-quinze dollars, hors taxes.

Bo émit un sifflement discret et ses doigts serrèrent plus fermement le torse mou de la poupée vêtue d'une robe à smocks et d'un pantalon bouffant rose. Ses pieds étaient glissés dans des chaussettes bordées de dentelle et des botillons en satin rose. Ses cheveux sombres ornés d'un ruban en satin rose.

– Les cheveux sont en synthétique, expliqua la vendeuse. Les pièces de collection les moins chères ont une perruque en synthétique.

– Les *moins* chères ?

– Oh, certaines pièces européennes coûtent plusieurs milliers de dollars, elles ont des cheveux naturels implantés un par un dans la cire, des vrais dents de bébé, toutes sortes de choses. Les collections de poupées sont vieilles comme le monde, vous savez. Il y a toujours des demandes, surtout pour celles qui ont vraiment l'air d'être vivantes.

Bo retourna la poupée et vit, en écartant le col à volant, le chiffre « 293 » marqué sur le cou de porcelaine. En arc de cercle au-dessus du numéro, elle lut « Palm Valley, CA. » Sous le numéro se trouvaient les initiales « J.M. » Elle sentit que la poupée aux yeux de verre brillant regardait ses chaussures. Elle n'aimait pas vraiment ses chaussures.

– Merci beaucoup, fit Bo précipitamment en parcourant le magasin du regard pour y trouver quelque chose de moins menaçant que l'objet qu'elle tenait dans ses mains.

Au bout d'un rayon, elle aperçut des rangées de Barbie et trouva leurs insipides sourires, tous identiques, étrangement rassurants.

– Ah ! Voilà les Barbie !

– Vous avez entendu parler de l'usine de poupées de Palm Valley, bien sûr, continua la vendeuse en reposant Johanna dans son panier. L'une des plus anciennes fabriques de Californie.

Bo avait détalé vers le rayon où se trouvait également un Ken barbu que l'on pouvait raser, ainsi qu'une voiture décapotable, une maison avec piscine et un salon de beauté.

– Euh, non, dit-elle par-dessus son épaule. Tiens, c'est une Barbie hispanique ?

– C'est l'amie de Barbie, Theresa, expliqua la vendeuse. Et elle est hispanique, oui. Quel dommage, n'est-ce pas, que ces poupées soient tellement appréciées alors qu'il existe des chefs-d'œuvre d'artisanat qui viennent de Palm Valley, comme celle-ci !

Bo s'empara de Theresa, dont la chevelure était noire, et choisit rapidement des costumes de cavalière et d'infirmière parmi une série qui incluait, remarqua-t-elle avec déplaisir, des panoplies de pom-pom girl et de danseuse exotique. Une petite fille dont les voisins criblaient la vie de trous allait avoir une poupée neuve.

– Je prends ça, dit-elle. Avec un paquet-cadeau, s'il vous plaît.

– Je ne devrais probablement pas vous le dire, continua sur un ton confidentiel la vendeuse qui enregistra sans problème le paiement avec la carte de crédit de Bo, mais Johanna va peut-être prendre beaucoup de valeur si le fabricant prend sa retraite cette année. Il est très âgé maintenant, et cette poupée est son chef-d'œuvre. Ce sera peut-être la dernière.

Bo n'aurait pu dire si le frisson qui parcourut ses épaules était le résultat du soulagement éprouvé en voyant que sa carte dépassait sans incident sa limite de crédit, ou d'un pressentiment qui semblait résonner en écho aux paroles de la vendeuse. Comme un drame ancien et effroyable fondant sur elle à la manière d'un train dans un tunnel souterrain. La vendeuse mettait un temps infini à envelopper ses achats dans un papier à rayures vert menthe.

– Il habite toujours ici, vous savez, poursuivit la femme. Il a un atelier chez lui et c'est là qu'il crée les prototypes, mais les poupées sont fabriquées dans l'usine de Palm Valley. Ils lui achètent sa création.

Dans son panier posé sur le comptoir, la poupée de porcelaine regardait Bo. Elle avait les jambes légèrement pliées, parfaite imitation d'un très jeune bébé. La lèvre supérieure, malgré son sourire, avançait au-dessus de la lèvre inférieure ; les sourcils et les cils étaient peints avec une finesse et un réalisme qui firent battre le cœur de Bo.

– Les initiales, J.M., conclut la vendeuse comme si elle était au courant d'un délit d'initiés, sont celles de Jasper Malcolm, l'un des derniers maîtres artisans qui fabriquent des poupées dans ce pays. Peu de gens savent qu'il habite ici-même, à San Diego.

Malcolm. Comme Bo fixait la poupée, une brise provenant de la porte qui s'ouvrait fit voleter ses cheveux et créa l'illusion d'un mouvement. On aurait presque dit qu'elle avait hoché la tête avant de retomber abruptement dans son état inanimé. De redevenir abruptement une poupée dans une boutique où il y avait trop de monde et trop de lumières, rien de plus. Des lumières qui donnaient à Bo mal à la tête.

Ça n'a jamais été qu'une poupée, Bradley. Tu es

fatiguée. Rentre chez toi, prends tes médicaments, appelle ta psy. Ne pense pas à ce nom de Malcolm. Ne pense pas à la poupée de Janny. Prends ta Barbie et sauve-toi *!*

En sécurité dans sa voiture, elle régla la radio sur une station de musique country et chanta *Desperado* à tue-tête jusqu'à ce qu'elle arrive devant l'appartement où il y avait désormais un trou dans le mur du salon.

– *Feliz Navidad*, dit-elle à la grand-mère en lui tendant le paquet-cadeau de couleur vive.

Puis elle partit rapidement.

Il n'y avait rien d'autre qu'elle puisse faire pour cette enfant, rien de plus qu'elle puisse faire pour aucun d'entre eux. Comme tous les travailleurs sociaux qui s'occupent de l'enfance maltraitée, elle savait pertinemment qu'il ne faut même pas essayer. Mais le cas de Janny Malcolm était différent. Le cas de Janny Malcolm ne ressemblait à rien de ce qu'elle avait vu auparavant.

Elle se dirigea vers l'ouest, vers le soleil et vers chez elle, et décida d'appeler Eva ; ensuite elle passerait le reste de son après-midi à fabriquer elle-même ses cartes de Noël, dans un souci d'économie. Elle se dit que cela allait être amusant. Si seulement elle pouvait se débarrasser de l'image d'une station de métro vide, plongée dans l'attente, qui hantait son esprit.

6

Une fois rentrée, Bo alla récupérer Molly chez sa gardienne et l'emmena faire une promenade sur la plage. Ensuite elle s'installa sur son lit défait en se recroquevillant autour de la petite chienne et glissa vers le sommeil. Elle trouvait réconfortant le bruit que font les dents d'un chien rongeant un bretzel en cuir brut. Les petits coups de canine constituaient un barrage contre les rêves troublants.

Deux heures plus tard, elle se réveilla rassérénée et fit le bilan de sa vie. Il apparaissait positif. Tant qu'elle pouvait disposer de plages de temps comme celle-là, des moments où elle était absolument seule, sa vie pourrait aller. Tant qu'elle pourrait faire des siestes ou rester debout jusqu'à trois heures du matin pour peindre, tant que les gens n'étaient pas là à attendre qu'elle soit polie ou même qu'elle leur parle, tant qu'elle n'avait pas à se conformer à une autre réalité qu'à la sienne, elle pourrait faire face à n'importe quoi. Sur le comptoir en Formica beige de sa cuisine, son répondeur clignotait en lançant le signal habituel qui menaçait son équilibre. La petite lumière rouge brillait avec acharnement, ayant enregistré des appels que Bo n'avait pas entendus parce qu'elle avait éteint la sonnerie et baissé au maximum le volume de l'enregistreur. Elle plia avec soin un torchon en tissu éponge pour en faire un carré épais qu'elle posa sur la lumière clignotante. Ensuite, elle sortit une carotte du réfrigérateur et fouilla dans son placard pour y trouver son matériel d'art plastique. Les feuilles de carton léger étaient un peu tordues, mais ça irait. Et la carotte avait une forme parfaite.

En quelques minutes, elle coupa l'épais papier blanc en rectangles de format carte postale à l'aide d'un cutter. Après avoir déposé sur chaque carte des tourbillons de peinture acrylique bleue surmontés d'une bande de noir, elle coupa la carotte dans le sens de la longueur et y cisela un motif en relief en se servant d'une lame de rasoir à un seul tranchant qu'elle avait cassée en plusieurs morceaux. Le motif représentait vaguement une jetée, la perspective respectant le point de fuite de l'artiste grâce à la forme du légume. Elle frotta le motif avec son pouce enduit de peinture acrylique blanche avant d'apposer la carotte en diagonale sur chaque carte. La scène qui émergea montrait une jetée blanche partant d'une plage invisible pour aller vers un horizon plongé dans la nuit. Un style qu'elle définit comme se situant à mi-chemin entre Munch et Chirico. La seule lumière semblait émaner de la jetée elle-même.

« Allez dans la joie », écrivit-elle à l'encre blanche dans le bleu du coin inférieur droit. « Bo. »

Cinquante cartes de Noël peintes à la main pour le prix d'une carotte. Et elle pouvait les envoyer au tarif carte postale. Satisfaite de sa démarche économe, elle fit rapidement sécher les cartes dans le four avant de les recouvrir d'un vernis incolore en bombe qui empêcherait la peinture de s'écailler au cours de leur trajet postal. Elle n'était pas sûre de connaître cinquante personnes, mais les cartes étaient trop intéressantes pour ne pas être envoyées. Elle allait peut-être prendre l'annuaire et faire parvenir celles qui restaient à des destinataires de hasard. De parfaits inconnus qui passeraient le reste de leur vie à se demander qui était « Bo ». C'était une pensée assez fascinante. Elle-même n'était pas absolument sûre de savoir qui était Bo.

– Eva, dit-elle sans préambule lorsque la psychiatre décrocha à la deuxième sonnerie, j'ai fait, la nuit dernière, un rêve qui ne m'appartient pas. Et j'ai peur que ça ait un rapport avec une nouvelle affaire concernant une adolescente qui est attachée à une poupée. Elle s'appelle Janny Malcolm, et apparemment il y a un célèbre créateur de poupées à San Diego qui s'appelle également Malcolm. Et je suis certaine que Madge cache quelque chose au sujet de cette affaire. Vous êtes occupée ?

– D'une manière générale, oui, répondit Eva Broussard dont l'accent canadien français donnait un côté dramatique aux mots les plus ordinaires. Il y a dans mes recherches des faits nouveaux qui sont tout à fait passionnants, mais rien d'urgent. Je suis heureuse que vous m'appeliez. Mme Aldenhoven m'a contactée aujourd'hui. Elle a l'air de penser que vous êtes dans un état de tension extrême à cause d'une histoire de coups de feu ce matin. Vous ne me parlez pas de ça ?

Bo fronça ses sourcils tirant sur le roux et sentit leur ligne se briser au-dessus de son nez. Elle constata que tout contact avec autrui s'accompagnait invariablement de cet épuisant labyrinthe de complexité et de manipulation. C'était tellement plus facile de vivre en ermite.

– Eva, depuis le premier jour où j'ai pris ce travail, Madge s'est toujours éperdument moquée de savoir si j'étais morte ou vive. Et tout d'un coup elle appelle ma psy pour exprimer son *inquiétude* ? Je n'y crois pas. Elle manigance un plan pour me retirer ce dossier : ce coup de fil passé à ma psy en raison d'un stress lié à mon activité professionnelle n'est là que pour étayer ce plan.

– Je me suis doutée qu'il s'agissait de quelque chose comme ça, fit Eva Broussard pour clore cet aspect de la question. Évidemment, je lui ai répondu que je n'avais pas le droit de parler de mes clients ni même de confirmer une relation professionnelle avec quelque personne que ce soit. Mais votre rêve m'intéresse, ainsi que la poupée, sans parler des coups de feu. Est-ce que vous vous sentez bien ?

– J'ai fait une sieste, fit Bo en hochant la tête. Après, j'ai fabriqué des cartes de Noël. Je me sens bien, seulement il y a quelque chose dans ce rêve…

– Si nous dînions ensemble ? proposa la psychiatre. Nous pourrions nous retrouver à un petit restaurant italien situé en bas de la colline où j'habite, dans La Mesa. C'est dans un centre commercial, pas loin d'Avocado. Chez Donato. Je vous invite.

– Je vérifie quelque chose, dit Bo en tirant sur le cordon du téléphone pour attraper le dossier de Janny Malcolm posé sur le fauteuil inclinable dans la petite salle de séjour.

La famille d'accueil habitait Lemon Grove, un quartier situé à l'ouest de l'institution d'Eva, à Jamul, une zone désertique jouxtant La Mesa.

– Je vous retrouve là-bas à six heures et demie, dit-elle en acceptant la proposition.

La mère de la famille d'accueil, Beverly Schroder, répondit immédiatement au téléphone et dit qu'une visite de Bo serait bienvenue. Elle dit que Janny pleurait sans raison apparente depuis qu'on l'avait ramenée de l'hôpital. Cela avait un rapport avec une vieille poupée qu'elle avait apportée quand elle avait changé de famille, deux ans avant.

– Quand elle a ressorti cette poupée, je me suis dit que c'était pour aller avec le costume gothique, vous voyez. Les jeunes aiment bien avoir l'air bizarre et la poupée, c'était idéal pour ça. Mais ça va plus loin. Ça devient malsain. Elle est obsédée par cette poupée, elle l'emporte partout dans la maison, elle la pose sur le canapé, ou sur une étagère de bibliothèque. Il n'y a pas longtemps, je l'ai retrouvée dans le four. Je n'aurais jamais dû lui permettre d'aller là-bas, au Goblin chose.

– C'est un four à gaz ou électrique ?

Bo avait posé sa question avant de pouvoir s'en empêcher.

– Électrique. Pourquoi ?

Bo choisit de ne pas partager ses pensées sur les raisons qui pourraient conduire une ado à placer un objet symbolique dans une chambre à gaz.

– Bah, c'est seulement qu'il n'y a pas beaucoup de maisons qui ont des fours à gaz à San Diego, dit-elle pour éluder la question. Je voudrais déménager, alors ça m'intéresse. Est-ce que vous auriez le nom et le numéro de téléphone de Bran, l'ami de Janny ? J'aurais peut-être besoin de lui parler, à lui aussi.

Beverly Schroder hésita.

– Il s'appelle Scott Bierbrauer et il habite encore chez ses parents, à trois rues d'ici. Nous connaissons Scott et sa famille depuis des années. Nous allons à la même église, l'église luthérienne Saint-Olaf. C'est pour ça que nous avons laissé Janny sortir avec lui, bien qu'il ait cinq ans de plus qu'elle. C'est un gentil garçon, il a arrêté ses études supérieures au bout d'un an, mais il a un bon emploi dans une société d'informatique. Je suis sûre que Scott n'a rien à voir avec ce qui peut troubler Janny.

Ça, nous verrons, madame Schroder.

– Vous pourriez peut-être me donner son téléphone professionnel et celui de son domicile quand je viendrai vous voir, insista Bo. Et en attendant, essayez de demander à Janny de réciter les capitales des États.

– Quoi ?

– À l'hôpital, je lui ai conseillé d'essayer de réciter quelque chose d'ennuyeux quand elle ressent de la peur et de l'angoisse, expliqua Bo.

– Mon mari rentre dans une heure environ, annonça Bev Schroder d'un ton qui sous-entendait qu'elle ne souhaitait pas recevoir la visite de Bo avant ce retour.

– Je serai heureuse de faire sa connaissance, répondit Bo. Je serai chez vous dans une heure.

Les Schroder allaient être des gens sans humour et sur la défensive. Bo fouilla dans son armoire à la recherche de quelque chose qui pourrait rassurer des Luthériens à qui, à son avis, il fallait tout pardonner, parce qu'en 1700, leurs ancêtres avaient admis dans le chœur de l'église de Lüneberg, en Allemagne, un apprenti de quinze ans nommé Jean-Sébastien Bach. Un monde sans les *Concertos brandebourgeois* était un monde dont Bo ne concevait pas l'existence.

– Voilà ! fit-elle en prenant une robe en soie grise.

Elle lui avait été donnée par la sœur d'Estrella qui ne l'avait portée qu'une fois à un enterrement. Sous une veste en drap de laine noire, cette robe enverrait des messages de bon sens et de vie saine. Sur un présentoir à boucles d'oreilles posé sur sa coiffeuse, elle choisit une paire de pendants en argent ornés de filigranes qui avaient appartenu à sa mère. Il n'y avait rien à faire pour ses cheveux, dont les boucles sauvageonnes repoussaient déjà alors qu'elle avait fait faire une coupe très courte trois mois plus tôt. Si l'éclairage n'était pas trop cru, elle ressemblerait à une jeune fermière irlandaise sur le point d'entrer au couvent.

– Allez, viens, Molly, lança-t-elle. On va manger italien !

La maison des Schroder était une Craftsman d'un étage, avec des murs crépis dans un ton rose passé. Le garage de plain-pied avait été transformé en appartement, probablement pour augmenter leurs revenus. Bo resta assise un moment dans le Pathfinder avec Molly qui dormait ; un vent humide soufflait à travers les sycomores et les liquidambars jaunissants de cet ancien quartier. Si cette famille avait besoin d'argent au point de louer le rez-de-chaussée de leur maison, songeat-elle, quelle était leur motivation quand ils prenaient un enfant en placement ? Le comté payait 450 dollars par mois pour rémunérer une famille ayant la charge d'une enfant de l'âge de Janny. Les Schroder ne s'occupaient-ils des enfants qu'ils prenaient chez eux que pour l'argent ? Et même si c'était le cas, cela avait-il une importance, du moment qu'ils s'en occupaient bien ?

Quand Bo sonna, Bev Schroder vint ouvrir, vêtue d'un pantalon noir impeccable et d'un pull orné de motifs de Noël. Elle était presque aussi grande que Bo, ses épais cheveux blond cendré étaient coupés court et coiffés en arrière, révélant des boucles d'oreilles en forme de feuilles de houx.

– Merci d'être venue, dit-elle en précédant Bo dans un salon meublé essentiellement en érable, avec un arbre de Noël artificiel devant la fenêtre donnant sur la rue. Je vous présente mon mari, Howard.

Bo serra la main d'un homme approchant la cinquantaine, légèrement bedonnant, portant un jean et un pull en coton rouge ras du cou sur une chemise écossaise empesée. Ses cheveux bruns qui grisonnaient au niveau des tempes étaient clairsemés et laissaient voir un crâne rose, mais ses yeux bleus avaient une expression jeune. Sachant pertinemment qu'il ne faut jamais se fier aux apparences, Bo fut étonnée de ne discerner aucun vice caché, aucune distorsion sur son radar personnel, concernant les Schroder. Ici, apparemment, les choses étaient réellement ce qu'elles semblaient être. Un sympathique couple approchant la cinquantaine, qui aimait les meubles de style « pionnier », et accueillait chez lui des enfants à problèmes. Elle fut envahie de gratitude en remarquant que les lumières de leur arbre de Noël n'étaient pas clignotantes.

– Comment va Janny ? demanda-t-elle après s'être installée dans un canapé dont le tissu éponge bleu marine était un peu froissé.

– Nous l'avons laissée sortir manger un hamburger avec le fils Bierbrauer, expliqua Howard Schroder pendant que Bev allait chercher du café. Comme ça, nous pouvons vous parler tranquillement. Ils seront rentrés d'ici un quart d'heure environ.

– D'accord, acquieça Bo.

Elle le regarda arranger un revers de son jean impeccablement repassé. Puis, du petit doigt de la main droite, il suivit le bord du bras de son fauteuil. Son regard bleu ne croisait plus celui de Bo.

– Nous sommes, euh, assez convaincus que ce ne serait pas une bonne idée de garder Janny plus longtemps chez nous, dit-il en s'adressant au tapis beige à longues mèches qui était à ses pieds. Bev n'a pas vraiment compris dans quel état Janny était quand elle l'a ramenée de l'hôpital. Et c'est de pire en pire. Franchement, j'ai peur qu'elle blesse quelqu'un.

Sa dernière phrase fut ponctuée par l'arrivée de sa femme, chargée d'un plateau en aluminium avec des tasses en forme de tête de Père Noël. Les sucres étaient rouges et le pot à crème était une vache avec un ruban rouge autour du cou. Bo fit tomber des sucres rouges dans le crâne ouvert d'un Père Noël et s'émerveilla devant la parfaite chorégraphie des couples mariés. Avaient-ils répété la scène ou étaient-ils naturellement synchrones ?

– Votre mari vient de m'expliquer que vous vous faites du souci pour Janny, dit-elle pour récapituler ce que lui avait annoncé Howard.

Puis elle attendit.

– Euh, répondit Bev en versant d'une main tremblante la crème qui coula de la bouche de la vache, il y a vraiment quelque chose qui ne va pas. Je veux dire, euh, nous ne savons rien sur les origines de cette petite, sur ses parents. Mais j'ai entendu dire que ça peut commencer comme ça. Qu'un jour, ils peuvent aller tout à fait bien, et que le lendemain, ils ne sont plus... normaux. Et ils peuvent devenir violents, vous savez ?

Bo sentit un ouragan invisible l'envelopper dans la pièce bien chauffée où flottait l'arôme du café.

Respire à partir du diaphragme, Bradley, espèce d'idiote. Tu aurais dû le sentir venir. Contrôle tes réactions et ne leur dis pas *que tu fais partie de ces gens qu'ils désignent par « ils ».*

– Je comprends tout à fait votre inquiétude, fit-elle en expirant profondément. Janny a-t-elle montré des signes de comportement violent par le passé ?

– Oh, non, répondit Howard. Elle aime bien se déguiser avec ces anciens vêtements bizarres et démodés, et la musique que ces jeunes écoutent est franchement atroce, mais Janny n'a jamais élevé la voix dans cette maison, n'est-ce pas, Bev ?

– Non, bien sûr, acquiesça son épouse. Mais maintenant on dirait qu'elle est, enfin, que c'est une malade mentale.

La femme avait murmuré les mots « malade mentale » comme si les voisins avaient pu l'entendre. Bo se contenta de hocher la tête, dans l'expectative, comme si elle attendait la conclusion de leur raisonnement.

– Je veux dire, on voit des choses comme ça tous les jours dans le journal, continua Bev. Des fois il y a des gens qui sont des malades mentaux qui perdent les pédales tout d'un coup et qui tuent tout le monde dans un restaurant. On ne peut pas courir ce risque-là. Alors, vous voulez bien vous occuper de faire le nécessaire ?

– Une famille d'accueil peut ramener à tout moment un enfant au foyer des cas sociaux, répondit Bo tranquillement. Mais vous le savez puisque vous avez suivi une formation. Si vous avez le sentiment que Janny représente un danger pour vous, alors il conviendrait que vous la rameniez là-bas. J'ai le numéro de téléphone…

– Nous pensions que vous pourriez vous en occuper, dit Howard, sans cesser de fixer le tapis.

– Je ne travaille pas au service des placements en famille, et je dois me rendre à un autre rendez-vous en partant d'ici. Mais je peux peut-être vous aider à trouver une autre solution. Est-ce que le personnel de l'hôpital vous a fourni quelques indications quand vous êtes allés chercher Janny ?

– Ils m'ont donné des comprimés pour elle, répondit Bev. Je crois que ce sont des tranquillisants. Ils m'ont dit de lui en donner un toutes les quatre heures si elle avait une autre crise, et de lui prendre un rendez-vous chez un psychologue.

– Cela paraît raisonnable, fit Bo doucement alors que, sous le coup de la colère, des amibes noires explosaient et répandaient des couleurs affreuses derrière ses yeux. Est-ce que Janny a déjà pris un de ces comprimés ?

– Eh bien, non, répondit Bev. Il m'a semblé que ça revenait à prendre ses bêtises au sérieux, de lui donner des tranquillisants. Nous n'avons pas envie de l'encourager à se comporter comme ça. Il n'y a jamais eu de tranquillisants dans cette maison. Nous pensons que les gens doivent apprendre à se contrôler au lieu de prendre des comprimés. Enfin, sauf s'ils sont atteints d'un certain genre de maladie. Vous ne trouvez pas ?

Bo sourit d'un air songeur en regardant son sac à main posé sur le dossier de Janny, sur la table basse en érable. Il y avait dedans trois cylindres en plastique contenant le régulateur d'humeur qu'elle prenait deux fois par jour, un léger sédatif en cas d'urgence, et un antispasmodique pour contrôler les crampes intestinales qu'elle avait parfois, effet secondaire du premier médicament. Il était tentant d'expliquer aux Schroder ce qui lui arriverait, tôt ou tard, sans ce traitement. Il était également tentant d'empoigner la table basse et de la jeter par la fenêtre, suivie du sapin de Noël. Un fantasme très satisfaisant.

– Oh, je pense que nous pouvons tous avoir recours à des médicaments à un moment ou à un autre, dit-elle d'une voix qu'elle imaginait pouvoir être celle de Mère Teresa quand elle s'adressait à des lépreux à l'agonie. Et c'est très certainement une solution pour vous tous, ce soir. Janny va dormir. Et demain, vous pourrez parler de son avenir avec la personne que vous voyez régulièrement au centre de placement. En attendant, il faut juste que je vous demande si, à votre connaissance, quelque chose a pu la perturber ou lui faire peur. Hier ou avant-hier.

– Je n'aurais jamais dû lui permettre d'aller fréquenter ce club gothique, répondit Bev Schroder. Mais c'était une récompense, parce qu'elle avait eu des bonnes notes. Janny y est allée quatre ou cinq fois. Scott y va, vous voyez, il nous a assurés qu'il n'y avait rien à craindre. Mais je suis sûre que c'est ça qui l'a mise dans cet état. Ces histoires de vampires et « le côté sombre ». Je ne la laisserai plus jamais y retourner.

Bo ne releva pas l'évidente incohérence entre le rejet de la jeune fille et la décision de contrôler ses futures activités. Mais cette ambivalence était bon signe. Peut-être Janny Malcolm n'allait-elle pas perdre son foyer d'accueil, après tout.

– Je pense que le temps va nous aider à résoudre l'énigme de ce qui est arrivé à Janny, dit-elle d'une voix de moniale. Il est clair que vous lui apportez un environnement remarquable.

Comme les deux Schroder faisaient un pâle sourire, une portière de voiture claqua devant la maison, suivie de l'entrée de Janny Malcolm et d'un garçon blond qui avait les cheveux longs et un bouc clairsemé.

En voyant Bo, Janny sourit et dit :

– New York ?

– Albany, répondit Bo. Je viens de Boston. Celles de la côte Est, c'est facile. Michigan ?

– Lansing.

– Bravo. Ça t'aide ?

– Un peu. Mais je n'arrive pas à me débarrasser l'esprit de cette histoire de poupée. J'ai peur du noir. C'est comme si j'étais poursuivie. Est-ce que Bran peut rester avec moi, cette nuit, Bev ? Je me sens plus en sécurité quand j'ai un ami près de moi, et on ne va pas en profiter pour, euh, pour coucher ensemble, ni rien.

Howard Schroder fut majestueusement à la hauteur des circonstances.

– Et si tu prenais un de ces comprimés qu'on nous a donnés à l'hôpital, ce soir ? suggéra-t-il. Et tu peux dormir ici, sur le canapé, comme ça je pourrai rester à côté de toi, dans le fauteuil. Tu ne seras pas toute seule ce soir. Je vais rester près de toi. Scott peut passer te voir demain.

– D'accord, fit Janny, soulagée. J'ai vraiment peur.

Bo remarqua la poupée usagée coincée sous le bras de l'adolescente, mais ne dit rien. Les questions sur Jasper Malcolm et ses onéreuses créations pouvaient attendre.

– Je vais partir en même temps que vous, dit-elle avec un sourire au garçon nommé Bierbrauer.

Dehors, l'air frisquet rappela à Bo qu'elle avait abondamment transpiré dans ses efforts, couronnés de succès, pour endosser le rôle du travailleur social. La robe en soie grise était trempée sous la veste noire.

– Au fait, qui habite au rez-de-chaussée, dans l'appartement des Schroder ? demanda-t-elle au jeune homme.

– Plus personne, maintenant, répondit-il. Ils l'avaient aménagé il y a des années pour la mère de M. Schroder. Mais elle a eu la maladie d'Alzheimer et ils ont dû la mettre dans une maison spécialisée. Elle est morte il y a trois ou quatre ans, avant l'arrivée de Janny. L'appartement sert de salle de jeux maintenant. Mon père et M. Schroder jouent au billard, par exemple.

– Oh, fit Bo.

L'expérience de la maladie d'Alzheimer pouvait

expliquer la peur qu'éprouvaient les Schroder devant la plus minime forme de démence. Le couple avait sans aucun doute traversé des moments pénibles et épuisants avant de prendre la difficile décision de trouver une solution pour que quelqu'un s'occupe de la mère de Howard vingt-quatre heures sur vingt-quatre. Rien d'étonnant à ce qu'ils souhaitent éviter de revivre des moments semblables.

– Alors, qu'est-ce qu'elle a, Janny ? demanda Scott Bierbrauer, tandis que Bo sortait Molly du Pathfinder et la posait par terre dans un tourbillon de feuilles de sycomore.

– Je ne sais pas, mais vous pouvez peut-être nous aider. Parlez-moi un peu de ces histoires de Gothiques. Je présume que c'est vous qui avez choisi le nom de Janny, Fianna. Et les dents de vampires, les bijoux en forme de crâne, les bracelets en cuir noir, c'est quoi, tout ça ?

– Le mouvement gothique dénonce l'ensemble de la classe moyenne, vous voyez ? Tout est mensonge. Les hommes politiques ne sont que mensonges, les entreprises ne sont que mensonges, et les religions sont le plus énorme mensonge qui soit. En fait, il n'y a rien. On vous dit d'aller à l'école, et après de trouver un emploi, de travailler toute la journée tous les jours, et après, on vieillit, on meurt, point final. C'est comme si tout ce qu'ils racontent était une vaste pub pour quelque chose qui n'existe pas, vous voyez ?

Ils marchaient lentement parmi les feuilles, près de la voiture de Bo. Noël à San Diego ressemblait beaucoup à Halloween à Boston, songea-t-elle. Et les réflexions de Scott Bierbrauer étaient à la fois typiquement adolescentes et profondément philosophiques.

– Alors, qu'est-ce qui existe ? demanda-t-elle en jouant le jeu.

Des générations de philosophes s'étaient vainement efforcées de trouver une réponse convenable à cette question, mais elle était sûre que le jeune homme allait trouver sans difficulté.

– Rien, dit-il avec un sourire en regardant Molly qui agitait la queue. C'est très gothique, ça, rien n'existe. Et la mort n'est rien, alors nous nous habillons en vampires, ou comme des gens qu'on voit sur de vieilles photos. Des gens qui sont morts. Le mouvement gothique dans son ensemble, ça revient à dire merde aux mensonges et à accepter la vérité.

Pendant que Molly reniflait la base d'un muret en parpaings qui bordait une petite cour, Bo se félicita du choix de son métier. Le marché des matières premières lui aurait rapporté des revenus infiniment plus confortables, mais pas l'occasion de se trouver dans les feuilles, sous un lampadaire, à discuter existentialisme avec ce jeune homme intelligent et sérieux qui n'avait vraisemblablement jamais entendu parler d'existentialisme.

– Et Janny comprend tout ça ? continua-t-elle.

– Naan. Elle aime le côté vêtements. Pour beaucoup, ça reste assez superficiel. Ça donne juste un endroit où se retrouver et où se sentir accepté. Il y a beaucoup de Gothiques qui travaillent dans l'informatique, comme moi. Je pense qu'on pourrait dire que nous ne sommes pas franchement déjantés. Et nous aimons les manières qui vont avec, les règles. Un Gothique ne va jamais se lever de son siège pour aller draguer une fille. Il faut lui être présenté.

– Et la poupée que Janny emmène partout ? C'est aussi une prise de position par rapport au néant ?

– Bah, oui dans un sens. Je veux dire, le passé de Janny, au fond, ça se résume à rien, non ? Elle ne sait même pas qui sont ses parents, elle a connu un tas de familles différentes depuis toute petite. Elle dit qu'elle l'a toujours eue, cette poupée, et ce qu'elle a toujours eu, c'est « rien ». Vous voyez ?

– Bran, fit Bo en roulant les « r » pour imiter le plus pur accent irlandais à sa portée, c'est que vous êtes un vrai penseur, vous, avec un cœur de poète.

– Hé, vous faites ça drôlement bien, dit-il, rayonnant. Vous pensez vraiment ce que vous dites ?

– Dame oui, répondit-elle en faisant repartir Molly vers le Pathfinder. Maintenant rentrez chez vous et cherchez Jean-Paul Sartre dans une encyclopédie. Ça s'écrit S-A-R-T-R-E, d'accord ?

– Qui c'est ?

– Un pionnier gothique.

– Mince, alors.

Sur le trajet de son rendez-vous avec Eva, Bo se rendit compte qu'elle n'en savait pas plus sur Janny Malcolm que seize heures plus tôt, au Goblin Market. Comme si une épaisse tenture aux plis lourds isolait l'adolescente et ce qui menaçait sa fragile sécurité, voire sa stabilité mentale. Seule une chose avait pu passer à travers cette tenture, et lui fournir un indice. Une poupée en porcelaine abîmée.

Bo eut l'impression de sentir son unique œil en verre bleu qui l'observait. Il était certain que *quelque chose* l'observait. Le sentiment qu'elle était l'objet d'une attention secrète et absolument malveillante la pénétra, venu de l'obscurité, derrière les feux de son véhicule. Mais lorsqu'elle se tourna pour regarder par-dessus son épaule, la rue jonchée de feuilles était déserte.

7

Le lendemain matin à 11 h 45, Bo se rendit compte que l'enthousiasme qu'elle éprouvait pour son travail s'était mué en quelque chose qui ressemblait davantage à de l'entropie. Tout allait mal. Pas seulement mal, cela s'approchait dangereusement de l'aliénation mentale. Sinon pourquoi, se demanda-t-elle, se cacherait-elle dans le garage excessivement propre d'une entreprise de pompes funèbres pendant que Madge Aldenhoven et une autre femme assistaient à des obsèques ? Des obsèques étranges auxquelles elles semblaient être les seules à assister.

Elle s'appuya contre le mur en parpaings blanchis à la chaux et reconstitua mentalement la série d'événements qui l'avait poussée à suivre sa chef de service jusqu'à cet immeuble peint en beige dans une rue résidentielle située juste derrière un centre commercial. ENTREPRISE DE POMPES FUNÈBRES HEIDEGGER, indiquait une petite plaque apposée près de la porte à double battant. Sans cette plaque, l'immeuble aurait aussi bien pu être un cabinet dentaire qu'une école élémentaire privée. En hommage à la célèbre répugnance qu'éprouve la Californie à l'égard de la réalité.

La journée avait commencé de manière assez sensée, se remémora-t-elle tandis qu'un enregistrement de guitare et de flûte indienne traversait une porte fermée qui donnait sur l'une des trois « chapelles » des pompes funèbres. Il y avait quand même eu, très tôt, Andrew

LaMarche et l'annonce catastrophée qu'il lui avait faite de la visite surprise d'une de ses proches, une jeune fille venant de Louisiane. Âgée de seize ans, c'était la fille d'une cousine que le sémillant pédiatre n'avait pas vue depuis plus de trente ans.

– Elle s'appelle Teless et elle dit que sa *nannan* lui a donné l'argent du voyage en bus comme cadeau de Noël, en échange de la promesse de ne pas épouser son petit ami qui est, apparemment, voué à aller en prison, avait expliqué Andrew d'une voix abattue au téléphone. Je ne sais pas quoi faire.

– C'est quoi, une nannan ? avait demandé Bo.

– Une marraine, en cajun. Sa marraine lui a donné l'argent. Mais personne ne m'a contacté et maintenant, elle est ici. Elle n'a de cesse de m'assurer qu'elle n'est pas enceinte et de me demander où habitent les vedettes de cinéma. J'ai appelé ma sœur Elizabeth, à Lafayette, pour voir si elle est au courant de tout ça, mais elle n'est pas chez elle.

– Ça va être sympa d'avoir quelqu'un de jeune pour Noël, avait-elle suggéré. Ne t'inquiète pas. Je suis sûre qu'elle va beaucoup t'amuser et te rappeler les visites idylliques de ton enfance dans le bayou, tout ça.

– *Mon Dieu**, avait soupiré Andrew LaMarche avant de raccrocher.

Bo repoussa à plus tard sa réflexion sur l'embarrassante situation de son amant et se concentra plutôt sur l'impact du costume que portait sa chef ce matin. Un tailleur en faille noire, très cintré et d'une coupe si parfaite que Madge ressemblait à une veuve dont le fils serait un styliste de renommée internationale. Mais Bo

* Tous les mots ou expressions en italique suivis d'un astérisque sont en français dans le texte. *(N.d.T.)*

se rappela que c'était le chapeau en satin noir avec voilette, posé sur une pile de dossiers, qui l'avait vraiment renseignée. Quand elle avait demandé « Il y a quelqu'un qui est mort ? », Madge avait blêmi et marmonné qu'elle devait retrouver son mari pour déjeuner en sa compagnie et celle de son associé. Elle se souvenait que ce mensonge lui avait envoyé une couleur sombre. Bleu marine, au bas mot.

S'il n'y avait pas eu le chapeau, elle n'aurait peut-être pas prêté attention au sens de la conversation entendue dans le couloir entre Madge et l'agent de liaison de la police. Celle-ci tentait à grand-peine d'enrôler des volontaires pour la distribution des jouets de Noël de la police, et ne remportait guère de succès. Une grande partie des jouets dont on leur avait fait don se trouvaient encore entreposés dans la cantine des SPE.

– Est-ce qu'il reste quelque chose qui pourrait convenir à un enfant assez âgé ? Un adolescent ?

– Pas vraiment, avait répondu l'autre femme, préoccupée par ses soucis. Personne ne sait jamais quoi donner pour les ados. Je crois que nous avons deux radios sport que les sportifs s'accrochent à la ceinture, mais les haut-parleurs sont nuls.

– Cela ne fait rien, avait répondu Madge d'une voix légèrement brisée. C'est un cadeau symbolique.

Plus tard, Bo avait entendu Madge dire dans le téléphone : « Je sais que c'est idiot, Mary, mais je voulais quelque chose qui aurait pu être un vrai cadeau de Noël de la part de Janny, un dernier cadeau, parce qu'elles n'ont jamais... »

Janny. Bo avait entendu son nom avant que Madge ne tourne le dos à la porte de son bureau, occultant tout ce qui avait été prononcé par ailleurs. Un cadeau de la part de Janny. Une radio en plastique prise dans les jouets de la police ? Pour qui ? Pourquoi Madge allait-elle porter un cadeau à quelqu'un, ostensiblement de la part de Janny ? Et était-ce là le rendez-vous pour lequel elle avait surpassé jusqu'à ses propres critères d'élégance ? On aurait dit qu'elle avait été convoquée à la Maison Blanche pour une rencontre au sommet. Tenue de soirée exigée.

Il n'y avait pas de déjeuner avec son mari, Bo le savait déjà. C'était un mensonge. Alors où Madge se rendait-elle avec ce piètre cadeau censé venir de Janny ? Tout le secret dont elle s'entourait touchait peut-être des parents. Des parents riches, vu le soin avec lequel Madge avait préparé cette rencontre. C'est à ce moment-là que Bo avait décidé de la suivre, pour voir de quoi il retournait. C'était le moins qu'elle pouvait faire pour Janny.

Dans la pénombre, elle fit doucement tourner le bouton de porte en chrome brossé, entre le garage des pompes funèbres et la pièce voisine. Puis elle poussa le battant, d'un cheveu à peine, espérant que personne ne remarquerait rien. Un parfum d'œillets et de métal la frappa au visage dans le faible souffle d'air qui lui parvint de l'autre côté. Elle comprit que la porte était masquée par un rideau en tissu fin qui habillait le mur intérieur et qu'elle était juste derrière le cercueil en acier gris. Elle plaqua l'oreille droite contre l'étroite ouverture et tenta d'entendre ce qui se disait.

Une voix de femme lisait quelque chose. Un poème, pensa-t-elle. Ce n'était pas Madge, c'était l'autre femme. Une voix beaucoup plus grave que celle de Madge, moins maîtrisée. Et c'était un poème de Louise Bogan, elle en eut la certitude. Un de ses poètes préférés, une âme sœur.

– « Pour la vie oubliée, le repos elle gagnera », annonça la voix de la femme à travers ses larmes. « Mais le talon levé, elle voudrait fuir, du chant des oiseaux son sein plus jamais ne tressaillera. »

Bo connaissait ce poème. Il parlait d'une statue, d'une jeune fille sculptée dans le marbre. L'espace d'un instant, la musique envoûtante de la flûte ressembla, de fait, au « chant des oiseaux ». Et assurément ces notes ne parviendraient pas à faire tressaillir le cœur de la personne qui gisait derrière le rideau. Ce cœur, songea Bo avec tristesse, ne frémirait plus jamais. Mais qui était-ce ? De sa position derrière le cercueil, elle ne voyait rien. Pourquoi Madge s'était-elle donné tant de mal pour cacher qu'elle se rendait à des obsèques ? Et pourquoi n'y avait-il personne d'autre ?

Bo n'avait pas vu d'autre solution que de prendre sa chef de service en filature. Et une porte latérale qui n'était pas fermée à clef lui avait permis d'entrer subrepticement dans l'immeuble des pompes funèbres. Bon, et maintenant ?

Par l'ouverture qui avait la largeur d'une lame de couteau, entre la porte et le chambranle, elle vit un homme approcher du cercueil et abaisser le demi-couvercle resté ouvert. Elle savait que c'était l'instant le plus déchirant de toutes funérailles. L'instant où un visage unique, qu'on ne reverrait plus, disparaissait à jamais à la vue. Et également l'instant précédant la sortie de l'assistance, en file indienne, avant que le cercueil ne soit porté dans le corbillard pour le trajet jusqu'au cimetière.

Il y avait deux corbillards dans le garage, ainsi qu'une camionnette beige. Le plus petit des deux avait été rentré à reculons, la portière arrière ouverte face à la pièce maintenant occupée par Madge Aldenhoven, un entrepreneur de pompes funèbres et deux autres personnes, dont l'une était morte. Bo se réfugia dans l'ombre de la camionnette, prit soin de s'accroupir près du pneu avant. Dissimulée par ce volume, elle courait moins de risque de projeter une ombre que l'on pourrait remarquer lorsque la large porte du garage serait ouverte pour permettre au corbillard de sortir. Au bout de quelques minutes, l'enregistrement musical s'arrêta et elle entendit le bruit mécanique du rideau qui glissait sur sa tringle. Puis il y eut un bruit sourd quand un objet qui se mouvait sur des roulettes heurta la porte et roula dans le garage. Une odeur de fumée de cigarette.

Bo retint sa respiration lorsque deux jambes vêtues d'un pantalon noir, visibles sous le châssis de la camionnette, longèrent un objet lourd qui passa du chariot dans le corbillard ouvert. Ensuite, l'homme replia soigneusement les pieds du chariot vers l'intérieur, le souleva, et Bo ne le vit plus. Un claquement sourd annonça la fermeture du hayon du corbillard, et les pieds se dirigèrent rapidement vers l'avant du véhicule noir. Une cigarette allumée tomba sur le ciment, fut écrasée sous l'un des pieds puis ramassée par une main masculine gantée de blanc. Bo aperçut le poignet noir de la veste de l'homme, avec ses trois boutons cousus, le bas d'une manchette de chemise blanche. Dans le silence, on aurait dit une scène de mime. Ou un tableau.

Quand le corbillard fut parti et la porte du garage soigneusement refermée, Bo se releva et regarda autour d'elle. Les lieux paraissaient déserts. Aucun bruit ne lui parvenait de l'intérieur de l'immeuble. Elle ouvrit la porte derrière laquelle le bref service s'était tenu et entra dans une pièce vide avec une moquette d'un mauve profond. Un volant en satin blanc qui avait dû habiller le chariot portant le cercueil avait été jeté sur l'un des deux lampadaires, vaguement art déco, qui flanquaient un espace nu où de profondes marques de roulettes étaient visibles. Bo s'entendit respirer par le nez. Un bruit sonore et déplacé.

– « Comme le berceau demande : – D'où viens-je ?, le cercueil s'enquiert : – Où vais-je ? », dit-elle, citant sa grand-mère à voix basse.

Il lui avait paru nécessaire de dire quelque chose.

Bradley, ce n'est pas une veillée funèbre, c'est juste une pièce vide. Garde tes élucubrations gaéliques pour le moment où tu sauras au moins qui est mort !

Elle avança sans bruit sur l'épaisse moquette et se glissa dans le couloir. Silence. Apparemment, l'entrepreneur de pompes funèbres s'était occupé des obsèques sans assistant et se chargeait maintenant de l'enterrement. À droite de l'entrée, Bo vit une autre plaque fixée sur la porte d'une pièce donnant sur la rue. BUREAU. Elle frappa doucement et, comme personne ne lui répondait, ouvrit la porte.

Comme elle s'y attendait, il y avait un tas de papiers bien ordonnés posés sur le grand bureau. Il y avait toujours un tas de papiers bien ordonnés. Il y avait eu des papiers dans le salon mortuaire de Boston quand sa sœur Laurie avait été enterrée après avoir délibérément respiré les gaz d'échappement de sa propre voiture à l'aide d'un tuyau d'arrosage. Il y avait eu une pile plus haute après la mort accidentelle de ses deux parents au Mexique. Repoussant d'un geste des milliers de grains de poussière qui flottaient dans la lumière pénétrant par deux fenêtres latérales, elle approcha encore et s'entendit soudain retenir sa respiration.

Sous ses yeux, près du mot « Décédée » inscrit sur le

certificat officiel, figurait le nom « Malcolm, Kimberly ».

– Kimmy, murmura-t-elle. Kimmy Malcolm.

La mort était survenue dans le comté et dans la ville de Los Angeles, Californie, lui apprit le document, la veille, à minuit et trois minutes. Bo mémorisa l'adresse où la mort était venue faucher quelqu'un qui avait un nom de poupée. Puis elle se rendit compte que ses mains étaient moites et que ses yeux lui paraissaient trop petits. Dans la pièce fermée, l'air lui parut tout à coup prendre une teinte coquille d'œuf, et la juger. Il voulait qu'elle parte.

– Pas de problème, déclara-t-elle d'une voix nasale en reculant dans le couloir avant de se précipiter pour franchir la porte du garage et gagner la rue.

Le Pathfinder était garé dans le parking du centre commercial en face des pompes funèbres, mais l'instinct de Bo lui dicta de s'engouffrer dans le premier magasin qu'elle rencontra, pour décompresser. C'était un Target, un des magasins de la chaîne, présents dans tout le pays, qui vendent de tout, des cosmétiques aux pesticides. En pleine activité durant cette période de Noël, il lui offrait un anonymat quasi parfait, à un moment où elle devait admettre qu'elle avait peur.

Elle n'avait pas peur des poupées, des cercueils ni de la mort, mais de la Californie. De ne pas avoir de passé. D'être mise à l'écart tout simplement parce qu'elle n'avait jamais été intégrée. Elle constata en examinant un étalage de chaussettes de Noël que ce qui venait de se dérouler dans ce salon funéraire nu était ancré dans un drame passé dont elle ne savait rien. Quelque chose qui touchait Madge Aldenhoven et une autre femme. Et quelque chose qui touchait Janny Malcolm.

Kimberly Malcolm était peut-être la mère de Janny,

pensa-t-elle. Peut-être une droguée ou une prostituée qui avait laissé sa fille dans des familles d'accueil pendant des années et qui venait de mourir. Peut-être était-ce Madge qui s'était occupée de ce dossier au départ. Cela arrivait parfois. Un employé des SPE pouvait connaître les coordonnées d'un parent absent pendant des années, et même maintenir un contact avec ce parent, sans jamais révéler ces faits à quiconque. Cela arrivait quand le parent, presque toujours la mère, était trop meurtri, trop dépendant de la drogue ou trop enfoncé dans la délinquance pour récupérer un jour la garde de son enfant, mais trop désespérement seul pour abandonner l'enfant afin qu'il puisse être adopté. Dans de telles affaires, le travailleur social pouvait devenir le lien sporadique avec l'enfant, être une source de nouvelles, donner une photographie de temps en temps. Il y avait des travailleurs sociaux qui avaient pitié de ces mères. Bo restait perplexe en imaginant Madge dans ce rôle, mais quelle autre raison pouvait expliquer son absolue discrétion et sa présence à ces obsèques brèves et hâtives ?

Elle tourna au bout du rayon des chaussettes et considéra tristement le demi-pâté de maisons consacré aux produits capillaires. Estrella avait téléphoné pour dire qu'elle quittait l'hôpital à midi et qu'elle rentrait chez elle pour attendre la naissance, confortablement installée dans le fauteuil inclinable que Bo l'avait aidée à choisir avec Henry. Du jour au lendemain, Estrella s'était retirée du bureau qu'elles partageaient et avait disparu. Bo souleva le couvercle d'une bouteille en plastique gris nacré contenant de l'après-shampooing, sentit le produit et fut envahie d'une nausée qui lui fit monter les larmes aux yeux. Noix de coco. Une odeur de produit solaire bas de gamme, une odeur de plage en été. Cela symbolisait la Californie. Le lieu où Bo Bradley n'avait pas sa place.

Même Andy avait une famille, songea-t-elle. Une sœur en Louisiane, des nièces et des neveux, des cousins issus de germains qui surgissaient à l'improviste pour Noël. Même Eva Broussard s'était construit une nouvelle vie dans son institution au milieu du désert, entourée d'une poignée de personnes originaires de l'État de New York qui croyaient avoir vu des extraterrestres sur une montagne des Adirondacks. Eva lui avait expliqué, au cours du dîner la veille, que la récente découverte de plusieurs nouvelles planètes censées être habitables par des êtres vivants avait poussé ces gens à créer un économiseur d'écran d'ordinateur montrant les nouvelles planètes dans leurs positions respectives par rapport à la Terre. Dans les tourbillons blancs de leurs galaxies, elles clignotaient, rose fuchsia, bleu électrique, vert néon. Les économiseurs d'écran remportaient un vif succès, avait dit Eva, et l'enthousiasme renouvelé des Chercheurs, ainsi que le groupe s'était baptisé à New York, allait lui fournir les conclusions de leurs recherches sur les réactions qu'ils avaient eues, consécutivement à la rencontre d'extraterrestres aux yeux en amande et à la peau argentée, dans la nuit des Adirondacks.

– Ma conclusion, avait expliqué à Bo la psychiatre à moitié iroquoise en mangeant du pain italien tout juste sorti du four, c'est que la nature de cette expérience est tellement éphémère qu'elle ne semble « réelle » qu'une fois validée par autrui. C'est ainsi que les humains dépensent des ressources d'énergie incommensurables pour tenter d'enrôler des tiers afin d'étayer leur propre expérience. Je doute qu'aucun des Chercheurs voie jamais d'autres extraterrestres, mais ils ont établi une cohésion fondée sur une entreprise qui va encourager autrui à valider leur expérience.

– Quoi ? avait demandé Bo.

L'accent français de la psy donnait à ses paroles, en dépit de leur contenu académique, l'intonation d'une voix off de publicité pour de la lingerie.

– Les Chercheurs commercialisent leur version de la réalité, intégrant leur conviction que la vie existe sur d'autres planètes, avait dit Eva pour simplifier sa théorie. Et les gens achètent leurs produits, ils en redemandent. Ceci valide l'expérience des Chercheurs.

– La santé mentale par le capitalisme ?

– J'en ai peur, avait conclu Eva avec un sourire.

Dans le rayon musique du magasin, Bo s'arrêta pour écouter un CD de Noël de Mannheim Steamroller que diffusaient des haut-parleurs placés dans une zone entourée d'une clôture où l'on avait exposé du matériel électronique. Une flûte solo s'éleva et couvrit les bruits de la clientèle en faisant entendre une mélodie simple, tirée du folklore français, appelée *Le Houx et le Lierre.* Bo connaissait cet air depuis le temps lointain où sa mère le jouait sur un petit *violino piccolo* acheté en Italie. Cette mélodie, c'était Boston, la neige, l'odeur de la pipe pendant que son père arrangeait les lumières dans le sapin placé devant la grande fenêtre du salon qui donnait sur un lampadaire dans la rue. C'était sa petite sœur Laurie, à cinq ans, qui mimait la musique qu'elle ne pouvait entendre en dansant au rythme des mouvements du bras de leur mère au-dessus de la table d'harmonie de l'instrument. Les immenses yeux verts de Laurie *voyaient* la musique, et Bo s'en souvenait en entendant les cordes gagner en intensité sous les trilles de la flûte.

– Madame, ça va ? lui demanda un grand jeune homme en gilet rouge dont les grosses lunettes lui dessinaient des yeux de chouette. Est-ce que je peux faire quelque chose pour vous ?

– Non, je regarde, répondit Bo en s'essuyant les yeux sur le revers du gros pull en laine rouille qu'elle avait mis pour aller travailler afin de remplacer son contestable manteau.

Elle ne s'était pas rendu compte qu'elle pleurait.

Nouveau coup de déprime, Bradley. Il ne te manque plus qu'une timbale en fer blanc pour compléter le tableau. Et un écriteau « PITOYABLE ALIÉNÉE. À VOTRE BON CŒUR ».

Feignant d'avoir un but, elle se dirigea vers le rayon Intérieur de la maison et examina l'étiquette de prix posée sur un appareil rond livré avec dix lames différentes. Sur le carton d'emballage, des photos en couleur représentaient des salades. Un robot ménager. Pour le moment, ça allait. Identifier des objets insolites pouvait offrir une voie permettant d'échapper à l'humeur qui était descendue à pas de flûte, se dit-elle, maussade. Mais bon sang, qu'est-ce qui lui prenait ?

« Lo, How a Rose E'er Blooming », chantait un chœur accompagné de cuivres sur le même CD tandis qu'elle s'éloignait vers le rayon Accessoires auto pour fuir la musique. Cette humeur était venue de nulle part, se dit-elle. Mais pouvait-elle en être sûre ? La psychose maniaco-dépressive se caractérisait par des sautes d'humeur, mais celles-ci ne se produisaient tout de même pas de manière aussi fantaisiste. En plus, elle prenait ses médicaments. Elle était certaine que cette

humeur trouvait son origine ailleurs. Cette humeur, en fait, c'était une épidémie.

– C'est la nuit la plus longue, qui arrive, avait raconté Bridget Mairead à sa petite fille des années plus tôt à Noël. C'est la fête de la Vieille Cally, pour sûr, quand on ne peut échapper ni à l'obscurité, ni au néant, ni au froid. C'est pour ça qu'il y a longtemps, les gens sont allés chercher un arbre entièrement vert pour se souvenir que le printemps allait revenir, et qu'ils ont mis des bougies dans les branches, comme des petits soleils. Et pendant tout ce temps, Caillech Beara est dehors et elle hurle en mettant au monde la nouvelle année. Elle est toute seule, tu vois, Gormfhlaith.

La vieille femme s'était arrêtée après avoir prononcé le nom gaélique de Bo, pour donner du poids à ses paroles.

– En chacun de nous, nous savons que nous sommes tout seuls aussi, quand arrive la saison de Cally. C'est naturel, cette chose-là, mais ça remplit le cœur d'effroi.

Alors elle avait serré Bo dans ses bras, et elle l'avait bercée à côté de l'arbre scintillant dans une maison vendue vingt ans plus tard à un jeune médecin pakistanais qui travaillait à l'Hôpital général du Massachusetts.

– Tout a disparu, dit Bo en s'adressant à un rayonnage de cire pour voiture. La demeure de Boston, la petite maison de Cap Cod, ma grand-mère, mes parents, ma sœur. C'est la fête de la Vieille Cally, la saison de la mort et de la folie. Et je suis seule.

Prononcer ces mots à voix haute face à une série de récipients en plastique qui n'en avaient cure lui fit du bien. Cela mettait des limites à la solitude épique et offrait une porte de sortie. Tout le monde était seul, et c'était pour cette raison que tout le monde se regroupait comme des aimants pour le solstice d'hiver. Une manière de résister. L'âme irlandaise de Bo comprenait très bien la nécessité qu'il y avait à résister. Elle repéra rapidement un téléphone public et trouva une pièce de vingt-cinq *cents*.

– Andy, dit-elle au répondeur d'Andrew LaMarche, il faut que nous organisions quelque chose pour fêter Noël ! Je ne suis pas au bureau pour l'instant, je suis au Target. Je viens d'aller à des obsèques, ou plutôt dans un garage pour des obsèques, en fait, et c'est ce qui m'a donné l'idée d'organiser une fête. Dimanche soir, ce sera bien, tu ne crois pas ? Appelle-moi.

Ensuite, elle passa un second appel à la messagerie vocale de Dar Reinert au quartier général de la police de San Diego.

– Deux choses, Dar, annonça-t-elle. D'abord, j'organise une petite fête chez moi dimanche soir, et j'aimerais que vous veniez, vous et Deb. Vers dix-neuf heures. Une fête pour installer le sapin. Et l'autre chose que j'ai à vous demander, c'est si vous pourriez vérifier qui est une certaine Kimberly Malcolm, qui vient d'être enterrée par les pompes funèbres Heidegger. Je pense qu'elle pourrait être la mère de Janny Malcolm, la petite qui a fait une crise au club gothique il y a deux jours. Et, euh, Dar… ne transmettez pas ces renseignements à notre standard, d'accord ? Je ne veux pas que Madge Aldenhoven sache que je continue d'enquêter sur cette affaire, et le standard fait automatiquement parvenir tous mes messages sur son bureau avant que je les voie. Ceci est entre vous et moi.

Sur le trajet qui la ramenait à son bureau, elle s'arrêta pour manger un plat de tacos dans un restaurant mexicain où, il y avait un an à peine, elle avait fait étape pour nourrir un petit garçon sourd âgé de quatre ans avant de fuir avec lui dans un désert plus dangereux que la maladie qui électrisait son cerveau. Au moins, son travail n'était pas ennuyeux, se dit-elle. Pour le moment, il lui convenait.

8

Daniel Man Deer scruta le ciel gris au-dessus d'Oak Canyon et porta de nouveau les petites jumelles à ses yeux. Une buse à queue rousse décrivit dans sa chasse un arc de cercle au-dessus des buissons de sauge et de chaparral du mont Fortuna. La présence du rapace aussi près du couloir qu'empruntait le lynx était une indication fiable signifiant que le félin n'était pas dans les alentours. Man Deer remit son lourd sac à dos en toile sur ses épaules et entreprit l'ascension de la paroi rocheuse vers l'endroit où il estimait que le lynx traversait d'ordinaire l'autoroute 52 pour pénétrer dans le parc national, quittant de ce fait la sécurité relativement plus grande que lui offrait la zone militaire. Le paquetage contenait deux bouteilles en métal neuves, dotées d'un système de vaporisation, qu'il avait achetées dans un entrepôt de matériel de bricolage. Chacune était remplie jusqu'au niveau maximum d'un mélange d'urine et d'eau, et leur poids en s'additionnant tirait sur les sangles qui s'enfonçaient dans ses épaules.

L'urine était une conjecture tirée de sa science livresque. Il n'était pas sûr que la chimie de sa propre espèce soit adaptée, mais cela valait la peine d'essayer. Le lynx pouvait décoder ces marques de territoire et s'abstenir de pénétrer sur un domaine déjà revendiqué par un autre animal. Man Deer eut un petit rire à la pensée de ce que Mary aurait dit si elle l'avait surpris dans le garage en train de pisser dans des bouteilles destinées à pulvériser de l'insecticide. Elle l'aurait cru fou. Elle ne comprendrait pas qu'il le faisait pour elle, tout autant que pour le félin. Elle ne comprendrait jamais comment une chose peut être liée à une autre, comment le fait de sauver le lynx pouvait peut-être la libérer de l'esprit qui envahissait ses rêves, sa vie. Cela ne s'arrêterait pas après les obsèques d'aujourd'hui. Il en était sûr. Ce dont il n'était pas sûr, c'était de ce qu'il fallait faire.

La nuit précédente, il s'était réveillé dans le noir, sentant que le lit était plus froid qu'il n'aurait dû l'être. Il n'avait pas eu besoin d'ouvrir les yeux pour savoir que Mary n'était pas à côté de lui. Alors même qu'il dormait, la chair de son torse, de ses bras et de ses pieds avait senti son absence. La nuit d'avant, quand le premier rêve était survenu, elle avait crié dans son sommeil et s'était agrippée à lui, toute tremblante. Et maintenant, en cette deuxième nuit, elle ne dormait même plus. Il avait posé la robe de chambre de sa femme en molleton rose sur ses épaules massives et était descendu au rez-de-chaussée pour la chercher. Un rai de lumière sous la porte du cellier lui avait indiqué qu'elle se trouvait dans le garage. Quand il avait poussé la porte, il l'avait vue assise par terre à côté d'une boîte de rangement de couleur passée, les mains crispées sur un petit T-shirt rouge où elle avait enfoui son visage.

– Oh, Mary, avait-il dit en ôtant la robe de chambre de ses épaules pour la placer sur celles de sa femme, ne fais pas ça.

Dans la lumière jaune du garage, ses cheveux auburn lui avaient paru être d'un gris métallique. Artificiel. Comme une perruque. Et quand il l'avait touchée, il avait senti que la chair pâle de ses bras était glacée.

– Danny, je ne peux même plus retrouver son odeur, avait-elle dit en pleurant. Avant, j'arrivais à la retrouver, un peu. Tu sais, cette odeur de petit garçon ? C'était comme les feuilles, Danny. Les feuilles et le chewing-gum. C'était ça, hein ?

Ses yeux noisettes étaient bordés de rouge, et dans la lumière crue, il avait vu ce pli de chair, sous son menton, qu'elle détestait tellement et qu'elle dissimulait grâce à toute une collection de jolis foulards. Elle parlait de se faire faire un « lifting du cou » par un chirurgien esthétique que consultaient les femmes de ses anciens associés, et il lui avait dit bien sûr, il pouvait lui offrir ça. Mais elle n'avait jamais pris rendez-vous. Elle avait appris qu'on ne peut pas changer la vérité, tout comme il l'avait appris lui aussi. Ils l'avaient appris l'un comme l'autre il y avait vingt-huit ans. Quand l'enfant qu'ils avaient appelé David s'était endormi dans son nouveau lit-mezzanine, la surprise qu'il avait reçue pour son cinquième anniversaire, et ne s'était plus réveillé.

– Hémorragie intracérébrale, avait plus tard déclaré un neurologue à Daniel, après l'autopsie. Un anévrisme dans un gros vaisseau sanguin de l'hémisphère gauche. Personne n'aurait pu le prévoir, mais la paroi de ce vaisseau avait un défaut de naissance, elle était fine comme du papier en un endroit profondément enfoui dans le cerveau. Une bombe à retardement. Cela se serait produit tôt ou tard. Je suis désolé. On n'aurait rien pu faire pour sauver David. Je suis sincèrement désolé.

Dan n'aimait pas se rappeler l'époque qui avait suivi la mort du garçon, les mois, puis les années où lui et Mary avaient cessé de s'aimer mais essayé malgré tout de faire un autre bébé, et avaient échoué. Il s'était plongé dans le travail et dans une succession de liaisons avec des femmes qui lui disaient qu'il ressemblait à Géronimo, à Cochise ou à Sitting Bull. Des femmes qui jouaient de la guitare et lui offraient des ceintures conchas [1] qu'il ne portait jamais. Quand Mary avait fini par lui dire qu'elle voulait divorcer, il n'avait pas discuté et avait emménagé non loin de son bureau dans un appartement de La Jolla dont il avait rempli les placards de Johnnie Walker label noir. Le week-end, il buvait sans s'arrêter, du vendredi au dimanche soir. Il avait oublié David.

Mais un dimanche après-midi, Mary était venue le voir avec une lueur étrange dans les yeux. Il s'était dit que lui était peut-être saoul, mais qu'elle était folle. Elle avait l'air d'une folle. Il s'était dit que ça risquait d'arriver.

– Je voulais te voir, avaient été les seules paroles qu'elle avait prononcées.

Il voyait trouble, mais les yeux de Mary lui avaient paru bizarres, ce n'étaient pas les siens mais ceux de quelqu'un d'autre. Quelqu'un de petit, d'effrayé et de courageux. Et en dépit du bruit d'un match de football télévisé venant de l'appartement voisin, il avait entendu un mot unique, prononcé par une voix qui ne pouvait pas être. Cette voix-là avait disparu. La seule voix qui eût jamais possédé le droit de l'appeler par ce nom, cette syllabe répétée.

– Papa.

Ce n'était pas Mary qui l'avait dit. Le mot était simplement là, dans l'air, entre eux, entendu non avec ses

---

1. Ceintures navajos en cuir de selle et argent. Le cuir est passé dans des ornements en argent (conchas) de forme ovale rappelant la forme du coquillage. *(N.d.T.)*

oreilles mais avec son cœur. Et il ne pouvait se soustraire à ce qu'il lui disait.

Qu'il était une chose morte, infiniment plus morte que la lumineuse petite âme qui avait seulement disparu. Qu'il avait quitté la vie en rampant comme un lâche, abandonnant non seulement Mary dans son chagrin, mais abandonnant aussi son propre esprit. Il avait compris que c'était David qui avait traversé, au prix d'un courage héroïque, des frontières indicibles pour lui rendre son nom. David, mû par la force de l'amour que sa mère portait à son père, le regardait à travers les yeux de Mary et avait prononcé le mot qui avait permis à son cœur de s'ouvrir et qui lui avait sauvé la vie.

Il avait alors pleuré dans les bras de Mary, écroulé sur le sol, la honte brûlant comme du feu dans ses veines. Ensuite, il avait rampé jusqu'à la salle de bains crasseuse de l'appartement et avait vomi jusqu'à être vidé de ce feu, jusqu'à être aussi desséché et aussi fragile que la violette qu'il avait un jour trouvée dans un livre de bibliothèque. Après, ils étaient rentrés à la maison. Il avait fermé l'appartement, avait expédié la clef sous la porte d'un coup de pied, et il était rentré à la maison avec la seule femme qu'il aimerait jamais. La femme qui avait été la mère de l'unique enfant qui l'appellerait jamais « Papa ». Il n'avait jamais cessé d'être reconnaissant pour ce cadeau.

– Allez, viens, avait-il insisté dans la lumière crue du garage, la prenant dans ses bras musclés qui la faisaient paraître encore plus frêle. Il fait froid ici. Je vais faire du café et nous allons parler. C'est parce que c'est Noël, c'est ça ? avait-il suggéré, offrant une porte de sortie, espérant qu'elle accepterait ce mensonge. S'il avait vécu, nous aurions peut-être des petits-enfants maintenant. Nous serions allés acheter des VTT et des jeux vidéo pour les mettre au pied de l'arbre. Mon Dieu, ça nous aurait fait plaisir, de faire ça, hein ?

Mais les bras de Mary étaient demeurés rigides, plaqués contre elle, les poings serrés dans le T-shirt rouge.

– Non. Ce n'est pas Noël. Nous avons connu des milliers de vacances depuis qu'il est mort. Ce n'est pas ça, répondit-elle d'une voix froide pleine de rage. C'est juste... je ne comprends pas, je ne *comprendrai* jamais... comment une mère a pu... comment elle a pu...

– Allez, viens, avait-il répété quand elle avait commencé à se balancer, le petit T-shirt pressé contre son visage, ses genoux nus et blancs sur le sol en ciment. Je ne vois pas ce que...

– Comment une mère a pu délibérement *tuer*, avait-elle achevé dans un sanglot, son propre enfant.

– Eh bien, il paraît que quelquefois, avec la dépression qui suit la naissance..., avait-il commencé en faisant semblant de croire qu'elle avait lu dans le journal ou vu à la télévision quelque chose qui avait ranimé l'ancienne angoisse.

– Non, Danny, ce n'est pas ça du tout.

Elle avait posé le T-shirt rouge sur ses genoux et s'était tourné vers lui.

– Ça, c'est horrible, mais ça peut se comprendre. Cette autre chose ne peut pas se comprendre, et tu le sais très bien. Arrête de faire comme si tu ne savais pas ce qui me bouleverse. Moi, j'aurais donné ma *vie* pour David, et je n'ai pas pu le faire, et une autre femme a pris un autre enfant dans ses mains et...

– Mary, qu'est-ce qui s'est passé ? Je t'en prie, dis-moi ce qui s'est passé.

Mais à ce moment-là, il avait compris. Il avait

compris quel était le nom de l'esprit qui s'acharnait sur sa femme. Et il avait compris pourquoi.

– Kimmy Malcolm est enfin morte hier soir, Dan. C'est fini.

Dans le silence jaune du garage, Dan Man Deer avait senti quelque chose se briser dans son cerveau et se détendre, comme une vieille corde trop longtemps liée à un poids terrible. Un souvenir. Qui attendait.

– Dieu merci, avait-il murmuré. Oh Mary, Dieu merci.

Ce qu'il n'avait pas dit, c'était que ce n'était pas fini. Il n'avait pas dit qu'après treize ans de secret et de silence, les choses ne faisaient que commencer.

À deux cents mètres de lui, la buse descendit en piqué derrière un rocher éboulé et reprit son essor en tenant dans son bec un lézard qui se tortillait. Dan regarda l'oiseau s'élever dans le ciel gris et disparaître entre deux petites collines. Rien n'avait changé depuis des milliers d'années, pensa-t-il. Une ville étendue avait vu le jour grâce à l'ancien barrage construit ici par les bras des Indiens sous le joug des *padres*, mais le barrage avait fini par s'écrouler et la ville n'avait jamais dépassé les limites qu'elle atteignait maintenant. Les collines rocheuses et la vallée sinueuse qui avaient jadis accueilli un village kumeyaay étaient telles qu'elles avaient toujours été. Et les esprits, ici, étaient en paix. Libres.

Des effluves de sauge apportés par la brise lui indiquèrent l'endroit où le lézard avait tenté de trouver un dernier refuge. Dans la terre humide, sous un buisson de sauge, il vit les traces de lutte. Les battements d'ailes de la buse avaient suffisamment cinglé la plante pour qu'elle libère son odeur caractéristique. Dan respira profondément et comprit exactement ce que représentait ce moment : un signe qu'il était sur la bonne voie, la voie qui le mènerait vers les Anciens et vers un moyen de libérer Mary du fardeau qui la hantait maintenant. Le parfum de la sauge l'exalta un instant, comme s'il marchait juste au-dessus de la surface du sol. C'était bien. C'était bon signe.

Une fois arrivé près de l'autoroute, il déposa son sac à dos, sortit l'une des bouteilles et l'amorça. Puis il entreprit de pulvériser les rochers, le chemin de terre dont il pensait qu'il faisait partie du territoire du lynx, et ce jusqu'au bord de la chaussée. Ensuite, il suivit la route sur huit cents mètres dans les deux directions, en pulvérisant le sol. Plus tard, il prendrait sa voiture pour remonter la 52 vers l'est, se garerait quelque part et pulvériserait le bas-côté est.

– Tue-les, les mauvaises herbes, l'Indien ! lui hurla un homme en chemise de cowboy qui conduisait un pick-up avant de lancer une boîte de bière à moitié vide dans sa direction.

La boîte rebondit et répandit une mousse jaune sur la route avant de venir s'immobiliser dans le fossé. Dan pensa à du venin de serpent à sonnette, puis il se força à ne plus penser du tout. Il ne pouvait laisser quoi que ce soit venir briser sa concentration. Il se devait d'être là pour le félin, et uniquement pour lui. C'était ainsi qu'il entrerait en contact avec les Anciens, en sauvant le lynx et en gagnant leur respect. Et ils trouveraient un moyen de lui dire des choses qui n'avaient jamais été sauvegardées, parce qu'il n'y avait pas de langage écrit quand ils habitaient ce lieu. Ils trouveraient un moyen de lui dire comment on pouvait faire taire les morts en colère, comment les vivants pouvaient être autorisés à oublier.

Mais cela allait prendre du temps. Or il n'y avait peut-être plus beaucoup de temps, maintenant. Quelque chose de terrible avait enfin été lâché, et il était certain qu'une suite d'événements restés en attente depuis longtemps avait déjà commencé à se dérouler. Une suite d'événements qui allait presque inéluctablement engendrer d'autres souffrances. Et presque inéluctablement d'autres morts.

9

L'herbe arrivait aux chevilles de Mary Mandeer qui pensait à la façon dont ses chaussures étaient fabriquées. C'étaient des escarpins ordinaires avec des talons de cinq centimètres ordinaires. Mais en raison de leur confection, elle ne pouvait pas faire passer son poids sur la partie antérieure de ses pieds, elle ne pouvait pas se mettre sur la pointe des pieds. Les chaussures imposaient une répartition égale de son poids, ce qui voulait dire que les talons s'enfonçaient dans le sol humide à chaque pas. De fait, elle sentait les racines déchirées par eux à chaque trou qu'ils faisaient à la surface de la terre. Elle sentait ici un petit caillou, là une brindille qui pourrissait. Cela faisait du bien de pouvoir penser à quelque chose tandis qu'elles regardaient le cercueil gris descendre dans le sol.

Il n'y eut pas de service devant la tombe. Madge et elle étaient convenues que les quelques paroles prononcées dans le salon funéraire seraient suffisantes. Maintenant, le seul bruit audible était le grincement d'un petit treuil attaché à une sorte de tracteur. Le treuil descendait le corps de Kimberly Malcolm vers ce qui, espérait Mary, serait une paix ultime. Dieu était témoin que cette enfant méritait la paix éternelle. Un nuage de gaz d'échappement rejeté par le tracteur chargea l'air d'une odeur déplaisante.

– Je crois que cela suffit, dit Madge Aldenhoven.

Une petite brise vint agiter la voilette noire qui

recouvrait les deux centimètres d'épais cheveux argentés visibles entre son front et le bord de son petit chapeau.

– Je pense que nous pouvons partir maintenant.

Mary sentit de nouveau ses talons s'enfoncer lorsqu'elle fit cinq pas pour s'approcher du monticule de terre orangée et en prélever une poignée. Elle était humide et sablonneuse.

– C'est fini maintenant, Kimmy, murmura-t-elle. Repose en paix.

Quand elle la lança dans la fosse, la terre fit un bruit sourd accompagné d'un crissement sur le couvercle du cercueil, mais sans apporter le sentiment que quelque chose était achevé, clos. Mary n'en avait d'ailleurs pas espéré autant.

– Je suis prête, dit-elle alors.

Et elle creusa une ligne hésitante de petites dépressions dans la terre entre la tombe de Kimmy Malcolm et la voiture de Madge Aldenhoven. C'était le genre de chose que Dan aurait remarqué, songea-t-elle. Le genre de chose dont il aurait souligné la signification profonde.

Quand Madge fit démarrer la voiture, Mary adressa un petit signe de la main à l'entrepreneur des pompes funèbres debout près du corbillard. Le fait que cet homme ne sache absolument rien de ce qui reposait maintenant sous ces deux mètres du sol rocailleux de San Diego lui donna le sentiment d'être ancrée dans la réalité. *Ne pas savoir* était la réalité, décida-t-elle à cet instant. Ne pas savoir était sain, était confortable, était nécessaire. Certaines choses devaient rester inconnues. Donc, désormais, elle les ignorerait. L'homme fit un signe de tête poli et, en guise d'adieu, leva trois doigts de sa main droite gantée de blanc. C'était le geste parfait pour congédier, pensa Mary. Au revoir. Terminé. *Finis* [1].

– Comment va Dan, maintenant qu'il est à la retraite ? demanda Madge.

Elles n'avaient pas échangé de conversation sur Kimmy Malcolm, pas de discussion sur l'affaire qui avait débuté tant d'années auparavant et qui allait, seulement maintenant, se clore. Mary se souvint de l'époque où elle avait pris un emploi dans les services sociaux après la mort de David, et après le départ de Dan. Elle s'était dit qu'elle allait être seule et qu'elle aurait besoin d'un travail. Mais après qu'elle et Dan se furent retrouvés, elle s'était aperçue qu'elle aimait avoir un endroit où aller tous les jours, quelque chose à faire. Elle était donc restée, elle avait continué à s'occuper des éternelles tâches administratives, et elle était toujours à jour. Les tricheurs n'échappaient pas à Mary Mandeer, mais elle était capable de prolonger d'un ou deux mois le versement des allocations pour ceux qui en avaient vraiment besoin. Et après, des années plus tard, son service lui avait demandé de prendre un poste dans une autre division appelée Services de Protection de l'Enfance. Là, on s'occupait non seulement des adoptions et des placements en famille, mais aussi des enquêtes sur les cas de maltraitance. Mary avait réfléchi et avait finalement accepté ce nouveau poste, où elle était sous les ordres d'une chef de service à peine plus âgée qu'elle, Madge Aldenhoven. Mary se souvint qu'elles étaient devenues amies presque immédiatement. Et elles l'étaient restées,

1. En latin dans le texte. *(N.d.T.)*

jusqu'à l'affaire Malcolm. Cela faisait maintenant près de quatorze ans. C'était comme si c'était hier.

– Dan revendique son héritage indien, il travaille comme bénévole au parc national de Mission Trails, dit-elle pour répondre à la question de Madge. Il écrit « Man Deer » en deux mots maintenant, et passe la moitié de son temps dans des bibliothèques pour étudier l'histoire des Kumeyaays. C'est très intéressant. Comment vont Tom et les garçons ?

– Tom a créé avec un ami une société de vente par correspondance de matériel de plomberie de luxe, dit Madge avec entrain après un silence au cours duquel son cou se zébra de rouge. Cette société est un peu une étape avant la retraite. Tom Jr. et Randall ont tous les deux quitté la Californie maintenant. Tom Jr. est dans la Marine, il bouge beaucoup, et Randall a épousé une fille très bien originaire de Virginie, qu'il a trouvé le moyen d'aller rencontrer dans une auberge de jeunesse en Autriche. Il a une bonne situation dans la société de son père. Ils ont deux enfants, ils ont l'air heureux.

Mary s'aperçut qu'elles n'avaient pas encore quitté le cimetière et déjà elles n'avaient plus rien à se dire. Enfin, rien, à moins d'aborder le sujet tabou. Le sujet qui les avait réunies après treize ans de silence.

– Tu crois vraiment qu'il fallait garder tout cela secret ? demanda-t-elle à Madge. Est-ce que la police est au courant ? Tu crois qu'il va y avoir des suites ?

Madge roula sur un espace recouvert de feuilles mortes comme si on la jugeait sur cette manœuvre. Dans le rétroviseur extérieur, Mary vit l'entrepreneur de pompes funèbres repousser sa casquette sur l'arrière de son crâne et allumer une cigarette. Puis une courbe que décrivait l'allée du cimetière fit tout disparaître derrière elles.

– Il n'y a pas eu d'annonce dans le journal, Mary, donc la presse n'a aucun moyen d'être au courant facilement. Je ne sais pas si l'institut Kelton a informé la police de la mort de Kimberly. Je pense pouvoir affirmer qu'ils n'avaient aucune raison de le faire. Nous sommes légalement responsables de Kimberly depuis... depuis avant même ce qui s'est passé. Quand elle est morte, ils ont appelé le numéro d'urgence et ont demandé à me parler. Le numéro d'urgence leur a communiqué mon téléphone personnel, ils m'ont appelée, je t'ai appelée. Il n'y a qu'une seule source de difficultés potentielle.

– Laquelle ? demanda Mary Mandeer alors qu'elles sortaient du cimetière.

Elle trouva agréable le bourdonnement des voitures dans la rue. Agréable d'avoir soldé cette vieille obligation, de la laisser derrière elle.

– Janny, répondit Madge.

– Oh, mon Dieu, elle est toujours...

– Elle est toujours ici, elle dépend toujours du service de placement. Il était impossible, enfin, tu sais bien qu'il était impossible que... que quelqu'un puisse la prendre. Mais il y a deux jours, la nuit où Kim est morte, Janny a eu une sorte de crise dans un club. Ils ont cru qu'elle était morte et ils ont appelé la police, qui a téléphoné à l'une de mes enquêtrices parce qu'il y avait beaucoup de brouillard et qu'elle habite près du club. Janny a été hospitalisée et elle ne va toujours pas très bien. Il est très possible qu'elle souffre d'une maladie mentale, ce qui ne serait pas surprenant étant donné les circonstances. Cette enquêtrice, Bo Bradley, est du style un peu rebelle, mais elle n'est pas idiote et elle est bien capable de se prendre d'affection pour la petite.

– Retire-lui le dossier, Madge. À quoi bon la laisser

faire ressurgir tout ça maintenant ? À propos, fit Mary en feignant de s'intéresser à des voitures d'occasion garées du côté passager, est-ce que tu lui as fait savoir, euh, à *lui*, que Kim a enfin disparu ?

– Oui, répondit doucement Madge. Je l'ai appelé avant de te téléphoner.

– Bien.

– Mary, il y autre chose, pour Janny, continua Madge en se mordant la lèvre inférieure. Elle traîne une vieille poupée partout où elle va. Et elle l'appelle Kimmy.

Mary Mandeer sentit quelque chose de froid se coincer au fond de sa gorge.

– Elle n'avait que deux ans ! Elle ne peut pas se souvenir, c'est impossible.

– Oui, c'est impossible, soupira Madge Aldenhoven, mais apparemment elle se souvient. C'est sûrement juste une histoire de nom qu'elle a associé à la poupée. C'est dangereux, Mary. Je suis inquiète.

– C'était il y a longtemps, Madge. Et nous n'avons vraiment rien fait de mal.

– *Tu* n'as vraiment rien fait de mal, répliqua Madge, les dents serrées. Mais moi, si, et maintenant tout cela ne me quitte plus.

Mary ne dit plus rien. Ne pas parler, pensa-t-elle, pouvait être la voie de l'ignorance. Cela valait la peine d'essayer.

10

– Un meurtre, dit Dar Reinert à Bo pour la deuxième fois.

Elle se tenait debout dans son bureau vide, les yeux rivés sur le couloir également vide.

Il l'avait appelée dès qu'elle était rentrée.

– Maintenant, c'est officiel, c'est un meurtre.

– Comment ça, « maintenant » ? demanda-t-elle en coinçant le téléphone contre son épaule tout en essayant de s'extirper de son gros pull. Vous voulez dire que Kimberly Malcolm a été assassinée ? Quand ? Où ? Et d'abord, *qui* était Kimberly Malcolm ?

Un bruit de clefs familier devant la porte du couloir laissa présager le retour de Madge. Bo tendit une jambe vers la porte pour essayer de la fermer. Des clous. Ce que Dar lui disait devint inaudible en raison de l'entrée résolue de sa chef de service qui tenait fermement un nouveau dossier dans la main droite.

– Je crois que j'ai une nouvelle affaire, Es, dit Bo au détective comme si elle avait Estrella au bout du fil. Je te rappellerai plus tard, d'accord ?

– L'historique de cette affaire-là est à vomir, continua Reinert. Je vais vous faire une photocopie du dossier et vous l'apporter. Laissez votre camion ouvert. Je le déposerai sur le siège avant.

– Ce n'est pas un camion, répondit Bo. Mais pas de problème. À bientôt.

Bo observa que, dans les ombres projetées par la

lampe de bureau, Madge ressemblait à un personnage de Dickens. L'Esprit de Noël à venir [1]. Sombre comme un sépulcre. Il apparut à Bo qu'en quatre années d'un contact généralement hostile avec cette femme, elle n'avait jamais vraiment eu peur de Madge Aldenhoven. Jusqu'à aujourd'hui.

– Nous allons classer l'affaire Malcolm et la transférer au service de placement, annonça la chef de service. Voici un nouveau dossier sur lequel je veux que vous vous mettiez immédiatement au travail. C'est assez horrible. Vous aurez peut-être besoin du soutien de la police.

Quelque chose dans sa voix lui fit comprendre qu'il était inutile de discuter.

– Bien, répondit Bo, mais je n'ai pas encore rédigé les conclusions.

– Je vais m'en charger. Il est important que vous vous occupiez tout de suite de ce nouveau dossier. C'est une requête concernant une enfant de trois ans que l'on a nourrie de frites et qui a dormi sur une table de billard dans un bar. Elle a déjà été récupérée, mais apparemment, il y a un petit frère, un bébé, qui est encore avec la mère, laquelle a un lourd passé de droguée et d'alcoolique. Il va falloir que vous alliez chercher ce bébé.

Cela ne servait à rien d'essayer de garder le dossier de Janny Malcolm. Il ne contenait aucun renseignement. Bo sortit de sa mallette la chemise en carton léger avec sa bande orange et la tendit à Madge, consciente du fait qu'en ne disant rien sur Kimberly Malcolm, elle lui laissait l'illusion du secret bien gardé, et du

1. L'un des trois esprits qui viennent rendre visite à Ebenezer Scrooge dans *Un chant de Noël* de Charles Dickens. *(N.d.T.)*

classement de l'affaire. Bo savait que ne rien dire pouvait être aussi répréhensible que mentir.

– Ça s'est bien passé, le déjeuner avec votre mari et son associé ? demanda-t-elle en faisant semblant de lire le nouveau dossier.

– Très bien, répondit Madge un peu trop vite. J'ai mangé une salade continentale avec une vinaigrette à la framboise.

– Mmm.

Combien de fois, se demanda Bo, des décisions importantes, des ruptures irréparables, des conflits mortels s'étaient-ils mis en place à travers des échanges anodins tels que celui-ci, véritable tissu de contre-vérités ? Mais elle ne pouvait plus reculer. L'espace d'une seconde, Bo ressentit une sorte de pitié pour la femme qui était dans son bureau. Elle était certaine que ce qui l'attendait n'allait pas être joli.

– Je vais demander aux flics de venir avec moi pour ramasser ce bébé, dit-elle. C'est un quartier pourri, même en plein jour.

– Oui, lui accorda Madge qui regardait par la fenêtre, derrière le bureau d'Estrella. Mais nous ne disons pas « ramasser ce bébé ».

– Moi, si, persista Bo.

Mais sa chef avait déjà passé la porte, disparu.

– Dar, venez me retrouver au coin de la Dixième Rue et de Market, murmura Bo au téléphone dans les secondes qui suivirent. J'ai besoin d'être secondée pour aller enlever un bébé dans un hôtel d'alcoolos. Vous pourrez me parler de l'affaire Malcolm à ce moment-là.

– Vous voulez rire ? tonna la voix grave. Appelez des flics en uniforme pour vous seconder. Je n'enverrais pas mon pire ennemi dans cet endroit, pas sans gilet pare-balles et masque à gaz. Croyez-moi, il faudra que vous mettiez vos chaussures au feu quand vous serez sortie de cet égout. À condition que vous en sortiez, évidemment. Je préférerais vous retrouver sur le trottoir avec le dossier Malcolm.

– Dar, j'y crois pas. Qu'est devenue la devise « Protéger et servir » ?

– Je suis enquêteur, Bradley. Un des avantages, c'est que je ne suis pas obligé de patauger dans la merde des alcoolos et les aiguilles infectées. Il y a vraiment un gosse là-bas ?

– Je n'y vais pas pour me faire offrir un cocktail, Dar. Il y avait deux gosses. La petite de trois ans a été ramassée dans un bar parce que le propriétaire des lieux a appelé notre numéro d'urgence. Arrivée au foyer d'accueil, elle a dit que son petit frère était dans une chambre, à l'étage, avec sa mère. Personne n'a vu ni mère ni bébé depuis plus de vingt-quatre heures.

– Merde, Bradley. Vous savez à quoi vous attendre.

– Sans doute, répondit-elle.

– Un *bébé* ?

– Je vais aller chercher un siège-auto, maintenant. Je vous retrouve là-bas dans un quart d'heure.

– Des gars en uniforme. J'amène des gars en uniforme. Vous savez que j'ai horreur de voir ces trucs-là en gros plan, Bradley. J'ai des gosses, vous savez.

– Dar, comment vous êtes-vous retrouvé dans le service de maltraitance ?

– J'aime bien coincer ces fumiers, répondit-il avec la brusquerie qui le caractérisait, flanquer ces trous du cul en prison, histoire qu'ils voient comment ça fait d'être sans défense. Ce que je n'aime pas, c'est voir ces mômes dont personne ne s'occupe. C'est dégueulasse, c'est pas du boulot pour la police. C'est votre rayon, ça, Bradley.

– C'est pour ça que je vous retrouve dans quelques minutes.

– Vous avez gagné, capitula-t-il dans un soupir. Mais vous me devrez un service.

– Marché conclu.

Bo sourit et raccrocha.

Le siège-auto qu'elle était allée prendre au bureau des accessoires était usagé et éclaboussé d'une substance poisseuse qui avait été du chocolat. Tout en prenant la 163 vers le sud pour se rendre dans le centre de San Diego, elle se demanda combien de bébés avaient été installés dans ce siège au fil des ans. Et où ils étaient maintenant.

Elle avait constaté que la plupart des personnes qui travaillaient aux SPE avaient mis des photos de bébés au mur. Pas des clichés personnels, mais des affiches commerciales et des photos de pubs artistiques faites par des pros qui représentaient des bébés. Celle qui avait le plus de succès était une affiche étroite d'environ un mètre de haut, avec une trentaine de bébés de toutes les origines vêtus de grenouillères en éponge dans des tons pastel. Plusieurs des travailleurs sociaux l'avaient choisie pour l'épingler sur un mur, mais quand Bo leur avait demandé pourquoi, ils s'étaient contentés de la regarder comme si elle leur avait demandé à quoi servait le drapeau américain. Elle devait bien reconnaître que les nouveau-nés avaient quelque chose qui faisait fondre ses congénères, lesquels se mettaient à débiter des inanités avec des yeux humides. « Ooooh, roucoulaient-ils tous, comme il est mignon. »

Bo avait fini par arrêter de demander ce qu'ils leur trouvaient de mignon. Pour elle, les bébés étaient simplement des êtres immatures, avec leurs habitudes et leur personnalité propres. Il y en avait qui lui plaisaient et d'autres pas, exactement comme ils lui plairaient, ou non, une fois qu'ils auraient des dents et des opinions politiques. Les bébés n'avaient rien qui puisse générer en elle cette propension à l'exubérance verbale. Et rien qui puisse la séduire dans les reproductions coûteuses que chacun en faisait.

L'ancienne autoroute urbaine devenait la Onzième Rue lorsqu'elle se déversait dans le centre de San Diego, et, arrivée là, Bo dut ralentir, eu égard aux feux rouges et aux piétons. Elle était sur le point d'aller récupérer un bébé bien réel, mais c'était un autre qui lui traversait l'esprit. Un vieux poupon de porcelaine auquel il manquait un œil. D'où venait la poupée de Janny Malcolm ? Et quel rapport avait-elle avec le corps que Madge Aldenhoven avait confié à la terre quelques heures plus tôt ?

Dar Reinert se tenait devant un magasin de vins et spiritueux qui faisait le coin ; Bo se gara sur un emplacement illicite et descendit de voiture. Elle remarqua que le Ruger qu'il portait dans un étui d'épaule sur son torse râblé cassait la ligne de sa veste sport neuve en tweed gris. Mais qu'il ne gâtait en rien l'effet très classe de sa chemise à carreaux bleus et gris et de sa cravate bleu marine à motifs de dessin animé, des minuscules souris, menottes aux poignets et fers aux pieds.

– Super cravate, dit-elle avec un sourire.

– C'est mon petit de cinq ans qui l'a choisie, et il n'a pas pu attendre Noël pour me la donner. Je trouve que le message passe bien, non ? dit-il en plaisantant. Bon, allez, on en termine avec ce truc, d'accord ? J'ai discuté avec Ahmed, le type qui tient le magasin d'alcool, il dit qu'il y a quatre chambres à louer au-dessus de la boutique. Le seul accès se fait par cette porte, là-bas. (Il désigna une large porte en métal dont la peinture jaune s'écaillait et qui arborait une serrure toute neuve.) Une parfaite violation des normes anti-incendie. Cette porte mène à un escalier en bois. Si ça brûle, pour sortir, il n'y a plus qu'à sauter par la fenêtre du premier étage. Vous mettrez ça dans votre rapport.

– On peut demander une clef à Ahmed ?

– C'est fait. Mais lui, il ne veut pas monter. Il dit que *jamais* il n'irait là-haut sans une arme de poing, au moins. Et il dit qu'il a entendu un bébé pleurer, mais pas aujourd'hui. On y va.

Bo regarda le détective trapu tourner la clef, ouvrir la porte, puis sortir le Ruger de son étui d'épaule dissimulé sous sa veste.

– Police ! hurla le policier dont la voix, de l'avis de Bo, convaincrait sans nul doute les cafards eux-mêmes d'envisager de changer de résidence.

Une avalanche d'air acide et renfermé déferla sur son visage par la porte ouverte, mais la sommation de Reinert ne provoqua aucune réaction. Rien ne bougea à l'étage ni dans l'escalier sans éclairage. Pas même, remarqua-t-elle tandis que leurs pas martelaient les marches en bois, un Noir au visage émacié portant des bretelles violettes et des mules de femme en velours rose qui, apparemment, dormait là, la tête en bas, contre le mur de l'escalier. Bo vit un filet de sang coagulé qui avait coulé de son nez.

– Dar ? commença-t-elle.

– Tant pis pour lui. Il n'est pas mort, il est saoul. Il a dégringolé les marches. Il se réveillera. On n'est pas venu ici pour lui.

Bo s'aperçut que, plus ils approchaient du couloir de l'étage, plus l'odeur devenait pestilentielle. Moisi, vomi, urine. Et quelque chose de moins évident. Une odeur ambiante de chambre de malade qui annonçait la proximité de la mort. Elle se rendit compte que ce couloir ressemblait à une dernière étape pour ceux qui se mouraient déjà, ceux pour qui l'avenir n'était plus au rendez-vous. Ce couloir lui rappelait son rêve.

– Ne touchez à *rien*, grommela Reinert qui tenait le Ruger à deux mains en regardant à droite et à gauche dans le couloir sans couleur. D'après Ahmed, les pleurs du bébé venaient de la pièce située juste au-dessus du magasin, ce qui doit être par ici.

Quand ils tournèrent à droite, une porte s'ouvrit sur des toilettes communes dans un état répugnant, et sur un jeune homme pâle qui avait la tête rasée et un grand tatouage représentant une rose au-dessus du sein gauche, avec un piercing traversé par une ficelle dégoûtante. Sur son bras droit, au pli du coude, du sang coulait d'un petit trou dans l'artère brachiale. Bo vit une cuiller noircie et une seringue posées par terre sur une serviette en papier graisseuse à côté des toilettes.

– Repose ton cul là-dessus et ferme la porte, ordonna Reinert au garçon à voix basse. Personne ne t'a vu et t'as vu personne. Reste là-dedans jusqu'à ce que tu nous entendes partir.

Le jeune hocha lentement sa tête rasée puis la porte des toilettes se referma. Dar se tenait dos au mur côté rue, et il fit signe à Bo de s'approcher d'une porte close.

– Allez-y, lui enjoignit-il. D'ici, je peux couvrir la pièce et le couloir. Vous commencez par frapper, et après vous vous plaquez à côté de la porte.

Comme personne ne répondait, Bo tourna la poignée et entrouvrit le battant, puis elle recula. Rien. Le silence. Dans la faible lumière qui filtrait par des fenêtres crasseuses, elle vit ce qui lui parut être un océan de vêtements formant des monticules par terre, mais ni meubles, ni bébé.

– Dar, ce n'est pas normal, dit-elle en avançant dans cette masse. Il n'y a que des vêtements ici. D'un mur à l'autre, rien que des vêtements sales.

– Allez voir dans la cuisine.

Elle jeta un coup d'œil en direction du vieil évier et du réchaud qui constituaient le coin cuisine. Sur le réchaud, il y avait un biberon contenant du lait verdâtre, caillé, dans une boîte de café en métal à moitié remplie d'eau et frangée de mouches. Une boîte de couches Pampers vide avait été retournée pour poser le tout. Bo prit un cliché des lieux pour le joindre à son rapport au tribunal puis s'apprêta à partir, mais quelque chose l'arrêta. Il y avait quelqu'un dans la pièce. Elle le sentait.

Dar apparut dans l'encadrement de la porte et fit une grimace.

– C'est vide, Bradley. Foutons le camp d'ici. Les gars en uniforme pourront venir plus tard et ramasser ce gosse. On se tire !

– Dar, il y a quelqu'un ici.

– Il n'y a que des vêtements sales. Vous n'allez pas me la jouer illuminée, Bo. Ici, on n'est pas couverts, c'est risqué. N'importe quel déjanté pourrait passer une de ces portes d'une seconde à l'autre, avec un feu, des aiguilles infectées. La mère a foutu le camp avec son gamin. Elle va revenir et nous, on aura un comité d'accueil en bas. Allez, venez.

Bo se prit les pieds dans un short de femme qui avait été déchiré en deux, et elle dut réprimer une nausée d'une violence renversante. Les vêtements la déconcertaient, lui faisaient tourner la tête. Mais elle ne pouvait pas partir. Pas tout de suite.

– Dar, tirez un coup de feu, dit-elle.

– Oh, merde, vous êtes vraiment folle. Je savais bien que c'était une bêtise. Bradley, vous n'arrivez pas à gérer le stress qu'il y a dans ce boulot, vraiment pas. Et moi, je ne peux pas tirer un coup de feu dans l'enceinte de la ville sans avoir une bonne raison de le faire, ce qui n'est franchement pas le cas. Il va falloir que je vous fasse sortir de force ?

Bo sentit ses yeux la brûler en entendant cette insulte. « Folle. » À la seconde où une différence apparaissait, la moindre divergence de perception, ils vous balançaient ce mot. Mais elle avait raison. Il y avait quelqu'un dans cette pièce silencieuse. Elle sentait une autre présence, là, celle de quelqu'un qui n'était pas conscient. Et à bout de forces. Peut-être un animal. Mais elle aurait parié sa santé mentale flageolante que ce n'était pas un animal. À grand-peine, elle retourna jusqu'au réchaud, s'empara de la boîte à café qu'elle leva au-dessus de sa tête.

– Allez vous faire voir, Dar, hurla-t-elle.

Et de toutes ses forces elle abattit la boîte sur la plaque du réchaud. Le fracas qui s'ensuivit était précisément ce qu'elle voulait. Quand Dar Reinert s'engouffra avec fureur dans la pièce, un faible gémissement s'éleva d'un tas de draps souillés par terre, sous la fenêtre. Un miaulement ténu, prolongé, mais pas celui d'un animal.

Bo se mit à genoux et fouilla dans les draps juqu'à ce qu'elle le trouve, gris et déshydraté, mais vivant. Dans les yeux enfoncés du nourrisson, elle vit un vieillard, et cette vision la mit en colère. Il n'avait qu'environ trois mois.

– Bradley, bon Dieu, comment…

– Je suis folle, vous savez bien, grinça-t-elle en

faisant couler de l'eau sur ses doigts pour que le bébé tète cette humidité.

Puis elle lui ôta sa couche qui n'avait pas été changée depuis au moins deux jours, enveloppa le tout-petit dans une chemise et deux pulls trouvés par terre, et se tourna vers la porte.

– *Maintenant*, on y va, dit-elle en dirigeant toute la fureur de ses yeux verts sur Dar dont elle n'aurait su dire s'il allait ou non rester un ami après cette journée. Et ne me traitez plus jamais de folle !

L'ivrogne en mules roses ne bougea pas lorsqu'ils passèrent près de sa tête, avec le bébé qui hurlait d'une voix stridente, comme une pleureuse dans le noir. Bo serrait le petit corps contre elle en disant :

– Vas-y, exprime-toi, raconte-nous comme c'était triste là-haut. Et après apprête-toi à vivre des jours meilleurs, parce que la folle qui s'occupe de toi va s'assurer que tu n'y retournes jamais. J'ai bien dit *jamais* !

Une fois dans la rue, Reinert remit son revolver dans son étui et posa sa grande main sur les petites mèches brunes du bébé.

– Je dois vous rendre justice, Bradley, dit-il. Je n'aurais jamais cru que ce gamin était là-haut. Moi, je serais parti. Il serait peut-être mort. Alors que vous soyez folle ou pas, je ne vous traiterai plus jamais de folle. D'accord ?

– D'accord, répondit Bo.

Au moins, il était honnête.

– Il faut que j'emmène ce bébé à Sainte-Marie, poursuivit-elle. Il lui faut des soins d'urgence et moi j'ai besoin du rapport médical sur son état de santé pour le tribunal. Mais je veux toujours avoir les renseignements sur Kimberly Malcolm. Quand…

– Je vais vous escorter jusqu'à l'hôpital, avec sirène et girophare. C'est le moins que je puisse faire, non ? Alors installez-le et suivez-moi. Nous y serons en cinq minutes. Et dès que le petit gars sera en de bonnes mains, vous et moi, nous pourrons parler un peu de ce qui est réellement arrivé à Kimberly Malcolm.

Tout en attachant le bébé, faible et gémissant, dans le siège-auto, Bo réfléchit à la poupée de Janny Malcolm. Il y avait quelque chose qui touchait aux bébés, aux poupées, mais ça ne collait pas, ça ne menait nulle part. Et au bout de quelques minutes, les cris perçants du petit garçon finirent par lui vriller les oreilles, par lui donner mal à la tête. Il s'agitait dans les pulls, ses petits poings battaient l'air. Il est en colère, se dit-elle. Bah, il y avait de quoi. Mais le bruit de cette colère la perturbait, s'ajoutait à la sirène de Dar qui la précédait.

– Je parie que tu n'as jamais entendu parler de Haendel, dit-elle au bébé. Mais tu vas adorer *Le Messie*.

Elle enfonça la cassette dans le lecteur, embobina la bande et appuya sur le bouton « lecture ».

– Ça s'appelle l'Halleluia, c'est un chœur, dit-elle en souriant et en montant le volume. Tu peux t'égosiller.

11

La cafétéria de l'hôpital pour enfants Sainte-Marie avait été décorée, de l'avis de Bo, par une commission sauvagement dévouée au politiquement correct. On avait attaché aux habituelles guirlandes de verdure artificielle ignifugée, au-dessus des portes, des dreidels de Hanukkah en plastique de couleurs vives, tandis qu'une bonne femme de neige en polystyrène, placée à côté de la caisse, tenait un écriteau qui exhortait les consommateurs : FÊTEZ KWAANZA ! Il n'y avait pas d'arbre de Noël, mais les branches des rince-bouteilles qui bordaient le patio avaient été décorées de petites lumières blanches.

– Installons-nous près du patio pour profiter des illuminations, dit Bo à Dar Reinert.

Il la suivait d'un pas tranquille, chargé d'un grand café et d'une assiette de gâteau de riz. Elle sentait la cannelle en poudre qu'il avait rajoutée sur son dessert à l'aide d'un saupoudreur placé à cet effet près des machines à café.

– Je n'ai pas mangé de gâteau de riz depuis l'époque où j'étais gamin, dit-il, rayonnant. Mais dès que je l'aurai avalé, vous ne me verrez plus. Je ne peux pas passer la journée sur une affaire des SPE. Alors, écoutez-moi. Je suis allé dégoter un vieux dossier sur cette Kimberly Malcolm. Ces horreurs, ça remonte à treize ans. Elle a été battue, frappée à la tête avec un objet plat. Un objet qui avait une arête. Le rapport médical de cet hôpital dit que les blessures correspondent à une chute de deux étages sur le bord d'un bloc de ciment. Sauf que les blessures en question ont été infligées dans un pavillon de plain-pied sans le moindre bloc de ciment à proximité. Le détective qui a été chargé de cette affaire, un gars qui s'appelle Pete Cullen, a interrogé tous ceux qui ont approché ces gamines de près ou de loin, résultat *nada*. L'affaire n'a jamais été résolue. Elle ne le sera jamais.

– Attendez une minute, fit Bo en humant la vapeur qui montait du café, les coudes appuyés sur la petite table. Kimberly Malcolm a subi des blessures à la tête il y a treize ans et elle vient seulement de mourir ? Je croyais que vous aviez dit qu'il s'agissait d'un meurtre. Ça ne peut pas être un meurtre, et d'ailleurs, qui était Kimberly Malcolm ? J'ai pensé que ça pouvait être la mère de Janny. Pourquoi a-t-elle été examinée dans un hôpital pour enfants ?

– Sa mère ? dit-il en fronçant les sourcils, la tête penchée sur le riz qui disparaissait à toute allure. Kimberly et Janet Malcolm étaient sœurs, Bo. Sœurs jumelles. Des vraies jumelles. Elles n'avaient pas deux ans au moment des faits. La mère a dit qu'un inconnu s'était introduit chez elle à Mission Beach, qu'il s'en est pris aux petites et qu'elles se sont débattues dans le noir. Les deux enfants ont subi des blessures, mais c'est Kimberly qui a été la plus touchée. Grave traumatisme crânien. La mère a déclaré qu'elle n'avait pas vu le type, qu'il avait jeté les gamines par terre et qu'il avait filé. Personne ne l'a crue, seulement personne n'a réussi à reconstituer le puzzle. Maintenant que Kimberly est morte, on pourrait rouvrir l'enquête pour meurtre, mais ce sera une perte de temps. Cullen avait la réputation d'être l'un des meilleurs. S'il n'a pas pu percer le mystère, personne n'aurait pu réussir. Tout ça est trop ancien maintenant, c'est sans espoir.

Bo fixait les petites lumières dehors, en essayant de ne pas penser à ce « sans espoir ».

– Où il est, maintenant, ce Cullen, et où est-ce que Kimberly Malcolm a passé ces treize années ? demanda-t-elle. Il n'est pas question de sœur jumelle dans le dossier de Janny.

– Impossible, tonna Reinert. Les SPE ont suivi l'affaire de bout en bout, ils ont tout supervisé. J'ai oublié le nom de la personne qui s'en est occupée, mais c'est dans le dossier. « Reindeer », un truc comme ça. J'ai mis un duplicata sous votre siège avant pendant que vous étiez aux urgences avec le bébé. C'est peut-être quelqu'un que vous connaissez. Quant à Pete Cullen, il a pris sa retraite deux ans avant que Deb et moi, on parte de L.A. pour venir s'installer ici. Il habite à Julian, il passe en ville de temps en temps. Ce type, c'est une légende, Bo. Un super flic, un vrai de vrai. S'il n'a pas pu venir à bout de l'affaire Malcolm, c'est que c'était impossible.

Bo se passa la main dans les cheveux et regarda le détective s'acharner à attraper un dernier grain de riz avec sa cuiller en plastique. Il était clair qu'il y avait eu un dossier exhaustif des SPE sur cette affaire, et il était clair que ce dossier avait été détourné. Il n'était pas difficile de comprendre qui avait tout simplement fait une photocopie de la première page pour l'insérer dans un dossier neuf. Mais il était impossible de deviner pourquoi.

– Faut que j'y aille, soupira Reinert qui se leva en couvant son assiette vide d'un regard plein d'affection. Dites bonjour au toubib. Je suppose que Deb et moi, nous le verrons dimanche à votre fête pour décorer le sapin, hein ?

– Oh oui, dit Bo avec un signe de tête.

Elle avait oublié sa décision impulsive d'organiser une fête. Et n'avait-elle pas promis de déjeuner avec Janny Malcolm et de l'emmener faire des courses le même jour ? Apparemment, Janny n'avait aucun souvenir du passé sinistre que Dar venait de décrire. Mais peut-être que si. Et où était cette mère qui avait déclaré qu'un inconnu avait fait irruption dans sa maison et avait agressé ses bébés, treize ans plus tôt ? Bo était terriblement impatiente de mettre la main sur le dossier de la police.

– Dar, dit-elle lorsqu'il s'éloigna, merci d'être venu en renfort !

– Promettez-moi seulement d'appeler les gars en uniforme, la prochaine fois, d'accord ?

Bo avait les yeux rivés sur son café qui refroidissait quand les conversations entre les membres du personnel de l'hôpital qui déjeunaient là s'arrêtèrent, annonçant l'arrivée d'Andrew LaMarche, directeur du service des enfants maltraités, une personnalité célèbre à Sainte-Marie en raison de ses témoignages d'expert souvent très médiatisés concernant les affaires criminelles. Pour l'instant, il avait l'air moins expert qu'exténué. Mais la chaleur qui s'alluma dans ses yeux gris lorsqu'il la vit indiqua une réserve d'énergie mise de côté pour des intérêts qui n'avaient rien de professionnel.

– Enfin seuls, murmura-t-il avec emphase en prenant le siège que venait de libérer Dar Reinert et en se penchant pour embrasser Bo sur la joue. Tu m'as manqué, Bo. Viens, on file à Las Vegas et on se marie !

– Andy, tu m'avais promis d'arrêter tes demandes en mariage, le gronda-t-elle.

– C'était avant que ma jeune cousine Teless n'arrive, dit-il avec un soupir. Il faut que tu m'épouses tout de suite, pour me permettre d'échapper à ma propre maison. Sauve-moi !

– Ça ne peut pas être aussi terrible que ça.

– Elle écoute du rap. Ce qu'elle préfère, c'est un groupe de femmes qui hurlent des paroles sur la nourriture. Ce matin, j'ai été réveillé par le bruit d'une femme qui chantait « Un cœur d'artichaut, ça ne se brise pas », en boucle. Après, les ouvriers sont arrivés pour terminer les joints du carrelage de la cuisine, et ça leur *plaisait*, cette histoire d'artichaut, et elle en a même fait danser un…

– Andy, elle m'a l'air relativement normale. Tu vas survivre. Pour le moment, je voudrais savoir où en est le bébé.

– Il va s'en sortir. Il est déshydraté, il souffre de malnutrition, il a trois maladies de peau différentes plus un érythème fessier grave, une infection oculaire qui aurait pu se terminer en cécité si elle n'avait pas été traitée, et des oxyures. J'ai demandé des radios, mais il faudra attendre un peu avant que je puisse vérifier l'éventuelle présence de fractures en voie de réduction. Il a aussi une congestion pulmonaire, j'ai donc demandé un test de tuberculose par acquit de conscience et, bien sûr, un sérodiagnostic HIV. Je ne pense pas qu'on lui ait jamais donné de bain, on ne lui a jamais coupé les ongles, ce qui a occasionné des égratignures qui se sont infectées sur le visage, le cou, et l'abdomen. C'est l'un des pires cas de négligence que j'aie vus. Il était d'une saleté effroyable. Où l'as-tu trouvé, Bo, dans les égouts ?

– En gros, oui, répondit-elle. Je vais avoir besoin d'une copie de ton premier rapport médical pour pouvoir déposer une requête aujourd'hui. Je ne veux pas prendre le risque de voir la mère débarquer pour venir le sortir de l'hôpital pendant le week-end.

– J'ai déjà faxé mon rapport à ton bureau et j'ai mis le bébé sous la responsabilté légale de l'hôpital. Il n'ira nulle part. Nous faisons du bon travail ensemble, Bo. Tu te rends bien compte qu'il est important de m'éviter un effondrement émotionnel généralisé.

Elle remarqua avec tendresse que ses cheveux et sa moustache d'un châtain grisonnant étaient aussi impeccablement coupés que jamais. Et sa luxueuse veste en tweed portée sur une chemise d'un gris presque nacré avec des poignets mousquetaires lui donnait l'apparence d'un professeur d'Oxford.

– Je ne vais pas t'épouser, Andy, mais je vais t'arracher au rap, ce soir, si tu promets de me lire de la poésie victorienne à la lumière des chandelles, vêtu de cette veste.

Le sourire avec lequel il accueillit sa demande faillit aller jusqu'à un enthousiasme excessif.

– Browning ? interrogea-t-il.

– Non, Tennyson.

– Oh là là !

– Tennyson, c'est tellement *nul*, continua-t-elle en s'éventant avec une serviette en papier. J'ai hâte d'y être.

– *Mon Dieu**, soupira Andrew LaMarche en rougissant.

– Molly et moi, nous allons venir ce soir, dit-elle en se levant pour partir. Peut-être que ta cousine pourra m'aider à organiser ma petite fête. Et je veux t'entendre jouer du clavecin, maintenant qu'il est prêt.

– Les partitions livrées avec le kit sont une sélection de tubes des Beatles, Bo.

– Je passerai acheter du Bach et des chants de Noël cet après-midi, dit-elle en faisant une grimace. Occupe-toi bien de mon bébé, d'accord ?

À cette remarque, une ombre passa sur le visage d'Andrew. Bo fit semblant de ne pas la voir et se mordit la lèvre quand elle poussa à deux mains la porte de la cafétéria.

Tu vas faire traîner ça encore longtemps, Bradley ? C'est un homme charmant, merveilleux, qui souhaite le mariage pour fonder une famille. Vous n'êtes plus jeunes ni l'un ni l'autre, et tant que tu seras dans le coin, il n'aura pas ce qu'il veut. La seule chose honorable que tu puisses faire, c'est changer de nom et filer en Tchécoslovaquie. Tout de suite !

Ces pensées perturbantes furent reléguées à un moment ultérieur quand elle découvrit les documents que Dar avait laissés pour elle dans le Pathfinder. L'épais dossier, constitué de photocopies de rapports de police remontant à treize ans, allait lui permettre non seulement de plonger dans le passé de Janny, mais aussi d'avoir des renseignements qui pourraient expliquer le récent comportement de Madge Aldenhoven. Elle s'installa derrière le volant, régla la radio sur une station pop qui passait des chants de Noël et commença sa lecture. En moins d'une minute, son front était plissé de rides. C'était l'histoire la plus déconcertante qu'elle ait vue dans sa carrière de travailleuse sociale.

« Répondu à une demande d'intervention au domicile de TAMLIN LISETTE LAFFERTY, 720 Nantasket Street, Mission Beach, à 6 h 42 », avait écrit le premier policier qui s'était rendu sur les lieux.

« Trouvé LAFFERTY et trois mineurs : JEFFREY LAFFERTY, 5 ans ; KIMBERLY MALCOLM, 18 mois et JANET MALCOLM, 18 mois, dans la maison, propriété du beau-père de LAFFERTY, GEORGE LAFFERTY. TAMLIN LAFFERTY a déclaré qu'elle s'est réveillée vers 5 h 30 parce qu'elle a entendu quelqu'un qui s'était introduit dans la maison. Elle a aussi déclaré avoir vu « un homme grand et maigre qui portait un blouson en nylon de couleur claire » dans la chambre qu'elle partage avec les jumelles, alors qu'il en tenait une sous un bras et qu'il prenait l'autre dans son berceau. LAFFERTY a dit qu'elle a crié et s'est battue avec l'homme qui a alors jeté les deux mineures à terre avant de s'enfuir. Elle a ensuite essayé de téléphoner à son mari, dont elle est séparée, RICHARD (« RICK ») LAFFERTY, au domicile de son père à El Cajon. Personne ne répondant, elle a donné un biberon à chacune des jumelles et les a remises dans leurs petits lits. Elle a déclaré qu'une heure après l'incident, elle a constaté que KIMBERLY avait le corps raide et les yeux révulsés, et que c'est à ce moment-là qu'elle a appelé la police de San Diego. Délai d'intervention : 22 minutes. »

Le regard de Bo se perdit sur le parking de Sainte-Marie tandis que les haut-parleurs fixés sous son tableau de bord diffusaient *Oh, Sainte Nuit* chantée par le Chœur du Tabernacle mormon. La nuit dont il était question dans le rapport de police était loin d'être sainte, songea-t-elle. Quelque chose de terrible avait eu lieu. Et même avec un recul de treize ans, l'histoire qu'avait racontée Tamlin Lafferty paraissait inventée, invraisemblable.

Pourquoi avait-elle attendu une heure après

l'intrusion pour appeler la police ? Qu'avait-elle fait pendant cette heure ? Et où était le mari dont elle était séparée ? Bo avait vu suffisamment de relations conjugales malsaines dans sa profession pour pouvoir préjuger, rien qu'à la lecture de ce paragraphe, ce que pouvait être le mariage Lafferty. « Codépendants » était le terme courant, mais « pathétiques » lui paraissait plus exact. Tamlin Lafferty avait été incapable, dans un cas d'urgence qui touchait trois très jeunes enfants, de penser à une autre solution que d'appeler son mari dans une banlieue éloignée de San Diego, d'où il lui aurait fallu au moins une demi-heure pour arriver à Mission Beach. À moins, bien sûr, que ce coup de téléphone resté sans réponse, et donc invérifiable, ne soit un mensonge destiné à dissimuler le fait que cet « intrus » ait été le mari, Rick Lafferty. Mais que s'était-il passé ? Qui étaient ces gens, et où étaient-ils maintenant ? Pourquoi n'étaient-ils pas présents lors des étranges obsèques de Kimberly ? Où Kimberly avait-elle passé ces treize années ? Et pourquoi avaient-ils condamné Janny à une vie vouée à l'anonymat dans le réseau du système de placement ? Bo sentit une énergie positive se mettre à battre doucement sous son crâne. C'était comme d'ouvrir un livre neuf ou de passer le premier coup de pinceau sur une toile vierge. La curiosité qui réveillait des synapses endormies, créatrice de lumière.

La majeure partie du rapport avait été rédigée par Pete Cullen, dans un style informel qui n'était pas destiné à être utilisé à des fins officielles. Bo comprit qu'il s'agissait des notes qu'il avait prises au cours de son enquête. Aussi peu organisées mais aussi précises et complètes que les siennes. Il avait adjoint les photocopies de documents annexes à chaque fois que cela s'imposait. Bo remarqua que Rick Lafferty avait été rendu à la vie civile sans certificat de bonne conduite pour « absences répétées et non autorisées pendant le service, simulation de maladie et insubordination ». Un certificat de mariage indiquait que Tamlin Malcolm et Rick Lafferty s'étaient unis à dix-huit ans, environ douze ans avant l'incident au cours duquel la petite fille avait subi une blessure à la tête qui mettrait treize ans à la tuer. Bo compta les années sur ses doigts et calcula que les parents de Janny et de Kimberly Malcolm devaient avoir quarante-trois ans maintenant. Mais où étaient-ils ?

Cullen avait également joint des photocopies d'imprimés qui changeaient officiellement le nom de famille de Kimberly et de Janet, de « Lafferty » en « Malcolm », bien qu'un examen approfondi du dossier n'ait révélé la présence d'aucun acte de divorce. Bo traça une série de points d'interrogation dans la fine couche de poussière qui recouvrait son tableau de bord. Tamlin Lafferty avait légalisé ce changement de patronyme, donnant son nom de jeune fille à ses filles, mais pas à son fils. Séparée de son mari, elle vivait néanmoins dans une maison qui appartenait à son beau-père tandis que son mari, âgé de trente ans, vivait avec son père. Bo secoua la tête et continua sa lecture.

« Rick Lafferty travaille dans le bâtiment de façon intermittente, et c'est généralement son père qui lui fournit du travail, avait écrit Cullen. Dans la région, père et fils sont considérés comme des maçons hors pair par la profession du bâtiment, mais Rick est perçu comme un individualiste peu fiable en terme de respect des délais et des budgets définis. Certains des ouvriers qui ont travaillé avec lui disent qu'il est dépendant soit de la drogue soit de l'alcool, certains disent que c'est sa femme qui le pousse à bout à force d'exiger des choses qu'il n'a pas les moyens d'acheter, et il y en a d'autres qui pensent seulement que c'est un type qui a un problème mais ils seraient bien en peine de dire lequel. Ceux avec qui il travaille n'ont rien à lui reprocher, mais il n'a aucun ami parmi eux. Apparemment, il passe le plus clair de son temps avec son père, et il ne se confie à personne. Rick et George Lafferty affirment l'un comme l'autre qu'ils dormaient dans la maison de George Lafferty au moment de l'agression perpétrée sur Kimberly Malcolm, et qu'ils n'ont pas entendu le téléphone sonner. Helen « Dizzy » Lafferty, épouse de George et mère de Rick, déclare également qu'elle dormait près de son mari au moment de l'agression et que le téléphone de leur chambre n'a pas sonné. »

– Bon, d'accord, le coup de téléphone, c'est une invention, dit Bo en s'adressant au volant du Pathfinder. Ou du moins, c'est ce que Pete Cullen pensait.

En feuilletant le volumineux dossier, Bo trouva la partie qu'elle cherchait.

« Le département des services sociaux d'aide à l'enfance a transféré l'affaire Malcolm aux SPE, avait noté Cullen. L'assistante sociale, Mary Mandeer, s'est montrée coopérative mais incapable de fournir des informations susceptibles de contribuer à apporter des conclusions safisfaisantes à cette affaire. Voir documents joints. »

Les imprimés de l'aide sociale remontaient à treize ans, des reliques qui n'avaient plus cours du tout dans le système actuel. Cependant, ils fournissaient la réponse à au moins l'une des questions qui troublaient Bo. La main de Mary Mandeer tremblait lorsqu'elle avait signé le dernier imprimé de « changement de placement » concernant Kimberly Malcolm, dix-huit mois après l'imprimé d'admission et la première feuille de renseignements du dossier. Dix-huit mois après un événement qui ressemblait à une chute du deuxième étage sur l'arête d'un bloc de ciment. Bo sentit sa propre main trembler lorsqu'elle lut le rapport.

« Kimberly Malcolm sera transférée à l'institut Kelton où des soins pourront être prodigués aux frais des SPE du comté de Los Angeles », avait dactylographié une secrétaire. Les lettres imprimées à l'encre paraissaient étranges, démodées. La partie supérieure des « e » était totalement noircie. Bo tenta de se rappeler la dernière fois qu'elle avait vu une machine à écrire, essaya de ne pas penser à Kimberly Malcolm à l'âge de trois ans, prise dans les ombres entre la vie et la mort. D'une certaine façon, les « e » noircis semblaient indiquer de vieux secrets cachés entre les lignes, derrière les mots. Bo sentit un frisson venir lui picoter les mains. Cette affaire était quelque chose de pire que ce qu'elle avait imaginé. Cette affaire recélait l'impensable.

Personne ne parlait de Kelton. Ceux qui travaillaient sur les affaires les plus sordides, les cas de traumatismes crâniens, savaient de quoi il s'agissait mais n'en parlaient jamais à table ni même après avoir bu quelques verres quand un service organisait un apéritif. Ce nom, si d'aventure il était prononcé, était murmuré, après quoi tous les regards se détournaient et l'on changeait vite de sujet. Il y avait des rumeurs qui couraient sur Kelton. Que ceux qui étaient presque morts, là-bas, se réveillaient parfois juste avant leur décès, et affirmaient que le temps n'avait pas passé, que tout était exactement comme avant.

Une histoire avait filtré par le truchement de ceux qui travaillaient aux services d'aide sociale aux adultes, et qui s'occupaient régulièrement des personnes âgées, selon laquelle un homme de quatre-vingt-six ans dont le cerveau avait été gravement endommagé par des agresseurs, dans une rue, quand il avait soixante-dix-neuf ans, avait réussi à quitter son lit à Kelton (si tant est qu'il y eût des lits) la nuit de sa mort, et à aller prendre un bus où il avait terrorisé neuf passagers en les reconnaissant tous, et en les nommant par leurs patronymes, avant de tomber inerte dans l'allée centrale. Les passagers avaient cru que les limites de leurs propres vies avaient été révélées dans la manière dont il avait prononcé leurs noms. Ils avaient cru que la mort elle-même était montée à bord du bus.

Bo se souvint que c'était Estrella qui lui avait raconté cette histoire des années auparavant. Et quand elle lui avait demandé ce qu'était l'institut Kelton, Estrella avait parlé d'un lieu où le corps de ceux dont le cerveau ne montrait presque plus d'activité électrique était maintenu en vie jusqu'à ce que la vraie mort physique se produise. Blessures à la tête et attaques cardiaques graves, essentiellement. Quelques personnes dont les familles ne pouvaient se résoudre à autoriser que l'on débranche les appareils d'assistance physiologique et étaient prêtes à payer afin que les machines activent cœur et poumons et que les perfusions fonctionnent indéfiniment. Un endroit qui ressemblait à une transition figée. À une station de métro abandonnée.

Cette prise de conscience fit souffler un vent glacé entre les épaules de Bo et dans tout son dos. Le rêve. C'était le rêve. En frissonnant, elle regarda la signature donnant l'autorisation de transfert qui figurait sous celle de Mary Mandeer.

« M. Aldenhoven, lut-elle, pour les services d'aide sociale du comté de San Diego. »

En sortant du parking de Sainte-Marie au volant du Pathfinder, Bo entendit le sifflet d'un train déchirer l'air, quelque part à l'est, vers le désert. Son effet Doppler, le gémissement fantomatique sur deux notes créé par le son en mouvement et l'immobilité de l'auditeur, lui fit monter les larmes aux yeux avec son message de perte inéluctable.

– Ouais, Cally, murmura-t-elle, c'est donc bien toi qu'on célèbre en ce moment, c'est ta saison. Mais il n'y a pas que la mort là-dedans. Il y a quelque chose dans cette histoire qui procède du mal. Quelque chose de dégénéré qui n'aurait jamais dû être.

Au loin, le train hurla doucement puis redevint silencieux, et Bo roula jusqu'à son bureau, en pianotant sur les archives d'une ancienne et exhaustive enquête de la police à laquelle quelque chose avait échappé. Quelque chose qui était encore là, encore caché. Tapi, se dit-elle en faisant claquer ses mâchoires juste pour entendre le son, et qui attend son heure.

12

Au moment où elle pénétrait dans l'immeuble de son bureau, Bo se rendit compte qu'elle n'avait pris aucune décision concernant l'affaire Malcolm. En fait, il n'y en avait aucune à prendre, se dit-elle en essayant de se raisonner. Pour mystérieuse qu'elle fût, cette affaire n'était qu'une énigme du passé. Un dossier parmi des milliers d'autres qui prenaient la poussière dans des travées bordées d'étagères métalliques, dans une salle d'archives sans fenêtre du rez-de-chaussée derrière le bureau informatique. Kimberly Malcolm était morte. Kimberly était, à bien des égards, morte depuis des années.

Bo supposait que Madge s'était chargée de l'affaire Malcolm avec l'assistante sociale nommée Mary Mandeer. Mandeer était probablement l'autre femme présente aux obsèques, celle qui avait récité le poème de Louise Bogan sur une jeune fille qui était en fait une statue. Les deux femmes avaient voulu et organisé le classement de cette ancienne affaire pour des raisons qui appartenaient au passé. Bo savait qu'elle lirait la suite du dossier de Pete Cullen. Mais peut-être ne le lirait-elle que par cusiosité. Il y avait suffisamment d'enfants vivants réclamant son attention dans son métier, comme ce petit bébé qu'elle venait de trouver dans un océan de vêtements sales. Elle songea vaguement qu'il valait mieux laisser l'affaire Malcolm dans un passé qui ne concernait pas Bo Bradley. D'ailleurs, elle *ne voulait pas* y penser. Pas plus qu'à l'institut Kelton, ou au royaume qui s'étendait entre la vie et la mort. Ou à une enfant de dix-huit mois, prise au piège dans ce royaume pendant plus de treize ans. Penser à tout cela revenait à pousser une porte que Bo savait dangereuse. Une porte qui ne pouvait s'ouvrir que sur l'horreur, la souffrance et la folie.

Appuyée contre le chambranle sur le seuil du bureau de Madge, les mains plongées dans les poches de son jean, Bo sentit qu'elle prenait le « regard ». Ce n'était pas prémédité. Cela arrivait parfois de manière organique. Ce regard aux paupières lourdes qu'ont les maniaco-dépressifs sous l'emprise des médicaments et qui donne aux gens l'impression d'être transparents et vulnérables. Bo en avait elle-même fait l'expérience lors d'un dîner organisé pour collecter des fonds pour la ligne d'appel S.O.S.-Suicide de San Diego, laquelle n'avait été à un moment guère plus qu'un répondeur. Attablée en compagnie d'autres « consommateurs » de psychiatrie, elle s'était sentie très mal à l'aise en percevant le regard fixe et insistant d'un jeune homme joufflu à lunettes assis en face d'elle. Son regard l'avait forcée à reconnaître qu'elle jouait comme au théâtre, que toute interaction sociale était essentiellement une épuisante succession de rôles qui n'existaient que pour dissimuler la personnalité défectueuse cachée en eux. Son regard l'avait angoissée.

– Pourquoi me regardez-vous comme ça ? avait-elle demandé.

– Excusez-moi. C'est les médicaments. Je suis maniaco-dépressif, et des fois…

– Écoutez, moi *aussi*, je suis maniaco-dépressive, et ce n'est pas le genre de regard qui nous caractérise. En principe, c'est un regard d'égaré illuminé, voyez.

– J'ai jamais su faire l'égaré illuminé, avait-il répondu en souriant lentement tout en continuant à fixer Bo comme si elle était couverte de pages que l'on pouvait lire.

– Un duel, alors, lui avait-elle dit pour le défier.

Elle avait fermé partiellement les paupières en l'imitant et posé sur lui un regard hypnotisant.

– Le perdant paye le parking de toute la table.

– Ça marche, avait-il répondu.

Il s'était contenté de rester assis comme un Bouddha aux yeux de laser. En moins de quatre minutes, il avait réussi à mettre Bo tellement mal à l'aise qu'elle s'était avouée vaincue et qu'elle avait ratissé pour douze dollars de frais de parking. Après cet épisode, elle s'était entraînée. Maintenant, le regard venait naturellement, parfois à l'improviste. Cette fois, se dit-elle, c'était probablement en réaction à l'idée de l'institut Kelton et du jeune corps d'une toute petite fille qui y était devenu celui d'une adolescente sans cerveau, sans conscience.

– Qu'y a-t-il, Bo ? demanda Madge en levant les yeux d'une pile de dossiers. Que regardez-vous ?

L'espace d'une seconde, Bo s'imagina capable de parler à sa chef de service, imagina qu'elle disait : « Comment avez-vous survécu, toutes ces années, à un métier qui impose la confrontation quotidienne avec l'indicible ? Comment faites-vous pour que la vérité sur ce que les gens font subir à des êtres sans défense ne parvienne pas à vous tuer ? » Mais Madge était en proie à l'une de ses célèbres rages, et cette impulsion se dissipa. Ces rages étaient légendaires et surgissaient sans cause particulière. Tout le monde, dans l'immeuble, savait qu'il n'y avait d'autre remède que de rester hors d'atteinte. Madge pouvait devenir méchante.

– Je me suis occupée de la requête pour le petit frère, répondit Bo. J'ai emmené le bébé à Sainte-Marie, maintenant je vais aller au tribunal et commencer la procédure tout de suite. Ç'a été affreux.

– C'est notre travail, Bo, répondit Madge, comme si, elle aussi, venait de gravir un escalier pestilentiel menant au couloir de l'horreur. Et je dois dire que je commence à en avoir un peu assez de vos pleurnicheries. Comme Estrella est en congé, tout le monde va devoir assumer une charge de travail supplémentaire. Et venir se plaindre parce qu'il y a des cas « affreux », ce n'est franchement pas professionnel. Il est évident qu'il faut s'attendre à ce qu'ils soient tous « affreux ». Contentez-vous de faire votre travail, Bo. Je n'ai pas le temps de vous dorloter.

– Me dorloter ? reprit Bo chez qui une foule de choses possibles à répliquer se faisaient presque tangibles. Je ne me souviens pas d'avoir demandé à être dorlotée.

La chef de service pianota doucement des doigts près de sa tempe.

– Bo, je n'ai pas le temps de jouer à l'un de vos petits jeux pitoyables et manipulateurs. Allez au tribunal déposer cette requête. J'ai déjà vu le rapport préliminaire du docteur LaMarche. Elle ne posera aucun problème. Mais que regardez-vous comme ça, à la fin ?

– Est-ce que vous avez rédigé les conclusions sur l'affaire Malcolm ? demanda Bo.

Elle se demanda si Madge savait pertinemment, ou si elle avait seulement l'intuition, que ses brusques changements d'humeur avaient le don de déstabiliser ceux qui étaient sous ses ordres. Était-ce la même femme qui était venue jusqu'à l'hôpital de la Miséricorde pour ramener Bo, celle qui avait dit qu'elle avait une grand-mère irlandaise ? Impossible.

– L'affaire Malcolm ne vous concerne plus en rien. J'ai du travail, Bo. Je vous prie d'arrêter de me harceler, où je vais devoir appeler les agents de la sécurité. Je ne comprends vraiment pas pourquoi vous tenez à faire ce travail alors que vous êtes incapable de vous conduire correctement.

Les agents de la *sécurité* ? Bo ressentit cette insulte gratuite comme une brume d'acide qui imprégnerait son corps. Cela la définissait, rendait manifeste son statut de lépreuse. Quoi qu'elle fasse ou ne fasse pas, n'importe qui pouvait, à tout moment, la rejeter du reste de l'humanité en prononçant l'un des milliers de mots destinés à mettre en lumière la déviance inquiétante qui la constituait. Et Madge venait d'invoquer ce pouvoir sans aucune raison plausible aux yeux de Bo, en dehors du besoin de marquer une frontière. Mais Madge était allée trop loin. Bien trop loin.

Les choses se mirent en place de manière définitive. Elles tourbillonnaient depuis longtemps comme du sable dans une eau trouble qui enfin venait se déposer sur le fond marin. L'affaire Malcolm appartenait peut-être au passé, mais elle cachait aussi quelque chose dont Madge Aldenhoven tenait à garder le secret. Et elle venait de faire ce qu'il fallait pour que Bo Bradley mette un point d'honneur à dévoiler ce dont il s'agissait. Bo serra les dents et se sentit envahie d'une vague de vindicte froide et calculée. Ce n'était pas particulièrement désagréable, remarqua-t-elle. Mais ce n'était pas agréable non plus. Cela relevait de la nécessité.

Une fois déposée la requête auprès du tribunal pour enfants, elle appela la messagerie du bureau pour que l'on transmette à Madge qu'elle partait à la recherche de la mère du bébé. Ensuite elle parcourut les notes de Pete Cullen sur l'affaire Malcolm. Ainsi que Dar Reinert le lui avait dit, il avait enquêté sur toutes les personnes qui avaient un lien avec les petites filles : les parents, une tante maternelle, les grands-parents paternels et le grand-père maternel, Jasper Malcolm. Bo ne fut guère surprise de voir le nom du fabricant de poupées. Cela s'inscrivait dans le schéma global ; elle le comprenait maintenant. De même que sa visite impromptue au magasin de la Vallée de la Mode. Tout convergeait pour former cet ensemble. Il était inutile de le nier, même si sa tentative momentanée pour tout rationaliser avait été rassurante, juste avant l'altercation avec Madge. Pas étonnant que les gens parlent de « comportement rationnel » avec un tel enthousiasme. Un comportement rationnel, c'était en réalité un comportement confortable. Ce n'était pas un choix qui s'offrait à Bo Bradley.

Tout en parcourant le dossier de Cullen, elle se mordillait la lèvre inférieure et se dirigeait vers l'est, vers El Cajon, le dernier domicile connu du père de Kimmy et Janny Malcolm, Rick Lafferty. Une fois sur place, elle s'aperçut qu'elle n'était pas surprise de ce qu'elle voyait, même si n'importe qui d'autre l'aurait été. Cela faisait partie du schéma d'ensemble ; c'était cohérent. Maintenant, tout ce qui lui restait à faire, c'était d'en identifier le sens.

La résidence des Lafferty faisait partie d'un groupe de « propriétés » de deux mille mètres carrés qui avaient été gagnées sur les collines recouvertes de chaparral à la fin des années cinquante, et ressemblait moins à une demeure typique du Sud de la Californie qu'aux décors d'un roman gothique anglais. Tandis que les propriétés adjacentes déployaient des pelouses identiques et bien arrosées au milieu desquelles étaient posées, avec fierté mais sans une once d'imagination, des maisons de style ranch, la résidence des Lafferty était absolument invisible de la rue. Bo remarqua que cet urbanisme de type ancien ne prévoyait pas de trottoir, si bien que le mur en pierre haut de deux mètres cinquante qui fermait la propriété se dressait presque au ras de la route. Deux portails surmontés d'une arche ouvraient sur une allée en demi-cercle pavée de briques en quinconce. Elle se gara et s'approcha de l'un des élégants portails en fer forgé, puis fit un signe de la main à une femme qui plantait des bulbes sous un magnifique chêne vert.

– Bonjour ! lança-t-elle.

Elle improvisa son entrée en matière en utilisant des détails du paysage :

– Je me promène dans le quartier à la recherche d'idées pour aménager la maison que nous venons d'acheter, et on m'a dit qu'ici, il y avait un travail de maçonnerie superbe. Est-ce que je peux me permettre de vous demander le nom de votre entrepreneur ?

La femme retira ses gants en grosse toile et se releva, repoussant son bandana noir sur des cheveux courts d'un blond cendré. Son jean taché de boue et son vieux sweat-shirt lui donnaient une allure jeune, mais sa taille, qui était loin d'être une taille de guêpe, suggérait une maturité respectable.

– Où est votre maison ? demanda-t-elle en s'approchant du portail.

– À Del Mar, improvisa Bo.

La maison qu'Andy venait d'acheter dans ce village du bord de mer proche de San Diego ferait l'affaire.

– Mais je suis venue rendre visite à une amie dans le

coin et j'ai décidé de me promener un peu, en quête d'idées. Votre allée est ravissante !

– C'est Rick, mon mari, qui l'a faite. Mais il n'est pas entrepreneur. Vous trouverez des artisans maçons en vous adressant à des sociétés de livraison de matériaux. Appelez-en quelques-unes et demandez-leur des noms.

Rick. C'était forcément Rick Lafferty, conclut Bo. Après tout, combien d'artisans maçons nommés Rick pouvaient habiter à la même adresse, l'un à la suite de l'autre ? Surtout dans une région comme San Diego, où les dallages en brique étaient peu communs, chers, et finalement inappropriés en raison des petits tremblements de terre qui se produisaient de temps à autre. Il n'y avait probablement pas assez de maçons de ce type à San Diego pour remplir une colonne dans les pages jaunes. Alors, cette femme était-elle Tamlin, l'épouse de Rick Lafferty ? Bo lui fit un sourire charmant en l'observant pour déceler sa force de caractère, ou sa faiblesse.

– C'est mon troisième mariage, lui confia-t-elle sur un ton qu'elle espérait être celui des confidences entre femmes. Je veux vraiment faire les choses bien, cette fois, arranger une belle maison pour nous deux. Avant, j'étais trop prise par mon travail. Vous savez ce que c'est. On n'a jamais le temps de s'occuper des petits détails qui rendent une maison accueillante, comme des fleurs, de jolis rideaux, des plantes dans le jardin.

Arrête, Bradley ! Tout à l'heure, tu vas faire de la balançoire sous l'arche, l'air radieux, en chantant « La Mélodie du bonheur ».

La femme lui lança un regard de côté.

– Si votre mari est comme le mien, il se chargera de tout, dit-elle avec un sourire pour mettre un terme à la conversation. Nous sommes mariés depuis huit ans et tous les jours, il travaille à l'aménagement de la maison. Il a fait les murs, les allées, les chemins, les cheminées, et même un belvédère en pierre, derrière, qui surplombe l'autoroute. Ça l'occupe. Moi, je jardine un peu, c'est tout. Allez, je vous souhaite bonne chance.

S'ils n'étaient mariés que depuis huit ans, elle devait être la deuxième épouse de Lafferty, et non Tamlin. Mais Bo voulait s'en assurer.

– Merci pour le conseil, pour les maçons, dit-elle. Peut-être que si je dis que j'ai vu le travail de votre mari, ils comprendront quel genre de choses je recherche. Une allée en brique comme la vôtre, ce serait parfait devant notre maison. Elle est de style Tudor.

La femme s'éloignait.

– Il s'appelle Rick Lafferty, dit-elle par-dessus son épaule. La plupart des entrepreneurs de la région savent qui il est. Dites-leur que vous avez vu l'allée de Rick Lafferty.

– Super ! Merci beaucoup ! répondit Bo en regagnant le Pathfinder tout en observant la maison cachée derrière un muret en pierre doublé d'une haie épineuse de berberis à feuillage persistant.

Avec ces deux murs en pierre et cette haie qui faisait écran, la vaste maison-ranch, là-bas, donnait l'impression d'être prisonnière de son propre environnement, et pourtant Bo remarqua qu'il n'y avait pas de barreaux aux fenêtres. Les plantations et les murs protecteurs paraissaient plus symboliques que fonctionnels. Mais de quoi Rick Lafferty avait-il voulu se protéger, ou qu'avait-il voulu enfermer ?

Elle s'arrêta dans un magasin proche de la bretelle d'accès à l'autoroute pour s'acheter un Coca, puis elle sortit un bloc de papier corné de sous le siège du passager. « Rick Lafferty », écrivit-elle en haut de la page. « Habite toujours au domicile du père. Apparemment remarié il y a huit ans. A transformé la résidence en forteresse avec des briques et des pierres. Vérifier si ses parents, George et « Dizzy » Lafferty, sont encore en vie. Et où est la première femme, Tamlin ? » Ensuite, elle ouvrit le dossier de la police.

Cullen avait désigné le lieu où Kimberly Malcolm avait été blessée sous le nom d'une petite rue de Mission Beach qui ne s'étendait que sur quelques blocs en travers de la bande de terre séparant Mission Bay de l'océan Pacifique. Bo connaissait cet endroit. Situé juste au nord du quartier où elle-même habitait, il ne couvrait qu'une superficie limitée et comprenait presque exclusivement des résidences de vacances. Côté baie, on trouvait de vastes ensembles d'immeubles, et dans les courtes rues qui allaient de Mission Boulevard au trottoir en bord de mer se pressaient des maisons en bois et des pavillons plus modernes sur de minuscules terrains. Si quelques personnes vivaient toute l'année à Mission Beach, la plupart des habitations de la baie et de la plage étaient louées à des vacanciers pendant l'été et à des étudiants pendant l'hiver, à des tarifs nettement réduits.

Bo prit l'Interstate 8 vers l'ouest pour aller jusqu'à la plage, navigua dans un labyrinthe de virages pour atteindre Mission Beach, et s'arrêta à une rue de Nantasket. Certains des magasins de surf et des petites boutiques à sandwichs qui bordaient la rue étaient fermés pour l'hiver, et les commerces qui restaient paraissaient étrangement déserts sans le soleil et les bandes d'adolescents bronzés. Bo verrouilla le Pathfinder et marcha lentement vers le croisement de Nantasket et de Mission Boulevard, tandis qu'un halo jaune faisait une timide apparition par une brèche dans la couverture nuageuse qui l'engloutit de nouveau rapidement.

Le pavillon où quelqu'un avait blessé une enfant de dix-huit mois était situé dans une rue qui ne faisait que la longueur d'un bloc et qui débouchait sur le trottoir longeant le mur du front de mer. Bo resta à l'intersection et parcourut la rue du regard, jusqu'à la mer. Ensuite elle se tourna et marcha d'un pas vif jusqu'à l'adresse notée dans le dossier de Pete Cullen. Il n'y avait rien.

Ou plutôt, il y avait trop de choses. Le minuscule terrain était envahi par une végétation dense et sauvage, des plantes tropicales qui ondulaient de manière menaçante dans le vent froid et poisseux venant de la mer. Bo s'immobilisa devant la clôture en bois dont la peinture s'écaillait et qui délimitait le terrain, et elle compta quatre palmiers aux feuilles pennées, hauts de cinq mètres, dont les frondes inférieures mortes ployaient vers le sol, agitées par le vent. Le bruit qu'elles produisaient lui fit penser à d'énormes papillons de nuit pris au piège dans du papier calque. Parmi les palmes affaissées, un magnolia était recouvert de plantes grimpantes, et des enchevêtrements de vigne morte masquaient des groupes de buissons impossibles à identifier, ainsi que le sol. Même en plein jour, le terrain était dans l'ombre.

Bo longea la clôture sur toute sa longueur, en essayant de voir à travers les plantes envahissantes. Du coin ouest du terrain, elle aperçut le côté d'un pavillon presque invisible au milieu de la verdure. Il se composait de bardeaux d'environ un mètre de long, dont la plupart étaient gauchis et pourris, et dont beaucoup étaient tombés. Les fenêtres avaient été condamnées, mais même ces planches-là semblaient fixées depuis des années, et un grand nombre d'entre elles, devenues grises, étaient également tombées. La partie des fondations en béton qu'elle pouvait distinguer était recouverte d'une couche de mousse d'un vert peu engageant.

– Est-ce que je peux vous renseigner ? lui demanda un homme d'une trentaine d'années bien habillé qui se tenait sur la véranda de la maison d'à côté, une maison moderne.

Bo remarqua qu'il avait un mobile attaché à la ceinture. À son poignet gauche, un large bracelet-montre en or accrochait la lumière diffuse. Jeunes loups ou dealers, pensa-t-elle, ils ont leur mobile d'apparat et leurs bijoux en or.

– Est-ce que cette maison est à vendre ? lui demanda-t-elle.

– Si seulement elle pouvait l'être ! répondit-il. C'est une véritable horreur. Elle fait perdre de la valeur à toute la rue. Mais elle n'est pas à vendre. Elle doit être bloquée par un problème de succession, j'imagine.

Dans les buissons, un bruissement qui n'avait rien de végétal la fit sursauter.

– Ce sont des rats, expliqua l'homme. Ils adorent faire leur nid dans ces palmes. On a failli payer une entreprise de dératisation, mais on s'est rendu compte que les rats empêchent les vagabonds de venir dormir ici. Ma femme a baptisé cet endroit Hamelin [1].

Bo pensa à des enfants perdus à jamais, des enfants qu'un esprit avait attirés dans une montagne qui s'était refermée sur eux pour ne jamais se rouvrir. C'est ce qui était arrivé à Kimberly Malcolm. L'à-propos de ce symbolisme lui fit dresser les cheveux sur la tête. Un

1. Ville d'Allemagne (Hameln) où se situe la légende du charmeur de rats, *Le Joueur de flûte de Hamelin. (N.d.T.)*

schéma d'ensemble. Elle le sentait vibrer dans sa conscience. Les gens, les histoires, les commentaires entendus par hasard… tout ramenait à un moment du passé, treize ans plus tôt, quand un événement s'était déroulé ici. Un événement qui avait arrêté le temps pour une petite fille et qui en avait laissé une autre seule et perdue.

– Eh bien, joyeux Noël, dit-elle.

Elle dut lutter pour réprimer un vertige qui transformait l'enchevêtrement de verdure en brume de chaleur. L'espace d'un instant, elle crut voir de minuscules yeux rouges qui l'observaient, tapis dans l'ombre. Des centaines d'yeux.

– Il faut que je me sauve.

Elle ne mit pas longtemps à rentrer chez elle ; elle grimpa à toute allure l'escalier qui menait à son appartement et appela sa psy avant même d'aller chercher Molly.

– Eva, commença-t-elle. Soit je suis dans une phase maniaque, soit il y a quelque chose de, disons, *magique*, dans cette affaire Malcolm. J'ai l'impression de suivre une piste déjà toute prête, comme un labyrinthe. Tout ce que je découvre, toutes les personnes à qui je parle… tout semble converger vers une sorte de signification incroyable, même si je ne comprends pas pourquoi. C'est un ensemble, Eva. Et ce fameux rêve m'a attirée là-dedans avant même que Dar ne m'appelle et ne me demande…

– Hé la ! Bo, l'avertit la voix grave de la psy. Vous dormez bien, vous mangez correctement, vous prenez vos médicaments ?

– Oui. Franchement, je crois que je vais bien. Mais aujourd'hui, Madge a enterré quelqu'un dans le plus grand secret, et le grand-père est bien le célèbre fabricant de poupées. Ça s'est passé il y a des années, Eva, dans un pavillon près de Mission Beach, et maintenant la maison est abandonnée. Il y a des rats…

– J'aimerais vous voir dès que possible, Bo. Il est évident que ce dont vous me parlez est beaucoup trop complexe pour en discuter au téléphone. Que faites-vous ce soir ?

Bo passa une main dans ses courtes boucles et lança un regard méfiant au réfrigérateur, derrière le comptoir de cuisine.

– Je dîne chez Andy, répondit-elle. Une adolescente de sa famille a débarqué pour les vacances. Je vais faire sa connaissance. Et au fait, j'organise une fête pour décorer le sapin, dimanche soir vers sept heures. Est-ce que vous pouvez venir ?

– Avec grand plaisir, et j'apporterai quelque chose de nourrissant. Mais il faut que nous parlions avant cela. Au petit déjeuner demain ? Pourquoi ne pas nous retrouver à Del Mar, près de chez Andy ? Il y a longtemps que je veux faire des courses par là-bas, ce sera parfait.

Bo considéra l'aisance avec laquelle sa psy organisait les choses.

– Merci, Eva, dit-elle avec un soupir. Je vous retrouverai à la librairie vers neuf heures. Nous choisirons un restaurant après. Euh, Eva ?

– Quoi donc, Bo ?

– Qu'est-ce que vous savez sur les lésions cérébrales, les comas, ce genre de choses ?

– Vous ne devez plus penser à cette affaire pour aujourd'hui, intima la psychiatre. C'est compris ?

– D'accord, d'accord, fit Bo en souriant. Mais je veux parler de mort cérébrale au petit déjeuner.

– Réjouissante perspective, fit sèchement Eva avant de raccrocher.

Bo alla chercher Molly chez sa voisine, puis elle coupa la sonnerie du téléphone et s'accorda les délices d'un bain prolongé avant de mettre un pull vert forêt et une longue jupe en jersey qui, estima-t-elle, lui donnaient une allure saine et robuste. En ajoutant des bottes et un manchon en fourrure, elle pourrait poser près d'un traîneau.

– *Ô Tannenbaum, ô Tannenbaum*, chanta-t-elle tandis que, par terre, Molly tout heureuse l'accompagnait de ses hurlements, *Wie grün sind deine Zweige.*

Avec ce vacarme, il était impossible d'entendre le message qui s'enregistrait sur le répondeur. Une voix terrifiée qui murmurait : « Elle vient m'emporter, oh, mon Dieu, elle vient m'emporter, je vous en prie ne la laissez pas faire ! » Puis un déclic, et le silence.

13

– *Cher pacan !** marmonna Teless Babineaux en posant bruyamment sur la cuisinière toute neuve une sauteuse qu'Andrew LaMarche avait jusqu'alors trouvée parfaite. C'te truc *môôde*, ça me donne *le chou rouge**, *Nonk* Andy. T'as pas une vraie casserole en fer ?

– J'ai bien peur que non, répondit-il en examinant la salade d'orange et de mangue qu'il préparait dans un saladier en céramique blanche. Et, s'il te plaît, Teless, essaye de parler anglais, quand Bo sera là. Elle a tendance à prendre les tics de langage de ceux qui l'entourent. Ce serait désastreux qu'elle se mette à utiliser certaines de tes expressions particulièrement imagées.

– Maintenant, c'est *toi*, qui me donnes *le chou rouge**, répliqua l'adolescente avec un sourire tout en mélangeant une montagne de crevettes, de beurre et d'épices dans la sauteuse qui ne lui convenait pas.

L'arôme rappela à Andrew les étés d'enfance passés chez son oncle et sa tante dans les bayous du Sud-Ouest de la Louisiane. Teless ressemblait même un peu à sa tante, ou lui ressemblerait dans quelques années. Les mêmes hanches larges et les épais cheveux noirs. Les mêmes yeux bleus qui regardaient partout, amusés de tout. Finalement, il était enchanté de la découvrir, de partager avec elle l'histoire de leur famille et leur parler cajun.

– Une jeune fille ne dit pas « Tu me donnes le cul

rouge » chaque fois que quelque chose l'irrite, fit-il en souriant et en humant les parfums épicés.

– Ça sonne pas bien en anglais, hein ? concéda l'adolescente. Promis. Je le dirai pas en anglais devant ta bonne femme.

– Je ne pense pas que le terme « bonne femme » puisse s'appliquer à Bo, répondit-il en fronçant les sourcils. J'ai bien peur qu'elle s'offusque si elle entend cela.

– À moins qu'elle soit pas aussi coincée que toi, *sha*, dit Teless en se penchant pour l'embrasser sur la joue.

Ce terme voulait dire « cher », c'était le mot français élidé. Andrew se rendit compte que sa remarquable jeune cousine avait pour lui une grande affection. Elle avait l'art, avait-il observé, de lancer des remarques incisives qu'elle parvenait à très bien faire passer grâce à sa tolérance absolue et chaleureuse. Elle serait merveilleuse avec des enfants. Il se demanda si cela l'intéresserait de faire du travail bénévole pour Sainte-Marie, mais oublia ces pensées lorsque la sonnette annonça Bo.

Teless arriva la première, avec sa cuiller en bois qui laissait tomber des gouttes de roux sur le dallage de l'entrée, un dallage qui partait de la porte principale pour aller jusque dans la salle à manger et la cuisine. C'était Bo qui avait choisi les dalles. C'était le changement le plus important qu'Andy ait imposé à cette ancienne bâtisse en bord de mer de style Tudor, après avoir fait vider et agrandir de deux mètres la cuisine exiguë et envahie de placards. Comme il était sûr que les joints du carrelage n'étaient pas encore secs, il s'empressa de se mettre à genoux pour essuyer les gouttes pleines de beurre avec son torchon.

– Tu dois être Teless ! dit Bo tandis que Molly se

dépêchait d'aller aider en léchant le roux. Je m'appelle Bo, je suis, euh,...

– La bonne femme d'Andy ? suggéra Teless.

– Exactement, fit Bo en riant.

Elle trouva à ce mot le confort d'un sweat-shirt préféré.

– Andy, qu'est-ce que tu fais à quatre pattes sur le carrelage qui, soit dit en passant, est du plus bel effet ?

– C'est le roux, expliqua-t-il en se relevant pour la prendre dans ses bras. Mais Molly s'en occupe. Tu es superbe, ce soir, Bo. Le vert te va vraiment très bien.

Les mots recouvraient un sentiment de réussite, comme s'il était personnellement responsable de l'affinité qui existait entre les chevelures rousses et cette couleur vernale. Bo nota aussi dans sa voix une nuance de surprise à venir. Cela concernait son cadeau de Noël, songea-t-elle. Quelque chose de vert. Du plus profond de sa propre histoire surgit un intérêt traîtreusement féminin. Les émeraudes.

Elle avait toujours voulu une bague en émeraude. Un large anneau d'or avec des éclats de diamant et de minuscules perles mettant en valeur une émeraude dont le cœur étincelant lançait des éclairs verts. Elle avait même réalisé des croquis de cette bague, et puis elle les avait cachés dans de vieux carnets de dessin. Les gens intelligents et conscients des différences entre les classes sociales s'abstenaient de toute ostentation, lui préférant des valeurs plus hautes, spirituelles ; elle le savait. C'étaient les valeurs de sa famille, renforcées par sa propre expérience de la vie. Mais tout le monde avait le droit d'entretenir un rêve critiquable, se disait-elle. Une concession inconvenante, égocentrique, inutile, faite à la vanité. Pour elle, ce serait toujours une bague en émeraude.

Heureusement, Andy ne pouvait absolument pas être au courant de ce désir. Son cadeau allait sûrement être un chemisier en soie verte. Ou plutôt de la lingerie. Elle aurait voulu se sentir assez à l'aise pour lui dire que ce dont elle avait réellement besoin, c'était d'un manteau. Après tout, elle avait promis à Estrella qu'elle serait présentable pour le baptême.

– Teless a préparé une sorte de gumbo aux crevettes, expliqua-t-il tandis que l'adolescente jouait avec Molly. Du riz soufflé, des biscuits à la levure. Ma contribution sera le hors-d'œuvre et une tarte chocolat framboise pour le dessert.

– Quelle joie vous me faites, fit Bo avec un sourire. Juste quand j'arrive enfin à me débarrasser du cinquième kilo que je voulais perdre, une bataille de deux mois. J'adore le gumbo, mais c'est quoi, le riz soufflé ?

– C'est du riz spécial de la Louisiane. Ça sent exactement comme le pop-corn, expliqua Teless. J'en ai apporté cinq livres pour *Nonk* Andy. J'aurais bien apporté des écrevisses, aussi, mais le type du bus m'a dit qu'il fallait que je les mette à congeler dans de la neige carbonique, mais c'est que j'en avais pas, moi, de ça. C'tit chien, on dirait un boudin à pattes, Bo. Ti-Boudin !

Bo trouvait le langage de la jeune fille fascinant. Et elle rayonnait d'une beauté naturelle qui devait davantage à son esprit qu'à Madison Avenue. Molly l'adora immédiatement, et Bo eut la certitude que c'était ce qui arrivait aussi à tous les garçons cajuns du Sud-Ouest de la Louisiane. Dont un, avait dit Andy, qui était fermement décidé à l'épouser avant de partir faire un séjour en prison. Sa marraine avait fait preuve de sagesse en l'envoyant passer les vacances en Californie, songea Bo. C'était même une idée géniale, en fait.

– En cajun, « ti » devant le nom de quelqu'un, ça veut dire « petit », expliqua Andy en prenant le manteau de Bo. Tiens, ta doublure est déchirée, fit-il observer.

– C'est un vieux manteau, admit-elle.

Après le dîner au cours duquel Bo s'efforça d'oublier le sens du mot « calorie », Andrew exhiba fièrement le clavecin achevé qui l'avait poussé à quitter son appartement pour une maison. Amoureusement exécuté en bois de cerisier, il offrait son éclat lustré dans une vaste bibliothèque-salon de musique jouxtant la salle à manger. Le même dallage avait été posé ici aussi, mais un tapis oriental protégeait le clavecin du contact avec la pierre. Bo sortit un rouleau de partitions de son sac, les aplatit et posa l'une d'elles sur le pupitre de l'instrument.

– Prélude et fugue en *sol* dièse mineur du *Clavier bien tempéré*, annonça-t-elle. J'ai aussi celles en *la* mineur et en *la* bémol majeur, mais c'est celle en *sol* dièse que je préfère. Pourrais-tu commencer par celle-là, Andy ?

– Vos désirs sont des ordres, dit-il avec un signe de tête en saluant et en soulevant un habit à queue-de-pie imaginaire avant de s'installer sur le tabouret devant le clavecin.

– *Ga !* s'exclama Teless. J'en crois pas mes yeux !

Mais dès la première note, Bo fut perdue dans la musique. Elle la laissa l'entraîner dans le paysage de Bach qu'elle avait appris à aimer quand elle était enfant. La précision, la répétition, le thème annoncé puis dissimulé avant d'être redonné à entendre sous un autre, ou de reparaître verticalement alors qu'il était jusque-là traité horizontalement. La musique se déployait comme un jardin de roses, un film en accéléré, avec une imagerie tantôt évidente, tantôt obscure, mais toujours *rose**. La pièce, avec sa baie vitrée et ses étagères couvertes de livres, son tapis chatoyant et ses lampes en étain, aurait pu être un vaisseau stellaire naviguant dans un univers d'ordre parfait. Un univers fait de musique.

– Ah, Andy ! soupira-t-elle lorsqu'il eut relâché la dernière touche, permettant ainsi à l'étouffoir de venir imposer le silence à la corde qui vibrait encore. Comme c'est beau !

– J'ai fait les ressorts avec de vraies soies de sanglier, dit-il, rayonnant. Et je t'ai parlé du plectre en pennes de corneilles.

– Bach serait fier, Andy. Et ma mère aussi. Où as-tu appris à jouer comme ça ?

– Nos parents ont tenu à ce que ma sœur et moi prenions des leçons de piano quand nous étions enfants. Nous détestions cela, l'un comme l'autre, mais malgré tout nous avons appris à jouer. Par la suite, quand j'étais interne au centre médical de Tulane, je louais une chambre près du Vieux Carré. Il y avait un piano dans le salon où les pensionnaires venaient passer le temps. J'ai commencé à jouer pour obliger les gens à éteindre la télévision et je me suis aperçu que j'aimais cela. En plus, ça m'empêchait de penser à... des choses.

Bo savait que cette allusion voilée faisait référence à la mort accidentelle de sa fille Sylvie, âgée de deux ans, survenue à La Nouvelle Orléans pendant qu'il était au Vietnam dans le corps des Marines. La mère de l'enfant, sa petite amie des années de lycée, avait disparu après la mort de la petite fille. Plus de vingt ans s'étaient écoulés, et il continuait de payer des détectives privés pour la retrouver. Bo avait compris que la perte de l'enfant avait ouvert une blessure qui ne guérirait jamais complètement.

– Oh, *sha*, dit Teless en lui touchant l'épaule, toute la famille est au courant, pour ta petite fille qui est morte, Sylvie. Il y en a même qui portent des fleurs sur sa tombe, là-bas, à La Nouvelle Orléans. J'y suis allée une fois, avec ta sœur Elizabeth, son mari Gaston, mon cousin Alcyde et sa femme MaryLou, et je crois qu'il y avait le frère de MaryLou, Henri, mais c'était peut-être un ami d'Alcyde, Norman…

– Je n'aurais pas imaginé que quelqu'un s'en souviendrait, dit Andrew doucement. C'est vraiment gentil de porter des fleurs.

– La famille, c'est la famille, dit Teless en haussant les épaules. T'as de la musique qui se chante ici ?

– Je crois que je sais jouer *Jolie Blonde*, dit-il en souriant et en plaquant les premiers accords de ce classique cajun sur le clavecin qui, soudain, aux oreilles de Bo, ressembla de manière étonnante à un accordéon.

Teless chanta le premier couplet d'une voix d'alto pleine d'enthousiasme, imitée pour le refrain par Andrew qui apprenait les paroles françaises à Bo au fur et à mesure. Alors Teless entraîna Bo dans un two-step plein d'entrain autour du clavecin, sans une pensée pour le tapis, une pièce de musée, écrasé sous leurs pieds. Andrew, la tête renversée, hurlait couplet après couplet, jusqu'au moment où Bo perdit l'équilibre à force de rire.

– Faut que j'aille passer un coup de fil maintenant, pour appeler mon bonhomme, Robby, dit Teless en riant lorsque la chanson fut terminée. Tu veux bien, *Nonk* Andy ? Que j'appelle si loin, je veux dire. Robby a été jugé aujourd'hui, mais il a dit qu'ils l'emmèneraient pas avant lundi parce que son papa s'est porté garant pour lui. C'est sûrement la dernière fois qu'on va se parler avant un bon bout de temps, Robby et moi, ça *oui**.

– Vas-y, mais ne dépasse pas les trente minutes, lui accorda Andy. Et maintenant, Bo, je veux te montrer mon dernier tour de force en matière de décoration.

– D'accord, répondit-elle, habituée à ces crises incessantes d'aménagement qui avaient commencé le jour où il avait pris possession de la maison, un mois plus tôt.

De toute manière, c'était sur Teless qu'elle portait son attention. L'adolescente était étrangement enjouée malgré l'incarcération imminente de son petit ami. Pas de drame, pas de grincements de dents. Une attitude héroïque atypique pour son âge. Bo pensa qu'il y avait quelque chose de louche dans cette histoire de petit ami.

– Par ici, dit Andrew en la conduisant dehors et en lui faisant traverser la pelouse puis suivre l'allée jonchées d'aiguilles de pin jusqu'au garage de faux style Tudor avec son appartement à l'étage.

Il lui avait offert l'appartement, un compromis dans leur incessante lutte concernant la nature de leur relation. Elle pouvait vivre ici, avait-il dit, ou elle pouvait utiliser cet espace comme atelier. Il serait à elle, si elle voulait. Sinon, il le louerait, à un couple de retraités, peut-être, qui habiterait là et surveillerait la maison pendant ses fréquentes absences.

– Je crois que tu vas aimer le style, dit-il.

Il ouvrit un portillon de sécurité en bas de l'escalier extérieur de l'appartement, puis une porte à double battant pour entrer à l'étage. Bo remarqua que le palier et l'escalier avaient une rambarde en séquoia, avec des balustres carrés de cinq centimètres de côté tous les dix centimètres, vissés sous le plancher du palier et à la base de chaque marche. Il n'y avait aucun risque qu'un petit animal, un teckel, par exemple, puisse se glisser entre deux barreaux et tomber.

– *Voilà !**

Il alluma le plafonnier pour révéler de grands lambris en pin horizontaux, lasurés en gris clair, qui délimitaient le petit salon et le coin repas attenant à une cuisine flambant neuve similaire à celle qu'elle avait chez elle. La cuisine comme le coin repas avaient vue sur la mer à travers de grands pins. Une cheminée en brique rouge, posée sur un îlot de dalles en pierre, flanquée de deux fenêtres à double battant, mettait en valeur le mur opposé.

– C'est la moquette, le tour de force, je crois, continua-t-il avec fierté. Du nylon intérieur-extérieur tressé dans le style berbère. On dirait de la laine, mais c'est imputrescible et ça se nettoie à l'eau et au savon.

– Eh bien, dis donc, fit Bo en s'agenouillant pour inspecter le motif à carreaux vert et bleu à ses pieds.

– C'est un tartan qui porte le nom de MacCallum. À en juger d'après tes, euh, draps écossais, j'ai pensé que tu aimais les tartans. Les tartans verts.

– Je n'aurais jamais cru que tu avais remarqué mes draps, Andy, dit Bo pour le taquiner. Qu'est-ce qu'il y a là-dedans ?

– Ah, fit-il. Va voir.

Bo ouvrit une porte dans un mur-bibliothèque, et découvrit un petit couloir, une salle de bains, une petite buanderie, une chambre, et une grande pièce nue avec une fenêre de toit. Le sol était recouvert d'un revêtement en vinyle beige épais. À motif granité. Lavable, facile à remplacer. Le long des murs sud et ouest, qui étaient vitrés, courait un balcon ayant la même rambarde à balustres rapprochés que le palier et l'escalier.

– Évidemment, c'est un peu vide et nu pour le moment, fit remarquer Andy d'un ton détaché, mais avec les rideaux assortis et... d'autres choses, je crois que ce sera bien.

– Oh, Andy, soupira Bo en lui prenant la main, c'est mon plus joli rêve ! Un endroit où l'on se sent en sécurité, où il fait bon, avec vue sur l'océan, et un atelier où je peux peindre. Mais je ne peux pas... Je ne peux pas profiter de toi. Je ne peux pas te laisser donner sans arrêt alors que je ne donne rien. Ce n'est pas bien, et...

– Bo, l'interrompit-il, tu m'as redonné la vie. Je ne sais pas pourquoi, mais depuis le début, t'aimer m'a donné la possibilité d'être moi-même. Savoir que tu existes, que tu es de ce monde, me donne envie de faire des choses que je n'ai jamais faites, d'essayer des choses que je n'ai jamais essayées. Tu es comme une fenêtre pour moi, Bo. Des milliers de fenêtres. Et tout ce que j'ai à donner en échange, ce sont des choses. Des choses que je peux acheter, comme quelques travaux de menuiserie ici, afin que tu aies un endroit pour peindre. Je n'essaye pas de faire de toi ma propriété, Bo. Je veux juste être une fenêtre pour toi, moi aussi.

– Une fenêtre, répéta Bo, comme ils regagnaient le salon vide.

Il était merveilleux, honnête, convaincant. Et il avait trouvé le chemin de son cœur.

– Va pour la fenêtre, dit-elle lorsqu'il l'attira à lui dans un désir qu'elle partageait, un désir qui la familiarisa aussitôt davantage avec la moquette neuve.

Elle remarqua vaguement qu'elle sentait la noix de muscade tandis qu'Andy roulait sa chemise en boule pour lui faire un oreiller sur lequel, un peu plus tard, il posa aussi la tête.

– Hum, murmura-t-elle bien plus tard alors qu'ils

étaient allongés en silence dans le clair de lune et jouaient à être des sculptures en marbre, je crois que j'ai entendu un bruit à la porte.

– Impossible, fit-il en récupérant sur le sol avec son orteil le soutien-gorge en dentelle noire qu'il fit osciller au-dessus d'eux. Avec quoi fabriquent-ils ces trucs, de l'acier flexible ?

– Juste les armatures, rectifia-t-elle. Dans plusieurs siècles, les archéologues trouveront des armatures de soutiens-gorge en passant au crible nos dépôts d'ordures, et ils en concluront que tout le monde avait des prothèses aux genoux, par exemple.

– Aux genoux ? Ça ne s'adapterait nulle part sur un genou, Bo. Il n'y a qu'un usage possible…

Le coup frappé à la porte était parfaitement audible, cette fois.

– J'suis vraiment désolée de v'nir vous embêter, cria Teless, mais y a un appel en urgence pour Bo. Il dit qu'il travaille à l'aide sociale et qu'y faut que vous v'niez tout de suite au téléphone.

– J'arrive, lança Bo en attrapant son soutien-gorge au bout du pied d'Andrew. Zut.

C'était Rombo Perry, un travailleur social spécialisé en psychiatrie avec qui elle et Andrew s'étaient liés d'amitié quand il les avait aidés à régler une affaire peu ordinaire l'année précédente.

– Vu le temps qu'il t'a fallu pour venir répondre, Bo, j'ai bien compris que mon appel était inopportun, dit-il en guise d'excuse quand elle eut terminé sa course pour arriver jusqu'au téléphone dans la cuisine d'Andy. Mais j'assure la permanence cette nuit et nous venons d'admettre quelqu'un qui dit qu'elle te connaît. Elle dit qu'elle a essayé de t'appeler en début de soirée, que tu es la personne qui s'occupe d'elle. Elle s'appelle Malcolm, Janny Malcolm.

– Janny à l'hôpital psychiatrique ? Pourquoi ? Qu'est-ce qui s'est passé ?

– Je ne sais pas. Elle a l'air terrifiée, elle dit que quelqu'un la poursuit. Apparemment sa famille d'accueil a appelé le numéro d'urgence des SPE parce qu'elle ne voulait pas s'arrêter de hurler et qu'elle s'était cachée dans un placard. Les SPE ont appelé la police pour qu'ils aillent la chercher et qu'ils nous l'amènent ici. Elle a ses repères, elle sait où elle est et comprend ce qui se passe, mais elle a une poupée attachée au poignet et elle se tétanise dès qu'on essaye de la lui enlever, et...

– Ne lui enlevez pas la poupée, ordonna Bo. Il faut la lui laisser.

– Elle a une tête en biscuit, Bo. Elle peut se casser. Tu connais les précautions contre le suicide. Le psychiatre de service lui a administré un sédatif, mais ça n'a pas l'air de faire de l'effet. Il faut qu'on arrive à la calmer. J'ai pensé que si tu lui parlais, ça pourrait l'aider.

Janny Malcolm terrifiée et recroquevillée à l'arrière d'une voiture de police. Embarrassée par la gaucherie et l'attention de jeunes et beaux policiers qui n'avaient que quelques années de plus qu'elle. Humiliée par la terreur incontrôlable qu'elle éprouvait. Bo reconnut là la réalité implicite dont Madge l'avait menacée le jour même. Elle vous laissait honteux, anéanti.

– Oui, je vais lui parler, dit-elle avant d'attendre que Rombo revienne dans son bureau avec Janny.

– Bo ?

La voix de la jeune fille se brisa, prononçant son nom en deux syllabes. C'était comme le sifflement du train qu'elle avait entendu le soir où elle était allée voir la famille d'accueil de Janny. Les éléments de l'ensemble se répétaient.

– Elle est venue me *chercher* ! Elle regardait par ma fenêtre, Bo. Je vous ai appelée, mais vous n'étiez pas là, il n'y avait que le répondeur. Et là, j'ai compris qu'elle était quelque part dans le noir, qu'elle allait trouver le moyen d'entrer et puis, et puis, il y avait toutes ces ombres partout et je ne pouvais plus m'arrêter de crier parce que, ces ombres, c'était peut-être *elle*, et je ne pouvais pas m'échapper, et elle allait me *tuer*, Bo.

– Janny, tu n'as plus rien à craindre maintenant, dit Bo d'une voix apaisante. Personne ne peut venir te chercher à l'intérieur de l'hôpital. Personne ne peut entrer et s'en prendre à toi. Il y a des gens qui sont là pour te protéger. Tu n'as rien à craindre. Et je vais venir te voir. Ce soir. Je serai là dans environ une demi-heure, d'accord ?

– D'accord, répondit Janny d'une voix rendue aiguë par la terreur. Venez aussi vite que possible. Elle serait capable d'entrer. Elle est tellement *forte*, elle est capable de faire des *tas* de choses, Bo. J'ai tellement peur !

– Tu n'as rien à craindre, Janny. Je te promets que tu n'as rien à craindre là où tu es. M. Perry est un ami à moi. Il va te protéger cette nuit. À tout de suite.

Quand elle eut raccroché, Bo demeura un instant dans l'antre lambrissé d'Andrew et réfléchit aux paroles de l'adolescente. « Elle est tellement forte, elle est capable de faire des *tas* des choses, Bo. » Cela pouvait-il être le souvenir qu'une enfant aurait gardé de quelqu'un de « fort », une adulte, qui avait fait quelque chose de si effroyable que Janny avait enfoui la scène au plus profond de son esprit ? Quels souvenirs une enfant de dix-huit mois pouvait-elle avoir ? Bo croyait que personne ne gardait aucun souvenir de la petite enfance. Il restait un sentiment de sécurité, peut-être, de faim vite assouvie, la tendre chaleur de la mère ou du père. Ou le contraire, la faim et un sentiment d'abandon qui primait sur tout le reste. Mais c'était là ce qui venait étayer la conscience sociale et la confiance, et non de vrais souvenirs. Avant l'acquisition du langage, le cerveau humain ne peut pas encoder la « mémoire », au sens adulte du terme, et la mémoire de l'adulte elle-même est fragmentée et imprécise. Et pourtant, Janny était peut-être en train de réagir à une image mentale encodée depuis longtemps, et refoulée. Et cette image était peut-être celle de sa sœur jumelle, d'une pièce plongée dans le noir, des mains agressives de quelqu'un de « fort ».

– Je dois opérer à sept heures demain matin, annonça Andrew sur le seuil. Molly et moi allons faire une petite promenade et nous coucher. Et toi, tu vas aller faire ce que tu as à faire.

– Où tu vas ? s'enquit Teless.

– Voir une ado qu'on a conduite dans un hôpital psychiatrique parce qu'elle a tellement peur qu'elle ne peut pas s'arrêter de crier.

– Je peux venir ?

– Non, ce serait…

Bo s'interrompit avant de prononcer le mot « déplacé ». Teless ne montrait pas le moindre signe de curiosité morbide, seulement de l'étonnement et de l'intérêt. Et elle avait seize ans, juste un an de plus que Janny Malcolm. C'était une fille pleine de bon sens, au cœur généreux.

– Oh, pourquoi pas, dit Bo en changeant d'optique.

C'est contraire au règlement et tu n'auras peut-être pas le droit d'entrer, même avec moi, mais je crois que ta présence pourrait être bénéfique. Tu es déjà entrée dans un hôpital psychiatrique ?

– Oh oui. Du moins, si on inclut les centres de désintoxication. Mon cousin Alcide, il allait en cure de désintoxication dans un hôpital comme ça, à cause de l'alcool, tu vois. Je suis allée le voir là-bas, moi. C'était bien mieux là-bas que quand il était à la maison, tu vois ? Et ils ont fini par réussir à le faire arrêter de boire, en plus. Alcide, il boit plus, ça fait plus d'un an, maintenant, il va à des réunions et des trucs comme ça. On est tous très fiers de lui.

Bo se demanda quel sujet ne brancherait pas Teless sur des histoires de famille détaillées.

– Très bien, dit-elle en espérant échapper à un complément d'information sur les problèmes d'alcoolisme d'Alcide. Allons-y.

– Je vais juste emprunter des bonnes grosses vieilles chaussettes à *Nonk* Andy.

– Des chaussettes ?

– Pour la fille, expliqua Teless. Il fait toujours un froid de canard, dans ces hôpitaux. Alcide disait que le pire, c'était quand il fallait se lever la nuit et poser les pieds sur ce carrelage froid quand il avait besoin d'...

– Super idée, l'interrompit Bo tandis qu'Andrew bondissait à l'étage pour aller chercher les articles en question.

Il avait raison, Alcide, pensa-t-elle. Les carrelages froids étaient endémiques dans les hôpitaux en tous genres, même ceux qui avaient été créés pour protéger leurs patients contre des fantômes qu'ils étaient les seuls à voir.

14

Pete Cullen étendit ses longues jambes sous la vieille porte, posée sur tréteaux, qui lui servait de bureau. Ensuite, il ôta ses lunettes et se frotta les yeux, bien qu'il n'y en eût qu'un qui ressentît la fatigue à force d'être rivé depuis quatre heures sur ce fichu écran d'ordinateur. L'autre, le gauche, bougeait encore dans son orbite et paraissait normal, même s'il n'avait rien vu depuis l'époque où Nixon était président.

Pas depuis le jour où un petit connard, une racaille nommée Donny Barsky, avait trouvé une brouette pleine de gravats derrière l'église de San Diego où il venait de dérober l'argent liquide et les bijoux du comité d'entretien de l'édifice. Il avait retiré sa chaussure et sa chaussette, avait rempli la chaussette de fragments de béton aux arêtes vives avant de décamper en direction de son prêteur sur gages habituel. Mais les flics l'avaient devancé, comme il s'y attendait, et Barsky s'était réfugié dans une ruelle où il voulait planquer son butin pour le récupérer plus tard. Quand l'un des policiers était venu mettre son nez dans la ruelle, Barsky s'était caché dans une benne, puis avait asséné sur la tête du policier, par-derrière, un grand coup de chaussette remplie de béton. Ce policier, c'était Pete Cullen. Et sous la violence du coup, trois éclats de l'un de ses verres de lunettes étaient allés se ficher profondément dans son œil gauche.

Cela faisait trente ans que Cullen n'avait pas pensé à

Donny Barsky, mais maintenant il regrettait cette époque. Une époque où les criminels perpétraient des délits simples et évidents, vol, agression, meurtre. L'effraction aussi, c'était bien, pensa-t-il. Les faux, les détournements de fonds, les incendies criminels, même les délits démodés comme le braconnage. C'étaient des actes compréhensibles. Des délits que l'on pouvait résoudre, dont les coupables pouvaient être mis en prison, c'est-à-dire à la place qui leur convenait.

Cullen se souvenait que Donny Barsky avait été assassiné à San Quentin. Une histoire de trafic de cigarettes qu'il avait organisé dans la prison, et quelqu'un avait voulu être associé à ce plan. Mais Barsky était gourmand, il n'avait rien voulu entendre, si bien que ce « quelqu'un » lui avait fait trancher la gorge avec le bord d'un manche de cuiller affûté pendant des heures sur le sol en ciment. Ils étaient cons. Ils s'entretuaient. Ça rétablissait l'équilibre. Pas comme maintenant.

Maintenant les crimes étaient malsains et les criminels encore plus. Cullen fronça les sourcils en regardant les photos qu'il venait de télécharger et d'imprimer, à partir d'un site web appelé « Orthochausse », uniquement accessible grâce à plusieurs relais, très lents, créés pour occuper tellement de mégaoctets sur le disque dur qu'aucun des curieux qui se promenaient sur le réseau n'irait y toucher. Orthochausse était répertorié, ansi que l'exigeait la loi, avec les autres services disponibles, comme forum de communication à l'usage de l'industrie de la chaussure orthopédique. Cette couverture avait été choisie pour sa capacité à détourner du site l'accro à l'informatique typique, de sexe masculin, âgé de quartorze à trente-cinq ans, qui ne surfait pas sur le web pour voir des photos de chaussures orthopédiques. Pour l'éventuel fétichiste du pied qui ne pouvait manquer de s'y aventurer, la page d'accueil présentait la coupe tranversale détaillée, en cinq couleurs, d'une chaussure conçue pour atténuer les souffrances occasionnées par une maladie du pied appelée *plantar fasciitis*. Il y avait des graphiques animés et sonorisés qui consommaient une bonne quantité d'octets, mettant en avant les informations relatives à la commercialisation et aux modalités de vente. Tout était rigoureusement exact, et réactualisé chaque semaine. Aucun visiteur de hasard venu se perdre dans Orthochausse ne pouvait savoir que le site était un faux, qu'il servait à dissimuler des communications entre le FBI et une poignée de policiers à la retraite, civils et militaires, dans tout le pays. Les photographies posées sur le bureau de Cullen, envoyées à son imprimante comme étant des photos de chaussures, puis décodées grâce à un logiciel assez simple, représentaient des poupées.

– Merde, dit-il en chargeant ce mot d'autant de dégoût qu'il pouvait en énoncer, ce qui n'allait pas bien loin.

Pete avait soixante-deux ans, et depuis longtemps il avait arrêté de surveiller son vocabulaire. Il n'avait jamais eu confiance dans le langage, de toute manière. Avant de le quitter pour un avocat à queue de cheval spécialiste des préjudices corporels, Rae, sa femme, avait passé huit ans à le supplier de parler. Mais il ne pouvait pas. Sa vie en eût-elle dépendu, il n'aurait jamais rien pu trouver à dire. À la fin, pendant qu'elle pleurait en faisant sa valise pour partir avec ce connard de chevelu, il l'avait bien regardée et lui avait demandé : « Ce trou du cul, il parle ? – Oui, avait-elle répondu, il parle. »

Alors il lui avait accordé le divorce. Sans contester.

Incompatibilité d'humeur. Pendant longtemps, après, il avait gardé en lui une sorte de déchirure, une ouverture par laquelle tout s'engouffrait. Il avait l'impression de n'avoir aucune consistance, et devait parfois appuyer ses grandes mains à plat sur ses cuisses, sa cage thoracique ou son crâne pour se donner l'assurance qu'il avait bien une forme, qu'il était comme tout le monde. Et il faisait très attention à ses vêtements, à ses costumes et à ses cravates d'enquêteur. Il faisait bonne impression et il était bon. Le meilleur, disait-on. Et puis un jour, il en avait eu assez, il avait pris sa retraite anticipée et s'était acheté une maison en bois près d'une petite ville de montagne, Julian, à l'est de San Diego. Il n'y était pas depuis un mois qu'un collègue du FBI avec lequel il avait travaillé à diverses reprises au cours de ses trente ans de carrière l'avait appelé, et il s'était remis à travailler. Quand il en avait envie. Les photos empilées sur son bureau lui en donnaient envie. Une envie terrible.

La première à sortir de l'imprimante était le cliché habituel, une publicité tout à fait légale pour une poupée de collection, placée dans quelques magazines féminins à tirage national, et dans un grand nombre de suppléments insérés dans le journal du dimanche de la presse locale. Il remarqua avec intérêt que la liste des sites publicitaires des journaux comprenait tous les États, à l'exception de l'Arizona et de la Californie.

La poupée s'appelait Bouquet de Miel et avait été photographiée dans un drapé en dentelle qui laissait voir les épaules et ne recouvrait pas la poitrine dodue. Elle avait également été photographiée nue pour « révéler l'attention aux détails dont cette adorable petite demoiselle a fait l'objet ». Les mots de passe étaient dans le texte de la publicité. « Réaliste. »

« Ressemblante. » « À s'y méprendre. » La poupée reproduisait le corps d'une enfant de douze mois, mais le maquillage et le regard de côté tout en séduction étaient ceux d'une femme attirante et polissonne. Cullen se dit qu'il y avait là quelque chose qu'il croyait avoir déjà vu. Les fossettes en porcelaine, le petit nez aplati, le dessin de la lèvre supérieure.

Il éloigna de l'ordinateur son fauteuil de bureau dernier cri et roula sur le parquet en pin jusqu'à une table basse, se saisit du paquet de Lucky qui l'y attendait et se leva. Puis il prit le Sig Sauer posé sur son étagère près de la porte, le glissa sous sa ceinture, s'empara d'une veste en jean accrochée à une patère. Dans le poêle à bois, le feu était couvert. Il était temps d'aller marcher. Il baissa la tête pour passer la porte, puis redressa complètement son mètre quatre-vingt-dix dans l'air froid et respira profondément. Il eut conscience d'être heureux. Profondément, incroyablement heureux. Et c'était grâce à la poupée. Grâce à elle, il allait peut-être avoir cette deuxième chance dont rêvent tous les policiers. L'impossible deuxième chance de s'offrir le salopard qui vous a cassé les couilles et qui s'en est tiré sans dommages.

Lorsqu'il tourna la clef, la serrure joua en faisant entendre un déclic sonore de bon aloi. Ensuite, il activa le système de sécurité électronique qui protégeait aussi son gros camion Chevrolet garé devant la maison. Si quelqu'un trafiquait quoi que ce soit, il le saurait. D'abord, un émetteur qu'il portait à la ceinture lui signalerait qu'un champ magnétique avait été forcé. Ensuite, l'endroit exact où cela s'était produit serait enregistré par un moniteur fonctionnant sur piles caché dans l'un des cinq puits de forage de son terrain, qui avait jadis été le site d'une mine d'or.

Le système ne s'était déclenché qu'une fois, quand un groupe de crétins imbibés, vêtus de treillis de camouflage, s'étaient présentés après l'heure de fermeture au magasin de boissons alcoolisées de Julian et avaient décidé de faire main basse sur les bouteilles dans la maison de Cullen alors qu'il était parti se promener. Ils se prétendaient chasseurs et portaient tous des armes de poing en plus de fusils haut de gamme. Cullen avait trouvé délicieux de faire voler en éclats la crosse sculptée à la main d'un Remington flambant neuf avant de les attacher les uns aux autres à l'aide de menottes autour d'un énorme chêne vert et de les laisser là toute la nuit. Il n'avait pas eu à prononcer un seul mot avant d'appeler le shérif le lendemain matin.

Marcher lui faisait du bien, lui oxygénait le cerveau. Et les collines étaient sillonnées d'anciennes routes desservant les mines d'or, parfois en pente si raide qu'il avait fallu accrocher des troncs aux chariots pour en ralentir la descente. Ces pistes étaient maintenant envahies par la végétation, mais elles fournissaient une carte tangible à l'usage de ses jambes. Il lui arrivait de marcher toute la nuit, et il réfléchissait, comme maintenant.

Le reste des photos envoyées par le quartier général du FBI en Virginie avait un grain épais, elles étaient bien moins professionnelles que les clichés de magazines sur papier glacé. Et elles démontraient toutes la vraie finalité de la poupée, une finalité enfouie dans un langage codé que seul un pervers détecterait dans une publicité pour jouet. Elles étaient pornographiques. Du porno mettant en scène des bébés, livré par la poste à des vermines, dans le monde entier. Le problème, c'était qu'il n'y avait pas de loi pour contrôler la production et la vente de photos de poupées, même celles représentant des poupées fabriquées avec un art si achevé que lorsqu'elles étaient présentées parmi des clichés de véritables enfants, personne ne faisait la différence. Du porno sur poupées, donc, se dit Cullen avec un hochement de tête tout en lançant un regard mauvais vers l'ombre d'un pin Jeffrey. Où était la différence, bon Dieu ? L'idée, la seule pensée en elle-même était un crime. Et il était certain de connaître au moins l'un de ces criminels.

Le fabricant de poupées.

Cela remontait à des années, c'était avant que Cullen ne prenne sa retraite. Il calcula que cela faisait plus de dix ans. Plutôt douze ou treize. Ses cheveux étaient encore essentiellement châtain clair, à l'époque, et non raides et gris. Il portait sur l'œil un cache noir des plus intimidants, même à l'entraînement de tir où il continuait à obtenir des scores de tireur d'élite bien qu'il lui manquât la perception de la profondeur. Finalement, ça lui convenait de n'avoir qu'un œil. Il avait appris à voir avec ses oreilles, avec sa peau. À l'époque, comme aujourd'hui, il pouvait atteindre n'importe quelle cible vivante à cinquante mètres, même dans le noir. *Surtout* dans le noir, se dit-il en laissant s'épanouir un sourire. C'était sa magie personnelle, le fait que sa peau soit devenue un œil. Mais ça n'avait pas marché avec le fabricant de poupées nommé Jasper Malcolm. Rien n'avait marché.

Le vieil homme mentait. Cullen l'avait senti dès le premier entretien. Quelqu'un avait essayé de tuer deux bébés, les petites-filles de Malcolm, dans un pavillon de bord de mer. La mère avait dit qu'un inconnu s'était introduit dans la maison. C'était faux. Le père avait dit qu'il n'était pas sur les lieux, et cela était probablement faux également. Mais le père de la mère, cette espèce de vieille pédale geignarde qui avait passé sa vie à fabriquer des poupées, bon Dieu de merde, avait fixé son regard bien droit sur l'œil valide de Pete Cullen et avait récité des *poèmes* !

En tout cas, ça ressemblait à des poèmes. Un truc qui parlait de faire ce qu'on ne devait pas faire et de ne pas faire ce qu'on devait, de morbidité. Des trucs sur Dieu. Cette vieille ordure mentait, il était à moitié fou. Cullen avait eu une furieuse envie de l'assommer, histoire de le faire taire. Non qu'il ait réellement dit beaucoup de choses. C'était ça, le mensonge. Il parlait, il parlait sans arrêt, il remplissait l'air de bruit, mais sans rien dire. Le vieux fabricant de poupées savait qui avait blessé ces bébés, et il avait tout dissimulé sous des paroles. C'était même peut-être lui le coupable. Mais Cullen n'avait jamais réussi à le faire craquer. Jusqu'à maintenant. Maintenant, il avait un élément qu'il pouvait utiliser pour rouvrir le dossier. La poupée des clichés porno avait été créée par Jasper Malcolm. Cullen en était certain.

Commercialisé en 1956, après que Lucille Ball et Desi Arnaz eurent fait sensation en utilisant la grossesse de Lucille pour constituer la trame d'une sitcom, Ricky Jr. n'avait rien d'extraordinaire. Il était entièrement fabriqué en vinyle et personne ne pouvait le distinguer au milieu d'une centaine d'autres poupons bas de gamme, produits en masse dès les années trente. Jasper Malcolm lissa son bouc blanc, un geste que reconnaissaient immédiatement les collectionneurs expérimentés, même à l'autre bout des salles bondées dans les salons internationaux consacrés à la poupée. Il signifiait que celle qu'il avait devant lui n'était pas à la hauteur de ses attentes. Mais enfin, l'emballage d'origine était intact et montrait en photo Lucille et Desi tenant ce poupon sans valeur dans leurs bras. L'emballage à lui seul allait attirer des acheteurs. Il le posa dans un grand carton portant une étiquette « Amérique, 1950-1960 ». Puis il se dirigea vers le carton suivant.

Nommée Playmate, la poupée Playco de 1955 était absolument inintéressante, en dehors de sa tête en vinyle moulé, qui comprenait une frange bombée et des nattes tombant sur ses épaules. C'était un exemple des premiers modèles en vinyle, et elle avait de la valeur à cause des nattes, qui étaient difficiles à mouler. Il se souvenait que les modèles de têtes en vinyle qui avaient suivi avaient abandonné nattes, chignons et queues-de-cheval en raison des nombreux défauts de moulage. Il enveloppa soigneusement la poupéc avec du papier sans acide puis de l'emballage-bulle avant de la glisser dans une boîte qu'il inséra dans un carton de dimensions supérieures. Chaque boîte avait une étiquette portant les informations correspondant à la poupée qui se trouvait à l'intérieur, le tout écrit à la main en capitales d'imprimerie. Jusque-là, il avait emballé plus de trois cents poupées et il était fatigué.

– Bède, les complies ! lança-t-il à un grand chat persan gris qui, parmi les poupées, s'acharnait sur une forme de souris faite en herbe à chat.

L'animal obéissant s'approcha pour venir s'asseoir près du vieil homme maintenant agenouillé sur une double épaisseur d'emballage-bulle, et se lécha une patte pendant que son maître lisait tout haut un missel usagé.

– « Je considère le temps jadis », récita Jasper Malcolm d'une voix que la fatigue faisait trembler, « les années écoulées depuis longtemps, je m'en souviens.

Dans la nuit je médite avec mon cœur ; et dans la réflexion mon esprit s'assombrit... »

Il avait voulu être prêtre, il avait su au bout d'un temps qu'il adorerait la prêtrise de tout son cœur. Pas catholique, évidemment. Il était déjà marié et père de famille quand cette révélation lui était apparue. Épiscopalien, alors. Dottie, la chère âme, avait montré un tel enthousiasme quand il avait été accepté au séminaire.

Ils n'auraient jamais pu prévoir la suite, à cette époque. Ils n'auraient jamais pu savoir quel mal allait briser leurs vies. Après, après qu'il l'eut combattu de toutes les manières qui lui étaient possibles, mais qu'il en fut toujours sorti vaincu, il avait accepté ce qui s'était passé. Il ne pourrait jamais *être* prêtre, mais il pouvait vivre comme s'il en était un. Et c'est ainsi qu'il récitait l'Office divin tel un moine contemplatif, jour après jour. Les matines à l'aube, les laudes avant le petit déjeuner, les vêpres après le dîner, et les complies dans l'obscurité de la nuit. Personne d'autre que son chat, Bède le Vénérable, n'avait jamais partagé cette pratique. Il avait compris depuis longtemps qu'une vie en solitaire était pour lui dans l'ordre des choses.

– « Viens dans cette maison, Seigneur ; ne permets pas que la sournoise influence du diable vienne l'habiter », pria-t-il, avant de s'interrompre.

Rien ne pouvait empêcher la crainte métaphorique que symbolisait le mot « diable » de l'habiter, plus maintenant. La mort de Kimmy, attendue depuis si longtemps, allait à présent être un catalyseur. La mort de Kimmy allait déclencher une série de catastrophes latentes, que lui seul pouvait vraiment comprendre et auxquelles lui seul pouvait remédier. Peut-être. Si seulement il avait quelqu'un pour l'aider. Mais il n'y avait personne. Il n'y avait eu personne depuis l'accident, il y avait presque trente ans de cela. Depuis la mort de Dottie.

Enfin, il avait failli y avoir quelqu'un, et à ce souvenir, il fut envahi d'une vague d'émotion familière qui lui donnait simultanément l'impression d'être jeune et terriblement vieux. Il y avait eu quelqu'un qui l'avait aimé, qui avait cru en lui, qui l'avait embrassé, avait fait l'amour avec lui dans le lit à baldaquin de l'étage. Mais c'était mal, et elle était partie.

Toujours à genoux, il considéra une grande poupée Shirley Temple qui marchait, avait des cheveux implantés en synthétique et des yeux dormeurs qui, avec les années, faisaient un petit cliquetis en se fermant et en s'ouvrant. Il pouvait peut-être rester éveillé assez longtemps pour emballer celle-là aussi. Il était important que les poupées soient emballées et expédiées avant qu'il soit trop tard. La moitié irait à Sainte-Dymphna, l'autre irait grossir le compte en fideicommis qu'il avait établi pour Janny. Elles représentaient une fortune.

Au moment où il posait une main déformée sur le bras du fauteuil pour se relever, il fut secoué par une toux profonde. Le chat s'étira brièvement contre le pli impeccable de son pantalon à fines rayures puis sortit de la pièce silencieusement. Encore une. Il allait emballer la Shirley Temple et ensuite il pourrait se reposer jusqu'au matin. S'il y avait un matin.

Daniel Man Deer se réveilla soudain, un léger frisson lui traversant la poitrine. Il y avait quelqu'un debout au pied du lit, ou il y avait eu quelqu'un. L'image parut s'effacer lorsqu'il ouvrit les yeux, mais la certitude de cette présence persista dans l'air pendant plusieurs secondes. C'était un rêve. Un Indien imposant avec un torse large, vêtu d'un pantalon en toile raide et d'une étrange veste longue aux revers étroits et aux boutons en bois très espacés. Il portait autour du cou un foulard aux couleurs fanées, et un chapeau haut de forme. C'était une photographie, comprit Daniel. Ça ne pouvait être que ça. Une photo d'Indien prise en studio, vers les années 1800, probablement l'un des clichés qu'il avait vus en faisant ses recherches sur les Kumeyaays. Mais le visage était souriant, les yeux noirs espiègles dans l'ombre du chapeau incongru. Il eut l'impression que ce visage était un message d'encouragement et de fierté. Avec une note d'humour.

– Dan, qu'est-ce qu'il y a ? marmonna Mary sous l'édredon en tendant la main vers lui.

– Un rêve. Je crois que le lynx est hors de danger, répondit-il. Je crois que les ancêtres sont satisfaits et qu'ils vont nous aider maintenant.

– Dan, demain, je veux qu'on parle voyage, d'accord ? J'ai envie d'une croisière. On en parlera au petit déjeuner.

– Une croisière ? Je ne pense pas que ce soit le moment, Mary…

Mais elle ronflait déjà doucement.

15

À neuf heures et demie, samedi matin, Bo était assise en tailleur dans un fauteuil en bois jaune et regardait d'un œil gourmand la salade aux œufs de caille avec de la chicorée frisée et des câpres arrangés en dôme sur des chips d'agave en forme d'arbre de Noël. La table était bleu turquoise et le fauteuil d'Eva Broussard, lavande. Le café servi dans des tasses Fiesta était si délicieux qu'à la première gorgée elle avait dû refouler un gémissement de pur plaisir animal.

– C'est vrai, ce qu'on dit sur la Californie du Sud, remarqua-t-elle tandis qu'elles regardaient le Pacifique passer du gris au bleu-vert dans le soleil du matin.

– Si vous voulez parler de leur cuisine fabuleusement prétentieuse, Bo, elle est bien au-dessus du ridicule dont l'accuse l'empire de la mal-bouffe, soupira Eva. Ces crêpes au saumon surpassent tout ce que j'ai pu goûter au Quebec, surtout avec la soupe à la pêche et au gingembre, et ce pain tressé aux algues. Je dois admettre qu'ils m'ont convertie.

– Je pensais au choix de couleurs années cinquante, à l'effort constant qui est fait pour améliorer le passé en l'enjolivant et en le ramenant dans le présent.

– C'est une conséquence de la proximité d'Hollywood, de l'industrie des loisirs, vous ne croyez pas ? Après tout, que sont les films et les feuilletons télévisés sinon un effort pour « améliorer » en les expliquant des choses qui ont déjà eu lieu ?

Eva portait un gros pull rouge tricoté à la main qui contrastait avec son corps mince et musclé. Elle souleva ses jambes vêtues d'un jean de marque et ses pieds chaussés de mocassins pour les poser sur le fauteuil qui était à côté d'elle et remonta ses lunettes noires sur ses cheveux blancs, dont la coupe courte était très structurée. Ses yeux noirs comme du jais se posèrent sur Bo.

– Mais en fait, ce n'est pas vraiment de la Californie que vous parlez, n'est-ce pas ?

Bo passa une main dans sa masse de cheveux bouclés et savoura la sensation de la brise marine sur son crâne. La salade aux œufs de caille était délicieuse, en fait, se dit-elle. Et le sorbet au poivron rouge stimulait sa curiosité.

– L'affaire Janny Malcolm, le rêve que j'ai fait, ce qui s'est passé ici à Mission Beach il y a treize ans, tout ça vient du passé, Eva. Madge a joué un rôle dans cette affaire, ainsi qu'une autre personne des SPE qui est maintenant en retraite et qui s'appelle Mary Mandeer. Elles ont signé les documents autorisant le transfert de Kimmy Malcolm à l'institut Kelton. Et quand elle est morte la semaine dernière, elles se sont occupées des obsèques, elles deux et personne d'autre. Des obsèques tenues secrètes. Janny ne sait rien de tout ça, elle ne se souvient même pas qu'elle avait une sœur jumelle, et…

– Jumelle ? l'interrompit Eva. Au téléphone, vous avez dit « sœur ».

– De vraies jumelles, continua Bo en faisant un signe au garçon pour qu'il vienne jusqu'à leur table à l'extérieur leur apporter un surplus de café. Eva, je suis sûre que ce rêve, cet endroit vide que j'ai appelé « La Station des Morts » quand j'ai pensé le peindre, je suis sûre que c'était une sorte de représentation du monde de Kimmy à Kelton. Il y avait des sortes de cliquetis et une terrible sensation d'attente… de la mort.

Eva regardait la surface brillante et plane de la mer comme si elle la laissait perplexe.

– Ce rêve vous perturbe, non ? dit-elle avec son accent du Canada français et sa voix grave qui donnaient aux mots une résonance en laquelle Bo plaçait une confiance inconditionnelle. Comment allez-vous gérer cela ?

Bo releva les manches de son sweat-shirt noir à col roulé et appuya son menton sur ses mains.

– J'ai lu le rapport médical dans le dossier de la police, Eva. Kimmy a subi un traumatisme cérébral grave comparable à une chute de deux étages sur l'arête d'un bloc de ciment. On ne s'attendait pas à ce qu'elle survive, mais elle a quand même réussi. Ou du moins, elle n'est pas morte complètement. Le rapport médical dit qu'elle était aveugle et qu'elle avait constamment des attaques, qu'elle ne pouvait plus avaler ni produire de sons. Elle avait perdu toutes les fonctions cérébrales au-dessus du cervelet, la partie du cerveau la plus ancienne, celle d'avant la conscience, qui ne fait que réguler la respiration, les battements du cœur, des choses comme ça. Le rapport dit qu'elle ne reprendrait jamais conscience et qu'un coma maintenu médicalement était nécessaire pour contrôler les attaques.

– Rien de tout cela ne répond à ma question, Bo.

– Kimmy Malcolm était-elle vraiment vivante ? continua Bo. Et comment a-t-elle pu rester en vie pendant treize ans dans cet état ?

– Je pense que cette suite d'interrogations finira par nous ramener à l'état de santé de *ma* patiente, soupira Eva. Vous savez qu'il n'existe pas de réponse simple à votre première question. Il y a plusieurs définitions de la vie. Quant à la deuxième, la survie d'un enfant durant treize années avec le déficit cérébral considérable que vous décrivez, ce serait extrêmement rare mais non pas impossible dans un environnement médical. Quelle est votre vraie question, Bo ?

– Je pense qu'il est arrivé quelque chose dans le cerveau de Kimmy Malcolm quand la mort a été imminente. Il y a des histoires sur des manifestations de ce genre à Kelton. Je crois qu'elle a dû envoyer une énergie psychique, peut-être même des images, vers l'extérieur. Janny a capté ça, et c'est ce qui lui fait subir ce terrible stress maintenant. Et peut-être ce rêve... peut-être que moi aussi, je ne sais pas pourquoi...

La psychiatre buvait son café et attendait.

– Je ne suis pas en phase maniaque, le traitement est parfaitement adapté, continua Bo. Mon rythme de sommeil est normal, il n'y aucun facteur de stress inhabituel dans ma vie.

– À condition de considérer des coups de feu qui traversent le mur d'une pièce où vous et votre amie la plus proche interrogez une petite fille comme n'étant pas générateurs de stress, glissa doucement Eva.

– Le rêve a eu lieu avant, Eva. Ce que je veux savoir, c'est... est ce que je suis folle ?

– Les gens me demandent toujours ça, dit Eva en souriant avant de se pencher pour ébouriffer les cheveux de Bo. Mais vous savez bien que non. Ce que vous voulez que je vous dise, c'est que je suis d'accord avec votre théorie. Je ne suis ni d'accord, ni pas d'accord, Bo. Ce que vous m'avez décrit est une conviction que l'on ne peut guère prouver, comme les Chercheurs et leurs visites d'extraterrestres. C'est votre droit le plus strict de le croire, si cela vous paraît cohérent. L'unique intérêt que j'ai pour cette théorie, c'est la manière dont elle va affecter votre façon d'affronter votre vie et vos problèmes, vos sentiments par rapport à votre rêve et à cette affaire. Qu'allez-vous faire ?

– Janny dit que quelque chose la poursuit et essaye de venir la « chercher », dit-elle en hésitant entre trois sucrettes, du miel ou des sachets de sucre blanc, de sucre brun, ou de sucre de canne.

Elle opta pour le sucre brun. Le goût de la mélasse allait sublimer le café guatémaltèque fraîchement moulu dont la vapeur montait de sa tasse.

– Et vous croyez que ce quelque chose est le fantôme de Kimmy ?

– Je ne sais pas, répondit Bo. Quelque chose comme ça. Elle appelle sa poupée Kimmy. Elle dit qu'elle avait un autre nom il y a encore quelques semaines. C'était peut-être au moment où sa sœur a commencé à faiblir, a commencé à… mourir. C'étaient de vraies jumelles. J'ai lu que les vrais jumeaux ont parfois une sorte de lien psychique, que lorsque l'un des deux meurt, même bébé, celui qui survit sent la présence de l'autre tout au long de sa vie.

– Je connais ces récits, dit Eva d'un ton que Bo trouva d'une merveilleuse neutralité.

– Alors, pensez-vous qu'il serait possible que l'esprit de Kimmy essaye de rester attaché à Janny ? Ou essaye d'amener Janny à se rappeler qui était là cette nuit-là, la personne qui a tué Kimmy ?

– Comment Janny décrit-elle cette entité qui essaye de venir la « chercher » ?

– Elle a dit qu'elle était devant sa fenêtre hier soir. Elle a été tellement terrorisée qu'elle a fait une crise assez forte pour qu'on l'expédie en hôpital psychiatrique.

– Et les parents nourriciers ont confirmé qu'il n'y avait *vraiment* personne devant la fenêtre ?

Bo sentit quelque chose comme un fin voile mouillé venir avec légèreté lui recouvrir la tête et les épaules. La réalité. Elle se rendit compte avec dépit qu'elle avait oublié de vérifier.

– Je vous ai parlé de la psy que j'avais il y a des années, à Saint Louis, le docteur Bittner ? demanda Bo qui avait rougi. Elle disait toujours que rien d'autre n'existe que la réalité.

– Comme j'aurais aimé pouvoir travailler avec elle, dit Eva Broussard avec un large sourire. Elle considérait bien sûr que les croyances peuvent parfois nous empêcher de voir les aspects critiques de la réalité. Et je suis certaine qu'elle essayait de faire intégrer ce fait à l'esprit de *tous* ses patients maniaco-dépressifs, précisément parce qu'ils sont très ouverts à des interprétations des événements plus imaginatives, moins ennuyeuses.

– Touchée, reconnut Bo. Mais je persiste à croire qu'il y a quelque chose de malsain dans cette affaire.

– L'enveloppe vide d'un corps d'enfant qui grandit sans l'enfant elle-même définit en soi assez bien ce qui peut être « malsain », concéda Eva. Mais il est temps que je parte et nous n'avons toujours pas parlé de vous. Qu'allez-vous faire par rapport à tout cela, Bo ?

– Je vais découvrir ce qui s'est passé il y a treize ans.

– Pourquoi ?

– Parce que Janny a le droit de savoir. Ça l'aidera à mieux s'accepter, à contrôler sa terreur.

Bo entendit le tremblotement geignard de sa voix qui signifiait qu'elle trichait. Eva Broussard l'entendit également.

– Votre assurance maladie ne me paye pas pour que

j'encourage le dilettantisme intellectuel, dit la psy d'une voix calme. La réaction probable de Janny à l'annonce de l'*existence* d'une jumelle nous est inconnue, tout comme l'éventuel profit qu'elle tirerait d'informations concernant l'assassin de sa sœur. De plus, nous ne parlons pas de Janny, nous parlons de vous. Que se passe-t-il, Bo ?

– J'en ai tellement assez de Madge, avec son arrogance et ses insultes, avoua Bo, la tête penchée au-dessus de son café. Et elle cache quelque chose, dans cette affaire…

– Ah, interrompit Eva, vous voulez vous venger de Madge. L'important, c'est que vous soyez consciente de votre motivation.

– Ma motivation est mesquine et vindicative, n'est-ce pas ? Mais en dehors de ça, je suis simplement curieuse, Eva. Dar Reinert m'a dit que le meilleur détective qu'ils avaient à l'époque n'a pas réussi à trouver le fin mot de l'histoire. Cette affaire n'a jamais été résolue. Dar prétend qu'elle ne le sera jamais. Deux filles, une morte et l'autre abandonnée aux services de placement comme si elle n'avait pas de famille, mais il y a un grand-père, ce fameux fabricant de poupées, qui vit toujours et qui habite à San Diego, et le rapport de la police ne dit pas que les parents sont morts, alors, où sont-ils ? Je ne comprends pas.

– Quel prix aurez-vous à payer, si vous continuez vos recherches ? demanda Eva en sortant un portefeuille de son sac et en se préparant à partir.

– Peut-être mon emploi, peut-être rien, répondit Bo avec un sourire. Je veux juste savoir ce qui s'est passé. Je veux résoudre une affaire dont le meilleur détective de San Diego n'est pas venu à bout.

– Je peux très bien comprendre cela, répondit Eva

d'un air songeur. Et je perdrais mon temps en vous conseillant d'être prudente. Je suis impatiente d'être à demain soir, à votre soirée de décoration de sapin. À demain, donc !

Bo se leva pour dire au revoir à sa psy dans une accolade, puis elle se laissa retomber dans son fauteuil en bois jaune. L'heure était au sorbet au poivron et à la réflexion.

Comme d'habitude, Eva avait raison. Le rêve étrange pouvait peut-être représenter un lien avec Kimmy Malcolm, mais il pouvait tout aussi bien n'avoir aucun rapport. Au fond d'elle-même, Bo savait qu'il y en avait un, et alors ? Elle devait reconnaître que les phénomènes psychiques étaient intéressants. Mais ils étaient également sans règles, inexplicables, et désastreusement dépourvus du genre d'informations nécessaires pour résoudre des énigmes remontant à treize ans. Mieux valait se concentrer sur la réalité.

Le rapport de police sur l'affaire Malcolm était minutieux mais ne comportait aucun document sur l'enquête des SPE. Bo savourait son sorbet avec le sablé au beurre qui l'accompagnait en s'interrogeant sur les lois de la Californie qui offraient plus de protection aux dossiers des SPE qu'à tout autre source d'information de l'ensemble du système judiciaire. La police elle-même ne pouvait avoir accès à ces dossiers ni en obtenir des copies. L'idée était de protéger les enfants concernés. Le résultat était souvent que cela protégeait les SPE.

Et Madge avait supprimé un autre maillon dans la chaîne d'informations en supprimant l'ancien dossier du classeur tout neuf et pratiquement vide qu'elle avait remis à Bo. Alors, qu'avait-elle fait de ce dossier vieux de treize ans ? Elle n'avait pas pu le renvoyer aux archives, pensa-t-elle en souriant au-dessus de sa coupe de sorbet. Parce qu'elle-même, ou tout autre travailleur social, pouvait demander à l'en sortir, c'était très simple. Non, Madge devait s'arranger pour que ce dossier ne retourne pas aux archives avant un certain temps. Au moins jusqu'à ce que l'affaire Janny Malcolm ait retrouvé un statut de suivi routinier, car alors il serait peu probable que la personne désignée pour s'occuper de l'adolescente demande à le voir. Et puis, dans trois ans, quand Janny aurait dix-huit ans et ne serait plus légalement sous le tutorat du comté de San Diego, le dossier serait mis sur microfiche et conservé dans un autre endroit. Et toujours, il bénéficierait de la protection légale la plus stricte.

– Mais pas pour le moment.

Bo sourit et prit ses clefs.

Une demi-heure plus tard, elle entrait sur le parking presque vide de son bureau, se garait près de l'accès sur l'arrière du bâtiment, puis promenait Molly parmi les rares plantes qui faisaient office de jardin paysager. Il y avait quelques travailleurs sociaux dans le bâtiment, leurs voitures regroupées comme pour se tenir compagnie. Le véhicule de Madge n'était pas du nombre.

– Salut, Bo, lui lança un collègue d'un autre service juridique qui sortait de l'immeuble. Tu retravailles le samedi ?

Il y avait toujours des gens qui allaient et venaient le week-end, essayant de se tenir à jour de leurs dossiers et des tonnes de rapports afférants qu'il leur fallait rédiger. Avant d'avoir une relation avec Andrew LaMarche, Bo rédigeait tous ses rapports au bureau le week-end, quand tout était calme. Personne n'allait s'étonner de sa présence sur place maintenant.

– Il faut que je signe des coupons de paiement pour

Medi-Cal, lui lança-t-elle en retour. Les médecins ont besoin d'argent pour Noël !

Il sourit en ouvrant sa portière de voiture.

– C'est pas de chance pour eux. Medi-Cal met six à neuf mois avant de payer.

– Je n'ai pas précisé pour *quel* Noël, rétorqua Bo en ouvrant la porte.

Le couloir était vide et sentait le renfermé, avec ses odeurs de bâtiment ancien, de peinture bon marché, de papier. Une odeur d'institution. Bo enferma Molly dans son bureau et alla jeter un coup d'œil dans les huit autres minuscules pièces qui donnaient sur le couloir. Toutes vides. Mais sur les cent personnes des services, n'importe laquelle pouvait surgir à tout moment. Elle s'engouffra dans le bureau de Madge et referma la porte.

Comme toujours, toutes les surfaces disponibles étaient encombrées par de hautes piles de dossiers. Une vieille photo de Madge avec un homme et deux garçons dominait la pile des classeurs à trois anneaux dans lesquels Madge rangeait les moindres informations que le comté de San Diego faisait parvenir à ses employés. Imprimés d'assurance sociale pour frais dentaires, modifications du règlement concernant le parking, annonce d'analyses pour vérifier le taux de cholestérol et de stages pour la gestion du stress… Madge gardait tout. Bo se dit qu'il y avait quelque chose de *sentimental* dans cette habitude qu'elle avait de tout conserver. Cela ressemblait à un trait caractéristique des jeunes adolescentes qui collectionnent les souvenirs, leurs cahiers remplis de tickets, billets et photos qu'elles jettent plus tard, quand elles y voient la marque de leur bêtise juvénile. Bo prit conscience que l'identité de Madge était toute définie par son travail, exactement comme celle d'une adolescente peut être définie par un cheval ou un groupe de pom-pom girls. Une identité obsessionnelle qui était censée être transitoire, temporaire. Seulement chez Madge, le temporaire était devenu permanent. Elle remarqua que le verre qui protégeait la photo portait des traces de doigts et était recouvert d'une fine couche de poussière. Et la Madge jeune qui regardait l'objectif paraissait aussi raide et irréelle qu'une poupée adulte.

– Bon, alors, où irais-tu cacher ça ? murmura Bo en s'adressant à la photo.

Elle n'aurait pas le temps d'ouvrir un par un les centaines de dossiers qui encombraient toutes les surfaces planes, y compris le sol. Elle allait devoir réfléchir comme sa chef, intégrer un code de références à la Madge afin de trouver l'ancien dossier Malcolm. Mais comment réfléchissait-elle ? Bo contraignit son esprit à devenir une surface plane et réfléchissante, se concentra sur sa chef de service, et n'aboutit à rien. Quelle que soit l'approche qu'elle envisageait, elle ne parvenait pas à l'imaginer faisant autre chose que suivre le règlement. Suivre le règlement avec délectation. Trouver son bonheur et même vibrer étrangement dans son ardeur à se conformer à des règles, comme si c'était une bénédiction d'avoir des codes de conduite pour toutes les situations.

– Bon, alors, quelles sont les règles qui régissent les anciens dossiers ? marmonna Bo qui se fit soudain l'impression d'être un voyeur.

Elle n'avait pas anticipé cette intrusion psychologique chez son aînée, qui était une collègue en même temps qu'une némésis. Pourtant, c'était indispensable. Et Madge avait dû construire une raison légitime de garder le dossier Malcolm. Quelque chose de défendable, en accord avec les procédures. Mais quoi ? La vraie place de ce dossier, c'était le service de placement en famille, dans le bureau du travailleur social qui s'occupait de Janny.

– Sauf en cas de changement de statut ! fit-elle dans un souffle.

Si Janny devait être transférée chez des proches vivant dans un autre État, par exemple, ou retirée du service de placement en famille parce qu'elle devait purger une peine dans une maison de correction pour jeunes délinquants, alors l'affaire serait déférée au Département de la justice. Et il n'y avait rien chez Janny qui puisse nécessiter un tel changement, hormis son état de santé. Bo parcourut la pièce du regard pour détecter des dossiers d'où dépassaient les Post-it bleu clair qui indiquaient qu'un enfant suivait un traitement médical délicat, et avisa une pile sous un siège, entre le meuble classeur et le mur du fond. Le dossier Malcolm était le quatrième de la pile en partant du haut, aussi épais que l'annuaire téléphonique d'une ville de cent mille habitants. Bo s'en empara, haletante, et se hâta de regagner son bureau.

Mary Mandeer avait mené l'enquête de bout en bout et avait tout d'abord placé Janny chez une tante maternelle appelée Beryl Malcolm, peu de temps après l'incident au cours duquel Kimmy avait été blessée. Après l'enquête préliminaire sur Beryl Malcolm et sa maison, Mary Mandeer avait pu émettre l'opinion que ce foyer était « convenable », que l'intérêt que portait la tante à ses nièces paraissait « sans effusion, mais néanmoins réel », mais que des versements supplémentaires pourraient s'avérer nécessaires pour faire face aux frais occasionnés, puisque cette tante ne travaillait pas et qu'apparemment c'était son père qui subvenait à ses besoins. Madge Aldenhoven avait signé son accord en vue de l'attribution d'un supplément de fonds pour ce placement familial.

Bo griffonna l'adresse de Beryl Malcolm sur un bloc des SPE, puis, sous l'effet de la surprise, elle pencha la tête de côté lorsqu'elle lut l'adresse suivante figurant sur cette liste ancienne. « Tamlin Malcolm Lafferty, Maison mère, Sœurs de Sainte-Dymphna, Julian, Californie. » Bo fouilla mentalement son enfance catholique pour retrouver le souvenir d'une sainte nommée Dymphna et ne trouva rien. Mais ce nom avait une consonnance grecque. Dymphna pouvait être une sainte orthodoxe grecque. Et pourquoi Tamlin Malcolm, femme mariée mère de trois enfants, se trouvait-elle dans un couvent ?

Les sourcils froncés, Bo nota ces renseignements et poursuivit sa lecture. Le père, Rick Lafferty, figurait à la même adresse que celle qu'il avait maintenant. Le grand père maternel, Jasper Malcolm, habitait le vieux quartier victorien de San Diego appelé Golden Hill parce qu'il recevait la lumière du soleil couchant. Le grand frère de Kimmy, Jeffrey, avait été placé chez ses grands-parents paternels, George et « Dizzy » Lafferty. Lesquels Lafferty avaient déménagé moins d'un an plus tard, pour aller vivre dans une petite ville du Connecticut, Redding Ridge, emmenant Jeffrey avec eux.

– Pourquoi ont-ils accepté de s'occuper de Jeffrey et pas de Janny ? se demanda-t-elle, le front plissé. Pourquoi l'ont-ils abandonnée ?

Une portière de voiture claqua sur le parking, réveillant Molly qui sommeillait sur les genoux de Bo, et un grognement prolongé vibra contre le ventre de sa maîtresse. Dans le silence, Bo entendit une clef tourner dans la serrure de la porte extérieure. Elle referma vivement le dossier, le fourra au fond d'un tiroir du bas de son bureau et attrapa une poignée d'imprimés à remplir. Elle avait reconnu l'autorité caractéristique dans le bruit de la serrure et fut envahie d'un sentiment de culpabilité qui la fit rougir du cou à la racine des cheveux.

Tu ne ferais pas une bonne criminelle, Bradley. Qu'est-ce que tu vas faire maintenant ?

– Bo, articula Madge Aldenhoven d'une voix où tremblait une pointe d'inquiétude, que faites-vous ici ?

Les jappements de la jeune Molly qui s'efforçait de s'échapper des mains de sa maîtresse firent momentanément diversion.

– Je cherche l'imprimé qu'il faut pour lancer des recherches et localiser des parents, mentit Bo. La mère du bébé que je suis allée chercher hier ne s'est pas présentée et je veux que le rapport soit prêt pour l'audience de mise sous tutelle.

– L'audience de mise sous tutelle n'aura pas lieu avant mercredi, fit la chef de service d'un ton peu amène.

Vêtue d'une robe kaki froissée et de chaussures de tennis, Madge paraissait plus âgée, se dit Bo. Recrue de fatigue. Elle avait des marques noires sous les yeux et ses cheveux argentés, habituellement brillants, étaient tristement retenus sur la nuque par un élastique. Bo ne se souvenait pas avoir jamais vu les cheveux de Madge maintenus par autre chose qu'un objet digne de figurer dans un musée.

– J'ai un début de fièvre et j'ai peur d'être vraiment malade lundi et de ne pas avoir envie de venir exprès pour ça, alors je suis passée m'en occuper maintenant. Au fait, il y a quelqu'un qui est venu chercher quelque chose dans votre bureau. Vous voudrez peut-être voir ça à l'accueil…

– Qui ? demanda Madge.

– Je ne sais pas. Je crois que c'était Diane Machin-Chose. Quelqu'un d'en face.

Bien joué, Bradley. Maintenant, si elle veut bien aller se renseigner, tu pourras aller remettre ce fichu dossier dans son bureau.

Bo s'était souvenue qu'un bon tiers des femmes qui travaillaient pour les SPE s'appelaient Diane, cette idée était donc un coup de génie. Et « en face », c'était le jargon interne pour désigner les bureaux qui occupaient le devant de l'immeuble. Adoptions, placements, liaisons avec la police, agents assurant les relations avec le public. Ça, c'était plutôt débile, parce que personne, dans ce service, ne venait jamais travailler le week-end. Mais Madge allait peut-être se sentir obligée d'aller vérifier quand même.

– Je vais demander s'il y a quelqu'un là-bas, fit-elle avec un hochement de tête. Et rentrez chez vous, Bo. Vous me paraissez fébrile.

À grand renfort de bruits, Bo se prépara à partir de son bureau, jusqu'à ce qu'elle voie Madge tourner l'angle au bout du long couloir des SPE. Elle s'empara alors du dossier Malcolm, les oreilles sifflant sous l'effet de la culpabilité, et le replaça vivement dans la pile « urgence médicale » du bureau de Madge. Elle n'était plus exactement sûre de l'endroit où elle l'avait trouvé. Quatrième ou cinquième, pensa-t-elle, alors elle le fourra sous quatre autres dossiers. Ensuite elle attrapa Molly et se hâta de regagner le Pathfinder qui l'attendait. Elle n'avait pas eu le temps de lire grand-chose, dans ce dossier, mais au moins elle avait des noms et des adresses. Et un mal de tête qui lui venait en raison de ses agissements infâmes.

Elle ne se laissa pas dominer, parcourut deux blocs en voiture, enferma Molly dans le véhicule et rebroussa chemin à pied pour aller prendre position à l'entrée des toilettes pour dames, petite construction en parpaings desservant un minuscule parc en face du parking des SPE. Dans l'ombre de l'avancée des toilettes, elle pouvait tout observer, mais personne ne pouvait la voir.

Au bout de quelques minutes, Madge quitta l'immeuble par la porte de derrière et se dirigea vers sa voiture. Dans la main gauche, elle tenait un épais dossier orné d'un Post-it bleu ciel.

– « Aucun membre du personnel du comté ne doit, en aucune circonstance, sortir un dossier des locaux du comté », se récita Bo, qui connaissait par cœur le code de procédure. « La sanction applicable est la radiation du corps des employés du comté. »

Elle eut l'impression de regarder une statue qui essayait de se suicider en sautant d'un pont. Impossible, mais néanmoins effroyable et inacceptable. Madge Aldenhoven sortait le dossier Malcolm des locaux du comté. Bo ne voyait pas le nom inscrit sur le dossier, mais ce n'était pas nécessaire. Madge allait l'emmener chez elle, le garder, peut-être le détruire. Plus tard, elle pourrait reconnaître qu'il avait été égaré alors qu'il était en sa possession, et en assumer la responsabilité. Il y aurait le blâme prévisible émanant du bureau du directeur. Madge serait convoquée et réprimandée, mais aucune mesure grave ne serait prise. Un cadre possédant une ancienneté de vingt ans de service impeccable pouvait être pardonné s'il égarait un dossier.

– Mais pourquoi ? souffla Bo contre un parpaing.

Qu'est-ce que Madge pouvait bien avoir fait, dans un

passé vieux de treize ans, qui puisse à présent la pousser à risquer son emploi, et même son identité ? Bo se souvint qu'il y avait au moins une personne qui le savait. Mary Mandeer, l'autre assistante sociale qui avait suivi le dossier, et récité un poème de Louise Bogan aux obsèques de Kimmy. Elle se dépêcha de regagner sa voiture, espérant que Mandeer était dans l'annuaire. Et qu'elle avait le défaut caractéristique et fatal de ceux qui travaillent à réparer les dégâts humains : la croyance qu'un changement peut-être imposé plutôt que simplement généré.

– Tu vas travailler dans l'ombre, confia Bo à Molly quelques minutes plus tard. Imagine que tu es la voix de ceux qui en sont privés.

16

Daniel Man Deer venait de terminer la mise au point d'une chronologie des activités d'un chef indien local appelé Olegario, à la fin du XIXe siècle, lorsque la sonnette retentit. Il l'avait à peine entendue derrière la flûte indienne de Carlos Nakai, sur la chaîne du salon. Mary étant sortie faire des courses avec une amie, c'est avec humeur qu'il abandonna son ordinateur pour aller ouvrir d'un pas décidé. Il travaillait sur une biographie d'Olegario, et sur la succession caractéristique de mensonges, de traités non respectés et d'usurpations par laquelle s'étaient soldées les tentatives de ce chef pour travailler avec les Blancs qui souhaitaient s'installer à San Diego. Il n'avait pas envie d'être interrompu.

– Oui ? dit-il à une femme aux yeux verts qui avait des taches de rousseur et tenait un petit chien dans les bras.

Quelque chose, en elle, le mit mal à l'aise.

– Je m'appelle Becky Harrison, je suis membre des Amis des Animaux, dit Bo avec un sourire. Un membre de notre organisation a pensé que Mary Man Deer aimerait être informée de l'effort que nous faisons pendant les vacances pour soutenir le groupe régional qui recueille les animaux et s'oppose à ce qu'on les tue. Elle est là ?

Le seul « Mandeer » que Bo avait trouvé dans l'annuaire s'écrivait « Man Deer », elle avait donc prononcé le nom de cette manière. Il était évident que l'homme de large carrure qui se dressait devant elle était indien, et il la regardait comme si elle venait de lui voler son cheval. Elle s'était visiblement trompée d'adresse.

– Qui vous a dit que ce groupe intéresserait Mary ? lui demanda Dan, la détrompant de son impression première.

Il n'était pas surpris. Mary était inscrite ou envoyait des dons à au moins une centaine d'organisations fermement décidées à redresser divers torts de la société. Celle-ci avait évidemment un rapport avec les animaux.

– Euh, Diane.

Pour la deuxième fois de la journée, Bo tira ce nom très répandu de son chapeau, tandis que la gorge de Molly commençait à vibrer et à réagir à la musique qui leur parvenait par l'ouverture de la porte.

– Diane Singer. C'est une assistante sociale et…

– Ma femme n'est pas là, mais je suis sûr qu'elle aimerait faire un don. Si vous voulez attendre, je vais aller chercher mon portefeuille…

– Oh, non, nous ne collectons pas de fonds, nous essayons d'organiser un groupe de pression. Notre but est de faire voter des lois en Californie pour interdire dans notre État les envois de très jeunes animaux par des éleveurs sans scrupules qui…

– Dans ce cas, laissez-moi votre carte, madame Harrison. Ma femme vous appellera si cela l'intéresse, d'accord ? Excusez-moi, je suis très occupé. Il faut que je retourne à mon travail.

– Je dirai seulement à Mary que je suis passée, et qu'elle peut contacter Diane, gazouilla Bo. Désolée de vous avoir dérangé.

La maison était récente, c'était la dernière habitation

d'une rue tranquille près de la branche est de Mission Gorge Road, jadis la piste est-ouest des Indiens qui se déplaçaient entre les villages de la côte et ceux des hautes collines du désert. Bo sentait le chlore émanant d'une piscine, derrière une clôture faite de grillage tendu entre des poteaux, à gauche de la maison. De là, un beau paysage de chaparrals et de rochers montait vers des collines plongées dans une ombre dense où se dessinait un sentier qui prenait naissance derrière la maison de Man Deer. Évidemment. L'homme qui lui avait ouvert la porte était du genre à marcher des kilomètres pour le plaisir. Bo aurait aimé qu'il l'invite à explorer la piste en attendant sa femme. Maintenant, c'était impossible de le faire sans attirer son attention.

Par la suite, Bo définirait ce moment comme le point de non-retour, la jonction apparemment anodine au-delà de laquelle les événements se succédaient avec une inquiétante autonomie par rapport à tout ce qu'elle pouvait faire. Elle avait envie de partir en randonnée. Elle aurait voulu emmener Molly à Mission Trails Park et marcher des kilomètres. Au lieu de cela, elle roula jusqu'à la cabine publique d'une petite épicerie et appela Pete Cullen.

– Cullen, répondit-il d'un ton abrupt et rocailleux qui rappela à Bo des paysans menaçant d'occuper un château. Une détermination lugubre et désespérée.

– Je m'appelle Bo Bradley et je travaille pour les Services de Protection de l'Enfance, fit-elle en accordant son ton au sien. Je vous téléphone parce que vous avez travaillé sur l'affaire Malcolm, il y a treize ans. Vous ne vous en souvenez peut-être pas, mais…

Il l'interrompit.

– Je m'en souviens. Mais je refuse d'en parler avec vous tant que je n'aurai pas vu votre badge. Je viens à

San Diego demain après-midi. Nous pourrons en discuter à ce moment-là.

– Demain, c'est impossible. J'organise une soirée pour Noël. Et je peux vous prouver qui je suis par téléphone. Vous n'avez qu'à appeler la ligne d'urgence pour les cas de maltraitance afin d'obtenir confirmation. Après, je vous rappellerai.

– Vous avez déjà un arbre ?

– Un arbre ?

– Ouais. Un arbre de Noël pour votre soirée. Vous en avez un ?

– Euh, non, répondit Bo, déconcertée par ce soudain revirement. Je vais en acheter un ce soir. Pourquoi ?

– Pas la peine. J'en apporterai un. Vous habitez où ?

– Dernier immeuble de Naragansett Street, à Ocean Beach, à l'étage, numéro quatre.

Bo se demanda pourquoi elle lui avait répondu. Quelque chose chez ce vieux policier bourru semblait exiger une réciprocité de ton. S'il n'avait pas eu un accent un peu larmoyant dans la voix, il lui aurait fait peur. Et il allait lui apporter un sapin de Noël. Cela signifiait qu'il venait à la soirée aussi, supposa-t-elle, ce qui était très bien. Il devrait toujours y avoir un inconnu aux réunions de Noël, insistait sa grand-mère. Pour honorer la craintive Caillech Beara, dont la relation avec la mort et la folie paraîtrait toujours étrange aux yeux des vivants.

– Super, Bradley. À demain matin.

Bo l'entendit raccrocher et se demanda quand elle avait eu l'occasion de parler avec quelqu'un d'aussi mal à l'aise dans la communication. Parler semblait être une réelle souffrance pour lui, et ce sentiment était contagieux.

– Ce n'est pas un Irlandais, ça, c'est clair, dit-elle à

Molly tout en quittant Mission Gorge pour se rendre chez Beverly et Howard Schroder.

Eva avait raison. Ce n'était pas idiot de vérifier l'éventualité d'un fait réel derrière l'affirmation de Janny, terrorisée, disant qu'elle avait vu quelqu'un à sa fenêtre chez sa famille d'accueil.

Les Schroder n'étaient pas chez eux quand elle arriva, mais il lui parut absurde d'avoir fait ce trajet en pure perte. Debout à côté du Pathfinder, elle scruta leur propriété. La maison avait un étage, elle avait été construite à flanc de colline, et le garage transformé en appartement occupait tout le rez-de-chaussée. À gauche de la large allée qui y menait, un escalier montant à la terrasse du premier étage était flanqué d'un mur en béton armé. Il était couronné par un chaperon étroit et arrondi, et recouvert par endroits de plantes grimpantes, des plantes grasses très répandues improprement appelées glacis vert dans le sud de la Californie, ce qui est le nom d'une autre plante grasse, plus petite, dont les feuilles résineuses semblent recouvertes d'une pellicule de givre étincelant. Quand on les écrase, ces courtes plantes dodues laissent une matière visqueuse, lisse comme de la gelée. Bo décida de ne pas tenter d'escalader le mur étroit au sommet arrondi et porta son attention sur les blocs de ciment posés en escalier qui flanquaient l'autre côté de l'allée.

Lui aussi était drapé de cette plante grasse qui avait été utilisée comme couvre-sol dans la propriété tout entière. Mais ici, les blocs de ciment constituaient des marches étroites qui montaient jusqu'aux fondations du premier étage, construit à flanc de colline. Les chambres devaient être de ce côté, ou sur l'arrière. C'était ce que supposa Bo, qui commença à grimper.

Comme les blocs de ciment s'arrêtaient au périmètre

de la maison, elle se pencha avec prudence pour soulever au fur et à mesure de sa progression les tiges emmêlées avant de glisser un pied dessous, sur une végétation grise et morte, pour atteindre l'arrière de l'habitation. La première chambre devait être celle des Schroder, pensa-t-elle en regardant par la fenêtre. Grand lit en chêne à baldaquin avec un couvre-lit à fleurs et un volant nid-à-poussière vert menthe. Des photos d'enfants sur une commode assortie. Sans doute les enfants placés chez eux, se dit-elle en remarquant, dans un cadre, une photo de Janny Malcolm prise à l'école. Des gens sympas.

Ensuite, il y avait une fenêtre de salle de bains opaque et après, donnant sur l'arrière, la fenêtre d'une chambre d'adolescente. Celle de Janny, sans aucun doute possible. Les affiches de vampires la trahissaient irrémédiablement. Bo se retourna pour observer le sol qui montait en pente devant la fenêtre et elle sentit son cœur battre plus vite. Les plantes étaient écrasées en plusieurs endroits près de la fenêtre, et quelque trois mètres plus haut, elles étaient aplaties sur une surface en forme d'auge inexplicable, mais Bo comprit ce qui s'était passé. Quelqu'un s'était approché de la maison par le haut, avait trébuché dans le noir, et était tombé. Elle rampa pour garder l'équilibre malgré la pente raide et rejoindre l'endroit où les plantes grasses avaient été écrasées.

Il était improbable de trouver des empreintes de pas, mais cela valait la peine de regarder. Elle écarta les tiges à la base de l'endroit aplati, observa la végétation grise en dessous. Aucune chance. L'enchevêtrement était ancien et développé, d'une épaisseur d'au moins dix centimètres. Elle en conclut que même Bigfoot, le yéti californien, n'aurait pu laisser d'empreintes dans un tel sol. Et il n'y avait rien d'inhabituel qui soit resté accroché dans les plantes. Pas de pochette d'allumettes, pas de souche de chéquier, ni de médaillon sur une chaîne brisée. Mais un sentier de feuilles écrasées menait vers le haut, et Bo le suivit à genoux en se demandant quel détachant serait le mieux adapté pour éliminer sur son pantalon le vert pâle visqueux des plantes grasses. En haut de la colline, derrière la propriété des Schroder, elle vit une haute clôture en grillage entourant une cour d'école.

– Ah.

Elle hocha la tête en remarquant que la clôture ne faisait pas entièrement le tour de l'école, mais empêchait seulement les élèves et leurs Frisbee de tomber sur la pente abrupte. N'importe qui pouvait contourner le bout de la clôture et se laisser glisser jusque sur la pente des Schroder. Et il n'y avait assurément personne la nuit dans l'enceinte de l'école pour être témoin d'agissements louches. Un intrus pouvait facilement entrer et sortir de chez les Schroder sans être vu, mais il lui fallait avoir étudié le terrain à l'avance, de jour, pour le savoir. Se pourrait-il qu'on ait remarqué un inconnu qui serait venu se promener dans une cour d'école ?

Bo s'accroupit au pied de la clôture et regarda qui étaient les actuels utilisateurs de la pelouse qui s'étendait juste au-delà. Un homme et deux enfants qui jouaient à chat. Une adolescente qui promenait un border colley magnifiquement toiletté. Deux jeunes femmes avec des bébés dans des poussettes qui regardaient un petit enfant empiler de l'herbe et des brindilles sur le siège en caoutchouc d'une balançoire.

– Salut, Jennifer ! lança l'un des enfants à l'adolescente qui leur fit un signe de la main et eut une brève conversation avec les deux mères.

Des gens du voisinage. Des gens qui se connaissaient. Ils auraient remarqué un inconnu dans l'enceinte de l'école. Un instant, Bo envisagea d'émerger des plantes et de leur poser la question, mais elle se souvint qu'elle n'avait pas son badge des SPE sur elle. Et elle avait des toiles d'araignée dans les cheveux. Le moment n'était peut-être pas très bien choisi.

Elle se laissa glisser sur le fond de son pantalon, puis, au moment où elle descendait du dernier bloc de ciment dans l'allée, une voiture de patrouille de la police s'arrêta derrière le Pathfinder.

– Oh, merde, soupira-t-elle.

Quelqu'un l'avait vue et avait appelé la police.

– Je comprends très bien l'impression que vous avez, mais je suis ici pour enquêter sur le cas d'une enfant, dont le service de placement en famille est responsable, et qui est traquée par quelqu'un, dit-elle en s'avançant vers le véhicule blanc et noir, les mains ouvertes, paumes en avant présentées à hauteur de taille. Je m'appelle Bo Bradley, enquêtrice auprès du tribunal, SPE. Communiquez mon numéro d'immatriculation pour vérifier.

– On vient de demander l'identification du véhicule, lui annonça la jeune femme policier assise à la place du passager en lui adressant un sourire professionnel, tandis que son coéquipier, un Monsieur Muscles qui se dégarnissait, descendait et s'approchait de Bo.

– Traquée ? demanda-t-il.

– Une jeune fille âgée de quinze ans a déclaré que quelqu'un la regardait par la fenêtre de sa chambre hier soir, expliqua Bo. Ici, c'est la maison de sa famille d'accueil, les Schroder. Ils ne sont pas chez eux, mais j'ai voulu vérifier. Quelqu'un est *effectivement* venu là-bas en haut, devant sa fenêtre. Les plantes sont écrasées sur l'arrière, là où cet individu est passé pour descendre de la cour d'école qui est au-dessus.

– C'est l'école élémentaire Stevenson. C'est plutôt raide.

– À qui le dites-vous, opina Bo.

– Le Pathfinder est au nom de Barbara Joan Bradley, travailleur social pour les SPE, annonça la jeune femme depuis la voiture de patrouille. Ça correspond à ce qu'elle dit.

– À l'avenir, attendez que les gens soient chez eux avant d'aller ramper dans leur jardin, lui conseilla le policier menacé de calvitie, dont la ceinture et l'étui à revolver en cuir crissaient, avant de regagner le véhicule noir et blanc.

– Comptez sur moi.

Bo sentit leur déception partagée : elle n'avait rien d'intéressant. Il y avait eu des moments, se souvint-elle avec un sourire contrit, où elle aurait été exactement ce qu'ils s'étaient attendus à trouver quand la radio les avait avertis : « Femme adulte non identifiée rampe au milieu des plantes pour regarder par les fenêtres d'une propriété privée inoccupée. » Ce souvenir la poussa à s'arrêter pour boire un Coca et prendre ses médicaments avant de se rendre à sa destination suivante, le domicile de Jasper Malcolm.

En se garant devant la maison de Golden Hill, elle vit que c'était une des résidences victoriennes les moins imposantes bâties au tournant du siècle dernier. Les rénovations effectuées par la suite comprenaient un mélange de styles qui donnait à la bâtisse de deux étages des allures de château dessiné par un enfant. La longue façade latérale ouest avait été recouverte de bardeaux marron, et une porte située vers le milieu était abritée par un auvent en aluminium blanc. Sans doute un appartement, supposa-t-elle.

La plupart des énormes demeures victoriennes de Golden Hill avaient depuis longtemps été subdivisées en appartements aux pièces étrangement distribuées, avec des escaliers qui n'allaient nulle part et des chambres uniquement accessibles par des placards. La façade principale avait été peinte du brun-rouge des granges de campagne et les ornements en bois tarabiscotés qui décoraient la véranda en jaune crémeux. Le sol de la véranda et les solins des fenêtres étaient vert sombre, de même que la clôture en fer forgé branlante qui ceinturait un petit jardin arborant pas moins de trois baignoires à oiseaux en ciment entourées de rosiers endormis en cette saison. Bo fit un signe de tête à un geai bleu qui s'ébrouait, tout en précédant Molly sur l'allée de brique en direction d'une grande véranda quadrillée de carrés de lumière dorée, créés par le soleil qui filtrait à travers des treillis crème sur le côté ouest. Un unique fauteuil à bascule en osier, près de la porte, faisait face à un repose-pieds en osier qui s'effilochait. Le fauteuil était rendu plus confortable grâce à une vieille couverture rose et à plusieurs oreillers. Bo se souvint que Jasper Malcolm était âgé.

Ce qui expliquait probablement pourquoi il ne répondait pas à son premier coup de sonnette devant la porte en chêne massif ornée d'une fenêtre à tout petits carreaux. Mais après avoir sonné une deuxième fois, elle entendit du mouvement à l'intérieur. Quelqu'un descendait l'escalier en chêne visible dans l'entrée. Des chaussures noires bien cirées apparurent sous des jambes de pantalon gris au pli impeccable. Puis une main pâle vint se poser gravement sur le pilastre sculpté de l'escalier tandis que deux yeux bleu turquoise considéraient Bo derrière d'épaisses lunettes rondes. Au bout d'un moment, l'homme fit un léger salut, non pas à Bo mais à quelque chose qui se trouvait en l'air, au-dessus de lui, tira sur les coins pointus d'un gilet en laine jaune, et s'approcha de la porte.

– Je suis Jasper Malcolm, dit-il doucement lorsqu'il eut ouvert. Quel joli petit teckel bien choyé ! Puis-je vous demander son nom ?

– Molly, répondit Bo, en éprouvant une sensation de chute qu'elle ne trouva pas déplaisante. Elle s'appelle Molly, et moi Bradley. Bo Bradley. Je travaille pour les Services de Protection de l'Enfance. Je suis venue parler de votre petite-fille…

– Entrez, Bo Bradley, je vous en prie, et venez vous asseoir dans le salon pendant que j'enferme Bède le Vénérable. Il va sans dire que l'on ne peut guère lui demander d'accueillir comme il se doit la jeune et ravissante Molly.

– Bien sûr, répondit Bo qui s'en voulut en entendant la panique conférer à sa voix des accents mielleux. La voix que les gens prennent quand ils s'adressent à des fous. Il fallait vite y remédier.

– Bède le Vénérable n'était-il pas un moine qui a écrit sur l'histoire de l'Angleterre ? demanda-t-elle en essayant de se reprendre.

– Une *Histoire ecclésiastique du peuple anglais*, pour être précis, répondit Jasper Malcolm. Elle couvre la période qui va de l'invasion romaine jusque vers 731. Cependant, ce Bède-là est mort en 735. Celui que je vais enfermer sur une véranda ensoleillée est mon chat.

– Ah, dit Bo en hochant la tête. Je ferais mieux de ramener Molly à la voiture et…

– Oh, non. Je suis tellement heureux que vous l'ayez

amenée. Elle va rendre les choses plus agréables, vous voyez.

Bo ne voyait pas, mais elle fit avancer Molly entre des lambris sculptés pour se rendre dans la pièce qu'il avait indiquée, à gauche de l'entrée. Autrefois, ç'avait réellement été le petit salon des maisons victoriennes, spécialement prévu pour recevoir. Par la suite, des propriétaires avaient recouvert le parquet d'une moquette d'un bleu maintenant passé, l'unique canapé était blanc et contemporain, mais ces éléments étaient noyés dans le sentiment dominant que créait la pièce. Un sentiment d'horreur. Bo demeura pétrifiée sur l'épaisse moquette et eut le souffle coupé en voyant qu'un bouffon vêtu d'une tenue d'arlequin élaborée la fixait de ses yeux noirs en verre, installé à une petite table. Sur le manteau en marbre de la cheminée, au moins trente poupées Kewpie [1] tendaient leurs bras courtauds vers elle, les yeux écarquillés. Bo refoula l'impression qu'elles étaient sur le point de sauter et qu'elles la mettaient au défi de les sauver.

C'est comme cette affiche avec tous les bébés, Bradley ! Celle que tout le monde a au bureau. Ces poupées, c'est exactement *l'affiche !*

Le malaise qu'elle avait toujours éprouvé en présence de poupées diminua sensiblement. C'était logique. En fait, tout est autre chose, une suite d'images récurrentes qui se recoupent et derrière lesquelles se cache le Sens, arborant son sourire cosmique. Il lui revint à l'esprit que la conscience de ce fait est un don spécial de ceux dont le diagnostic psychiatrique fait

---

1. Kewpie dolls (de Cupid, Cupidon) : poupées fabriquées à partir de 1913, inspirées des dessins de Rose O'Neill (1874-1944). *(N.d.T.)*

apparaître le terme « maniaque ». Mais ce n'est pas une hallucination, c'est la réalité. Les gens qui n'ont jamais eu l'expérience de ces étranges éclairs de conscience ne peuvent pas comprendre, mais cette expérience est de nature « religieuse », elle vous transforme. Elle donne un aperçu de l'ordre universel, à la fois déconcertant et rassurant. Cet aperçu signifiait qu'elle était là où elle devait être, même si elle ne savait pas pourquoi. La conscience secrète d'être « dans le juste », d'avoir une certaine complicité à l'intérieur d'un dessein universel caché, suscite parfois une arrogance déplaisante chez les maniaco-dépressifs.

– Et pourquoi pas, après tout ? murmura-t-elle, savourant cette petite phase maniaque.

C'était bon de sentir les vibrations de cette relation à l'univers, de *savoir* qu'elle avait été choisie et qu'elle effectuait bien sa tâche, quelle qu'elle soit. L'important, c'était de garder cela pour soi.

– Rose a vraiment créé une icône américaine éternelle, n'est-ce pas ? dit Jasper Malcolm du seuil de la pièce sur le ton de la conversation.

Bo entendit dans sa voix un écho surnaturel de son bref épisode maniaque. Comme une confirmation.

– Rose ? demanda-t-elle, en se tournant pour faire face à des yeux bleu-vert grossis par d'épaisses lunettes.

– Rose O'Neill. Oh, mon Dieu, je suis désolé. Je vous prie d'excuser un vieil homme qui vit depuis si longtemps dans la solitude qu'il présume que toute pensée est identique à la sienne. Rose a créé le dessin d'après lequel des dizaines de milliers de poupées Kewpie ont été fabriquées, depuis la première, en 1912. Ce sont des anges, vous savez. Seulement, les plus récentes n'ont plus les ailes bleues qui les caractérisaient. Croyez-vous aux anges, Bo Bradley ?

Sa question contenait une nuance de désespoir, de chagrin. Bo jugula le sentiment de sainteté cosmique qu'elle venait d'éprouver, chercha l'humilité, et la trouva. Quelles que soient les circonstances par ailleurs, Jasper Malcolm venait de voir une de ses petites-filles disparaître dans la mort.

– Je suis sûre que nous ne comprenons presque rien de la vie au-delà de ce qui est accessible à notre cerveau, notre très étroit domaine de conscience, répondit-elle. « Ange », pour moi, ce n'est qu'un mot, mais je présume qu'il peut représenter une réalité qui dépasse mon entendement. Pourquoi me demandez-vous cela, monsieur Malcolm ? Est-ce qu'en fait, vous voulez parler de votre petite-fille, Kimmy ?

Dans la faible lumière hivernale de son salon, entouré par la centaine d'yeux en verre peint de poupées dont les premiers propriétaires étaient certainement morts, le chétif fabricant de jouets boutonna puis déboutonna sa veste en tweed gris, lissa ses longs cheveux d'un blanc si pur qu'on eût dit une perruque, puis appliqua le dos de sa main droite qui tremblait sur ses lèvres roses visibles au-dessus d'un bouc blanc.

– Bien sûr, murmura-t-il.

Puis il demeura immobile et silencieux, et laissa couler dans sa barbe des larmes qui vinrent mouiller de taches sombres son gilet jaune.

– Je... J'ai fait un rêve, dit Bo doucement. Avant même d'entendre parler de cette affaire. Je pense que Kimmy... je crois qu'elle tentait de communiquer.

Le sourire qui éclaira le visage de Jasper Malcolm lui fit penser à Bach. À la *Toccata et fugue en ré majeur* jouée sur les grandes orgues d'une cathédrale dans la lumière qui pénétrait par une rosace créée par le Tintoret.

– Merci, dit-il. Vous êtes très courageuse, Bo Bradley. Mais c'est logique, vous êtes irlandaise. Je l'ai compris dès que je vous ai vue avec Molly, à la porte. Mais venez, j'ai beaucoup de choses à vous dire et le temps est compté.

Bo suivit le dos de la veste en tweed dans l'entrée puis vers l'arrière de la maison. Il était inutile de poser la moindre question ; le petit cliquetis des ongles de Molly sur le parquet était l'unique bruit audible.

17

– Mon intérêt pour les poupées a débuté par un intérêt pour la statuaire religieuse, expliqua Jasper Malcolm tout en précédant Bo dans la cuisine qui sentait légèrement l'amidon. Ma première tentative, le saint François que vous voyez là-bas sur le plan de travail, bénissant la bouteille de liquide à vaisselle, a été un vrai désastre. J'ai vite abandonné la sculpture sur bois au profit d'autres matériaux, pour des raisons évidentes.

Bo considéra la sculpture de forme maladroite drapée dans un carré en tissu éponge marron. Elle ressemblait davantage à un lézard qu'au saint patron des animaux, et son bras tendu paraissait menacer plutôt que bénir la bouteille en plastique plus grande que lui. Le reste des accessoires présents dans la cuisine lui parut tout a fait normal.

– Pourquoi le gardez-vous, si vous ne l'aimez pas ? demanda-t-elle.

– Parce qu'il était à moi, Bo Bradley. Je l'ai gardé parce que je l'avais fait et qu'il était à moi.

De la fatigue et de la colère transparaissaient dans sa voix. À cause d'une hideuse statue en bois ?

– Quel rapport votre saint François a-t-il avec Kimmy et Janny, monsieur Malcolm ? Et pourquoi n'avez-vous pas été présent auprès de Janny ? Elle ne sait même pas qu'elle a une famille, et elle connaît de graves problèmes en ce moment. Elle ne se souvient pas qu'elle avait une sœur jumelle. Mais dernièrement, elle a commencé à emporter partout une vieille poupée qui, je crois, est l'une de vos créations. Elle l'appelle Kimmy. Janny est terrorisée, monsieur Malcolm. Hier soir, elle a été admise dans un hôpital psychiatrique après avoir vu quelqu'un dans le noir qui la regardait par sa fenêtre, chez les parents nourriciers qui s'occupent d'elle. C'était peut-être un pervers lambda qui habite le coin, mais Janny est persuadée qu'une présence lui en veut. Elle pense que cette « présence » est Kimmy, mais elle ne sait pas ce que signifie Kimmy. J'ai besoin de savoir pourquoi vous avez abandonné la petite-fille que vous avez encore, monsieur Malcolm.

– Je ne doute pas que vous ayez lu les dossiers de vos propres services concernant ma famille, répondit-il en indiquant à Bo de franchir une porte, à l'arrière de la cuisine, qui ouvrait sur un atelier vaste et bien éclairé.

Ç'avait dû être un appartement, se dit-elle, dont on avait abattu toutes les cloisons pour le transformer en atelier d'artiste. Elle remarqua le sol en carreaux de céramique blanc cassé et les vitrines d'où des centaines de têtes de poupées en biscuit contemplaient les lieux de leurs yeux en verre coloré, ou pire, de leurs orbites vides. Toutes étaient des variantes de la poupée de marque Jasper Malcolm que Bo avait vue sous le nom de Johanna dans le magasin de la Vallée de la Mode. Des poupons, tous différents, mais tous avec la délicate lèvre supérieure d'un bébé qui tète. Contre le mur du fond carrelé, un grand four était posé sur des briques réfractaires, son cordon d'alimentation de deux cent vingt volts correctement relié à la terre grâce à un fil électrique supplémentaire qui traversait le mur et partait du bouton marche/arrêt. Jasper Malcolm avait fait preuve de la plus grande prudence dans l'agencement de son atelier, observa Bo. Ce qui était sage. La structure en bois centenaire brûlerait comme de la paille.

– Ma chef de service ne veut pas que je voie ce dossier. J'ai seulement réussi à me procurer quelques adresses. Elle a sorti le dossier de nos bureaux, en fait. Je ne sais pas pourquoi.

– Est-ce que votre chef de service s'appelle Mme Aldenhoven ?

– Oui, répondit-elle. Vous vous souvenez d'elle ?

Le vieil homme ferma un instant les yeux, puis se contenta d'expirer longuement.

– J'avais commencé à fabriquer les poupées Enfant de Prague pour la famille de ma femme, qui était originaire de Tchécoslovaquie. Je dessinais les têtes et Dottie s'occupait de leurs jolies robes. Nous utilisions un corps mou, un corps de poupée de chiffon, et nous cousions des mains en porcelaine que j'achetais par correspondance. Mais très vite, nos poupées de Prague ont connu un tel succès que je me suis aperçu qu'il devenait impossible de réaliser chaque tête individuellement. C'est à cette époque que j'ai appris à faire des centaines de têtes identiques en remplissant un moule que j'avais fait d'après un modèle en argile avec une pâte de porcelaine abaissée comme une pâte à tarte. Au début, Dottie et moi, nous ajoutions les yeux à la peinture, mais j'avais très envie d'essayer de mettre du verre.

Parvenu à ce point, il ouvrit un placard en métal éclairé, rempli de plateaux couverts d'yeux de tailles et de couleurs diverses. Bo en resta bouche bée, puis elle serra les dents.

– Certains des yeux qui ont la couleur bronze sont en fait fabriqués avec du verre réfléchissant, continua-t-il avec enthousiasme. Ils sont magnifiques avec des cheveux noirs…

– J'ai besoin de renseignements sur Kimmy et Janny, l'interrompit Bo en refermant la porte du placard et en s'appuyant contre une table en métal où se trouvait un tas d'argile protégé par un film de plastique transparent. Je sais bien que vous êtes un maître en matière de poupées, et votre histoire est fascinante. Mais ce n'est pas pour cela que je suis ici. Je vous en prie.

– J'ai deux filles, reprit-il en touchant l'argile à travers le plastique comme s'il s'agissait d'une matière vivante.

– Tamlin et Beryl, compléta Bo en regardant les mains de l'homme et en se demandant s'il voulait caresser l'argile ou l'écraser. Pourquoi Tamlin, qui a eu trois enfants, est-elle dans un couvent ?

Jasper Malcolm continua de presser la partie charnue de son pouce contre le plastique boueux.

– Elle est à l'abri du mal, là-bas. Après l'agression de Kim, j'ai pris des dispositions pour que Tamlin entre chez les sœurs de Sainte-Dymphna, que j'aide financièrement depuis des années. Tamlin n'est pas une personne forte. Elle n'aurait pas survécu autrement.

Bo réprima une impatience grandissante.

– Elle n'aurait pas survécu à quoi ? Et qui sont les sœurs de Sainte-Dymphna ?

– Un petit ordre consacré à la sainte patronne des malades mentaux, une jeune femme dont la vie a été anéantie par le mal. Son histoire est très intéressante. Les sœurs dirigent une institution charmante dans la montagne près de Julian. Tamlin est chez elles depuis treize ans maintenant.

Sa voix n'était plus qu'un murmure et Bo remarqua

que son pouce lissait des surfaces de visage irrégulières dans la terre recouverte de plastique. Sans s'en rendre compte, il donnait forme à un visage grossier, le commencement d'une poupée. Elle semblait s'être noyée sous des vagues de plastique froissé.

– Est-ce que Tamlin souffre d'une maladie mentale ? demanda Bo au moment où quelque chose de terrible qui avait la couleur de la fumée tombait sur la peau de ses bras.

Ça ressemblait au film de plastique qui recouvrait l'argile. Une répulsion sinistre qui donnait la chair de poule. La mère avait-elle elle-même frappé sa propre fille pendant un épisode psychotique ? Les jumelles avaient un an et demi, statistiquement une période de risques faibles en cas de dépression postnatale non traitée, avec ses conséquences potentiellement tragiques. Cependant, ce scénario expliquerait pourquoi on avait tenu Tamlin Lafferty éloignée de son mari et de ses enfants. Cela expliquerait aussi le déménagement précipité des grands-parents paternels dans le Connecticut, avec Jeffrey qui avait peut-être été témoin de la tragédie. Mais cela n'expliquerait pas pourquoi toute la famille avait abandonné Janny à une vie d'ignorance sans nom dans le système de placement en famille nourricière.

– Non, répondit Jasper Malcolm comme si cette idée ne lui était jamais venue. Pas Tamlin. Tamlin va bien. Vous savez, tous les poupons sont réalisés d'après un modèle de Kim et de Janet que j'ai fait quelques mois seulement après leur naissance. Tamlin était tellement fière d'elles. Elle leur avait même fabriqué des petites robes et des grenouillères assorties, jaune bouton d'or pour Kim et bleu layette pour Janny. C'étaient leurs couleurs, pour que Tamlin puisse les reconnaître. Kim était toujours plus turbulente, d'où le jaune. Janet était plus calme, moins exigeante, alors elle avait du bleu, vous voyez.

Il semblait parti dans le passé et parlait des malheureuses jumelles avec l'entrain d'un grand-père, sans penser aux treize années qui s'étaient écoulées. Bo avait l'impression d'essayer de poser des questions à un kaléidoscope. Dès qu'elle « voyait » Jasper Malcolm, qu'elle réussissait à percer l'enchaînement de ses idées, il changeait. Pourtant, il ne mentait pas. Pas tout à fait. Mais il ne révélait que des aspects très superficiels de l'histoire terrible de sa famille.

– Monsieur Malcolm, dit-elle, j'ai l'intention de découvrir ce qui est arrivé à Kimmy. J'ai l'intention de découvrir qui lui a infligé la blessure à la tête qui l'a privée de sa vie il y a des années et qui a fini par la tuer.

– Il vaudrait mieux que vous vous en absteniez, murmura-t-il, ses yeux bleu clair balayant la surface du visage de Bo avec une énergie soudaine. Je vous en prie, laissez-moi m'occuper de cela et vivez votre vie. C'est moi qui suis responsable, personne d'autre.

– Vous voulez dire que c'est vous qui l'avez agressée ? Que c'est vous...

– Non, déclara-t-il en avançant pour lui toucher la pommette avec le pouce de sa main droite. Je ne veux pas dire que j'ai fait du mal à qui que ce soit. Je n'ai fait de mal à personne.

Bo écarta avec irritation sa main de son visage. Le geste de l'homme n'était ni érotique ni même personnel. Il était simplement réfléchi, comme si son visage était celui d'une poupée inconnue.

– Vous ne m'aidez pas, monsieur Malcolm, dit-elle. Vous ne me dites rien de ce que j'ai besoin de savoir. Et vous ne proposez pas d'aider Janny, non plus. Elle a besoin de vous voir. Votre petit-fils Jeffrey a été pris en charge par les Lafferty, mais Janny a été abandonnée par ses parents et par vous-même, alors que vous êtes tous ici, à San Diego. Pourquoi, monsieur Malcolm ? Pourquoi est-ce que ça vous est complètement égal ?

La brutalité de ses paroles eut l'effet escompté. Le rouge de la colère vint empourprer le cou du vieil homme au-dessus de son col blanc, et il se mordit la lèvre inférieure avec des dents qui rappelèrent à Bo cet aspect qu'ont les vieilles perles. Une sagesse jaunie.

– Que savez-vous du mal, mademoiselle Bradley ? souffla-t-il. Ne répondez pas ; vous ne savez rien. Alors laissez-moi vous dire qu'il n'a pas de visage, qu'il existe simplement, et qu'on ne peut pas l'expliquer, pas plus qu'on ne peut le vaincre. Laissez-moi vous dire qu'une fois que le mal entre de façon certaine dans votre vie, une fois que vous *savez* à quel point il est pur et vous est étranger, vous devenez comme un aveugle, vous trébuchez sans cesse dans la nuit la plus noire, vous tendez les bras pour vous en protéger. La conscience claire de tout le reste s'efface, tout devient sans importance. Vous n'avez aucun droit de remettre ma conduite en question. Je ne le permettrai pas !

– Je remets votre conduite en question que vous le « permettiez » ou non, répondit Bo, les yeux grands ouverts et furieux. Et laissez-moi vous dire que Janny Malcolm n'est pas « sans importance », et que la peur n'aboutit à rien d'autre que nourrir le mal. À part cela, je n'ai pas la moindre idée de ce que vous voulez dire, d'ailleurs je m'en moque. Merci de m'avoir consacré votre temps, monsieur Malcolm. Je crains que le mien ne soit trop important pour que je le gaspille.

Dans le silence qui suivit, Bo sentit la haine dans une centaine de paires d'yeux en verre. Les têtes de poupées, sans corps et par conséquent immobiles même en imagination, paraissaient néanmoins courroucées. Elle avait insulté leur créateur. Elle s'efforça d'éviter de voir des représentations parallèles avec des têtes humaines et leurs dieux, mais en vain.

– Je vais vous raccompagner, déclara Jasper Malcolm.

Puis il ne dit plus rien pendant qu'ils retraversaient la vieille maison. À la porte, Bo lui tendit sa carte et prit Molly dans ses bras. Ce simple geste fit naître une inexplicable lueur de bonheur dans le visage du vieil homme.

– Et je vous serais reconnaissant de dire à Mme Aldenhoven que je l'inclus toujours dans mes prières, dit-il doucement avant de refermer la porte.

Bo préféra ne pas entendre cette remarque avant d'avoir rejoint la sécurité de son Pathfinder et quitté Golden Hill. Lorsque enfin elle y réfléchit, elle la trouva obscure. Il était clair qu'il avait rencontré Madge au cours de la première enquête, mais à ce moment-là, il avait également rencontré Mary Mandeer, et il n'avait pas parlé d'elle. Et pourquoi dans ses « prières » ? Quelque chose dans ce mot suggérait soit une nostalgie soit une insulte codée, pourtant ni l'une ni l'autre n'était compréhensible.

– Mais nous allons transmettre cela à Madge et voir comment elle réagit, annonça Bo à Molly en se dirigeant vers l'adresse du centre de San Diego où habitait Beryl, la sœur de la mère de Janny.

C'était une maison qui faisait partie des nombreux pavillons Craftsman du quartier, et elle était située dans une rue calme près du vaste complexe médical dépendant de l'Université de Californie à San Diego, dans le quartier connu sous le nom de Hillcrest. Bo remarqua avec approbation les longs avant-toits qui abritaient les fenêtres latérales et une agréable véranda face à la rue. Elle remarqua qu'il y avait des géraniums blancs partout. Des rangées de géraniums dans des pots en plastique vert, tous identiques, étaient alignées avec précision sur le sol de la véranda, là où il rejoignait le mur de la maison. Mais au lieu d'instaurer une atmosphère accueillante, les fleurs paraissaient dresser une barrière. Bo se demanda où, dans la littérature classique, les géraniums avaient été utilisés pour garder, et pour garder quoi. Ils avaient cette signification mythologique, ils pouvaient même se changer en serpents si on connaissait la parole magique. Elle laissa Molly dans la voiture et dut s'avouer qu'elle était sérieusement fatiguée tandis qu'elle s'avançait vers la maison, où elle sonna.

– C'est pour quoi ? prononça une voix féminine voilée derrière la porte.

– Je suis Bo Bradley, des Services de Protection de l'Enfance. Je voudrais parler à Beryl Malcolm.

La femme qui lui ouvrit était petite et avait la peau la plus délicate qu'elle eût jamais vue. Un teint de pêche, crémeux et soutenu, qui avait un éclat mat du visage jusqu'aux bras que laissait voir une robe d'intérieur à carreaux beiges et blancs fermée sur le devant par des boutons-pressions en nacre. Mais le tissu éponge blanc des mules qu'elle avait aux pieds était tendu et avachi sous l'importance de son poids, que Bo évalua à cent dix kilos, au moins. Dans l'encadrement de la porte, elle ressemblait à un boulet de démolition dalinien, un boulet mou. Dans cette masse, des yeux bleu clair regardaient Bo sans trahir le moindre intérêt.

– Je suis Beryl Malcolm, dit-elle. Entrez, je vous en prie.

Bo posa le pied sur une moquette où elle enfonça jusqu'à la cheville, d'un beige si pâle qu'il frôlait le blanc. Il n'y avait pas d'animaux, c'était évident. Et peu de passage. La moquette se déroulait d'un mur à l'autre, immaculée, ponctuée d'un faux canapé Queen Anne et d'une bergère à oreilles, respectivement recouverts de velours crème et de brocart à rayures blanches ton sur ton. À côté de Beryl Malcolm, les meubles paraissaient miniatures, destinés à une maison de poupée.

Ou à un décor de théâtre, Bradley. Parce que c'est bien de ça qu'il s'agit. Fait pour la représentation. Jamais utilisé.

Bo s'assit avec précaution sur la bergère et lança un regard vers les objets posés sur la table basse en faux marbre blanc. Un livre d'art sur les œufs Fabergé. Une bonbonnière en cristal Waterford, vide. Et trois numéros de magazine de jardinage au papier glacé, celui de dessus remontant à trois ans.

– Ah, ma tante de Boston était abonnée à ça, dans le temps, fit-elle en mentant avec ardeur. Vous jardinez ?

– Pas beaucoup, répondit Beryl Malcolm en se posant sur le canapé comme s'il risquait de glisser pour s'éloigner d'elle. Qu'est-ce qui vous amène ici, mademoiselle Bradley ? Je suppose que c'est au sujet de ma nièce Janet.

Elle prononça ces paroles d'un ton résigné. Cette femme lui opposait l'attitude du parent qui endure depuis longtemps un adolescent rebelle et atteint les limites de l'épuisement. Cependant, il n'y avait eu aucun contact entre la tante et la nièce depuis des années, du moins, pas à la connaissance de Bo. Janny n'avait pas parlé de sa tante, elle ne semblait pas savoir que cette femme existait.

– Elle a des problèmes, confirma Bo en gardant un ton neutre. En fait, Janny est en traitement dans un hôpital psychatrique. L'assistante sociale qui la suit au service des placements ne vous a pas contactée ?

– Je suis infirme, articula Beryl Malcolm en gémissant doucement et en repoussant de fins cheveux châtains derrière son oreille droite.

Bo regarda la femme prendre une serviette en papier déjà utilisée dans la poche de sa robe d'intérieur et la pétrir violemment d'une main tremblante.

– J'ai essayé de m'occuper de ma nièce juste après ce qui s'est passé, mais je n'y arrivais pas. Nous sommes obligés de penser à nous d'abord, vous savez.

Bo écouta cette série de déclarations.

– Nous ? demanda-t-elle.

– Les victimes, répondit Beryl Malcolm. Janet est une victime, elle aussi, bien sûr, mais je suis désolée, j'étais dans l'incapacité de l'aider. Et je suis dans l'incapacité de l'aider mantenant. Il vaut mieux que je n'aie aucun contact avec tout ce qui peut me rappeler ce qui s'est passé. Mon groupe de soutien psychologique est très clair là-dessus.

– Faites-vous allusion à l'incident au cours duquel Kimmy a subi un traumatisme crânien ?

Beryl Malcolm regarda ses pieds, puis elle se tourna vers Bo. Dans ses yeux se lisait un mélange d'irritabilité et d'ennui absolu, comme si la réponse à cette question était connue de l'univers entier.

– Non, je veux parler de l'agresssion que moi, j'ai subie, dit-elle. Mon père m'a incestée depuis l'âge de cinq ans jusqu'à mon douzième anniversaire. C'est sûrement écrit dans le dossier de Janet, c'est ce qui explique que je ne peux rien avoir à faire avec aucun d'entre eux. C'est trop douloureux. Mais si elle a besoin de quelque chose, je peux vous donner un peu d'argent. Pour des vêtements, ou autre. Je vais aller chercher mon sac.

Bo ne manifesta aucune réaction en dépit de l'utilisation discordante du substantif « inceste » sous une forme verbale, et se contenta de regarder cette femme monumentale pousser sur ses mains pour se lever, puis se diriger avec une agilité étonnante jusqu'à une porte en bois coulissante au fond du grand salon. Par l'ouverture, Bo aperçut une cafetière électrique, le dos d'une chaise de cuisine démodée, en plastique rembourré, couleur jaune irisé. L'air qui vint balayer son visage, chassé par la fermeture de la porte, avait une légère odeur de pizza moisie.

Et la situation venait de se compliquer. Si Beryl avait effectivement été la victime d'abus sexuels de la part de Jasper Malcolm quand elle était petite, alors la manière dont l'affaire avait été traitée devenait cohérente. Du moins en partie. Deux filles traumatisées par la mort de leur mère, puis victimes de violences sexuelles de la part de leur père, deux personnalités gravement perturbées. Tamlin, la plus jeune, avait dû subir le même sort. Les pères incestueux limitent rarement leurs désirs sexuels maladifs à un seul enfant.

Devenue jeune adulte, Tamlin avait dû choisir un autre homme violent comme compagnon, n'ayant pas suivi plusieurs années de thérapie. Si cet homme était Rick Lafferty, son absence du domicile familial la nuit de l'incident fatal était peut-être le résultat d'une injonction judiciaire. Cela n'avait rien d'inhabituel, c'était la procédure courante quand nécessaire. Et cela aurait conduit Tamlin, une jeune femme mal structurée et dépendante, à rester seule avec trois enfants en bas âge très exigeants. Elle avait peut-être craqué. Cette éventualité n'était pas mince, pensa Bo.

– Est-ce que vingt dollars, ça suffira ? demanda Beryl d'un ton désagréable en refermant la porte de la cuisine derrière elle. Je vis de mes allocations de retraite et d'invalidité. Je n'ai pas grand-chose.

– C'est très gentil, mais je ne suis pas venue vous demander d'argent, lui dit Bo en se demandant ce qu'elle devait faire maintenant.

Elle était choquée par l'information concernant le traitement infligé par Jasper Malcolm à sa fille aînée, en dépit du fait qu'elle travaillait quotidiennement sur ce genre d'informations. Le fabricant de poupées ne lui avait pas donné l'impression d'être pédophile, mais de toute façon, peu de pédophiles donnaient l'impression d'être ce qu'ils étaient. Se fier à l'apparence des gens était invariablement une erreur, elle le savait bien.

L'imposante femme toucha du doigt un vase en verre rose et vert qui détonnait, unique objet posé sur le manteau de la cheminée, tout en maintenant contre elle une mallette en paille tachée. Elle transpirait après son excursion à la cuisine, sa respiration était légèrement sifflante. Bo sentit ses propres poumons manquer d'air. C'était comme si Beryl Malcolm absorbait tout l'oxygène disponible dans la pièce.

Ouais, et pis tu vois, elle est comme les chats, murmura la voix familière de sa grand-mère décédée depuis si longtemps. *Les chats qui volent le souffle de vie des bébés.*

Bo connaissait bien ce conte irlandais. Celui qui avertissait les mères, leur disant de prendre garde aux chats qui allaient dévorer les âmes dans les berceaux, la moustache immobile tandis qu'ils respiraient le souffle du bébé, avec son odeur de lait, jusqu'à ce qu'il n'y ait plus de souffle. À ceci près, réfléchit Bo, que d'après Beryl, c'était Jasper Malcolm qui était le chat. Pas cette fille obèse et névrosée, avec ses yeux aigue-marine larmoyants. Cela ne sonnait pas juste.

– Alors, qu'est-ce que vous voulez ? demanda la femme.

– Je veux aider Janny, madame Malcolm. Elle a besoin de sa famille, de soutien, de savoir la vérité sur son passé, d'une identité. Si elle n'a rien de tout cela, elle ne pourra peut-être pas traverser l'adolescence en restant saine d'esprit, même si elle n'a pas vraiment de maladie mentale. Le système social va lui en trouver une de toute manière, et ensuite la remiser quelque part en attendant qu'elle se conforme à ce diagnostic.

– Moi, je ne peux rien faire pour elle, mademoiselle Bradley. Vous pouvez sûrement comprendre ça, il faut que je pense à moi. Vous vous occupez de victimes d'incestes, non ? Vous savez que nous devons nous protéger à tout prix.

– Hum, répondit Bo en se levant. Merci de m'avoir reçue.

Une fois dans son Pathfinder, elle donna un biscuit pour chiens à Molly et fronça les sourcils en regardant l'armée hostile de géraniums blancs sur la véranda de Beryl Malcolm.

– Non, je ne peux pas comprendre ça, pas du tout, dit-elle à voix basse entre ses dents serrées. Je commence à comprendre ce qui s'est passé il y a treize ans, mais je ne comprends pas ce qui se passe maintenant. Je ne comprends pas comment on peut tout simplement oublier Janny.

Sur la véranda, les géraniums paraissaient se hérisser

comme des fox-terriers en pot, gardant un trésor tellement ancien qu'il était trop détérioré pour avoir encore la moindre valeur. Comme un coffre de pirate plein de napperons en papier déchirés. Ou un coffre de banque bourré de titres de propriété de mines depuis longtemps éboulées. Beryl Malcolm avait érigé une barrière de fleurs autour du néant.

18

Sur le trajet qui la ramenait chez elle, Bo reconstruisit mentalement une nuit, dans un passé écoulé depuis treize ans, où la vie de deux petites filles avait été irrémédiablement saccagée. Elle n'avait pas besoin de voir le dossier pour imaginer ce qui avait pu se passer. Tamlin Lafferty s'était séparée du mari dont elle devait être totalement dépendante, une séparation peut-être ordonnée par le tribunal dans le but de les protéger, elle et ses enfants, contre la violence de l'homme. Tamlin seule avec la responsabilité de trois jeunes enfants, la maison encombrée de jouets, *Rue Sésame* qui hurlait à la télé, de la confiture de raisin tombée sur le plan de travail de la cuisine attirant les fourmis. Tamlin pouvait très bien être à bout quand elle s'était écroulée dans son lit ce soir-là, elle avait sans doute besoin d'être dans les bras de son mari. Et elle en voulait aux enfants car c'était pour leur protection qu'on avait exigé son départ.

Tamlin avait peut-être bu quelques verres ce soir-là, pensa Bo, ou pris un tranquillisant prescrit par le médecin pour l'aider à surmonter ses difficultés. Elle avait peut-être fumé un peu de marijuana pour essayer de se calmer et n'était parvenue qu'à augmenter son envie de sucre et de sexe. Mais quel que soit le substitut chimique qu'elle avait essayé, les effets s'étaient dissipés au bout de quelques heures, quand l'une des jumelles s'était réveillée en hurlant en pleine nuit, cognant son petit lit contre le mur parce qu'elle se balançait en s'agrippant aux montants à barreaux. Ç'avait dû être Kimmy, pensa Bo avec un frisson. Jasper Malcolm avait dit que Kimmy était la plus « turbulente ».

Et ses cris exigeants avaient dû réveiller Janny, qui dormait à côté. La jumelle habituellement calme, déconcertée et tirée de son sommeil, qui avait dû ajouter ses pleurs et ses gémissements au vacarme. Tamlin avait dû se réveiller, le cœur au bord des lèvres et migraineuse, incapable de contrôler le tremblement de ses bras. Dans le noir, pas complètement réveillée mais totalement désespérée, Tamlin avait pu…

Là, Bo s'arrêta. C'était le pire des scénarios, quelque chose d'inconcevable. Ce schéma de comportement était typique chez les mères perturbées et immatures qui se débattaient seules, sans le soutien de femmes de la famille pour leur enseigner comment éduquer les enfants, leur procurer un certain répit, arriver et prendre les choses en main quand la situation menaçait de devenir incontrôlable. Tous les travailleurs sociaux voyaient ce schéma chaque jour quand ils partaient enquêter sur des contusions, des cas de malnutrition, des abandons. Mais ce schéma allait rarement jusqu'à la violence et la mort.

« Une chute de deux étages sur l'arête d'un bloc de ciment », indiquait le rapport médical comme cause de la blessure que portait Kimmy à la tête. Une longue chute, hormis qu'il n'y avait aucun endroit d'où il était possible de faire une chute de deux étages dans le pavillon de Mission Beach. Un coup violent, alors, imagina Bo avec dégoût. Tamlin s'était-elle emparée d'un objet, un livre, quelque chose de lourd avec un côté à bord vif, et s'en était-elle servie pour frapper

Kimmy ? La force du coup suggérait que l'objet avait été utilisé avec élan, comme une batte de base-ball. Un goût de bile dans le fond de sa gorge alerta Bo : elle devait arrêter de suivre ce type de raisonnement, sinon elle allait vomir.

Près d'elle, sur le siège, Molly leva une de ses petites pattes douces qu'elle posa au creux du coude de sa maîtresse. Malgré son très jeune âge, le petit teckel commençait déjà à démontrer les aptitudes à l'empathie qui distinguent les chiens de toutes les autres créatures.

Bo caressa la petite patte de la main gauche.

– Ça va, Molly. Tu es mignonne, dit-elle, ce qui fit apparaître une sorte de sourire sur les lèvres noires de la petite chienne.

Bo décida de ne plus penser à Kimmy Malcolm de la soirée. Mais que faire des autres morceaux du puzzle ? Les événements les plus dramatiques se mettaient en place, mais il restait des faits encore inexpliqués. Pourquoi Tamlin avait-elle changé le nom de famille de ses jumelles pour leur donner son nom de jeune fille alors qu'elle était encore mariée avec leur père ? Mais Rick Lafferty était-il bien leur père ? Le dossier de Pete Cullen ne comportait aucune référence à un homme autre que son mari dans sa vie, or Bo était certaine que Cullen l'aurait envisagé.

Le rôle de Madge dans ce drame demeurait également inexplicable, pensa-t-elle en tournant pour quitter l'I-8 à son terminus, qui était également celui du continent. Elle rejoignit la circulation ralentie de Sunset Cliffs Boulevard. À sa droite, la plage en hiver était pratiquement déserte, enluminée par le faible soleil de fin d'après-midi. Elle était chez elle. Mais des aspects de l'affaire semblaient suspendus au-dessus des collines de sable et de quelques rares personnes armées d'un détecteur de métal.

Si les événements du passé de Janny Malcolm étaient aussi conformes à un schéma sinistre qu'ils paraissaient l'être, pourquoi Madge Aldenhoven avait-elle pris le risque atypique de sortir le dossier des bureaux à seule fin d'empêcher Bo d'en prendre connaissance ? Et pourquoi le superflic qu'était Pete Cullen n'avait-il pas amassé suffisamment de preuves pour obtenir la mise en accusation de Tamlin Lafferty ?

Jasper Malcolm, lui aussi, restait une énigme. Habituée à croire même les plus invraisemblables allégations d'abus sexuel dont faisaient état les enfants jusqu'à ce que l'on ait prouvé qu'elles étaient fausses, Bo avait accepté l'histoire de Beryl Malcolm sans douter une seconde. Si ce n'était, se souvint-elle, que Beryl Malcolm n'était pas une enfant. Y avait-il eu une enquête relative aux accusations portées contre son père ? Pourquoi Beryl prétendrait-elle être victime d'un inceste si, en fait, ce n'était pas vrai ? Et si ce n'était pas vrai, se dit Bo, toute l'affaire paraissait à nouveau totalement incompréhensible.

C'était la pierre angulaire : le fait que Jasper Malcolm ait abusé de ses enfants. À partir de cc fait répugnant, les autres s'enchaînaient pour aboutir au cas de figure que tous les travailleurs sociaux connaissaient bien. Des enfants devenus des adultes tellement perturbés qu'ils ne pourraient jamais fonctionner vraiment comme des adultes sans une thérapie approfondie. La maltraitance se répétait, mais pas nécessairement sous la même forme, chez la génération suivante. Et il y avait cet étonnant et étrange narcissisme, tellement évident dans la dévotion que Beryl se vouait à elle-même en tant que « victime ».

Bo n'allait évidemment pas juger Beryl Malcolm. Elle-même n'avait pas connu le moindre mauvais traitement dans son enfance. Pourtant, en dépit de toute la formation qu'elle avait reçue sur le sujet, elle reconnut qu'à force de s'apitoyer sur elle-même et d'être uniquement centrée sur son cas, cette femme lui avait paru franchement casse-pieds.

– En fait, j'ai eu envie de lui balancer un coup de poing en pleine figure, avoua-t-elle à Molly

Prononcer ces mots à voix haute la soulagea. L'excès de gentillesse que doit montrer le travailleur social lui donnait l'impression de nager dans du velouté de poulet. Elle vit dans l'œil chocolat du teckel une grande tolérance et un rappel que le dîner allait bientôt être une question urgente.

– Nous sommes presque arrivées, tu peux avoir de la dinde et du foie ou des morceaux de bœuf. Après, il faudra que je nettoie l'appartement pour demain.

Cette perspective n'était pas des plus réjouissantes. Bo se gara dans Naragansett, derrière une vieille Mercedes bleu pâle, puis elle s'étira. Elle était fatiguée, ce qui pouvait devenir dangereux. Trop de tension, pas assez de sommeil : des symptômes de phase maniaque pouvaient émerger, malgré les médicaments chargés de les contenir. Elle pouvait parler trop vite à la soirée, demain, avoir une attitude trop séductrice avec Andy, ou, pire, avec quelqu'un d'autre. Elle pouvait le mettre dans l'embarras, irriter ses amis, effrayer Teless. Tout le monde partirait tôt, ils auraient un sourire nerveux en la remerciant pour cette merveilleuse soirée. Ils échangeraient des regards de connivence, et ils partiraient. Elle se rappela d'autres occasions douloureuses où les gens avaient été mal à l'aise à cause de ses bêtises, et étaient partis en masse.

– Oh et puis, tant pis pour l'appartement, déclara-t-elle à l'un des sans-abri qui reluquait le capot du Pathfinder d'où émanait la chaleur du moteur. Je vais me coucher.

– C'est ça, dit l'homme à travers ses dents marron, avant de s'appuyer confortablement contre le métal chaud.

De la rue, Bo n'avait pas remarqué la lumière qui éclairait la fenêtre de sa cuisine, et elle fut surprise en ouvrant la porte de son appartement d'entendre un air de rap et de sentir une odeur qui lui fit venir l'eau à la bouche. Des biscuits cuits au four, et quelque chose avec du poulet qui mijotait sur le feu.

– *Sha !* lança Teless Babineaux pour l'accueillir.

Puis elle arrêta son abominable musique et se pencha pour caresser Molly.

– *Nonk* Andy m'a donné la clef et m'a déposée pour que j'aide à préparer la soirée. Il dit qu'il faut pas que tu sois trop fatiguée. Alors j'ai fait le ménage et je t'ai préparé à manger. Du poulet et des boulettes de pâte. Mais j'ai pas trouvé d'*ouvkang* pour les petits pois. C'est bon, les petits pois, avec les boulettes.

Abasourdie, Bo considéra son appartement rutilant, puis elle concentra son attention sur une énorme boîte de petits pois qui avait des airs de propriétaire sur le comptoir impeccable de sa cuisine. « Ouvkang » voulait forcément dire « ouvre-boîte » en cajun, supposa-t-elle. Et l'absence de cet objet dans son tiroir à ustensiles de cuisine était un bienfait de la providence. Après le poisson cru, les petits pois en conserve étaient ce que Bo détestait le plus. De fait, c'était sûrement ce qu'on servait quotidiennement, froids, dans sa vision personnelle de l'enfer. Sa vision personnelle de l'enfer avait *l'odeur* des petits pois en conserve. Cela avait un rapport avec l'agencement maniaque de son cerveau, cette tendance à assigner un sens totalement allégorique à certaines odeurs.

Teless sourit, dans l'expectative. En toute bonne santé. En toute *jeunesse*, pensa Bo en souriant.

– J'ai bien peur de ne pas avoir d'« ouvkang », et de toute façon, ma religion m'interdit de manger des petits pois en conserve, fit-elle avec un large sourire. Mais je meurs de faim et tu es une sainte ! Mon appartement n'a littéralement jamais été aussi propre, Teless. Vraiment, merci beaucoup. Mais comment puis-je te dédommager pour tout ce travail ?

Les grands yeux bleus étaient sans prétention.

– Je voudrais emprunter ta voiture pour aller voir Janny, répondit Teless. Je lui ai parlé aujourd'hui, par téléphone. Elle aime bien les histoires de fantômes que je raconte, comme hier soir à l'hôpital. J'ai mon permis, moi. Et pis, il faut que tu te reposes.

Bo réfléchit à cette demande. Janny avait effectivement paru trouver du plaisir à écouter Teless qui enchaînait les histoires, alors qu'elle-même et son collègue Rombo Perry en avaient eu des frissons. Des ponts hantés dans le bayou, des lumières qui dansaient dans des cimetières datant d'avant la guerre de Sécession, des mariées qui disparaissaient dans de beaux jardins comme des serviettes en papier balayées par le vent. Mais au lieu de troubler Janny, ces histoires l'avaient rassurée. « Teless est son égale, une adolescente comme elle, avait conjecturé Rombo. Peut-être qu'entendre raconter par quelqu'un de son âge des histoires de fantômes dans la tradition du Sud, comme si c'étaient des histoires vécues, ça lui donne une trame pour comprendre les choses inexplicables qui lui font peur. Franchement, Teless lui fait du bien, à Janny. »

– Je vais appeler Rombo et lui demander s'il est d'accord, répondit Bo.

– C'est déjà fait. Il a dit qu'il y avait pas de problème. Et *Nonk* viendra me retrouver là-bas, il me suivra jusqu'ici pour qu'on te ramène ta voiture. Après on rentrera à la maison, *sha*. Toi, tu manges et tu vas te coucher. Ce soir, je vais lui raconter des histoires de *roogaroos*, à Janny.

– Qu'est-ce que c'est, un roogaroo ? demanda Bo en remplissant un large bol en grès de poulet et de boulettes de pâte, avant de beurrer deux biscuits.

Teless avait déjà mis une assiette de poulet et de bouillon à refroidir pour Molly, qui exprima son bonheur en remuant la queue.

– Personne en sait rien, répondit la jeune fille. *Roogaroo*, c'est quand il se passe des choses bizarres, comme du bruit la nuit qui vient de nulle part.

– Ça me paraît tout à fait indiqué, reconnut Bo en fouillant dans son réfrigérateur pour y trouver de la confiture. Vas-y. Il y a un double de la clef accroché à un aimant sur le frigo. Dis-moi, Teless ?

– Ouais.

Bo feignit de s'intéresser à l'étiquette d'un pot de gelée de fraise à l'ancienne tout en se réinstallant sur un tabouret de bar au comptoir.

– On dirait que tu t'amuses bien ici, et pourtant ton copain, ton chéri que tu veux épouser, va se retrouver en prison d'un jour à l'autre.

Du coin de l'œil, elle vit la jeune fille rougir et parvenir à lui faire un sourire coupable.

– Robby Landry et moi, on est amis depuis tout petits, mais c'est pas mon chéri, expliqua-t-elle. Il savait que j'avais très envie de partir de là-bas, d'aller *quelque part*. On a toujours eu le projet d'essayer de se débrouiller seuls, de partir ensemble quand on aurait terminé nos études secondaires, de faire le plein d'essence dans son vieux camion et de tailler la route, voir le monde.

– Mais vous avez grandi et Robby a commencé à avoir des ennuis, c'est ça ?

– Ouais, de gros ennuis, reconnut Teless en fronçant les sourcils. Il écoutait personne, même pas moi. Alors, la dernière fois, quand on a compris qu'il irait nulle part avant longtemps, on a combiné ce plan. Dire à tout le monde qu'on allait se marier avant qu'il aille en prison, tu vois ? Il est même allé à Lafayette pour essayer d'avoir une licence de mariage, pour faire peur à ma famille. Que tout le monde sache bien ce qu'il faisait. Tu sais ce qu'il a dit ?

– Quoi ? demanda Bo en mangeant une succulente boulette.

– Il a dit que c'était notre dernière chance de réaliser notre projet ensemble, de partir. Il a dit qu'il fallait que je parte pour nous deux, maintenant, et que pour y arriver, il fallait qu'on se serve de lui.

Bo hocha la tête.

– Futé.

– Ouais, *sha*, ça a marché ! Ma *nanaan* a flippé et elle a payé le voyage pour m'envoyer ici. J'ai toujours voulu venir ici. Tu trouves que c'est mal, ce qu'on a fait, Robby et moi ?

Bo avala sa dernière bouchée de biscuit. Les ados avaient une effroyable tendance à poser des questions difficiles, songea-t-elle. Et à attendre des réponses.

– Ce n'est jamais bien de tromper quelqu'un qui t'aime, répondit-elle avec prudence. Jamais. Mais parfois, ça se produit quand même. Le problème c'est, comment vas-tu régler ça ?

Teless regarda son poing gauche d'un air sombre.

– Tu penses que je devrais tout dire à ma *nanaan* ?

– Et toi, qu'est-ce que tu en penses, Teless ?

– Je pense que je devrais lui dire, soupira la jeune fille. Et je pense que je devrais lui rembourser l'argent qu'elle a dépensé pour le trajet en car. Seulement, comment je peux faire ?

– Une chose à la fois, Teless. Réfléchis-y et va jusqu'au bout. Maintenant, file, sinon tu vas manquer les heures de visite à l'hôpital, et dis bonjour à Janny de ma part.

L'adolescente partie, l'appartement parut plus calme. Il menaçait moins d'exploser sous l'influence de toute cette énergie libérée. Après une dernière promenade avec Molly, elle mit sa radio portable sur NPR dans la salle de bains et alluma une bougie parfumée aux baies de laurier qu'elle posa sur le bord de la baignoire. Il y avait une émission spécial Noël élaborée par une journaliste locale, Margo Simon. Des interviews de fabricants de jouets de San Diego, avec des intermèdes de musique classique pour enfants. Bo se glissa dans l'eau fumante au moment où Simon concluait une conversation instructive avec un homme qui fabriquait des kaléidoscopes à partir de fragments de verre trouvés sur la plage, et la faisait suivre d'extraits de *Casse-Noisette*. Bo dirigea « La Danse de la Fée Sugar Plum » avec un gratte-dos à long manche, puis elle sentit ses oreilles se plaquer contre son crâne quand elle entendit le nom de la prochaine personne qui allait être interrogée.

– Jasper Malcolm a fait la joie de générations d'enfants avec ses poupons aux magnifiques têtes en biscuit, mais des rumeurs disent que la poupée de cette année, Johanna, qui a remporté un prix, pourrait être la dernière. L'interview qui nous a été accordée par téléphone et enregistrée il y a quelques heures seulement semble épaissir le mystère qui entoure cet artiste local solitaire.

Bo écouta la voix cultivée qu'elle connaissait maintenant, quand Jasper Malcolm confirma que la fin de sa carrière était effectivement en vue. Mais il laissa entendre qu'il pourrait y avoir encore une poupée. Son chef-d'œuvre. Si seulement il pouvait achever le prototype à temps. Ne tenant visiblement pas à lui faire expliciter la possibilité d'une maladie en phase terminale pendant une émission de Noël destinée aux enfants, Margo Simon n'insista pas. Mais Bo n'en resta pas là.

Le vieil artisan était-il malade ? Ou ses paroles reflétaient-elles un destin d'une autre origine qui le menaçait ? Quel sens la mort de Kimmy avait-elle pour lui ? La lucrative série de poupées avait eu pour modèles Kimmy et Janny, lui avait-il dit. Treize poupons qui recréaient éternellement deux visages de bébés qui n'existaient plus. L'une était devenue une adolescente en proie à la terreur, l'autre était morte. Les poupées allaient-elles atteindre leur fin avec la mort de Kimmy ? Mais Jasper Malcolm avait dit qu'il y en aurait encore une, s'il pouvait l'achever à temps. Peut-être cette dernière poupée serait-elle Janny, pensa Bo. Une ravissante poupée qui prendrait la forme d'une jeune demoiselle en velours et dentelle. Une enfant pétrifiée par le temps, désormais autorisée à grandir.

L'émission s'acheva sur *Serenade for the Doll* de Debussy, écrite pour la fille du compositeur, Claude-Emma, pendant la première décennie du siècle qui se terminait. Bo s'étira dans l'eau du bain qui tiédissait. Au bout du compte, songea-t-elle, tous ceux qui avaient un rapport avec cette étrange affaire, y compris Bo

Bradley, finiraient par disparaître. Mais certaines des poupées de Jasper Malcolm, tout comme la musique de Debussy, continueraient d'exister. C'était une pensée troublante. Bo la remisa pour plus tard et se dirigea, tout ensommeillée, vers ses draps imprimés de rennes, quand son intention fut interrompue par la sonnerie du téléphone.

C'est probablement Andy, pensa-t-elle, qui appelle pour confirmer qu'il a bien retrouvé Teless et qu'il ramènera le Pathfinder. Mais la voix qu'elle entendit au bout du fil n'était pas celle d'Andrew LaMarche.

– Madame Bradley, déclara solennellement Jasper Malcolm, je présume que vous avez parlé à ma fille Beryl.

– Effectivement, acquiesça Bo.

Quelque chose dans la voix du vieil homme lui fit penser à des souris, aux *petits cris* de souris dans le noir d'un placard où l'on a déposé des pièges munis d'appâts.

– Et elle vous a dit que j'ai abusé d'elle sexuellement depuis l'âge de cinq ans jusqu'au début de son adolescence.

– Oui.

– Est-ce que vous l'avez crue ?

– Au début, je l'ai crue, monsieur Malcolm. Ensuite, je me suis posé des questions. Pourquoi me demandez-vous cela ?

– Il est de la plus haute importance pour moi que vous connaissiez la vérité, madame Bradley. J'ai plusieurs raisons pour cela, mais je vous en prie, considérez comme suffisant que cela m'importe. Je n'ai infligé aucun mauvais traitement, ni sexuel ni d'une quelconque autre sorte, pas plus à Beryl qu'à Tamlin ni à aucun autre enfant. Le mal frappe sans retenue, et aveuglément. Je ne suis pas moins sa victime que la pauvre Kimmy suppliciée ou que sa sœur, que vous défendez avec tant de vaillance. Je vous demande de me croire.

Bo tambourina des doigts sur le comptoir.

– Pourquoi vous croirais-je ?

– Et pourquoi pas ? contra-t-il. Au revoir, madame Bradley. Et merci de l'aide que vous apportez à Janny.

– Je n'ai pas…, commença Bo, mais il avait raccroché. Bizarre, dit-elle à Molly déjà allongée sur le dos dans son lit en peau de mouton. Très bizarre.

Pendant la nuit, Bo rêva de Goblin Market en flammes, et de ses enfants-vampires volant au-dessus de la mer avec des ailes enfumées. Elle se réveilla un bref instant, pensa réellement qu'elle sentait les panneaux fibreux calcinés des fausses tourelles du club, mais l'odeur fut vite noyée dans le sommeil.

19

Les draps aux rennes sentaient Noël, remarqua Bo en se réveillant avec la lumière du soleil. Une odeur fraîche, une odeur de pins. En tout cas, quelque chose sentait ça. Et quelque chose arpentait son balcon. Un homme grand, sans hanches, portant un jean, des chaussures de randonnée, et une veste en toile épaisse. Pendant que, dans son demi-sommeil, elle regardait par la porte-fenêtre, elle le vit secouer un sapin de près de deux mètres pour qu'il déploie ses branches, puis l'appuyer contre la rambarde.

– Comme je suis arrivé tôt, j'ai escaladé et je l'ai hissé par là, dit-il en désignant un tas de cordes qui jonchait le plancher en séquoia. J'aurais pas pu le passer par l'escalier et par l'intérieur, de toute façon.

L'effort qui avait été nécessaire pour expliquer sa présence parut l'épuiser.

– Il est huit heures de matin. Vous devez être Pete Cullen, dit Bo.

– C'est ça.

Sa réaction semblait indiquer qu'il venait de l'autoriser à lui donner un nom et que ce nom lui convenait, même si, en général, les noms étaient superflus et inutiles. Au-dessus de son col de veste en velours côtelé marron, elle remarqua la mâchoire large, les joues qui commençaient à se relâcher, les dents différentes qui trahissaient une prothèse adjointe partielle, et les yeux bleus pleins d'intelligence et de gravité. Du moins l'un des deux yeux était ainsi. L'autre, le gauche, était synchronisé sur son homologue et le suivait, le regard trouble sous le voile de la cécité.

– Qu'est-ce qui est arrivé à votre œil ? demanda-t-elle.

– Bousillé par un type, gronda Cullen en donnant l'impression que toute demande de paroles supplémentaires pouvait l'énerver assez pour qu'il démolisse le balcon en bois.

– Je vais m'habiller et faire du café, Cullen. Je vous ouvre dans une minute.

Elle enfila un jean et un sweat-shirt vert avant de s'adresser à Molly.

– Il y a un type gigantesque et un arbre sur le balcon, lui fit-elle remarquer. Tu es censée savoir ce genre de choses, aboyer, garder. La nature même du chien est d'aboyer et de garder.

Molly étira ses pattes courtaudes et trottina jusqu'à la porte-fenêtre.

– *Wouah*, fit-elle, puis elle remua la queue quand Cullen s'accroupit pour lui présenter sa main de l'autre côté du fin grillage de la porte moustiquaire.

Bo se dit qu'à elle seule, sa main aurait pu constituer le repas de deux teckels adultes, ou nourrir plusieurs générations de coléoptères carnivores. Bizarre, cette pensée. Imposant, ce type.

– Le sapin est magnifique, mais il ne rentrera jamais dans l'appartement, lui dit-elle en ouvrant la porte-fenêtre du coin repas.

– Ben non, répondit-il.

Bo fit du café et attacha la laisse de Molly à son collier.

– Dans ce cas, j'imagine que vous allez l'installer sur le balcon. Super idée. Pendant que je promène la chienne, vous pourriez enlever quelques-unes des branches du bas et les attacher entre elles pour faire des couronnes qu'on mettra à l'intérieur, qu'en dites-vous ? Il y a du fil de fer dans le tiroir sous la cafetière. Vous n'êtes pas obligé de parler, d'accord ?

Cullen hocha la tête en considérant la tâche qui l'attendait.

Lorsque Bo revint vingt minutes plus tard, il y avait une couronne et des branches de sapin sur la porte d'entrée, autour du miroir de la salle de bains et sur la rambarde. L'arbre était bien droit dans un seau d'eau, maintenu par trois planches clouées en triangle. Pete Cullen paraissait satisfait, même s'il était difficile de l'affirmer. Mais Bo se dit que ses lèvres serrées de manière légèrement moins austère suggéraient malgré tout un embryon de sourire.

– Tout est vraiment super, lui dit-elle. Merci. J'espère que vous pourrez venir ce soir, Pete. C'est à sept heures. Tenez, voici mon badge des SPE. Est-ce qu'on peut parler de l'affaire Malcolm maintenant ?

– Quel rôle jouez-vous dans cette affaire ? demanda Cullen qui renversa une paire de bougeoirs en bois posés sur la table basse lorsqu'il essaya de croiser ses longues jambes en s'enfonçant dans le canapé de Bo.

– Kimmy Malcolm est morte mercredi soir, commença-t-elle. Sa sœur jumelle, Janny, qui ne se souvient pas d'elle, se trouvait dans un club gothique sur la plage au moment du décès. Elle avait avec elle une vieille poupée dont elle pense qu'elle s'appelle Kimmy. Elle s'est retrouvée en état de choc. Depuis, elle a des difficultés de plus en plus inquiétantes, et elle est terrorisée car elle croit que quelqu'un va venir lui faire du mal. Elle est à l'hôpital psychiatrique pour l'instant.

L'œil valide de Cullen démontra son intérêt lorsqu'elle dit « quelqu'un va venir lui faire du mal ».

– Je suis allée vérifier l'état de la colline derrière la maison de la famille où elle a été placée, continua Bo. Elle est couverte de plantes grasses, et la pente est raide. Janny n'a pas imaginé cette présence derrière la fenêtre de sa chambre, Pete. Les plantes sont écrasées jusqu'à la cour de l'école au-dessus de la propriété. Quelqu'un est venu.

– Beau travail, marmonna Cullen, ce qui la fit rougir de plaisir.

Elle ne se souvenait pas de la dernière fois où on l'avait félicitée pour la manière dont elle faisait son travail.

– Qui c'était, à votre avis ? demanda-t-il.

– Probablement le voyeur du coin. Le problème, c'est que Janny a été orientiée vers le système psychiatrique et qu'on lui attribue une maladie qu'elle n'a pas. Ce n'est qu'une gamine, et aucun des membres de sa famille ne se soucie d'elle. Ils l'ont abandonnée. Ils l'ont tous abandonnée il y a treize ans après ce qui a bien pu se passer dans ce pavillon, et…

– Ce n'est pas le voyeur du coin, l'interrompit Cullen. Si on allait y jeter un œil, à ce pavillon ?

– Pour quoi faire ? demanda Bo. Il est vide depuis des années. Il y a des rats.

– Il est vide depuis la nuit où quelqu'un a défoncé le crâne de cette gamine, Bradley. Je veux que vous le voyiez. Peut-être que vous comprendrez mieux que moi ce qui s'est passé.

– Je l'ai déjà vu et je n'ai pas vraiment le temps.

Mais le vieux policier était déjà à la porte.

– Ça ne prendra qu'une minute, dit-il.

Le pavillon de Nantasket Street était aussi lugubre

que lorsqu'elle l'avait vu la première fois, disparaissant sous un rideau de feuilles de palmier mortes et des enchevêtrements de plantes grimpantes. Pete Cullen fit passer Bo par-dessus la clôture et avança à grandes enjambées dans l'ombre de la végétation pour s'approcher d'une fenêtre latérale dont il arracha sans difficulté les planches encore en place. La vitre était cassée, mais des morceaux de verre pointus restaient fichés dans le mastic. Protégé par le tissu épais de sa veste, Cullen fit tomber ces vestiges à coups de coude et aida Bo à franchir le rebord de la fenêtre avant de se hisser dans le salon délabré.

– Ça s'est passé là, dans la chambre, murmura-t-il.

Il n'eut pas un regard pour un magazine, par terre, dont la couverture montrait Ronald Reagan dans un débat électoral l'opposant au président sortant Jimmy Carter. Les bords du magazine étaient rongés.

Bo le suivit dans la petite cuisine qui sentait fortement la rouille puis dans un couloir, sur l'arrière. Cullen ouvrit une porte sur la droite.

– C'est ici, dit-il tandis que des bruissements sur le sol couvert d'ordures soulevaient le cœur de Bo.

Seuls les ressorts étaient encore là dans le grand lit, mais le tissu qui les entourait individuellement avait été mangé par endroits, ce qui évoqua dans l'esprit de Bo des cartes anciennes. Le genre de cartes qui faisaient toujours figurer des monstres marins. Elle comprit que des choses avaient vécu dans ces ressorts. Que des choses y vivaient probablement encore. L'air de la pièce paraissait amer, lui piquait les yeux.

– Nous ferions mieux de ne pas respirer, ici, dit-elle à Cullen. Les rats sont porteurs de la peste.

– Les petits lits étaient de chaque côté de cette commode, fit-il en indiquant un meuble à tiroirs d'un mètre de haut contre le mur au pied du lit. Kimberly à gauche et Janet à droite. Le garçon, Jeffrey, dormait dans l'autre chambre.

Bo avait les yeux rivés sur le verre crasseux d'une fenêtre condamnée par des planches près de l'endroit où s'était trouvé le lit de Kimberly.

– Peut-être quelqu'un est-il entré par cette fenêtre, suggéra-t-elle sans conviction.

– La moustiquaire était clouée, intacte. Personne n'est passé au travers.

Il y avait quelque chose, dans le haut de la commode, qui tourmentait Bo. Juste un morceau d'aggloméré dont le vernis s'enroulait sur lui-même, et qui paraissait prendre plus de place qu'il n'en occupait vraiment. Il paraissait avoir une présence physique *voyante*. Et il la rendait malade.

– Vous n'avez jamais trouvé l'arme, n'est-ce pas, Cullen ? souffla-t-elle en luttant contre la nausée.

Il suivit son regard vers le bord épais et droit du haut de la commode.

– Merde ! Vous avez raison. Comment j'ai fait pour pas voir ça ? Personne n'a pris un objet pour frapper cette enfant, mais quelqu'un a tapé sur un objet avec l'enfant ! Le rebord de cette foutue commode ! Il l'a attrapée et balancée…

Mais Bo était partie, fonçant tête baissée à travers le pavillon qui sentait le moisi, et avait franchi la fenêtre. Quelque chose accrocha le dos de son manteau et elle entendit le tissu se déchirer. Aucune importance. Rien d'autre ne comptait que de sortir de cet endroit, de fuir une image mentale tellement cruelle qu'elle empoisonnerait à jamais l'air, là où la réalité qu'elle représentait avait eu lieu. Cherchant à reprendre son souffle contre un tronc de magnolia envahi de plantes grimpantes, Bo se demanda si elle avait la force de démolir le pavillon de ses propres mains. Il devait être anéanti. De même que la *chose* qui avait pris la vie de Kimmy Malcolm.

– Bien observé, Bradley, dit Cullen en replaçant les planches devant la fenêtre et en enfonçant les clous à l'aide d'un caillou.

– C'est Tamlin, murmura Bo toujours tremblante. C'est forcément Tamlin.

– Peut-être, mais je ne crois pas. Trop brutal. C'est un homme.

Bo inspecta une bande de trente centimètres de nylon indéchirable déchiré qui pendait dans le dos de son manteau.

– Rick Lafferty ? Il n'était pas ici. Il avait un alibi.

– C'était ses parents, son alibi. Ce n'est pas un alibi, ça. Mais je ne crois pas que ce soit Lafferty.

– Qui, alors ? demanda-t-elle.

– Le pervers, annonça Cullen de sa voix de basse rocailleuse. Le grand-père. Ce type maniéré avec ses saloperies de petites poupées. C'est lui. J'ai toujours pensé que c'était lui, mais je n'ai jamais pu le prouver.

Bo regarda un léger nuage de brouillard passer sur des frondes de palmier bruissantes, puis s'évaporer au-dessus de la clôture.

– Jasper Malcolm ? Pourquoi ?

– Parce que c'est un salopard, un malade. Qui sait ce qui se passe dans sa tête ? Mais moi, je crois qu'il a tué sa femme pour pouvoir avoir les filles, les avoir pour lui tout seul. Après, elles ont grandi et…

– Tué sa femme ? l'interrompit Bo. Quoi ?

– En théorie, elle est tombée dans les escaliers, dans ce mausolée qui lui sert de maison, à Golden Hill. Elle s'est brisé la nuque.

– Et après ?

– J'ai lu le rapport du médecin légiste. Elle portait un plateau. Tamlin était malade et sa mère lui avait monté à manger dans sa chambre avec un plateau. Il y avait des fleurs dans un petit vase en verre sur le plateau. Des roses. Dorothy Malcolm aimait faire pousser des fleurs.

Bo s'aperçut que Pete Cullen pouvait se montrer très loquace quand il parlait d'une enquête.

– Il y a beaucoup de femmes qui font pousser des fleurs et qui ne sont pas tuées par leur mari, dit-elle.

– Il y avait pas mal de petites blessures, des petits trous sur le visage de cette femme, Bradley. Le médecin légiste a établi qu'ils avaient été faits par des épines de roses.

– Donc, elle est tombée sur les roses. Je ne comprends pas, Pete.

La voix de Cullen se fit plus basse encore.

– Elle avait des petits trous sur le front et de chaque côté du visage, et pourtant le médecin a dit qu'elle était morte sur le coup.

Bo respira profondément et réfléchit à cette information. L'austère policier lui présentait les choses sous forme d'énigme. En la résolvant, elle gagnerait son respect. Bo prit conscience de son désir d'obtenir ce respect, elle comprit qu'elle aimait bien ce vieux géant triste.

– Peut-être que le corps a bougé après la chute qui lui a brisé le cou. Elle a lâché le plateau et les fleurs sont tombées dans l'escalier, ensuite elle est tombée sur les fleurs et elle est morte instantanément. Mais la gravité l'a fait rouler plus bas, et, en roulant, sa tête a tourné, et l'autre côté du visage est venu appuyer sur les fleurs.

– C'est bien, vous vous débrouillez bien, dit-il avec un sourire. C'est ce que le médecin légiste a conclu, lui aussi. Mais moi, je ne marche pas. Je crois que quelqu'un a délibérément pressé ces épines contre son visage, quand elle était par terre, morte, au pied de l'escalier. Une sorte de marque pour montrer qu'il avait gagné. Malcolm est un obsédé des visages, vous savez. Avec ses foutues poupées. C'est le genre de truc qu'il est capable de faire, lui abîmer le visage comme ça.

Bo se remémora l'intérêt qu'il avait montré pour son visage à elle, quand il avait touché sa pommette, et elle eut un frisson. Ensuite elle se rappela le crâne d'une enfant, un crâne de poupée, abîmé lui aussi.

– Vous avez peut-être raison, Pete, convint-elle. Mais pourquoi a-t-il voulu s'en prendre à sa propre petite-fille ?

– Vous vous souvenez que Tamlin a dit que l'homme qui s'est introduit dans la maison a empoigné les deux jumelles. Je pense qu'il voulait les tuer toutes les deux, mais qu'il a lâché Janet quand Tamlin est venue s'interposer. Je pense qu'il fallait qu'il les tue avant qu'elles ne grandissent, avant qu'il ne puisse plus résister à l'attirance qu'elles allaient exercer sur lui. Il ne fallait pas qu'elles deviennent autre chose que des bébés, comme ses poupons, sinon il allait succomber à son désir pour elles. C'était le seul moyen qu'il avait de se refréner.

– Mais Tamlin l'aurait vu, elle aurait pu l'identifier. Pourquoi l'aurait-elle protégé ?

– À cause de l'argent, d'un attachement morbide à ce père. Malcolm est bourré de fric. Il finance le monastère où elle est, et il entretient son autre fille aussi, Beryl. Vous savez comment réagissent les victimes, Bradley. Vous voyez ça tous les jours. Elles n'arrêtent pas d'idolâtrer le salaud qui les a violées quand elles étaient petites, même quand elles grandissent.

– « Idolâtrer » n'est pas le mot, et Tamlin est dans un couvent, pas dans un monastère, commença Bo.

Puis elle se souvint de l'appel téléphonique de Jasper Malcolm, la veille au soir.

– Il m'a appelée, vous savez, et m'a demandé de croire qu'il n'avait jamais abusé d'une enfant. Il m'a dit que c'était important.

– C'est une ordure, affirma Cullen d'un ton sans appel. Vous savez que ses poupées servent à faire des photos porno qui se vendent dans le monde entier ?

– Qu...oi ?

– Ouais. Ça fait un moment qu'on enquête là-dessus. Ce n'est pas facile d'obtenir une mise en accusation, parce que les poupées ne sont pas des personnes. Je veux le coincer, Bo. Je le veux au point d'en sentir le goût dans ma bouche.

Il y eut un mouvement très net sous les plantes grimpantes près du pied gauche de Bo.

– Et moi, je veux partir d'ici, dit-elle. J'organise une fête, ce soir, pour célébrer Noël. Je vais sortir acheter du vin, des biscuits, des chocolats à la crème avec des petites feuilles de houx en sucre dessus. Je ne vais plus penser à cette affaire de toute la journée.

– Ça va être dur, fin limier, dit Cullen qui parlait par expérience. Mais vous pouvez essayer. Et je crois que je vais vous prendre au mot, pour cette invitation. La fête a l'air de bien se présenter, finalement. Mais d'abord, peut-être qu'on va aller rendre une petite visite à notre ami le fabricant de poupées, hein ? Il y a quelques photos que j'aimerais bien lui montrer. Et je trouve qu'on fait une bonne équipe, vous et moi.

Bo se sentit flattée.

– Je suis déjà allée le voir, répondit-elle. La personne à qui je n'ai pas parlé, c'est Tamlin. Si je devais aller quelque part aujourd'hui, ce serait à Julian pour poser des questions à Tamlin Lafferty, mais je n'ai vraiment pas le temps.

– Je ne vous ai pas convainvue que c'est le vieux le coupable ?

– Personne ne peut me convaincre de quoi que ce soit, dit-elle à regret. Il faut que ça vienne de moi.

– Alors, d'accord.

– D'accord pour quoi ?

– Pour aller là-bas parler avec sœur Cinoque.

Bo regarda sa montre.

– Pete, il faut trois heures pour aller à Julian et en revenir.

– Pas en hélicoptère, répliqua-t-il avec un authentique sourire qui menaçait de lui démanteler le visage. J'ai besoin de votre aide, Bradley. On y va !

20

Daniel Man Deer inspira profondément et opta pour un apple crumble accompagné de glace à la vanille, et un café. À côté de lui, Mary ôta d'un mouvement d'épaule sa doudoune couleur rouille et commanda presque la même chose car elle voulait une tarte aux pommes. Il faisait bon dans le petit restaurant de Julian et l'air fleurait l'odeur caractéristique de ce qui avait sauvé la ville après la fermeture des mines. La pomme. Des pommes par milliers qui poussaient dans les vergers de la montagne, plantés sur de profondes veines de quartz qui pouvaient, et se révélaient parfois, être striées d'or.

Dan ne savait pas trop pourquoi ils avaient quitté San Diego et fait une heure et demie de route dans la montagne, si ce n'était que Mary avait envie de partir un peu. Depuis des semaines elle parlait d'aller quelque part, à San Francisco ou à Palm Springs, de passer un week-end dans la péninsule de basse Californie, voire une semaine à Hawaii. Dans la poche de sa veste de pyjama, il avait trouvé une brochure en couleurs sur la pêche en haute mer au large de l'île de Santa Catalina. Mary pensait qu'il avait besoin de changer d'air, que ses marches dans Mission Trails Park tournaient à l'obsession et devenaient malsaines.

– Dan, avait-elle murmuré la nuit précédente, après un fabuleux interlude d'amour qui l'avait laissé pantelant, ces trucs d'Indiens que tu manigances, ça devient presque ridicule. Tu vas dans le garage faire pipi dans des bouteilles et tu les emportes là-bas dans le parc. Je me doute bien que c'est un ancien rite kumeyaay, mais enfin franchement, toi, tu n'es pas un ancien Kumeyaay. Tu es un courtier en prêts bancaires retraité, à l'aise financièrement, qui a des ancêtres kumeyaays. Nous arrivons à la fin du vingtième siècle maintenant, Dan. Nous ferions mieux de sauter dans un Concorde et d'aller passer Noël à Paris !

– J'ai essayé de sauver un lynx, avait-il expliqué en rougissant dans le noir. J'ai marqué mon territoire avec de l'urine pour l'empêcher de venir dans le parc, qu'il reste en-deçà de la 52, là où la région est encore sauvage et où il peut vivre en sécurité. Je crois que ça a marché, Mary. Ça fait plusieurs jours qu'il n'a pas laissé le moindre excrément sur les pistes.

Comme elle était restée silencieuse, il avait compris qu'elle savait que cela n'expliquait pas tout.

– Mais encore ? avait-elle fini par demander.

– Et c'était un moyen d'en appeler aux Anciens, de leur demander leur aide parce que je savais qu'un esprit malheureux s'approchait de toi. Ils avaient des méthodes pour se défendre contre les esprits des morts, tu sais. J'avais besoin de leur aide pour te protéger.

Mary avait lissé ses cheveux et embrassé le sommet de sa tête, nichée contre ses seins.

– Tu as fait pipi dans des bouteilles pour sauver un lynx de manière à solliciter l'aide de tes ancêtres pour me protéger de l'esprit de Kimmy Malcolm. J'ai bien compris ?

– Ouais.

– Dan ?

– Ouais ?

– Tu es l'homme le plus merveilleux du monde et je

t'aime, mais c'est aberrant. Madge Aldenhoven et moi avons enterré Kimmy Malcolm il y a trois jours. C'était une histoire effroyable, mais c'est fini, maintenant. Il n'y a pas d'« esprit » qui me poursuit, rien dont tu doives me protéger. Et j'insiste vraiment pour que nous partions d'ici quelque temps. De préférence pour aller là où il n'y a jamais eu d'Indiens !

– Demain, on prend la voiture et on va se balader, avait-il promis.

Il avait gardé pour lui l'idée qu'il y avait certaines choses que Mary ne comprendrait jamais. Comme le fait qu'il ne pouvait pas quitter San Diego pour le moment. Comme la certitude qu'il devrait intervenir, un jour, pour affronter une menace venue d'ailleurs. Revenant du royaume des morts, non pas avec amour et courage, comme David, mais avec amertume.

Et Mary, en remettant son oreiller bien droit avant de s'installer pour dormir, avait elle aussi gardé certaines pensées pour elle. Il y avait une chose qu'elle n'avait jamais dite à son mari concernant l'affaire Malcolm, une chose qu'elle ne lui dirait jamais. Elle savait que les hommes n'étaient pas équipés pour faire face aux forces chaotiques qui relient la vie à la vie. Les hommes avaient peur du chaos et ne connaissaient qu'une seule manière de réagir à la peur, une réaction qui impliquait généralement de tuer quelque chose. Seules les femmes pouvaient subir ces tourments et survivre pour maintenir une illusion d'ordre. Madge Aldenhoven avait survécu, jusqu'à maintenant. Mais le danger qui, dans l'esprit de Daniel Man Deer, menaçait sa femme, rôdait en fait plutôt près de Madge. Et n'avait rien à voir avec le fantôme de Kimmy Malcolm.

– J'aimerais aller voir les poêles à bois, dit-elle lorsque Dan eut terminé son crumble ainsi que la glace à la vanille fondue dans l'assiette de Mary. Il y en a plein dans la quincaillerie, en émail de différentes couleurs, en stéatite, des Franklin, des super modernes, ils ont tout.

– Tu veux un poêle à bois ? demanda-t-il en se levant mollement dans le restaurant surchauffé, décoré de guirlandes de petites lumières clignotantes qui lui donnaient envie de dormir. Et où tu le mettrais ?

– Je ne veux pas en acheter un, je veux juste aller les *regarder*, répondit-elle. Je trouve ça joli. Ça fait Noël.

Daniel Man Deer suivit sa femme dans la grand-rue d'une ville minière de montagne où des petits flocons de neige clairsemés brillaient dans le soleil du matin avant de fondre sur les épaules des touristes. Il ne comprenait vraiment pas quel plaisir on pouvait retirer à regarder des poêles à bois, mais cela lui était égal. Il serait allé voir des tas de fumier de girafe si elle avait voulu. Du moment qu'il était avec elle, les poêles à bois lui convenaient très bien.

Dans le ciel, les pales d'un hélicoptère Chinook Boeing résonnèrent au-dessus des pins puis semblèrent aller se poser aux abords de la ville. Dan savait qu'il y avait quelques prairies non loin de là, vastes et assez planes pour accueillir un appareil de cette taille. Mais que faisait-il ici ? Il entendit au loin le double rotor ralentir puis s'arrêter. C'était peut-être la police, ou des militaires. Il avait appris que les gens faisaient parfois pousser de la marijuana dans l'arrière-pays, mais Julian n'était pas vraiment une plaque tournante en matière d'activités criminelles. Il n'y avait rien ici, à part des puits de mine abandonnés, des pommes et des touristes de San Diego en mal de campagne.

– J'aime bien le rouge, dit Mary lorsqu'ils entrèrent dans la quincaillerie. Et regarde ! On peut poser un dragon en fonte sur un humidificateur. J'imagine que la vapeur sort par les naseaux.

– Les naseaux, répéta Dan sans réfléchir.

Cet hélicoptère lui faisait une drôle d'impression.

Pete Cullen avait tout organisé pour qu'un adjoint du shérif qui n'était pas en service vienne les retrouver près du champ où l'hélicoptère devait atterrir, tout aussi efficacement qu'il avait organisé ce trajet par la voie des airs. L'appareil était piloté par un de ses amis, instructeur à Camp Pendleton, qui avait dit que les Marines acceptaient de le lui « prêter » pour deux heures. En échange, Pete devait veiller à ce que les Marines soient cités quand le démantèlement du réseau porno serait annoncé.

– Couvent de Saint-Dymphna, indiqua Pete au chauffeur de la jeep. Ce n'est pas loin de Pine Hills Road, avant c'était une sorte de camp religieux, jusqu'à il y a à peu près treize ans.

– C'est l'ancienne propriété Hayden, précisa l'adjoint du shérif. Il paraît que les nonnes l'ont drôlement bien arrangée.

– Elles ou quelqu'un d'autre, grogna Pete avant de se retrancher dans le silence.

Bo se détendit et goûta le silence relatif dans la jeep du shérif tandis qu'ils traversaient une forêt de chênes, de manzanitas et de pins. Les délicats flocons de neige qui tombaient sur eux ajoutaient une jolie touche au décor, pensa-t-elle. Et le genou osseux de Pete Cullen, coincé contre le sien à l'arrière de la jeep, était un contact étrangement agréable. Elle regarda ses grandes mains se contracter puis se tendre, trahissant des pensées personnelles concentrées, sans aucun doute, sur Jasper Malcolm et sur cette affaire, une blessure professionnelle ouverte depuis treize ans. Quand, suivant cette route de montagne, la jeep roula dans un nid-de-poule, il bascula sur elle et en fut gêné.

– Bon Dieu ! Pardon, marmonna-t-il.

Bo sourit bêtement, puis se pencha pour relacer sa chaussure avec des doigts tremblants.

Bradley, pauvre cloche, tu as bien pris tes médicaments ce matin ? Non, bien sûr ! Ce type a vingt ans de plus que toi et a autant de charme qu'une pomme ridée. Redescends sur terre !

Mais Pete Cullen n'avait pas l'air d'avoir vingt ans de plus qu'elle avec sa coupe de cheveux de policier et ses lunettes d'aviateur. Il avait plutôt l'air de représenter une rencontre intéressante. Bo parcourut mentalement sa liste secrète de désirs sexuels en phase maniaque pour y retrouver le plus ridicule et se forcer à s'en souvenir. Le portier de cet hôtel rupin à Saint Louis, où, il y avait des années de cela, elle avait été hôtesse d'accueil lors d'une conférence sur les sans-abri organisée par une assistante sociale. Elle avait trouvé ses épaulettes absolument irrésistibles.

Ce souvenir fit naître un sourire empreint de tristesse. La manie, à ses débuts, induit des comportements absurdes de ce genre et, ensuite, elle élimine toutes les frontières qui séparent la rationalité de l'anarchie émotionnelle. Elle allait simplement interroger Tamlin Lafferty, à condition évidemment qu'on lui permette de parler à cette femme, puis se faire ramener chez elle d'un coup de rotor, et retrouver le tube de Depakote qui était au fond de son sac près du lit de Molly. Ou l'autre tube en plastique contenant le même produit dans l'armoire à pharmacie de sa salle de bains. Elle avait tout ce qu'il fallait. Seulement, il fallait en *prendre*.

– C'est là, Bradley, fit Cullen avec un signe de tête en direction d'un joli panneau en bois qui annonçait COUVENT DE SAINTE-DYMPHNA.

Par-delà un portail simple, Bo aperçut trois bâtiments en bardeaux reliés entre eux par un cloître rustique constitué de poteaux et de poutres, et traversé par les rayons obliques du soleil d'hiver. Venant de l'un de ces bâtiments, elle entendit un chant. Elle reconnut le style postgrégorien en écoutant les voix expertes qui lui parvenaient dans l'air froid et immobile. Une mélodie qu'elle avait déjà entendue. C'était le *Rorate Coeli*, l'introït traditionnel du quatrième dimanche de l'avent. Pendant un instant, le chant la ramena vers son enfance à Boston, où sa mère emplissait la maison de musique et enseignait à ses filles, même à la petite sœur de Bo, Laurie, qui n'entendait pas, ses différentes formes.

– Allez-y, dit Cullen. Je crois qu'on n'accepte pas les hommes ici.

Bo ouvrit le portail, parcourut vingt mètres et trouva une cloche à l'entrée du cloître. Elle savait que cette cloche y serait et elle savait ce qu'elle devait faire. Elle la fit tinter brièvement, et attendit, immobile. Quatre minutes plus tard, une femme ronde d'environ soixante-dix ans pénétra dans le cloître par une porte intérieure et s'avança vers elle, les yeux baissés. Le tissu marron de son habit était en parfaite harmonie avec les poteaux en séquoia du cloître et elle paraissait n'être qu'un élément mobile du bâtiment.

– En quoi pouvons-nous vous apporter notre aide ? demanda-t-elle à travers les fentes d'une porte en séquoia de forme cintrée.

Sous le capuchon simple de son habit, le visage rougeaud et bienveillant de la femme observait attentivement Bo. Ses yeux tombèrent sur son épaule gauche.

– Mais oui, sourit-elle. On vous a envoyée chez nous pour que nous vous donnions un manteau, et je crois que je vois exactement celui qui va vous aller ! En échange, nous vous demandons seulement de prier pour ceux qui sont haïs et incompris parce qu'ils souffrent de maladies neurobiologiques qui affectent le cerveau. Voulez-vous prier pour eux ?

– Eh bien, je, euh..., commença Bo en se souvenant que son manteau suggérait effectivement l'indigence, je n'ai pas besoin d'un manteau. Enfin, si, j'en ai besoin, mais ce n'est pas pour cela que je suis ici, mais je suis tout à fait pour le principe que vous venez d'énoncer. En fait, j'aimerais parler à...

– Nous sommes heureuses de pouvoir vous aider, insista la nonne réjouie. Attendez-moi ici, je reviens tout de suite. Taille 40, c'est ça ?

– Oui, mais non ! balbutia Bo. Je fais bien du 40 et pendant qu'on y est, moi aussi, je souffre d'une maladie psychiatrique, alors je suis un peu déconcertée par tout ça, mais je suis venue pour parler à une femme qui s'appelle Tamlin Lafferty. Mon nom est Bo Bradley et je travaille pour les Services de Protection de l'Enfance de San Diego. Ceci concerne une personne dont je suis chargée. Je suis désolée de vous avoir donné une impression erronée.

– Votre manteau est en piteux état, remarqua la religieuse avec un sourire. Et je crains qu'aucune des sœurs ne soit disponible pour discuter avec des personnes de l'extérieur. Nous menons une vie de recluses. C'est ce qui convient le mieux à ce que nous faisons ici.

– C'est-à-dire ?

– Nous prions. Nous vivons en communauté et nous prions, en particulier pour les âmes troublées par des maladies psychiatriques. Notre patronne est sainte

Dymphna, martyre dans le village de Gheel, en Belgique, en 650, et canonisée. Gheel est devenu un havre de compassion internationalement reconnu pour ceux qui souffrent de maladies neurologiques ou cérébrales.

Bo s'empara de l'infime chance que lui offrait ce concept.

– Ce dont je vous parle concerne une enfant qui se trouve dans un hôpital psychiatrique. C'est très grave. Je *dois* parler à Tamlin Lafferty, elle peut l'aider. Je vous en prie.

– Je vais aller chercher notre mère supérieure, dit la femme en hochant la tête au-dessus de son ample poitrine avant de s'éloigner.

Quelques minutes plus tard, une autre religieuse dont le maintien calme suggérait l'autorité s'approcha de Bo.

– Je suis mère Mary Andrew, dit-elle. Et j'ai été informée de la mort de Kimberly. Monsieur Malcolm, qui est notre bienfaiteur, m'en a fait part. Je sais pourquoi vous êtes ici. Mais sœur Martin, c'est le nom que porte Tamlin Lafferty depuis maintenant treize ans, ne peut pas vous aider. Il est inutile que vous lui parliez

Bo dirigea son regard vers les yeux bruns pleins d'intelligence de ce visage raffiné, qui suggérait même des origines aristocratiques. Elle pensa que Mary Andrew pouvait être la descendante d'une des premières familles de Julian. Des aristocrates du Sud chassés de Géorgie par les profiteurs nordistes après la guerre de Sécession, à qui les habitants de San Diego, qui soutenaient la cause yankee, avaient refusé du travail en entendant l'accent qui trahissait leur origine. Vêtue de soie grise plutôt que de son habit marron, cette religieuse aurait facilement pu jouer Mélanie dans *Autant en emporte le vent.*

– Je vous en prie, écoutez-moi jusqu'au bout, supplia Bo. Tamlin a encore une fille vivante mais elle est en très grand danger. Si je ne peux pas déterminer ce qui est arrivé à cette enfant afin de l'aider à surmonter ses traumatismes, elle risque d'être dirigée vers le système psychiatrique public et de s'y perdre. Elle n'est pas malade, mais elle finira pas être persuadée qu'elle l'est. J'ai besoin de parler à sa mère.

– Je regrette, déclara mère Mary Andrew d'un ton sans appel.

Bo sentit ses cheveux se hérisser lorsque monta du plus profond de son être une vague de rage contre la vacuité de l'autorité. Qui était cette femme qui se permettait de s'interposer entre Janny Malcolm et la vérité qu'elle avait désespérément besoin de connaître ?

– Parfait, dit-elle. Je viendrai vous voir dans environ un an, quand Janny, qui n'aura que seize ans, aura perdu sa bataille en quête d'identité et qu'elle aura cessé de lutter. À ce moment-là, elle se croira folle, anormale, elle se verra comme une inadaptée que personne ne pourra jamais aimer. Mais évidemment, je suis sûre que vous serez heureuse de l'inclure dans vos prières. Quelle aide véritablement *précieuse* vous apportez !

– Vous êtes impulsive et cruelle, madame Bradley, rétorqua mère Mary Andrew en regardant des flocons de neige se poser sur sa manche et disparaître.

– Non, je suis irlandaise et maniaco-dépressive, contra Bo en jouant sa dernière carte. Je sais de quoi je parle.

La religieuse ouvrit de ses doigts fins la porte du cloître et tourna le dos.

– Bien. Entrez, murmura-t-elle, mais je vous demanderai des excuses quand vous aurez pu vous rendre compte que sœur Martin ne peut rien vous dire.

Bo fut abandonnée sans façon dans une antichambre presque nue jouxtant le cloître. Il y avait quatre chaises pliantes, une petite table en bois et un crucifix grossier fait de deux branches de pin attachées ensemble. Le corps du Christ, également sculpté dans du pin, était si disgracieux que Bo soupçonna Jasper Malcolm de l'avoir créé pendant sa période saint François. Cette pièce devait être réservée aux visites. Elle sentait le renfermé, comme si elle servait rarement.

– Je suis sœur Martin, annonça une voix sur le seuil. Notre mère supérieure m'a dit que vous souhaitiez me voir.

Bo se retourna et eut le souffle coupé. Le visage de la religieuse qui se tenait devant elle était celui de Janny, et paraissait juste un peu plus âgé.

– Asseyez-vous, je vous en prie, sœur Martin, commença Bo.

Puis elle expliqua la raison de sa présence.

– Janny a besoin de savoir ce qui s'est passé cette nuit-là, conclut-elle. Elle a besoin de savoir ce qui est arrivé à sa sœur jumelle et elle a besoin de savoir pourquoi sa famille l'a abandonnée.

– Dieu n'a pas abandonné mes enfants, répondit calmement Tamlin Lafferty. Dieu et la Sainte Mère de Dieu sont l'unique famille dont nous avons besoin.

Dans les yeux de la mère de Janny Malcolm, Bo ne lut rien d'autre qu'une paix dénuée d'émotion. Cette femme aurait pu être l'une des poupées de son père. La poupée religieuse, pensa Bo avec un frisson.

– Madame Lafferty, dit-elle alors en essayant une tactique différente, soit quelqu'un s'est introduit dans votre pavillon et a agressé vos filles, soit vous l'avez fait vous-même. Si ce n'est pas vous, il est temps que vous disiez qui était cette personne. L'avenir de Janny peut dépendre de votre courage aujourd'hui. Que s'est-il passé cette nuit-là ?

– Il y a si longtemps. Un inconnu est venu, je me suis battue, et c'est tout. Je vous en prie. La personne à qui vous posez ces questions n'est plus la même qu'à l'époque. Je ne connais que la paix maintenant. Ma vie est une perpétuelle prière pour remercier Dieu de sauver le monde par la grâce.

Passe au plan C, Bradley. Tu n'arrives à rien.

– La grâce, reprit Bo en essayant de se rappeler le catéchisme qui l'avait ennuyée à mourir quand elle était petite. Et comment obtenons-nous la grâce ?

Tamlin récita la réponse tandis que Bo s'évertuait à trouver un moyen de mettre cette approche à profit.

– Et à qui la grâce est-elle à jamais refusée ? déclama-t-elle.

Cette question ne faisait pas partie du catéchisme, mais c'était celle à laquelle elle voulait une réponse.

– Ceux qui sont nés sans âme, répondit Tamlin comme si Bo lui avait demandé comment se rendre aux toilettes. Ils sont incapables d'aimer Dieu.

Là-dessus, elle posa un petit objet sur la table près de la main de Bo et partit. Lorsque la porte se referma, Bo eut l'étrange impression qu'elle avait toujours été seule dans cette pièce. Que Tamlin Lafferty n'avait pas respiré d'air, que son corps n'avait généré aucune chaleur, qu'elle n'avait occupé aucun espace psychique.

L'objet était un scapulaire à l'ancienne, deux images pieuses dans des pochettes en plastique reliées l'une à l'autre par les coins supérieurs grâce à deux longs cordons. Bo se souvenait qu'on donnait de tels objets aux enfants catholiques, qui devaient les porter sous leurs vêtements pour être protégés. Une image sur la poitrine, l'autre dans le dos. Mais protégés de quoi ? En sortant, Bo présenta ses excuses à mère Mary Andrew et retrouva la réponse. Protégés contre le mal.

À force de tourner en rond, Pete Cullen avait tracé un sentier autour de la jeep du shérif.

– Alors ? interrogea-t-il avec son dédain caractéristique pour les syllabes superflues.

– Alors le coupable, dans cette affaire, est celui qui n'a pas d'âme, lui dit Bo. Du moins, je crois que c'est ce que Tamlin a voulu dire.

– Ce n'est pas précisément suffisant pour que je puisse traîner ce vieux salopard devant le tribunal, mais c'est une bonne description. C'est tout ?

Bo toucha le scapulaire du bout des doigts, dans la poche de son manteau. Elle décida qu'il fallait le donner à Janny. Elle allait lui expliquer tout ce qu'elle savait, et lui dire ensuite que sa mère lui envoyait ce cadeau symbolique, d'un monde où régnaient la sécurité et une paix indéfectible. Peut-être cela l'aiderait-il. Cela lui donnerait au moins quelque chose de concret à quoi se raccrocher.

– Ouais, répondit Bo. Tamlin est complètement azimutée, elle a juste répété une version très condensée de l'histoire qu'elle a racontée au moment des événements. Mais elle sait, Pete. À sa manière bien à elle, je crois qu'elle a essayé de me dire qui c'était. Sauf que tout ce que je peux déduire, c'est que c'est elle-même qu'elle m'a décrite.

– Une religieuse sans âme ?

– Ouais. Est-ce qu'on peut s'arrêter en ville en retournant à l'hélicoptère ? Je veux acheter des tourtes à la pomme pour ce soir.

– Bien sûr.

Mais son œil invalide lui-même exprimait un dédain typiquement masculin pour quelqu'un qui, en plein milieu d'un travail sérieux, était capable de penser aux victuailles à prévoir pour une soirée.

L'assistant du shérif se gara en double file devant la boutique que Bo choisit, le temps qu'elle emprunte quarante dollars à Cullen et qu'elle sélectionne cinq tourtes. En sortant, elle aperçut une silhouette connue sur le trottoir, devant la Quincaillerie Ancienne. C'était Daniel Man Deer, accompagné d'une jolie femme d'une quarantaine d'années. Il portait ce qui ressemblait à un dragon en fonte et sa compagne souriait. Bo se souvint de la voix qui avait récité un poème de Louise Bogan aux obsèques de Kimmy Malcolm. Cette femme devait être Mary Mandeer !

– Je reviens tout de suite, dit-elle à Pete Cullen après lui avoir flanqué les cinq boîtes dans les bras.

Puis elle traversa promptement la rue en tenant son manteau roulé en boule sous un bras.

– Madame Mandeer ? Je suis Bo Bradley, des Services de Protection de l'Enfance, fit-elle, haletante. Ma chef de service, Madge Aldenhoven, m'a beaucoup parlé de vous. Pouvez-vous m'accorder une minute ?

– À quel sujet ? demanda Mary Mandeer.

– Au sujet d'un poème, « La Statue et les oiseaux ».

Bo remarqua que, sur l'arête du nez de la femme, la peau blêmissait et brillait, alors même que son cou s'empourprait. C'était le grand malheur des rousses à la peau claire, et elle connaissait bien le problème. Impossible de dissimuler la moindre émotion quand tout le visage arbore une palette de couleurs.

– J'essaye d'aider Janny Malcolm, continua Bo. Savez-vous qui a tué Kimmy ?

Mary Mandeer soupira et regarda le dragon que portait son mari.

– J'ai toujours pensé que c'était Tamlin, dit-elle.

Mais la police n'a jamais vraiment mené l'enquête dans cette voie. Ils pensaient que c'était Rick, le père, et ensuite, un policier a eu la conviction que c'était Jasper Malcolm, le grand-père. Je suppose que vous savez qu'il y a une autre fille, Beryl, qui affirme que Jasper Malcolm a constamment abusé d'elle après la mort de leur mère. C'est ce qui a détourné la police sur cette piste, et les a convaincus que c'est lui qui est entré dans la maison cette nuit-là.

– Elle me l'a dit. Vous l'avez crue à l'époque ? Vous avez cru que Jasper Malcolm était pédophile ?

– Oui, moi, j'ai cru Beryl Malcolm, répondit Mary Mandeer d'un air songeur, au moins pendant un temps. C'est une affaire très complexe, madame Bradley. Rien n'a jamais été prouvé, rien n'a jamais été clairement établi.

– Que voulez-vous dire, *vous* l'avez crue, madame Mandeer ? Y avait-il quelqu'un d'autre qui ne l'a pas crue ? Qui ? La seule autre personne qui travaillait sur cette affaire était Madge Aldenhoven, et vous avez toutes les deux enterré Kimmy Malcolm secrètement il y a quelques jours à peine. J'ai besoin de savoir la vérité, madame Mandeer. Vous avez travaillé pour les SPE, donc tant que vous vivrez en Californie, vous êtes légalement et à jamais tenue de signaler un cas de maltraitance exercée sur un enfant dès que vous en voyez un. Janny Malcolm a été et est actuellement maltraitée. Par notre système social. Vous devez l'aider. Vous êtes *obligée* de l'aider.

– Et vous êtes obligée d'arrêter de harceler ma femme, déclara Daniel Man Deer sur un ton qui n'était pas celui de la plaisanterie.

Le dragon en fonte qu'il avait dans les bras parut s'agiter d'un air menaçant.

– Je vous en prie, appelez la ligne d'urgence plus tard, quand vous aurez réfléchi à tout ça, supplia Bo. Ils me contacteront chez moi et je vous rappellerai.

– Votre ardeur vous met en grand danger, madame Bradley, dit doucement Daniel. Vous n'imaginez pas à quel point.

– Quoi ?

Mais cet homme imposant avait déjà posé un bras sur les épaules de sa femme et l'éloignait vers la foule des touristes.

Ce fut seulement à cet instant que l'idée vint à Bo qu'elle venait peut-être de perdre son travail. Mary Mandeer n'allait pas manquer d'appeler Madge Aldenhoven aussitôt qu'elle serait de retour chez elle. Elle allait lui dire ce qui venait de transpirer, que Bo continuait de travailler sur une affaire alors que sa chef de service le lui avait explicitement interdit. Cela constituait un motif de renvoi.

– Tant pis, fit Bo en regardant le manteau qu'elle tenait sous le bras.

Ça n'avait vraiment aucune importance.

21

Le premier coup de téléphone arriva alors que Pete Cullen venait de rentrer du supermarché qui restait ouvert toute la nuit, avec deux guirlandes de petites lumières blanches pour remplacer celle qu'il avait écrasée quand Molly était tombée dans la boîte de pop-corn qu'il avait sur les genoux. Pete et Eva Broussard étaient assis sur le canapé et essayaient de voir lequel des deux pouvait faire le plus long collier de pop-corn quand la petite chienne installée sur son épaule avait perdu l'équilibre et avait dégringolé dans ce qui était la version canine du paradis, ce qui avait fait basculer Pete sur les genoux et atterrir dans l'enchevêtrement de guirlandes posées par terre. Bo parvenait à peine à entendre son interlocuteur en raison du vacarme causé par Andrew, Dar Reinert, Teless et Rombo Perry qui chantaient *Douce nuit* en canon dans la cuisine, tandis qu'Estrella, installée dans le fauteuil inclinable, cherchait les notes pour les accompagner sur la vieille guitare que Bo n'avait pas accordée depuis l'époque où son manteau noir était neuf.

– Il n'y a qu'à entourer la base de l'arbre avec les guirlandes et après on pourra les allumer ! lança-t-elle à Cullen et à Henry, le mari d'Estrella. Allô ?

– C'est la ligne d'urgence, Bradley, annonça une voix masculine. On dirait que vous avez du monde.

– Vous m'appelez pour me dire ça ? hurla Bo dans le tumulte.

– Il y a un message pour vous. Rien d'important, juste un type qui dit s'appeler Man Deer et qui veut que vous le rappeliez. Je vous donne le numéro.

– J'ai déjà son numéro, je vais le rappeler. Merci.

Ainsi Daniel Man Deer voulait lui parler, pensa-t-elle. Pourquoi pas Mary ? Et Mary avait-elle déjà appelé Madge ? Elle considéra son appartement bondé et évalua la distance qu'elle avait parcourue au-delà des limites permises par la profession. Un employé des SPE qui amenait chez lui ou chez elle un enfant dépendant de ces services était automatiquement renvoyé sur-le-champ. Et assise sur le lit, confectionnant des nœuds avec du ruban renforcé en compagnie de Deb Reinert et du compagnon de Rombo Perry, Martin St. John, se trouvait Janny Malcolm. Près d'elle, sous une profusion de nœuds dorés, elle avait posé la vieille poupée, vêtue de velours bordeaux et de dentelle. C'étaient Rombo et Martin qui avaient conçu et réalisé ce costume, copié d'après une image du XIXe siècle faite par Kate Greenaway pour illustrer un livre d'enfants.

– Martin a pensé qu'en habillant cette poupée avec un costume fabuleux, on pourrait atténuer son côté inquiétant, avait expliqué Rombo, et je suis d'accord. Janny est ravie !

Bo avait hoché la tête avec enthousiasme, enviant secrètement à la poupée sa petite cape élégante. Elle se demanda si Rombo et Martin se sentiraient insultés si elle passait un contrat avec eux pour qu'ils lui fassent la même, en tweed irlandais. Lors d'une longue conférence téléphonique, Rombo et elle avaient discuté de la présence de Janny à la soirée. Teless voulait que Janny vienne et Janny voulait venir, avait dit Rombo. Elle serait sous sa responsabilité pendant sa « permission » hors de l'hôpital. Une soirée de détente serait profitable.

– Je suis d'accord, avait convenu Bo en franchissant le pas.

Après tout, à quoi servait une fête donnée pour Noël et dont serait exclue celle qui avait le plus besoin de chaleur et d'amitié ? Bo était certaine que la tradition irlandaise soutiendrait sa décision, si le département des services sociaux de San Diego ne le faisait pas.

– Monsieur Man Deer, commença-t-elle dans la salle de bains où elle avait emporté le téléphone sans fil. J'ai reçu un message du service d'urgence disant que vous aviez appelé.

– Je veux vous parler, madame Bradley, dit-il avec précipitation. Ce soir si possible.

– J'ai des amis chez moi en ce moment, c'est une fête pour décorer le sapin. Ils vont partir vers neuf heures, nous pourrions discuter après leur départ. Est-ce que je peux vous demander pourquoi ça ne peut pas attendre demain ? Qu'est-ce qui s'est passé ?

Il y eut un silence et Bo imagina le solide Indien regardant d'un œil noir le téléphone qu'il avait dans la main.

– J'ai vu *wikwistyat*, dit-il doucement, le chaman serpent à sonnette. Je l'ai vu dans la gorge de la rivière, de loin, après notre retour aujourd'hui. J'étais allé marcher là-bas comme je le fais souvent.

– Oui ?

Il y avait dans la voix de Man Deer quelque chose qui imposait le respect.

– Il s'était couvert de poussière et portait un bouquet de sauge blanche dans chaque main.

– Il « marquait » quelque chose, il le purifiait avec la fumée de sauge, suggéra Bo.

– Il n'y a plus de chaman serpent à sonnette depuis cent ans, madame Bradley.

– Alors c'était un fantôme.

– C'était un avertissement. Il faut que je vous voie ce soir.

– Tout sera fini à dix heures, dit-elle en lui donnant son adresse. Nous pouvons nous rencontrer à ce moment-là.

Le langage de Man Deer ne lui avait pas paru étrange le moins du monde. Cela lui avait rappelé sa grand-mère.

– Allez, on l'allume ! cria Pete Cullen lorsque Bo vint rejoindre ses invités sur le balcon.

Janny Malcolm fit un dernier ajustement sur une guirlande de rubans dorés, et tout le monde entonna *Mon beau sapin* en anglais et en allemand simultanément à l'instant où un millier de petites lumières blanches illuminèrent l'arbre de Noël. Bo sentit le bras d'Andrew qui lui entourait la taille et elle s'appuya contre lui.

– Oh, Andy, murmura-t-elle, il brille tellement que même Caillech Beara peut le voir d'où elle est, au fond du brouillard !

– Quoi ? fit-il en frottant son nez sur sa joue.

– C'est sa fête, tu sais, du moins ça l'était avant le chritianisme. Au cours de la nuit la plus longue, elle donne naissance au soleil, année après année. Mais pendant le travail, elle est particulièrement dangereuse, alors les mortels se rassemblent autour de la lumière pendant sa saison, parce qu'elle ne peut pas s'en approcher.

– J'aurais aimé connaître ta grand-mère, dit-il en souriant. Quel héritage elle t'a laissé !

– Et maintenant, on mange ! annonça Teless en

attirant immédiatement tout le monde vers le comptoir de la cuisine où une marmite de jambalaya cajun fumait à côté d'une pile des fameux petits pains complets au levain tout chauds confectionnés par Martin St. John.

Bo avait coupé les tourtes à la pomme et les avait fait réchauffer au four. Quatre litres de glace à la vanille artisanale à la française, achetée par Deb et Dar Reinert dans le quartier branché de Gaslamp, au centre de San Diego, attendaient dans le congélateur. Il y avait du vin à profusion et quelqu'un s'était occupé du café. Bo observa ses invités depuis le seuil du balcon et se sentit pleinement satisfaite. La soirée était une véritable réussite.

Elle se posa sur un accoudoir du fauteuil inclinable et passa un bras autour des épaules d'Estrella.

– Comment te sens-tu ? lui demanda-t-elle.

– Très bien ! C'est curieux, tout d'un coup, j'ai plein d'énergie, et le bébé aussi.

Estrella attira la main libre de Bo sur son ventre rond comme un ballon. Il y avait des coups et des martèlements sourds d'une force étonnante. Le dernier était un coup de pied, incontestablement. La progéniture d'Es et de Henry semblait bien s'amuser aussi.

– Le bébé entend les voix, la musique, surtout les basses parce qu'elles vibrent, expliqua Estrella. Moi aussi, j'ai envie de danser.

– Goûte plutôt au jambalaya de Teless, Es. Je vais t'en chercher.

– J'en ai déjà pris deux fois, avoua Estrella. Et de la tourte. J'ai une faim de loup, c'est curieux. Je crois que je vais profiter de la salle de bains pendant qu'elle est libre. Et est-ce que tu as remarqué ta psy, ce soir ? fit Estrella avec un grand sourire tandis que Bo l'aidait à se lever du fauteuil rembourré. Elle a toujours une allure superbe, mais n'y aurait-il pas ce soir un rayonnement particulier sur ce visage iroquois ?

Bo chercha Eva Broussard du regard et la trouva appuyée contre le chambranle de la porte qui donnait sur le balcon, les bras élégamment croisés sur un chemisier chamois brodé de perles qu'elle portait avec une longue jupe droite. Eva tenait un verre de vin qui ponctuait sa conversation de reflets de lumière quand elle le bougeait. Pete Cullen tournait le dos à une bibliothèque, dominant de sa taille la femme fine et musclée qui était autant l'amie que la psychiatre de Bo. Au-dessus de lui, dans la bibliothèque, un vase en terre en forme de perroquet paraissait sourire.

Tandis que Bo la regardait, Eva rit et se pencha pour appuyer légèrement la tête contre la poitrine de Cullen. Ce geste féminin universellement reconnu comme étant un signe d'intérêt et d'affection avait apparemment échappé au lexique sans fioritures que l'expérience avait fourni à l'ancien policier. Il eut un vif mouvement de recul vers la bibliothèque comme si Eva l'avait agressé, causant la chute du vase mexicain et d'un coffret des romans de Rumer Godden, en livres de poche. Le vase rebondit sur son épaule et atterrit sur la moquette, sans se casser, tandis qu'Eva Broussard secouait la tête.

– Mince alors, murmura Bo à l'oreille d'Estrella. Il lui plaît.

– C'est parfait, fit Estrella qui partageait cette constatation. Il ne va pas comprendre ce qui lui arrive. Oh là là ! je me sens vraiment bizarre, Bo. Est-ce que tu veux bien attendre ici pendant que je vais aux toilettes ?

– Bien sûr, répondit Bo alors que Teless et Janny approchaient, avec l'œil vitreux de l'ado-qui-mijote-un-truc.

– Est-ce qu'on peut aller à Goblin Market juste une demi-heure ? commença Janny. On peut y aller à pied d'ici, et je veux vraiment que Teless voie comment c'est. Parce qu'elle n'a jamais *vu* de club gothique, je suppose qu'ils n'en ont pas, en Louisiane, et on pourrait, enfin, vous emprunter des vêtements noirs et tout. Tu es *obligée* de porter du noir, Teless. M. Perry nous a dit de vous demander ce que vous en pensiez, Bo. C'est parce que lui, il ne sait pas vraiment ce que c'est, les Gothiques, mais vous, vous le savez. Alors, qu'est-ce que vous en pensez ?

– Pas question, Janny, répondit-elle. Je ne pense pas que ce soit une bonne idée.

Aucune des deux filles ne parut surprise.

– On se doutait que vous diriez ça. Mais si M. Perry et M. St. John viennent avec nous ? suggéra Teless. Ils nous serviraient de cavaliers. Et nous n'allons pas rester longtemps.

Bo considéra Janny Malcolm, « malade mentale », temporairement sortie d'un hôpital psychiatrique où Noël devait être fêté avec de la gelée rouge et vert servie dans des verres en polystyrène en remplacement de l'habituelle gelée orange. Une malade mentale qui ne souffrait d'aucune maladie mentale en dehors de celle qui était engendrée par les mensonges et le silence. Janny Malcolm lui fit un sourire plein d'espoir.

– Si vous parvenez à convaincre Rombo et Martin de vous accompagner, pourquoi pas ? dit Bo en capitulant. Je ne suis plus vraiment chargée de ton dossier, de toute façon. Avec Rombo sur place, qu'est-ce qui peut se passer ?

L'assistant social en milieu psychiatrique avait été boxeur au cours de sa jeunesse agitée, mais ce n'était pas à ses talents de pugiliste que Bo pensait. C'était aussi l'un des membres de sa profession les plus compétents et les plus attentifs avec qui il lui avait été donné de travailler. Rombo Perry allait veiller sur sa jeune protégée avec le zèle d'une maman éléphant. Les filles seraient en totale sécurité.

– Bo ? appela Estrella derrière la porte de la salle de bains restée entrouverte. Oh là là ! *madre de dios*, Bo, je crois que cette fois, ça y est ! Tu peux me donner des serviettes éponge ? Et tu ferais bien d'aller chercher Henry !

Des serviettes éponge ? Bo se remémora les éléments de la reproduction, le petit océan dans lequel nage tout mammifère tant que ses poumons ne sont pas prêts à respirer l'air. Ensuite, l'océan atteint le point de rupture et se répand, indiquant que l'heure de la naissance est arrivée.

Bo ouvrit les portes de son placard à linge, attrapa toutes les serviettes qui s'y trouvaient et les tendit à Estrella.

– Oh, Es, le bébé arrive, c'est ça ?

– Exactement, fit Estrella en grimaçant.

Bo considéra les possibilités logistiques. Dar Reinert devait avoir un gyrophare amovible dans sa voiture, tous les flics en avaient un. Lui et Deb pourraient ouvrir la route jusqu'à l'hôpital, comme une escorte de la police. Henry et Estrella les suivraient. Ils avaient tout le temps qu'il fallait. Mais le scénario ne comportait pas de rôle pour Bo, qui se sentit soudain exclue. Elle resterait chez elle et appellerait la sœur d'Estrella, voilà. Mais elle aurait voulu *être* la sœur d'Estrella, être incluse dans l'événement.

– Henry, murmura-t-elle à l'oreille de l'officier de marine aux cheveux blonds occupé à mettre de la crème en poudre à la noisette dans son café, ne panique pas, mais Estrella va devoir être emmenée à l'hôpital tout de suite. Le bébé arrive. Je vais demander à Dar de vous faire une escorte.

Elle ne fut pas surprise quand Henry laissa tomber son café sur le carrelage de la cuisine. Ce n'était pas un problème. Elle avait toujours détesté cette tasse, de toute façon. Deb Reinert se hâta de nettoyer le liquide odorant, tandis que Bo exhortait Dar à enfiler sa veste de policier au tissu bleu légèrement brillant. Puis elle enveloppa Estrella dans son propre manteau noir et embrassa son amie sur la joue.

– Tiens bon ! dit-elle, parce qu'elle ne savait pas quoi dire d'autre.

– Bo, je veux que tu viennes ! insista Estrella. Tu es la marraine, il faut que tu sois là. Eva, Rombo et tous les autres peuvent rester ici et terminer leur soirée, d'accord ?

– Abolument ! acquiesça Bo.

– Je vais te conduire, intervint Andrew LaMarche. Tu es trop nerveuse pour prendre le volant.

– Nous allons accompagner les filles à ce truc de vampires, lança Martin St. John de la chambre où il se faisait une lavallière avec le plus joli foulard en soie noire que Bo possédait. Mais nous allons revenir, alors appelez-nous dès que junior est là !

Au moment où elle se précipitait vers la porte, Bo entendit le téléphone sonner et vit Eva Broussard qui se préparait à répondre. Ça ne pouvait pas être important, pensa-t-elle. Et même si ça l'était, il faudrait que ça attende.

Quarante-cinq minutes plus tard, vêtue d'une blouse stérile, elle suivait Henry Benedict, fou de joie, dans la salle de travail où Estrella avait encore les pieds dans les étriers et tenait quelque chose qui était enveloppé dans une petite couverture en coton. Bo trouva que le sourire d'Estrella donnait une nouvelle dimension au mot « radieux ».

– Es ? dit-elle en souriant à travers les larmes qui lui inondaient le visage, je peux voir ?

– C'est incroyable, fit Estrella avec un sourire immense en écartant le bord de la couverture douce pour révéler un petit visage rose surmonté de mèches humides couleur carotte. Je te présente Patrick.

Bo sentit son cœur fondre, sentit la configuration du monde entier se transformer d'une manière indéfinissable. Cet enfant était parfait, sans la moindre trace de fausseté ni d'artifice, et il méritait ce qu'il y avait de mieux. Elle ferait tout son possible, elle lui donnerait le meilleur d'elle-même. Elle s'occuperait de lui et lui apporterait des cadeaux. Mais le plus important était que ce serait elle qui raconterait à Patrick Benedict les histoires qui allaient structurer sa compréhension de la vie.

– Il est roux, Es ! s'écria-t-elle, en touchant une mèche de cheveux mouillés. Et il s'appelle Patrick. C'est un petit gars d'Irlande que vous avez là, alors ?

– Ses cheveux, c'est le mélange des cheveux blonds de Henry et de mes cheveux bruns, j'imagine, dit Estrella en souriant. Mais son nom, c'est pour toi, Bo. Un nom irlandais.

– Bienvenue, dit Bo au nouveau-né qui entourait de sa main incroyablement minuscule le petit doigt qu'elle lui tendait. Bienvenue à toi, petit Padraig, murmura-t-elle en prononçant son nom en gaélique, que la lumière te bénisse, qu'elle soit sur toi et en toi. Et que toute la force du ciel te soutienne pendant ton voyage. Bienvenue !

– Bo ? fit Estrella avec une lueur sombre dans les

yeux. C'est un garçon. Tu ne crois pas… il ne peut pas, il ne peut pas tourner comme mon frère, dis ?

– Pas Patrick, lui affirma son amie. Nous y veillerons.

– Bon, soupira Estrella en fermant les yeux. Merci, Bo.

Dans le couloir, Bo et Andrew regardèrent Patrick partir vers la nursery, installé dans un berceau transparent à roulettes portant l'étiquette BENEDICT, GARÇON, 3,500 kg. Estrella allait dormir pendant que les premières heures de Patrick seraient soigneusement observées par des professionnels formés pour détecter le moindre problème éventuel. Il n'y aurait aucun problème, pensa Bo. Le bébé était robuste. Mais au moins Estrella pourrait-elle faire une nuit complète, la dernière avant très longtemps.

– Madame Bradley ? appela une aide-soignante. Le docteur Broussard a téléphoné et a demandé que vous la rappeliez immédiatement. Elle dit que c'est urgent.

Bo fronça les sourcils et se hâta vers le téléphone à pièces qui était dans la salle d'attente de la maternité.

La psychiatre décrocha immédiatement.

– Eva, dit Bo, Patrick est arrivé, il pèse trois kilos cinq cents et il se porte bien. Es va bien. Qu'est-ce qui se passe ?

– Pete a pris un appel au moment où vous partiez, Bo. Tamlin Lafferty a été assassinée en début de soirée. Quelqu'un lui a fracassé l'arrière du crâne avec une pelle alors qu'elle priait seule dans la chapelle de Sainte-Dymphna.

– J'arrive tout de suite. Et, Eva, est-ce que les filles sont rentrées de Goblin Market ?

– Non, dit Eva pour toute réponse.

22

Eva Broussard était seule quand Bo et Andrew arrivèrent à l'appartement, et son visage reflétait l'inquiétude.

– Rombo, Martin et les filles ne sont pas revenus, annonça-t-elle. J'ai appelé Goblin Market et j'ai fait demander Rombo, mais il n'y a pas eu de réponse. La musique était tellement forte que je ne vois pas comment ils auraient pu entendre qu'on les demandait au téléphone, par conséquent cela ne veut peut-être rien dire.

– Ils sont sûrement en train de s'amuser, suggéra Andrew. Je vais quand même y aller immédiatement. Bo m'a suffisamment parlé de l'affaire Malcolm pour me convaincre qu'un engrenage d'événements inquiétants a peut-être démarré, impliquant éventuellement Janny, et, par association, ma jeune cousine.

Eva regarda d'un air soucieux la couche de nuages de plus en plus dense qui obscurcissait la lune, puis elle huma la brise.

– Il va pleuvoir, dit-elle. Et je crains qu'il y ait encore d'autres sujets d'inquiétude. Pete est parti tout de suite après l'appel relatif à Tamlin Lafferty. Apparemment, il fait partie d'un groupe d'intervention informel constitué de policiers à la retraite qui travaillent avec le FBI sur des enquêtes fonctionnant par recoupements et concernant diverses activités criminelles, y compris un réseau pédophile qui prend des poupons comme sujets de clichés à caractère pornographique. Il y a de la publicité pour les poupées en question dans des magazines et des journaux où elles sont présentées comme des objets de collection. Seules certaines expressions-clefs dans le texte signalent aux initiés l'industrie malsaine mais florissante que cela cache. Les poupées sont fabriquées d'après des modèles de Jasper Malcolm. Hier, les autorités ont réussi à arrêter un personnage important de ce réseau de distribution pornographique, pour des faits sans lien direct avec cette affaire. Pete a le sentiment qu'à la suite de cette arrestation, Malcolm a pris peur, qu'il a paniqué. Il est sûr que c'est Malcolm qui a assassiné Tamlin, qu'il est absolument déterminé à détruire ce qui reste de sa famille avant d'être lui-même arrêté et détruit.

Bo chercha un imperméable dans le placard, en trouva un. En plastique bleu brillant avec une doublure imprimée d'un motif de fraises. Cela manquait de dignité, mais il faudrait que ça aille. Elle se demanda si Cullen avait averti Beryl Malcolm.

– Pete Cullen est persuadé que Jasper Malcolm a assassiné sa femme, abusé de ses filles, infligé une blessure fatale à l'une de ses petites-filles et qu'il s'est enrichi grâce à des photos pornographiques de ses poupées, reconnut Bo. Il a peut-être raison, mais je n'en suis pas entièrement convaincue. Cela ne veut pas dire que Jasper soit responsable du meurtre de Tamlin ou qu'il représente un danger pour Janny. Je trouve que Cullen est trop sûr de lui. Il a l'impression que Malcolm lui a échappé il y a treize ans et il veut sa revanche.

– Il me paraît très compétent, fit Andrew en refusant de voir son point de vue. Au fait, Bo, je veux que tu restes ici. C'est idiot que nous allions à deux courir sur une plage alors qu'il pleut.

– Il ne pleut pas encore, et c'est *ma* plage, déclara-t-elle en serrant les dents. J'habite ici. Et qui plus est, je suis responsable de la présence de Janny. Au même titre que Rombo. Ne viens pas me dire ce que je peux et ce que je ne peux pas faire, Andy. C'est tout à fait déplacé.

– Je vais rester ici, décida Eva sur un ton neutre. Au fait, Bo, Pete semble penser que vous trouveriez cette précision intéressante : le visage de Tamlin était parsemé de petits points d'encre, comme si on y avait appuyé un stylo au hasard. Un stylo-bille noir, d'après le médecin légiste.

– Où est Pete, là ? demanda Bo tandis qu'Andrew se tenait sur le pas de la porte, la mine renfrognée.

– Je ne sais pas vraiment. Il s'est peut-être rendu sur les lieux du crime, à Sainte-Dymphna. Il était très agité et il est parti après l'appel des services du shérif local. Apparemment, il avait laissé un message sur son répondeur, chez lui, indiquant qu'on pouvait le joindre ici.

– Ah bon, répondit Bo en s'interrogeant pour savoir si elle devait essayer de contacter Dar Reinert et demander la présence de la police au club.

Si Cullen avait raison, Jasper Malcolm pouvait y être, attendant le moment où il serait seul avec sa dernière petite-fille. Mais ce scénario ne paraissait pas cadrer avec le personnage du vieux fabricant de poupées. Le mieux, c'était de ramener Janny à l'hôpital et d'analyser plus tard les ramifications de la théorie de Pete Cullen.

Sur une petite table, en bout de canapé, Bo aperçut la poupée de Janny, abandonnée comme elle aurait dû l'être depuis des années. Partageant un moment de bonheur avec des amis, l'adolescente échappait provisoirement à la malédiction qui pesait sur elle.

S'il y avait un certain nombre de clients au Goblin

Market, la foule n'était pas encore arrivée lorsque Bo et Andrew dépassèrent en courant la station de sauvetage déserte, parcourant ensuite cinquante mètres de sable collant pour parvenir à l'entrée du club. Elle remarqua qu'au-dessus de la plage le brouillard était suspendu en pans aux formes bizarres qui se délitaient et se reformaient dans le vent de plus en plus violent. Par endroits, il était possible d'apercevoir au loin, à marée basse, des vagues noires qui se fracassaient. Ailleurs, il n'y avait que des tourbillons de brume tourmentée.

Bo sentit les vibrations de l'étrange musique gothique émanant du club avant de pouvoir comprendre les paroles qui l'accompagnaient. Cette suite simple de quatre accords née au sein de la musique folk et travaillée à l'envi dans les années cinquante, à moitié noyée sous des bribes de chœurs de film d'épouvante et la répercussion d'effets électroniques. Elle décida que ce devait être la bande-son d'une version dessin animé de *La Mort d'Ivan Ilitch* de Tolstoï. La musique parvenait à exprimer à la fois une certaine bêtise adolescente et l'aspiration concomitante à ce que toute chose ait un sens immuable.

– Qu'est-ce que c'est que cet endroit ? marmonna Andrew quand une fille en robe de mariée jaunie et bottes à revers les dépassa, coiffée d'un voile noir en lambeaux.

– Une scène de théâtre où des gens aliénés font seulement semblant d'être aliénés, dit Bo en calquant sa réponse sur les remarques d'un professeur marxiste qu'elle avait eu à l'université et qui, d'après ce qu'elle avait entendu dire, vendait maintenant des fournitures pour cabinets dentaires à Miami. Essaye d'avoir l'air de comprendre la décadence inhérente à la technologie.

– Quoi ?

– « *What ends when the symbols shatter*[1] ? » demandait la voix d'un chanteur britannique sur fond de multiples manipulations musicales aux résonances de film d'horreur. « *What ends...* »

Bo tenta de ne pas prêter attention à cette question tout en parcourant du regard l'assemblée de vampires et de sosies de miss Havisham[2] à la recherche de Rombo, de Martin et des filles. Ils n'étaient pas là.

– Va voir les tables sur la plage, dit-elle à Andrew. Je regarde dans le patio.

Le garçon nommé Gunther était là, vêtu d'une tunique de bouffon de couleur noire.

– Avez-vous vu Janny, euh, Fianna, ce soir ? lui demanda-t-elle.

– Oui. J'ai vu son amie, aussi. Il y avait deux types avec elles, mais il y en a un qui a dû les quitter, je crois. Fianna et son amie viennent de partir avec l'autre. Elle va bien ? Fianna, je veux dire. Elle avait l'air plutôt en forme.

– Ça va, répondit Bo. Merci, Gunther.

Quand Bo le retrouva, Andrew interrogeait un jeune homme trapu et rougeaud dont les canines ne parvenaient pas à créer l'aura anémique indispensable au vampirisme.

– Apparemment, Martin a dû s'en aller, mais je ne sais pas pourquoi, dit-elle au pédiatre, ou du moins je pense que ce devait être Martin. Et Rombo est parti

1. « Qu'est-ce qui se brise quand les symboles volent en éclats ? » *(N.d.T.)*

2. Dans *Les Grandes Espérances* (1860) de C. Dickens, miss Havisham, abandonnée le jour de son mariage, arrête toutes les horloges et ne revoit plus jamais la lumière du jour. *(N.d.T.)*

avec les filles. On doit pouvoir les rattraper si on se dépêche.

La voix du chanteur gothique les suivit dans les nuées de brouillard, sous les premières grosses gouttes de pluie qui perçaient le sable de petits cratères.

– *« What ends when the symbols shatter ? »* demandait la voix. *« What ends… »*

– Il pleut, constata Andrew avec découragement. Je ne comprends pas pourquoi on ne les a pas croisés en venant ici.

– Ils ont dû passer par la plage, Andy. On va passer par là aussi. Il y a un escalier qui part de la plage après la jetée. Il n'est accessible qu'à marée basse et il mène directement à mon immeuble.

– Ils ne connaissent pas ce chemin, Bo. La logique veut qu'ils passent par la rue.

– Nous les aurions *vus* s'ils étaient passés par la rue, Andy. Allez, on y va.

– Bo, il pleut et tu es difficile. S'il te plaît.

Difficile. Un mot utilisé pour décrire les enfants rebelles et les animaux familiers qui font des sottises. Bo considéra le bel homme distingué qui se tenait près d'elle dans la pluie et le vent, et pensa à des poupées. À une poupée médecin-qui-maîtrise-les-aliénés, plus précisément. Avec tout ce qu'il fallait, y compris la moustache impeccable et les préjugés vieux jeu sur les femmes.

– Moi, je prends par la plage, déclara-t-elle avant de plonger dans un pan de brouillard.

Il ne la suivit pas.

Elle se dirigea vers la mer où l'eau, en se retirant, avait laissé un sable très compact qui risquait moins de la ralentir. Elle remarqua des empreintes de pas peu profondes qui s'éloignaient vers le sud. Trois personnes, la plus lourde marchant entre les deux autres et laissant des marques de talon plus nettes, recouvertes d'une pellicule d'eau. Ce pouvaient être les empreintes de Rombo, pensa-t-elle en hochant la tête. Entouré de Janny et de Teless. Elle rabattit sur sa tête la capuche en plastique de son imperméable, se courba pour affronter le vent chargé de pluie et courut en suivant les traces. Elles se dissolvaient déjà. Et tout à coup elles s'arrêtèrent.

Bo se redressa pour se repérer. Le brouillard se faisait plus dense, maintenant, et se déplaçait en tourbillons horizontaux provoqués par la rencontre de l'air froid venu des terres avec l'air chaud saturé d'eau qui soufflait du Pacifique. En faisant trois mètres sur sa droite, elle échappa à un tourbillon de brouillard et aperçut la jetée d'Ocean Beach à une courte distance. Elle se détachait, avec ses illuminations, sur fond d'eau noire, et elle était déserte. Ce n'était qu'une jetée d'artiste, pensa-t-elle, comme celle de ses cartes de Noël. Irréelle sous les traits obliques de la pluie.

Le sable portait des traces de lutte à l'endroit où les empreintes s'arrêtaient. Ou alors quelque chose était survenu pour gêner la progression régulière des trois personnes qui longeaient la plage vers le sud, vers la jetée et les marches incrustées de bernaches qui, plus loin, menaient à son immeuble. Le regard de Bo se posa sur le sable mouillé qui avait été foulé, puis elle pivota vers les terres. Il n'y avait pas d'autres empreintes sur la vaste étendue de sable dur : ils avaient dû remonter vers le littoral avec ses enchevêtrements de varech et son terrain accidenté. Son pied droit buta sur un nid de fil de pêche qui s'était accroché à une planche d'où pointaient trois clous rouillés ; elle secoua la jambe pour se dégager et pressa le pas. Des équipes spéciales nettoyaient la plage tous les jours l'été, mais seulement de temps en temps l'hiver, quand il y avait peu de touristes à contenter. Et les débris que rejetait l'océan pouvaient être mortellement dangereux.

Devant elle, un autre obstacle gisait au sol, visible uniquement par moments, quand il n'était pas dans l'ombre d'un nuage de brouillard qui tournoyait comme une roulette de casino. Quelque chose d'inerte et de sombre, une forme longue étalée sur un tapis de varech. Elle se dit que cela devait être un cadavre de requin. Pas un de ces petits requins-nourrices que les pêcheurs de la jetée attrapaient régulièrement, un plus gros. De la taille d'un homme.

Bo, qui maintenant transpirait dans l'imperméable en plastique de piètre qualité, contourna l'objet tout en en restant assez proche pour voir que ce n'était absolument pas un requin, ni quelque chose qui aurait été abandonné sur la plage à marée descendante. C'était bien un homme, qui remuait avec peine sur un monticule d'algues semblables à des cordes, comme s'il avait dormi et venait à peine de se réveiller. Elle pensa aux selkies, ces êtres-phoques qui prenaient forme humaine par amour mais ne pouvaient jamais rester à terre, tant était grand leur besoin de l'océan. Elle imagina que le tableau qui s'offrait à elle aurait pu être la naissance d'un selky. Pareille magie pouvait se produire par une nuit comme celle-ci, et seulement dans ces conditions, à l'abri des regards indiscrets. Sauf que ce selky lui paraissait étrangement connu. Trop connu.

– Martin ! s'écria-t-elle.

Elle s'élança sur le varech élastique qui faisait des bruits de succion et s'approcha de lui.

– Que s'est-il passé ? Où sont Rombo et les filles ?

Martin St. John répondit en vomissant sur le varech,

le poing droit appuyé à la base du crâne d'où un filet de sang coulait dans son cou.

– Je leur ai dit... de courir ! répondit-il en frissonnant. Ça vient de se passer. Je n'ai rien vu. Quelqu'un derrière nous...

Un nouveau spasme nauséeux vint écourter son récit. Bo arracha ses chaussures. Elle courrait plus vite comme ça. Et il fallait qu'elle coure !

– Martin, tu as une commotion cérébrale, dit-elle avant de scruter le brouillard devant elle. Quelqu'un va venir te chercher le plus vite possible. Quoi qu'il advienne, ne te laisse pas gagner par le sommeil. Reste éveillé !

Au loin, elle crut apercevoir deux silhouettes vêtues de noir qui couraient dans l'ombre sous la jetée, en direction des rochers plats de schiste argileux, avec leurs réseaux de sillons érodés et leurs cuvettes emplies de crabes. Et quelque chose d'autre. Quelque chose d'indéfinissable dans la pénombre des tourbillons de brouillard, mais quelque chose qui laissait des empreintes. Quelque chose qui talonnait les silhouettes en fuite, qui étaient, elle en avait la conviction, celles de Janny et de Teless.

Elle se débarrassa de son imperméable et courut, obligeant ses jambes à se mouvoir rapidement dans le sable meuble. Mais chaque pas semblait entraver sa progression, tirer son corps vers le bas. Elle se dit qu'il y avait une force magnétique générée par le retrait de l'eau de mer loin de la terre. Elle savait qu'elle avançait. La jetée était plus proche maintenant. Mais elle avait l'impression de courir sur place, luttant contre un velours noir et tenace qui voulait qu'elle reste, qu'elle sombre, qu'elle abandonne.

– Janny ! hurla-t-elle en sentant la pluie contre ses

dents. Ne t'arrête pas ! Suis les rochers et contourne la digue jusqu'aux marches !

Mais les mots ne firent que voleter autour de ses oreilles et furent perdus dans le vent. Les filles s'étaient précipitées dans un piège. Après la jetée, la digue se dressait à la verticale pour protéger les derniers mètres de terre qui séparaient du tumulte de la mer une rangée d'immeubles dont le second était celui de Bo. Sous le mur, le sable s'arrêtait dans un cul-de-sac de rochers couleur de boue submergés sauf quand la mer était à marée basse. Les rochers plats étaient visibles maintenant, mais le vent soufflait sur eux un voile d'eau et d'écume instable venu de la mer qui s'était retirée. Si l'on ne connaissait pas cet endroit, personne ne pouvait savoir que l'on pouvait contourner la courbe du cul-de-sac en marchant sur le schiste à peine submergé et remonter la falaise par l'autre côté. Tout étranger à ces lieux croirait qu'il allait s'enfoncer vers la mer.

– Continuez ! Continuez ! hurlait Bo aux silhouettes qu'elle voyait au loin, tandis que le sable aspirait ses chevilles et qu'un autre pan de brouillard la traversait en tournoyant comme si c'était elle et non lui qui était impalpable. *Courez*, bon sang !

Mais Janny et Teless s'étaient arrêtées. Bo ne distinguait que leurs jambes sous la brume, sautant désespérément contre le mur en pierre maculé qui faisait deux mètres de haut à l'endroit où il rejoignait les rochers. Et les traces de pas, laissées par l'être que dissimulait le brouillard amoncelé devant la digue, continuaient d'avancer.

Bo vit qu'il y avait quelqu'un sur le trottoir au-dessus de la digue, là où commençait le cul-de-sac. Quelqu'un de grand. Pantelante, elle tomba, se releva, et pendant ce temps, la silhouette enjamba la rambarde en métal puis sauta les deux mètres qui la séparaient des flaques abandonnées par la marée. Sauta entre Janny, Teless et ce qui les poursuivait.

Les empreintes de pas changèrent soudain de direction, mais le temps que Bo comprenne ce qui s'était passé, le traqueur avait disparu, avalé par les ombres de la jetée et la plage envahie de brouillard.

Quelques secondes plus tard, elle sentit le sable se changer en rocher sous ses pieds et elle franchit des lambeaux de brouillard, découvrant Daniel Man Deer qui portait un cordon de cuir autour du cou, orné d'une pierre d'où la pluie gouttait et coulait sur son torse nu. Immobile, il était tourné dans la direction par laquelle l'assaillant avait fui. L'espace d'un instant, Bo crut qu'il faisait partie intégrante du rocher, comme s'il avait été là longtemps avant les digues et les immeubles, avant les routes et les supermarchés, avant la cupidité.

– Ce n'était pas Mary, en fait, dit-il quand Bo s'approcha. Je croyais que je devais la protéger, mais ce n'était pas ça. Qui est-ce qui poursuivait ces enfants, madame Bradley ? Qu'est-ce qui se passe ici ?

– Je ne sais pas, répondit Bo tandis que Janny et Teless trébuchaient parmi les flaques d'eau et venaient s'accrocher instinctivement à l'imposante stature de Man Deer. Mais si vous n'aviez pas été là…

– J'étais là, l'interrompit-il avec douceur. J'ai sauvé le félin et les Anciens m'ont montré le chemin. Mary ne comprendra jamais.

– Si, elle comprendra, fit Bo qui ne comprenait pas non plus. Je lui raconterai.

23

– Andy ! cria Bo quelques minutes plus tard lorsque le robuste Indien et elle ramenèrent Teless et Janny dans l'appartement. Quelqu'un a frappé Martin pendant qu'ils rentraient du club. Il est toujours sur la plage et je crois qu'il a une commotion cérébrale. Va voir près du monticule de varech qui est juste au nord de la jetée.

– Je vais vous accompagner, dit Daniel Man Deer. Il n'est peut-être pas en état de marcher.

Il était implicite dans les propos de l'Indien qu'un danger pouvait encore menacer sur la plage plongée dans l'obscurité. Eva Broussard eut un hochement de tête approbateur et dirigea les filles vers la chambre de Bo pour qu'elles mettent des vêtements secs. Bo remarqua que Janny s'était saisi de la vieille poupée sur la petite table basse où elle était restée et qu'elle la pressait contre elle.

– Kimmy, murmura l'adolescente d'une voix d'enfant, aiguë et haletante, Kimmy est partie !

– Oh, merde, souffla Bo en roulant son imperméable en boule dans l'évier.

La jeune fille ne pouvait en supporter davantage, c'était évident. Or il ne faisait aucun doute que davantage il y aurait. Bo ferma à clef les portes du balcon et tira les rideaux. Inutile de faire savoir à quiconque pouvait se trouver dehors et regarder par la fenêtre que Janny était présente dans l'appartement. Et il fallait prendre une décision. Soit donner à Janny les éléments de vérité qui concernaient sa vie, soit continuer à les lui cacher puisque ses ressources psychologiques la lâchaient sous le poids d'une angoisse intolérable.

– Eva ? dit Bo d'une voix douce sur le seuil de sa chambre. Je crois qu'il est temps que Janny sache ce qui se passe.

– C'est risqué, répondit la psychiatre en regardant Teless sécher les cheveux de Janny avec le peignoir en éponge de Bo. Pourtant cela pourrait marcher. Mais vite, alors. Pas d'affectif. Teless et moi, nous restons à côté.

Teless avait entendu l'échange et fit un signe de tête.

– L'« affectif » en l'occurrence déboucherait sur un drame, lui expliqua Bo. Tu vas entendre un récit monstrueux. Ne réagis pas comme tu le ferais normalement. Il faut juste aider Janny en lui adressant des paroles calmes, d'accord ?

– *Oui, sha**, murmura Teless pour indiquer qu'elle avait compris tout en ôtant l'épais tissu qui couvrait les oreilles de Janny.

– Ce n'est qu'une poupée, commença Bo en s'asseyant sur le lit près de Janny Malcolm et en touchant le visage en biscuit que le grand-père de l'adolescente avait modelé quinze ans plus tôt. Mais il y a vraiment eu une Kimmy, et tu as raison, Kimmy est partie. C'est une histoire extrêmement triste, mais c'est ton histoire, Janny. Je veux que tu la connaisses.

Le visage de la jeune fille, tout maculé des vestiges de son maquillage gothique, fixait Bo intensément.

– Il y a eu une Kimmy ? Je ne suis pas folle ?

– Non, ma grande, tu n'es pas folle, lui dit tranquillement Eva Broussard. Tu souffres, tu te sens un peu perdue, et tu as peut-être conscience que quelqu'un est mort récemment, mais tu n'es pas folle. Tu es une jeune femme intelligente et parfaitement équilibrée et tu as besoin d'entendre des vérités douloureuses afin de comprendre les choses qui te sont arrivées.

– Quelles choses ? demanda Janny en s'agrippant à la main de Teless.

Bo écouta la pluie qui tambourinait sur les portes du balcon, puis elle se tourna vers Janny.

– Tu avais une sœur jumelle, commença-t-elle, et elle s'appelait Kimberly. Tout le monde l'appelait Kimmy. Quand toi et ta sœur aviez dix-huit mois, il est arrivé quelque chose de terrible. Quelqu'un a frappé Kimmy à la tête, ce qui a provoqué une lésion cérébrale dont elle est morte il y a seulement quatre jours. Pendant les treize années écoulées depuis cet événement, Kimmy n'a pas repris conscience. Elle ne souffrait pas. Disons qu'elle est restée dans une sorte de coma, elle était dans une institution de Los Angeles où on s'occupait d'elle. Puis le moment de mourir est finalement arrivé. Cela s'est produit le soir où tu étais à Goblin Market. Et il est possible que tu aies senti sa mort, je ne sais comment, mais maintenant, c'est fini. Ta sœur jumelle est en paix et toi, tu vas bien. C'est la vérité, Janny.

– Alors, c'est Kimmy, le *roogaroo*, dit Janny en tournant vers Teless des yeux écarquillés.

– Non, *sha*, répondit Teless en souriant et en lui posant un bras sur les épaules. Le *roogaroo*, c'est juste une invention que les mamans utilisent pour faire peur aux petits enfants, genre « Si t'es pas sage, le *roogaroo* va venir te chercher ». Là, tout ce que te raconte Bo, c'est la réalité. Les gens qui sont morts se promènent pas dans la nature, sauf dans les histoires.

– Mais il y a vraiment quelqu'un qui essaye de me faire du mal ! insista Janny. Tout le monde dit que j'ai tout inventé, mais il y avait bien quelqu'un à ma fenêtre chez les Schroder. J'ai vu…

– Il y avait bien quelqu'un, Janny, confirma Bo. Je suis allée voir et les plantes étaient écrasées sur toute la pente qui monte jusqu'à la cour de l'école. Je ne sais pas qui c'était, mais il y a des hommes malades qui rôdent pour observer les femmes par la fenêtre. Tu as entendu parler des voyeurs, non ?

– Oui, fit Janny en reniflant. Et mes parents, alors ? Qu'est-ce qu'ils sont devenus ? Comment ils ont pu laisser ma sœur dans un endroit pareil et me laisser, moi, dans toutes ces familles de merde ? Ils sont morts ? Où est-ce qu'ils sont ?

Bo suivit du bout du doigt les contours d'un renne sur une des taies d'oreiller. Elle savait que Janny ne pouvait pas tout entendre d'un seul coup. Et d'Eva émanait un champ de force magnétique qui lui disait « ça suffit ». Bo se leva et prit, dans le tiroir de la commode où elle l'avait rangé quand elle était rentrée chez elle, le scapulaire que Tamlin Lafferty lui avait donné.

– J'ai bien peur que ta mère ne soit décédée, Janny. Elle a vécu dans un couvent jusqu'à sa mort. Ces images pieuses viennent de ce couvent. J'ai pensé que tu aimerais peut-être les avoir.

– Hé, j'avais un truc comme ça quand j'étais petite, dit Teless. Le père Donneaux nous en faisait porter à tous quand on était gamins. C'est fait pour te protéger, Janny.

– Ma mère était catholique ? fit Janny stupéfaite. Ça veut dire que je le suis aussi ?

Bo sourit devant la quête d'identité somme toute ordinaire à laquelle elle assistait. Le simple fait que ce soit ordinaire en faisait un miracle. Janny allait avoir beaucoup de choses à accepter avant d'en avoir terminé, mais ses premières réactions étaient centrées sur elle-même et en accord avec son âge. Eva, qui souriait elle aussi, s'étira et consulta sa montre.

– Tu auras encore beaucoup d'autres questions à poser plus tard, mais pour le moment, tu as assez de choses à assimiler, dit-elle à Janny. Et nous avons en plus un problème que tu peux peut-être nous aider à résoudre. Pour commencer, pourquoi M. Perry, celui qui s'occupe de toi, est-il parti ?

Janny fit passer le scapulaire sur ses épaules et observa l'image du devant, une jolie jeune fille avec un foulard doré, qui tenait un lis et une Bible ornée d'un trèfle à quatre feuilles.

– Eh bien, c'était un peu bizarre, il me semble. Il a appelé l'hôpital pour dire à quelle heure nous allions rentrer. Parce que, en fait, il allait être un peu plus tard que ce qu'on avait dit, puisqu'on était allés au Goblin Market et tout ça. Et après je l'ai entendu dire à M. St. John que quelqu'un avait appelé l'hôpital pour dire qu'il y avait une urgence, une crise, je sais pas quoi, et qu'ils voulaient que M. Perry vienne, et personne d'autre. Sauf qu'il a dit à M. St. John qu'il n'avait jamais entendu parler des gens qui avaient appelé, ni de cette adresse.

– Les gens qui travaillent dans le service de psychiatrie font parfois des visites à domicile quand il y a des crises, expliqua Bo. Quand un de leurs clients, quelqu'un qu'ils connaissent bien, est en proie à des hallucinations ou a d'autres problèmes, à la maison, quelquefois le visage connu d'un professionnel peut le rassurer. Rombo a eu un appel pour ce type d'intervention. C'est une urgence. Je comprends qu'il y soit allé immédiatement, considérant que Janny était en sécurité avec Martin.

Eva Broussard avait trouvé une tenue de jogging, pantalon et sweat-shirt, dans la commode de Bo.

– L'autre question que nous devons vous poser, à toutes les deux, est la suivante, continua-t-elle. L'une de vous a-t-elle vu la personne qui a agressé Martin St. John ?

– Non, madame, je ne l'ai pas vu, dit Teless. M. St. John chantait, il faisait une imitation des chansons gothiques, vous voyez ? Il chantait une chanson de son invention qui parlait d'une entreprise de vampires décorateurs, et on riait beaucoup, et puis il s'est passé quelque chose et il a nous a crié de courir, et c'est ce qu'on a fait.

– C'est comme ça que tu revois les choses, Janny ?

– Ouais. J'avais tellement peur, je croyais que c'était, euh, Kimmy, vous voyez. Alors j'ai couru. J'ai même pas regardé derrière moi, mais j'avais l'impression qu'on était suivies !

– Vous étiez effectivement suivies, confirma Bo. Jusqu'au moment où Daniel Man Deer est intervenu. Alors votre poursuivant a pris la fuite. Ce n'était pas dans ton imagination, Janny.

– Mais *qui*..., commença l'adolescente.

– Nous n'en savons vraiment rien, dit Eva en lissant ses cheveux humides. Il y a des chose étranges qui sont liées à ta situation, mais la police s'en occupe. Ce qui est important pour le moment, c'est que toi et Teless, vous êtes saines et sauves, et que Martin est entre les mains expertes du docteur LaMarche. Le mieux serait que tu retournes à l'hôpital aussi rapidement que possible, ce soir même, Janny. C'est l'endroit où tu seras le plus en sécurité.

Puis, en emportant dans la salle de bains le jogging qu'elle avait emprunté pour se changer, elle ajouta :

– Bo, je vais rester ici.

– Parfait, acquiesça Bo alors qu'Andrew et Daniel aidaient Martin à franchir la porte de l'appartement, suivis d'un Rombo Perry pâle comme un linge.

L'ancien boxeur serrait les poings et elle vit que les muscles de ses épaules étaient tendus sous sa chemise mouillée.

– On m'a tendu un piège, Bo, annonça-t-il d'un ton penaud. J'aurais dû le comprendre quand je n'ai reconnu ni le nom ni l'adresse de cet appel en urgence. C'était une histoire de dupe, uniquement pour m'éloigner des autres. Un terrain vague vers Pacific Beach. Et maintenant Martin…

– Mes jours ne sont pas en danger, dit Martin St. John en souriant bravement tandis qu'Andrew appliquait un torchon rempli de glaçons contre la bosse qu'il avait à la tête. Si seulement je l'avais vu venir !

– Rombo, il va falloir le surveiller toute la nuit, interrompit Andrew dans son rôle de médecin. Réveillez-le brièvement toutes les deux ou trois heures, vérifiez qu'il n'a pas les pupilles dilatées, qu'il sait où il est. S'il a encore des vomissements, conduisez-le aux urgences.

– Si seulement j'avais été là, soupira Rombo en envoyant dans l'air un coup de poing qui fit aussi regretter à Bo qu'il n'ait pas été présent.

Mais un coup de poing de cette force, pensa-t-elle, aurait probablement tué Jasper Malcolm. À condition que le poursuivant ait bien été Jasper Malcolm.

– Teless et moi, nous allons rentrer à Del Mar, annonça Andrew à Bo en évitant de croiser son regard. Tu es la bienvenue si tu veux nous accompagner.

– Merci, Andy, mais Eva va rester avec moi. Je t'appellerai demain.

– Très bien, fit-il d'un ton crispé.

Puis il emmena Teless dans la nuit comme si elle était faite de fin cristal.

– *Nonk* Andy…

Bo entendit la jeune fille commencer ce qui allait indubitablement être une leçon pleine de bon sens sur les « comportements à avoir envers les femmes », mais la porte se referma et l'empêcha de savourer le sermon de l'adolescente.

Rombo et Dan les suivirent bientôt, en veillant à ce que Martin et Janny restent tout près d'eux pendant qu'ils se hâtaient tous de descendre les marches et de regagner leurs voitures. Eva et Bo regardèrent les feux arrière des deux véhicules jusqu'à ce qu'ils aient disparu dans la pluie.

– Vous savez, Eva, dit Bo d'un air songeur, les empreintes de la personne qui était là-bas sur la plage seront effacées d'ici demain matin.

– Elles le sont déjà, Bo, répondit la psy en passant une main dans ses cheveux courts. Et je suis plutôt fatiguée. J'espère que vous ne verrez pas d'inconvénient à ce que j'éteigne tout de suite les lumières pour me pelotonner sur le canapé. Vous avez une couverture et un oreiller en trop ?

Bo lui donna ce qu'elle avait demandé, avec un sourire. Elle savait pertinemment qu'Eva Broussard n'avait pas besoin de beaucoup de sommeil et qu'elle n'était pas plus fatiguée qu'elle n'avait envie de faire des claquettes sous la pluie en se rendant dans un cabaret ouvert toute la nuit où elle chanterait des airs de comédies musicales devant une assemblée de clients imbibés d'alcool. Mais en faisant appel au sens de la courtoisie que Bo avait appris à Boston, elle ménageait un moment de calme. Non pour son propre bénéfice, elle était tout en muscles et en énergie, mais pour sa patiente. Bo se demanda pourquoi Andrew LaMarche ne parvenait pas à voir qu'elle trouvait un cadre plus rassurant dans son propre système de valeurs que dans l'attitude de protecteur paternaliste qu'il adoptait. Le verrait-il jamais ?

Après une douche pas trop chaude, Bo s'allongea confortablement dans ses draps parsemés de rennes et écouta Molly qui ronflait doucement dans son panier. La pluie était agréable, soporifique. Au bout d'un moment, elle s'endormit. Jusqu'à ce qu'elle entende de grands coups tapés à la porte.

À moitié endormie, elle s'appuya sur un coude et perçut la voix d'Eva, le bruit de la porte qui s'ouvrait. Puis une odeur de bois brûlé, d'étincelles électriques, de cendres mouillées. Des voix étouffées, celles d'Eva et d'un homme.

– Qu'est-ce qui se passe ? lança-t-elle, ce qui réveilla Molly et provoqua des grognements, mais sans conviction.

L'odeur de brûlé lui rappela le rêve qu'elle avait fait, Goblin Market en flammes. Mais le restaurant qui se transformait le soir en décor gothique était un bâtiment en parpaings sous son revêtement mural, et il ne pouvait pas vraiment brûler. Un feu de cuisine, peut-être. Rien de dramatique.

– Vous pouvez vous rendormir, Bradley, fit la voix sonore de Pete Cullen dans le salon. C'est fini.

Bah voyons. Avec un encouragement de cet acabit, elle allait sûrement replonger dans le sommeil instantanément. La voix contenait un accent de vindicte, de justice enfin satisfaite.

– *Qu'est-ce* qui est fini, Pete ? demanda-t-elle en se forçant à se réveiller complètement et à se traîner jusqu'à la cuisine. On va se réchauffer du café au micro-ondes.

– Malcolm est mort, annonça Cullen. Du café, bonne idée.

Il avait exactement la même apparence qu'avant, se dit-elle, mais il empestait la fumée et les cendres. Et comme d'habitude, il ne débordait pas d'un irrépressible besoin d'expliciter ses paroles.

– Jasper Malcolm ? s'enquit-elle.

– Rôti, déclara Cullen tranquillement. Il a foutu le feu à cette vieille baraque d'époque en bois bien sec et il a brûlé avec. Il a dû se supprimer avec un flingue ou autrement avant que ça devienne une vraie fournaise. Le médecin légiste examine ses restes. On le saura demain.

– Commencez par le début, exigea Bo. Qu'est-ce qui s'est passé à Sainte-Dymphna ? On va partir de là.

– Je vais vous dire ce qui s'est passé, tonna-t-il, la tête tournée vers le micro-ondes d'où il retirait une grande tasse de café. Ce vieux pervers a eu vent d'une arrestation effectuée par le FBI à Chicago. Un des caïds du plan poupées porno. Apparemment, ce réseau de violeurs de bébés (il y a quelques anciens malfrats là-dedans, mais la plupart sont des hommes d'affaires ordinaires) s'est constitué sur l'Internet. Il y en a un, un certain Dwight Paradis (incroyable, un nom pervers comme ça), qui a une société à La Nouvelle Orléans spécialisée dans les petites cochonneries qu'on vend pour Mardi Gras. Accessoires, masques, et tout ça. Alors Paradis passe un contrat pour deux mille poupées habillées, pour le carnaval, et il découvre qu'il y en a qui ont l'air tellement vraies qu'on peut les photographier à travers une gaze ou avec une mise au point un peu floue et personne ne verra que ce ne sont pas des vrais bébés. Lui et ses petits camarades, ils bandent à mort quand leur copain de Denver, qui est chroniqueur judiciaire, fait quelques recherches et découvre qu'on peut vendre des photos de poupées en train de faire tout ce qu'on peut imaginer, et que c'est parfaitement légal.

– Pete, insista Eva, qu'est-ce qui s'est passé *ici* ?

– Je ne sais pas encore comment Malcolm s'est retrouvé mêlé à tout ça, mais la police de Chicago a arrêté le type pour des délits qui n'ont rien à voir, plusieurs petites conneries, utilisation présumée du courrier à des fins frauduleuses, refus de payer la pension alimentaire de son gamin, un vieux mandat d'amener pour un vol de voiture commis il y a bien un siècle, dans le Milwaukee, ce genre de trucs. Le tout bien ficelé. Donc Malcolm entend parler de ça, d'accord ? Et il fait dans son froc. Il est foutu, et il le sait. C'est plus qu'une question de temps avant qu'il se retrouve en habit de taulard derrière des barbelés tranchants, à vendre sa salade à la seule pourriture qui se trouve au-dessus de lui sur le mât de totem, pour le plaisir douteux de rester en vie. Pas joli jo...

– Pete, votre délectation à imaginer ces détails devient plutôt pénible, je dirais même répugnante, l'interrompit Eva. Quels sont les faits ?

– Hum, grogna Cullen. Franchement, je le déteste, ce salopard. Désolé. Enfin bref, à mon avis, il avait l'intention de faire ça depuis le début, éliminer le reste de ses « petites mignonnes » (Tamlin, Beryl, puis Janny) avant de s'éliminer lui-même. La religieuse en chef, là-bas, à Julian, m'a dit qu'elles avaient reçu un colis par courrier spécial, hier dans la soirée. Une tonne de vieilles poupées, m'a-t-elle dit, qui ont de la valeur, toutes emballées et étiquetées. Il y en a assez pour faire vivre le couvent pendant des années en les vendant. Il avait tout prévu, vous voyez ? Il avait aligné toutes ses victimes.

– Comment ça, ses victimes ? demanda Bo. Pourquoi ferait-il don de sa collection à Sainte-Dymphna si c'est un monstre ? Et qu'est-il advenu de Beryl ?

– Elle a eu de la chance, elle était à une espèce de réunion pendant la plus grande partie de la soirée, un groupe de soutien. Quand les flics sont venus chez elle après, pour lui dire que le vieux était mort, elle a ri. Elle a dit que son groupe de soutien allait sûrement organiser une fête. Malcolm est peut-être passé, en espérant la trouver, mais il l'a manquée. Et ce lascar a son côté religieux, il a fait des poupées style catho dans le temps. Dans son esprit tordu, il pensait peut-être acheter son billet pour échapper à l'enfer en faisant don d'un lot de poupées à quelques religieuses. Ces salauds, c'est comme ça qu'ils fonctionnent.

Bo se laissa tomber sur un tabouret de bar et remua le sucre dans son café.

– Alors, comment il a tué Tamlin ? demanda-t-elle.

– Il connaissait la routine qu'elles ont là-bas. Elles prient à tour de rôle, toute la nuit. Il y en a toujours une qui prie dans leur chapelle, vingt-quatre heures sur vingt-quatre. Elles viennent une heure chacune. Tout ce qu'il avait à faire, c'était attendre que sa fille se présente. Au fait, la pelle sortait de la cabane à outils du couvent. Il l'a prise, il a attendu caché parmi les arbres, et après il l'a frappée comme une brute. Il était environ vingt heures quand celle qui devait prendre la relève l'a trouvée. Ça s'est passé entre sept et huit. La mort a été instantanée.

– Mais *pourquoi* ? insista Bo. Quel intérêt avait-il à éliminer toute sa famille ?

– Pourquoi les cinglés font-ils ce qu'ils font ? demanda Cullen avec un haussement d'épaules. Ils ne vivent pas dans le même monde que nous. Malcolm était un dingue, un cinglé. Point final.

Bo joua avec l'idée de renverser son café sur la tête de l'ancien policier, mais Eva se leva et vint se placer entre eux.

– Merci d'être passé, Pete, murmura-t-elle. Nous pouvons au moins nous détendre maintenant, en nous disant que Janny est à l'abri.

– Hé, je peux finir mon café ? fit-il comme Eva le poussait vers la porte.

– Non, vous ne pouvez pas. Et merci encore d'être venu nous apporter la nouvelle de la mort de Jasper Malcolm. Ç'a été une soirée très éprouvante. Bonne nuit.

Pete Cullen parut déconcerté.

– Qu'est-ce que j'ai dit ? demanda-t-il. Ça n'a jamais été mon fort, de parler.

– Vraiment ? dit Eva avec un sourire. Nous pourrons peut-être travailler cela. Plus tard.

Lorsqu'il fut parti, Bo emmena Molly faire une courte promenade dans la rue luisante de pluie, en pensant au vieux fabricant de poupées. C'est vrai qu'il était bizarre. La haine de Cullen à son égard n'était pas surprenante. Mais avait-il été le psychopathe calculateur que l'ancien policier décrivait ? Bo avait en mémoire les yeux bleu-vert, les mains fines qui travaillaient la terre à travers le film en plastique. Peut-être, se dit-elle en hochant la tête. Mais elle n'avait pas eu cette intuition. D'ailleurs, elle n'en avait eu aucune en présence du vieil homme. Ou alors…

L'affaire était peut-être classée, mais Bo songea qu'il restait encore quelque chose à découvrir. Quelque chose qui concernait une hideuse sculpture de saint François. Et quelque chose qui concernait Madge Aldenhoven. Elle ne connaîtrait pas le répit, décida-t-elle, tant qu'elle ne saurait pas le fin mot de l'histoire.

24

À cinq heures du matin, Bo entendit Eva Broussard ouvrir la porte de l'appartement et descendre sans chaussures l'escalier qui menait à la rue. Molly bougea un peu en entendant du bruit, tourna en rond avec humeur dans son lit en peau de mouton puis se rendormit.

– Tu parles d'un chien de garde, murmura Bo. Qu'est-ce qu'il faut ? Des troupes d'assaut du FBI en fourreau de mousseline rose ?

Après avoir pris un café et un reste de jambalaya, elle revêtit un sweater taché de peinture et un jean, obligea Molly à sortir quelques minutes et se dépêcha de s'installer au volant de son Pathfinder. L'air matinal était pur et traversé de rares mouettes qui inspectaient la plage à la recherche de quelque mets rejeté sur le sable pendant la nuit. Bo regarda un grand goéland argenté s'élancer dans le ciel avec des entrailles de poisson qui pendaient de son bec.

– Berk ! cria-t-elle à l'oiseau, même si ce qu'elle s'apprêtait à faire pouvait s'apparenter à la même catégorie d'action.

Piller les morts, reconnut-elle, c'était piller les morts.

Un quart d'heure plus tard, elle contemplait la maison détruite de Jasper Malcolm. Ou la sculpture calcinée qui en restait. Les pompiers avaient installé un grillage tout autour, ainsi qu'une bande de plastique jaune imprimée de lettres, agitée par le vent glacial.

DANGER – NE PAS APPROCHER, prévenait-elle tous les cinquante centimètres.

Bo comprit que le toit s'était effondré quand les murs n'avaient plus été en mesure de le soutenir. Mais la majeure partie en avait été déplacée vers le fond de la propriété. Probablement pour faciliter les recherches et retrouver le corps de Jasper Malcolm. Il ne restait rien du grenier ni du premier étage, à part la haute cheminée en brique qui avait assuré le tirage de quatre foyers à l'époque où la maison était chauffée au charbon. Les briques noircies qui se découpaient sur le ciel d'hiver paraissaient osciller, menacer de tomber. C'était dangereux, la maison allait être détruite dans les heures prochaines par une équipe de démolition envoyée par la ville. Mais pour le moment, elle était là, lugubre et exposée aux regards, hurlant doucement quand le vent froid s'engouffrait à l'intérieur. Bo avança jusqu'à l'extrémité de la clôture provisoire, la décrocha de son support en bois. Puis elle la franchit.

Une chaleur humide et âcre montait du tas de décombres et lui piqua les yeux. La même odeur que celle qu'avait apportée Pete Cullen dans son appartement. Elle s'arrêta un instant tandis qu'une série de questions désagréables se formait dans son esprit. Pourquoi Cullen était-il sur les lieux hier soir ? Était-il réellement allé à Julian comme le supposait Eva, ou avait-il simplement répété l'histoire édifiante que lui avaient racontée les services du shérif local lors de l'appel qu'il avait pris au moment où ils partaient tous à l'hôpital pour la naissance de Patrick ? *Où* Pete Cullen avait-il passé toutes ces heures ?

Bo franchit avec précaution le cadre de la porte qui

ouvrait sur l'atelier de Malcolm et qui s'était écroulée en gardant son auvent en aluminium accroché. Elle se rendit compte que Cullen n'était pas moins bizarre que l'homme qu'il avait si amèrement traqué pendant plus d'une décennie. Un ancien policier vieillissant qui travaillait officieusement avec le FBI pour débusquer un réseau de poupées pornographiques ? Une planche siffla et craqua à ses pieds tandis qu'elle comprenait à quel point cette histoire paraissait extraordinaire. Et même si c'était vrai, jusqu'où Pete Cullen était-il prêt à aller pour abattre sa proie ? Il haïssait Jasper Malcolm depuis des années. Trop d'années. Qu'avait-il pu ressentir quand il avait appris que celui qui l'avait vaincu avait commis un nouveau meurtre, et qu'à nouveau il s'était échappé sans être identifié ?

Devant elle, tombé sur le côté, elle vit le placard en métal que Malcolm lui avait montré, dont la peinture présentait maintenant un paysage de petits cratères noirs. De ses tiroirs tombés à terre, une centaine de sphères parfaites s'étaient répandues sur le carrelage noirci. Elle en ramassa une et essuya la suie sur son jean. Un œil bleu la regarda. Un œil bleu en colère. Bo le lâcha et frissonna quand il rebondit sur le carrelage encore intact avant de venir s'immobiliser contre quelque chose d'humide et de gris. Un chat.

– Bède le Vénérable ! s'écria Bo avec joie. Tu es vivant !

Le félin mal en point la regarda d'un air soupçonneux puis s'avança pour se frotter contre sa jambe. Il était très sale et par endroits ses poils brûlés laissaient voir sa peau. Elle prit doucement l'animal tremblant dans ses bras et le glissa sous son sweat-shirt.

– Je ne sais pas ce que je vais faire de toi, mais ne t'inquète pas, Bède, je vais te trouver un foyer.

Le chat enfonça ses griffes dans l'épaisse ceinture de son jean et s'appuya contre elle, ce qui le rendit facile à porter d'une main. Elle se sentit honorée de sa confiance. Elle n'avait jamais été particulièrement attirée par les chats.

Il était clair que les pompiers avaient retiré de l'atelier de Jasper Malcolm les décombres du premier étage écroulé. Ce devait être là qu'ils espéraient trouver son corps, et ils avaient probablement réussi, car aucune autre partie de la maison n'avait été dégagée. Sur le sol couvert de cendres, elle vit des milliers d'éclats de biscuit, des petits nez, des fragments de lèvres peintes. Les têtes de poupées, brisées quand la maison s'était effondrée sur elles.

En frissonnant, elle entreprit un survol sommaire des ruines. Des planches calcinées, les vestiges de la table à dessin de Malcolm, un monticule d'argile qui avait cuit, deux petits livres. Par curiosité, elle donna un coup de pied dans les livres et regarda celui du dessus s'ouvrir en tombant et se désintégrer, ses pages réduites en cendres. Mais celui du dessous était partiellement intact, le titre lisible.

Les Heures de l'Office Divin en anglais et en latin. Le livre de prières d'un prêtre catholique.

Bo toucha le livre brûlé, relié cuir, du bout du pied, puis elle le ramassa. Il était vieux et avait beaucoup servi, ses signets en rubans de différentes couleur marquaient encore les pages, un rouge, un jaune, un vert et un noir. Doucement, elle ouvrit le volume abîmé à la page du ruban noir. Le Mercredi des Cendres. Bien sûr. Le jour de pénitence des chrétiens quand les prêtres en soutane marquent le front des fidèles avec de la cendre pour leur rappeler que nul n'échappe à la mort. Et de quoi Jasper Malcolm avait-il tant besoin de se repentir qu'il lisait le livre de messe d'un prêtre ? La profanation de ses propres enfants innocents ? Les meurtres successifs ? La fortune personnelle amassée en pourvoyant aux désirs de dépravés abjects ? Lequel était le pire ? Et lequel était vrai ?

En feuilletant le livre, elle sentit quelque chose qui était coincé entre les pages. Une photo, le bord pris dans la colle de la reliure. Bo la dégagea et la fixa, stupéfiée. Le visage qui lui renvoyait son regard était plus jeune, mais elle le reconnut. C'était le même visage qu'elle avait vu sur le bureau de sa chef de service, sur un cliché poussiéreux représentant Madge avec son mari et deux fils, probablement réalisé à peu près à la même époque. Une photo de Madge avec Jasper Malcolm.

C'est lui qui l'avait prise, en tenant l'appareil à bout de bras. Son bras tendu était visible dans le cadre, l'autre entourait Madge. Le fabricant de poupées devait avoir plus de soixante ans à l'époque, évalua Bo, mais il avait un beau visage, radieux. Et l'expression dans les yeux de Madge ne laissait aucun doute tandis qu'elle lui souriait.

– C'est pas croyable ! murmura Bo. Elle était *amoureuse* de lui !

Cette prise de conscience était aussi stupéfiante que si elle avait vu sa maîtresse de CP à la plage en Bikini. Elle avait l'impression d'avoir été trahie et en était choquée, comme il advient quand une image qui n'existe que dans un seul plan se révèle dans sa complexité, son humanité. Madge, une femme mariée et mère de deux enfants, avait-elle eu une liaison avec un homme qui jouait un rôle dans l'un des dossiers dont elle était chargée ? Un homme accusé d'abuser de ses propres filles ? C'était impensable.

Bo étudia encore la photo. Le bras de Madge entourait la taille de Jasper Malcolm, son visage était trop près du sien pour que ce soit par simple courtoisie professionnelle. Quand les choses tournaient bien, les clients demandaient parfois à leur travailleur social de figurer à leurs côtés sur une photographie. Bo l'avait fait plus d'une fois. Des photos d'enfants souriants, de familles réunies. Ce n'était pas le cas ici. C'était la photo de deux amants, conservée par un Jasper Malcolm formidablement heureux, et elle révélait Madge Aldenhoven dans ce qui avait peut-être été le plus grand moment de faiblesse de sa vie. Bo était certaine qu'il s'était tourné vers elle pour l'embrasser dans la seconde qui avait suivi le déclic de l'obturateur. Et qu'elle lui avait rendu son baiser, avec passion. C'était ce genre de photo.

– Hé ! Qu'est-ce que vous fabriquez ? cria une voix d'homme. Sortez de là tout de suite !

Elle glissa le cliché dans la poche de son jean, sous l'endroit où la patte de Bède s'agrippait, et se retourna pour faire face à un homme qui portait une combinaison de protection totale en plastique blanc, des gants et un masque pour filtrer l'air.

– Je suis venue voir, répondit-elle en se baissant pour franchir la clôture. J'habite dans cette rue, je connaissais le vieux monsieur qui vivait ici. C'est terrible, hein ? Dites, c'est pour quoi faire, cette combinaison spatiale ?

– Mission dangereuse, grogna l'homme en faisant l'important. Vous avez touché quelque chose ?

– Non, mentit Bo. Pourquoi ?

– Il y a du sang irradié par chimiothérapie. Votre ami, qui est mort ici, vous savez, il avait un cancer. Le sang est dangereux. Il faut que je nettoie l'endroit où vous étiez avant que l'équipe de démolition arrive pour faire tomber cette cheminée. Vous savez pas lire ? Regardez, il y a marqué « Danger, ne pas approcher ». Ça s'adresse à vous.

– Pas de problème, dit Bo docilement en regagnant son Pathfinder. J'allais partir.

Ainsi le vieux fabricant de poupées avait un cancer, réfléchit-elle en se hâtant de retourner à Ocean Beach. On le traitait par chimiothérapie. Il était peut-être en train de mourir. Cela expliquerait la distribution de sa collection de poupées, la torpeur qui l'obligeait à rester assis sur sa terrasse dans un fauteuil à bascule rembourré pendant des heures tous les jours. Bo se souvenait de ce fauteuil. Un siège qu'utilisaient les personnes très âgées. Jasper Malcolm aurait-il été *capable* de conduire jusqu'à Sainte-Dymphna, à Julian, d'attendre dans le froid que Tamlin entre dans la chapelle, de manier la pelle avec une force suffisante pour la tuer, puis de refaire tout le trajet en voiture pour revenir à San Diego à temps afin d'attirer Rombo Perry dans un terrain vague et de poursuivre Janny sur la plage ? Cela paraissait peu vraisemblable.

Bo rentra chez elle, emmena Molly chez sa voisine, installa Bède sur un lit de serviettes éponge dans la cuisine, puis se doucha et s'habilla pour aller travailler, tout en s'interrogeant sur le rôle de Pete Cullen dans l'enchaînement des événements. Il n'avait pas pu tuer Tamlin ; il était resté avec elle toute la journée, et de toute façon il n'avait pas de mobile, mais on ne pouvait pas en dire autant en ce qui concernait la mort de Jasper Malcolm. Alors, qui l'avait tuée ? Et l'avait-on réellement tuée ? Elle regretta amèrement de n'avoir que la version de Cullen, qui pouvait tout aussi bien être un stratagème. Cela paraissait aberrant, mais Bo avait besoin de s'en assurer.

– Puis-jc parler à sœur Mary Andrew ? dit-elle au téléphone quelques minutes plus tard. Merci. C'est Bo Bradley, dit-elle lorsque la mère supérieure vint répondre. Je vous appelle pour vous exprimer mes condoléances, à vous et aux autres sœurs. C'est une chose effroyable.

– Oui, répondit doucement la religieuse, confirmant la version de Cullen. Une telle violence est incompréhensible. La messe de ses funérailles sera prononcée demain à la chapelle. Si vous pensez que cela est souhaitable, vous pouvez amener sa fille. J'ai déjà contacté Beryl, la sœur, mais le téléphone de son père semble être en dérangement. La sœur a accepté d'aller chez lui pour lui annoncer cette nouvelle.

– Je crains que Jasper Malcolm n'ait péri hier soir dans l'incendie de sa maison, dit Bo. C'est pour cela que son téléphone est inutilisable. Je suis désolée de vous accabler avec cette autre triste nouvelle. Je vais réfléchir à la présence de Janny aux funérailles de sa mère, mais je pense que pour le moment ce serait trop difficile pour elle. Au revoir, ma sœur.

Elle glissa le cliché dans son sac, prit le volant pour se rendre à son travail et se gara sur le devant, plutôt que près de son bureau sur l'arrière. La salle de photocopie était proche de l'entrée, juste après le hall d'accueil. Pour une fois, elle n'était pas occupée par un réparateur venu démanteler l'une des trois machines en dysfonctionnement chronique. Bo s'engouffra dans la pièce, fit une copie agrandie de la photo, mit l'original et la copie dans son sac et parcourut les couloirs et les rampes d'accès menant aux services d'enquêtes, le lieu de son activité professionnelle. Madge Aldenhoven, l'allure décontractée avec une jupe en jean et des mocassins, était dans le couloir où elle montrait quelque chose à un autre chef de service. Bo vit qu'il s'agissait d'un petit couvre-lit en quilt. Vert et blanc, avec un motif de cabanes de rondins. Pour un berceau.

– Regardez, Bo, dit-elle, c'est pour le petit Patrick ! Voilà des mois que j'y travaille. Le mari d'Estrella a appelé ce matin pour nous annoncer la nouvelle. Vous croyez que ça va lui plaire ?

– C'est vous qui l'avez fait ? Madge, c'est splendide ! dit Bo en souriant. Et la couleur est parfaite. Il est roux, vous savez.

Elle entra dans son bureau et regarda d'autres collègues qui venaient admirer le travail de Madge. Les yeux violets de la chef de service brillaient de plaisir. Pouvait-il s'agir de la même femme qui, au quotidien, tranchait dans la vie d'inconnus parce que le règlement l'exigeait ? Comment Madge pouvait-elle tourner le dos à Janny Malcolm et à des milliers d'autres enfants perdus, puis rentrer chez elle et coudre avec amour un couvre-lit pour le bébé d'Estrella ? Bo soupira et jeta un coup d'œil sur la vieille photo qu'elle avait dans son sac. Il y avait une autre Madge, reconnut-elle. Une Madge humaine qui avait, au moins une fois, enfreint tous les règlements.

– Il y a un message de la collègue qui est allée au centre de désintoxication pour femmes, lui lança sa supérieure d'une voix enjouée sans passer la porte de son bureau. La police leur a ramené hier soir pour la énième fois la mère de votre dossier de vendredi. La collègue dit qu'elle est en piteux état, qu'elle souffre d'un traumatisme crânien, d'hépatite, d'un collapsus pulmonaire, et de colite aiguë. Elle va sûrement signer l'abandon de ses droits parentaux. La collègue conseille de trouver un placement en attente d'adoption pour les deux enfants. Vous n'avez qu'à transférer le dossier aux services de placement. Nous n'allons pas avoir besoin de nous battre, en l'occurrence.

– Tant mieux, répondit Bo.

Elle se remémora le bébé à la peau grise, à moitié mort dans un océan de vêtements sales. L'histoire de la mère était forcément triste, mais la succession de vies ruinées devait être interrompue à un moment ou à un autre. Adoptés et aimés, le bébé et sa sœur aînée pouvaient au moins avoir un nouveau départ.

– Au fait, Bo, poursuivit Madge sur le seuil du bureau, je sais que vous avez continué à travailler sur le dossier Malcolm. Mary Mandeer m'a téléphoné hier après-midi. Je ne vais pas perturber Estrella en prenant des mesures disciplinaires à votre encontre, mais je le devrais. Une décision a été prise en vue du transfert de Janny Malcolm dans un foyer collectif pour jeunes malades mentaux, à la montagne, près de Big Bear. Il paraît que c'est un centre très agréable. Le chef des services de placement et moi-même pensons l'un comme l'autre que c'est ce qu'il y a de mieux à faire.

– Hum, répondit Bo quand Madge se dirigea vers son propre bureau.

Deux chefs de service ? Même un juge de tribunal pour enfants hésiterait à casser une telle décision. Bo savait que deux chefs de service des SPE réunis pouvaient pratiquement dicter leurs propres lois. Mais pas cette fois.

Avant l'inévitable confrontation, néanmoins, elle décida d'essayer des voies subsidiaires. Elle prit l'annuaire des pages jaunes d'Estrella sur une étagère, et consulta la rubrique « maçons ». Le nom de Rick Lafferty s'y trouvait.

– Monsieur Lafferty, je n'ai pas le temps d'y aller par quatre chemins, lui expliqua Bo après s'être présentée. Votre fille Janny est sur le point d'être envoyée en asile psychiatrique pour trois ans bien qu'elle ne souffre d'aucune maladie mentale. Vous pouvez l'empêcher, la sauver. Acceptez-vous de le faire ?

– Non, répondit Rick Lafferty. Tout cela remonte à des années. L'autre, Kimmy, et maintenant sa mère… elles sont mortes. J'ai eu assez d'ennuis, madame Bradley. Je ne veux pas être mêlé à ça.

Première tentative ratée, marmonna Bo.

Elle dessina un motif de briques sur un prospectus annonçant une analyse de cholestérol gratuite à la cantine le jeudi suivant. Mais de quoi Rick Lafferty avait-il peur ?

Ensuite, elle appela les renseignements à Redding Ridge, Connecticut, pour apprendre qu'il n'y avait pas d'abonnés du nom de Lafferty, George et Dizzy. Apparemment, ils avaient déménagé à un moment ou à un autre au cours de ces treize années. Le frère de Janny, Jeffrey, devait avoir dix-huit ans maintenant, songea-t-elle. Probablement en dernière année de secondaire. Savait-il qu'il avait eu des petites sœurs jumelles ? S'en souvenait-il ? Avait-il jamais fait des rêves étranges dans lesquels il entendait des pleurs d'enfants, un choc sourd épouvantable, puis le silence ?

Bo arpenta la pièce entre son bureau et celui d'Estrella, tout en réfléchissant. Il était clair que Madge voulait régler une fois pour toutes le dossier Malcolm. Elle était prête à fermer les yeux sur l'insubordination de Bo et sur sa façon de défier son autorité pour y parvenir. Mais elle avait pris une mauvaise décision pour l'avenir de Janny, une décision qui ne pouvait que détruire l'équilibre émotionnel précaire de l'adolescente. Bo sortit de son sac la photocopie d'un cliché montrant sa supérieure dans les bras d'un homme avec qui elle était en contact professionnellement, la plia et la glissa dans la poche de sa jupe.

Bradley, tu touches le fond. Si tu fais ça, c'est que tu as aussi peu de cœur qu'elle. Ce n'est pas bien. Ne vends pas ton âme !

Bo se souvenait qu'il y avait eu de nombreux événements dans sa propre vie qu'il valait mieux ne pas examiner de trop près. Elle pouvait, dans chaque cas, en rejeter la responsabilité sur ses troubles mentaux, c'était bien pratique. Les autres, eux, ne pouvaient se cacher derrière l'écran d'un diagnostic médical. Les autres ne pouvaient que fermer la porte et espérer que leurs erreurs ne reviendraient pas les tourmenter. Cependant, il y avait la vie d'une enfant dans la balance.

– Mieux vaut choisir les tourments qui suivent la mort que les tourments qui suivent la honte, lui rappela la voix de sa grand-mère du fond de sa mémoire.

Bo lissa ses cheveux bouclés derrière ses oreilles, vérifia son maquillage dans le miroir accroché à la porte, et se dirigea d'un pas décidé vers le bureau de Madge Aldenhoven.

– J'ai l'intime conviction que le placement de Janny Malcolm dans une institution psychiatrique est mal adapté à son cas, dit-elle en fermant la porte de Madge derrière elle. Je connais toute l'histoire, Madge. C'est-à-dire tout, sauf ce qu'elle recouvre. Et Janny paye pour tous ceux qui sont concernés. Elle a le rôle du bouc émissaire. Mais c'est une *personne*, Madge. L'envoyer maintenant dans un foyer psychiatrique collectif dans un trou perdu peut la briser.

« La briser », ça sonnait bien, se dit Bo. C'était très évocateur, étant donné les circonstances.

– Bo, je vous ai dit que j'étais prête à fermer les yeux sur votre comportement fort peu professionnel dans le cadre de cette affaire, répondit sa supérieure. Cependant, j'attends que vous démontriez votre désir de garder votre travail en respectant une décision professionnelle prise par, non pas un, mais deux de vos supérieurs.

– Pas de compromission, souffla Bo.

Elle prit la photo encadrée représentant Madge et sa famille derrière une pile de dossiers sur le bureau.

– Quand cette photo a-t-elle été prise, Madge ? Il y a environ treize ans ?

– J'imagine, oui. Franchement, Bo, j'ai du travail.

– Pourquoi n'y avait-il personne d'autre que vous et Mary Mandeer aux obsèques de Kimmy Malcolm ? demanda Bo en fixant la photo. C'était très gentil à vous, mais pourquoi n'avez-vous pas invité sa mère, ou son père, ou son *grand-père* ?

Seul un léger tremblement de la main droite qui tenait un stylo du comté appuyé sur un bloc-notes suggéra que Madge avait réagi à l'accent mis sur le dernier mot.

– Je vous prie instamment de laisser cela, Bo, dit-elle, les yeux rivés sur le mur devant elle. Ce dossier ne dépend plus de vous. Il n'est plus dans vos attributions.

Bo enfonça les mains dans les poches de la jupe en jersey marron qu'elle avait choisie parce qu'elle était assortie aux vêtements des moniales de Sainte-Dymphna. Le bord d'un papier plié, dans sa poche, faisait frémir son pouce.

– C'est exact, murmura Bo. Mais avant d'aller plus loin, je tiens à vous dire que je trouve le couvre-lit de

Patrick merveilleux. Je suis fière de travailler avec quelqu'un qui est capable de faire un aussi beau geste. Mais je ne vous permettrai pas d'ajouter aux blessures d'une enfant déjà en perdition afin de vous protéger de votre propre passé. La femme qui a fait ce couvre-lit souhaiterait aider Janny Malcolm, maintenant, et non lui nuire. Je sais qui vous êtes, Madge, même si vous-même ne le savez pas. Même si vous avez fait le choix il y a longtemps de vous cacher de vous-même derrière le règlement imbécile que ce système génère, et d'appeler cela du « professionnalisme ». Aidez-moi, Madge. Laissez-moi lire ce dossier. Je sais que vous l'avez emporté chez vous. Aidez Janny.

– Ce n'est pas si simple, Bo, dit Madge tranquillement. Oh, pour quelqu'un comme vous, ça l'est, bien sûr. Vous êtes impulsive, menée par vos émotions. Vous êtes toujours sûre d'avoir raison. Mais parfois…

– Savez-vous que Tamlin Lafferty a été assassinée hier soir alors qu'elle priait seule dans une chapelle pour les handicapés mentaux du monde ?

– Non, je…

– Alors vous ne savez probablement pas que Jasper Malcolm est mort également hier soir dans l'incendie qui a détruit sa maison. Et, au fait, la dernière chose qu'il m'a dite, quand je suis allée le voir la semaine dernière, c'était de vous transmettre que vous étiez toujours dans ses prières.

Bo vit les épaules de sa supérieure se voûter, et Madge le souffle coupé, au bord des sanglots. Parfaitement orchestré, le moment était venu de révéler dans son éclat le concept qui pouvait la poignarder. Montrer à Madge son propre visage rayonnant d'un amour illicite, non professionnel, et destructeur. L'anéantir.

Dans sa tête, Bo sentit bouillonner le sang celte qui

abhorait le déshonneur plus qu'il ne redoutait la mort. Une identité celte qui tenait chaque être pour responsable de chacun des actes de sa vie.

– Je suis désolée, Madge, dit-elle avant de tourner les talons.

De retour dans son bureau, elle chiffonna cliché et photocopie, les enfonça dans une enveloppe marron qu'elle emporta dehors tout au bout du parking, et y mit le feu avec un briquet. Quand tout fut brûlé, elle mêla les cendres à la terre à l'aide d'un stylo-bille sous un buisson de pyracantha. Elle s'avoua en tremblant qu'elle avait vraiment été sur le point de mal agir. De faire le mal de manière irréparable, contre elle-même. Il y avait quelque chose, dans l'affaire Janny Malcolm, qui contaminait tous ceux qui s'en occupaient. Et Madge n'allait lui être d'aucune aide. Madge n'était qu'un pion parmi d'autres, brisée et terrorisée par la faute. Et par quelque chose qui mettait cette faute à profit.

Bo se donna le reste de la journée pour découvrir ce quelque chose. Elle ne disposerait pas de davantage de temps. Parce que le lendemain matin, Janny Malcolm ne serait plus là.

25

Le fax posé sur le bureau de Pete Cullen émit son signal et ronronna tandis que d'autres renseignements arrivaient. Le rapport du médecin légiste, faxé à Julian une demi-heure plus tôt, disait que le vieil homme était probablement mort d'asphyxie à cause de la fumée. Il n'y avait aucune indication laissant entrevoir un suicide, mais l'unité spécialisée dans les feux criminels avait facilement déterminé que l'incendie avait été provoqué. Quelqu'un avait tout simplement déversé vingt litres d'essence sur la véranda et devant la porte en bois qui donnait sur l'atelier de Malcolm avant de craquer une allumette. Même trempée par la pluie, la vieille maison s'était consumée en quelques minutes.

Le pyromane n'avait pas prévu, à l'angle nord-est, sur l'arrière de la maison, l'existence d'une porte extérieure qui donnait accès à une pièce servant d'entrepôt, et qui aurait pu offrir une issue au vieil homme s'il avait été capable de l'atteindre avant d'être suffoqué par la fumée dans son atelier. L'essence avait été transportée dans des bidons de lait en plastique de quatre litres, retrouvés sur les lieux mais ne portant pas d'empreintes. Ils venaient d'une laiterie régionale, et étaient distribués par les trois plus grandes chaînes de supermarchés desservant San Diego. À l'origine, ils contenaient du lait entier arômatisé au chocolat.

Cullen appuya la paume de sa main droite contre son œil mort agité d'un tic et lut le nouveau fax, qui sortait de la machine par à-coups. Il venait de l'avocat de Jasper Malcolm, un courrier allait suivre.

« Le modèle de chacune des poupées Jasper Malcolm est immédiatement acheté par un client exclusif, les Manufactures de Poupées de Palm Valley. »

Il poursuivait :

« Palm Valley détient les droits d'exploitation ainsi que les droits dérivés de ces modèles. À la discrétion du directeur de marketing de Palm Valley, les têtes des poupées, mais non les perruques, costumes, accessoires et emballages associés lors de leur mise en vente initiale comme "pièces de collection", peuvent être séparément vendues, et le sont régulièrement, à divers autres fabricants de jouets. Cette pratique permet à Palm Valley de récupérer efficacement ses investissements après les importantes sommes versées à M. Malcolm pour l'exploitation de ses modèles.

Ni Jasper Malcolm, ni ses héritiers, ni les Manufactures de Palm Valley ne peuvent en aucune manière être tenus pour responsables de dommages causés par la mauvaise utilisation de ces têtes par les acquéreurs ultérieurs. Jasper Malcolm concevait et vendait des jouets. Toute déclaration publique suggérant que le travail auquel il a consacré sa vie dissimulait une intention perverse, néfaste pour les enfants en quelque manière que ce soit, ou criminelle, entraînera de la part de ses héritiers des poursuites implacables devant la justice. »

– Poursuites, mon cul, grommela Cullen en regardant le fax de la lettre.

Les choses ne s'organisaient pas comme il l'avait pensé. La mort de Malcolm aurait dû être un suicide, mais non. Et malgré des mois de travail dans cinq États et trois pays étrangers, aucun lien direct entre Jasper

Malcolm et le réseau des poupées porno n'avait été établi. Tout donnait l'impression d'être tel que le décrivait l'avocat de Malcolm. Le vieux se contentait d'inventer ces foutues poupées et de les vendre.

Ce qui ne voulait pas dire que ce vieux salaud d'assassin n'avait pas poussé sa femme dans l'escalier, profité de ses filles et bousillé le cerveau de l'une de ses petites-filles. Et ça ne voulait assurément pas dire qu'il ne venait pas d'envoyer la mère *ad patres* de manière identique la veille au soir. Les petits points qui criblaient le visage de Tamlin Lafferty en étaient la preuve, c'était un message destiné à Pete Cullen et à lui seul. Aucune autre personne encore dans les parages n'irait se rappeler que le visage de Dorothy Malcolm avait été tatoué par des épines de roses. C'était la manière choisie par Jasper Malcolm pour adresser un ultime pied de nez au limier qui avait été sur sa piste pendant treize ans.

La rage se diffusa des tripes de Cullen dans tout son corps comme l'encre se répand dans une éponge. Cette bataille s'était livrée entre deux intelligences et il avait perdu. Le besoin de marcher, de marteler son amertume dans les pistes de la montagne était exacerbé. Mais pas tout de suite. Il était encore policier, il le serait toujours, et un dernier crime avait été commis. Quelqu'un avait transformé Jasper Malcolm en torche vivante, l'avait rôti comme le cochon qu'il était. Cullen avait la certitude de savoir qui avait versé de l'essence sur cette vieille maison puis avait craqué une allumette. Le problème était de savoir s'il devait garder cela pour lui. La mort de Malcolm répondait au sens de la justice de Pete Cullen, mais pas à *la* justice. Or il avait toujours pensé que la civilisation résidait dans la bonne perception de cette différence.

Il glissa le Sig Sauer dans sa ceinture, enclencha le système d'alarme et s'empara d'une veste. Il allait descendre de sa montagne, se rendre à San Diego, même s'il ne savait pas trop pourquoi. Cela lui apparaîtrait clairement bien assez tôt, se dit-il.

Bo arrêta le Pathfinder devant la maison des Mandeer et en descendit. Il n'y avait qu'une voiture dans l'allée. Elle espéra que c'était celle de Mary.

– Madame Mandeer, dit-elle sur le seuil, il faut que je vous parle. J'ai besoin de votre aide.

Mary Mandeer ramena une mèche de cheveux auburn mêlés de gris derrière son oreille et hocha la tête.

– Je suis en train de faire mes bagages, dit-elle sur le ton de la conversation. Je vais vous demander de venir dans ma chambre. Dan est parti brûler de la sauge pour honorer ses ancêtres dans le parc de Mission Trails, mais dès qu'il sera rentré, nous partons à Big Sur pour quelques jours et ensuite nous irons passer le week-end à San Francisco. Nous allons devoir prendre la route très bientôt pour éviter la circulation qu'il y a l'après-midi à L.A. Je ne suis pas surprise de vous voir, madame Bradley. Que voulez-vous me dire ?

Bo la suivit dans une chambre splendide, avec des couvertures indiennes et des draps en coton écru naturel. La porte-fenêtre ouvrant sur le patio offrait une vue vers l'est sur les collines du désert. Mary Mandeer pliait avec dextérité les chemises et les chaussettes de son mari qu'elle rangeait dans une petite valise. Par terre, une valise identique était déjà fermée, sanglée, prête pour le départ.

– Pourquoi Rick Lafferty vivait-il chez ses parents quand Kimberly Malcolm a été agressée ? Pourquoi

Tamlin était-elle seule avec trois jeunes enfants ? Était-ce par décision du tribunal ? Les SPE étaient-ils responsables de cette situation ?

– Oui, dit Mary en remarquant le talon abîmé d'une chaussette qu'elle jeta, avec celle qui faisait la paire, dans une corbeille à papier près du lit. C'était un de mes dossiers. Il nous avait été transmis par un centre d'hébergement pour femmes battues. Quand il y a des enfants en jeu, le personnel du centre est tenu de faire un rapport.

– Bien sûr, fit Bo avec impatience.

– À l'époque, Tamlin Lafferty n'était pas la femme que vous avez vue dans le couvent de Julian, continua Mary, les yeux plissés dans une expression de dégoût. Elle et Rick s'étaient mariés jeunes et apparemment ils n'arrivaient pas à devenir adultes malgré la naissance de leurs enfants. Ils étaient l'un et l'autre immatures d'une manière qui les rendait sujets à, disons, des *distorsions* par rapport aux schémas des relations conjugales normales.

– Vous voulez dire qu'ils avaient des relations sexuelles bizarres, dit Bo. Mary, je vous en prie, je travaille dans le même service que vous. Vous savez que j'ai tout vu. Qu'est-ce qui s'est passé ?

– Ils se battaient. Cela faisait partie du jeu. Je suis sûre que vous voyez de quoi je veux parler. Ils mélangeaient sexe et violence, ils étaient obligés de se battre pour pouvoir se réconcilier au lit. Au bout d'un moment, évidemment, rien d'autre ne marchait et le niveau de violence nécessaire pour atteindre l'excitation a augmenté. Ils ne se faisaient jamais vraiment mal, mais ils cassaient beaucoup de meubles et de vaisselle. Tamlin s'était mise à se jeter par les fenêtres en hurlant qu'il fallait appeler la police. Cela faisait partie du jeu, tout en possédant une certaine réalité sur le coup. Mais arrivés à ce point, ils ne contrôlaient plus rien.

– J'ai déjà vu ça, concéda Bo. Les voisins ont appelé la police, qui a emmené Tamlin et les enfants dans un centre où elle est restée deux heures, a refusé de porter plainte contre Rick, et d'où elle l'a appelé pour qu'il la ramène à la maison.

– Exactement, dit Mary avec dégoût. Au bout de cinq ou six interventions de la police, et des histoires de plus en plus inquiétantes de mauvais traitements et de peur, le centre a appelé notre numéro d'urgence et nous a transmis le dossier. La procédure courante…

– Consistant à éloigner le père et à obtenir de la mère qu'elle demande au tribunal de surseoir aux poursuites, acheva Bo, après quoi on demande aux deux parents de suivre de leur plein gré des cours sur l'éducation des enfants.

– Comme si le problème avait quelque chose à voir avec l'éducation des enfants. Évidemment, Rick n'a pas respecté la décision juridique, dont Tamlin ne voulait pas, de toute façon. Les jeux se sont poursuivis, l'affaire est passée de la solution à l'amiable à la décision de justice. L'avis que j'ai émis était d'obliger le père à déménager afin d'éviter aux enfants un placement en famille. Ce qui se fait d'ordinaire, en fait.

– Est-il arrivé que Rick blesse les enfants ? demanda Bo.

– Pas directement. Jeffrey a eu des coupures provoquées par des éclats de bouteille de bière, et à un moment on s'est posé des questions sur une brûlure causée par du liquide sur le bras de Kimberly, mais on n'a jamais su clairement qui avait jeté les projectiles dans les deux cas. Par la suite, Tamlin est sortie par une fenêtre en emmenant les jumelles, et Janny a eu la jambe égratignée. Ce genre de choses. Mais aucun des deux n'a jamais directement maltraité les enfants. Rick n'était pas proche d'eux, il était incapable de tenir son rôle de père, mais il ne leur faisait pas de mal. Tamlin était déchirée entre son rôle de mère et sa relation incontrôlée avec Rick, et elle a fini par entraîner les gamins dans le jeu sexuel, comme participants passifs.

Bo étudiait le motif d'un gilet tissé à la main que Mary pliait pour le mettre dans la valise.

– Pensez-vous que Tamlin a perdu la tête cette fameuse nuit et qu'elle a assommé Kimberly ? demanda-t-elle.

– C'est ce que j'ai toujours cru, répondit Mary. Au début, j'étais persuadée que c'était ce qui s'était passé. Vous connaissez le schéma : une mère immature et incompétente débordée par la responsabilité d'enfants en bas âge qu'elle doit assumer seule. Et pendant les semaines qui ont suivi la blessure infligée à Kimberly, Tamlin, les yeux dans le vide, a eu cette étrange distance par rapport à la réalité de la situation que l'on voit chez les gens qui sont incapables de faire face à leurs propres actes et qui continuent à *vivre*. Madge et moi redoutions qu'elle ne se suicide le jour où elle finirait par prendre conscience de ce qu'elle avait fait, mais elle n'en a jamais pris conscience. Et après, on a appris que les grands-parents paternels avaient déménagé en emmenant Jeffrey. Kimmy était à Kelton, et Tamlin avait intégré cette communauté religieuse, à Julian. Rick est parti se cacher dans la maison de ses parents et a refusé de se présenter à la moindre audience du tribunal concernant la garde de Janny. La police l'a pas mal harcelé pendant un moment, et le grand-père, aussi.

– Jasper Malcolm. Je connais le policier qui a essayé de le faire accuser d'agression avec intention de tuer sur la personne de Kimmy. Il n'a pas réussi, mais il pense toujours que Jasper Malcolm est coupable du meurtre de la petite, ainsi que de celui de sa femme. Il pense que Malcolm avait l'intention de tuer tous les membres de sa famille encore en vie, hier, quand le FBI a réussi à démanteler un réseau pornographique qui utilise des poupées. Les poupées de Jasper Malcolm.

– Moi qui croyais avoir tout entendu, fit Mary avec un frisson. Ça, c'est nouveau. Et ce policier pense que c'était Jasper Malcolm qui se trouvait sur la plage, hier soir, quand Dan y est allé ?

– Il n'est pas au courant de ça, répondit Bo. Vous pensez que c'était lui ? Vous connaissiez bien Jasper Malcolm ?

Mary Mandeer laissa tomber une énorme paire de chaussures de sport dans la valise de son mari, puis elle se dirigea vers la porte-fenêtre du patio. La chaleur du soleil faisait évaporer les dernières traces de brume matinale. Dans cette lumière vive, Bo trouva que la femme qui se tenait là, le regard tourné vers l'extérieur, paraissait à la fois âgée et très belle.

– Pas très bien, répondit-elle d'un air songeur.

– Mais Madge Aldenhoven le connaissait bien, elle, insista Bo. Je suis au courant de leur liaison, et je vous assure que ceci restera l'unique occasion où j'en parlerai à qui que ce soit, y compris à Madge elle-même. Mais c'est la vie de Janny qui est en jeu maintenant, Mary. Les relations entre ma chef de service et moi-même ne sont pas amicales. Par moments, nous nous haïssons littéralement. Mais malgré tout, je ne peux pas croire que Madge ressente, ou même puisse ressentir, la moindre affection pour un homme qui a abusé d'enfants. Vous êtes au courant des allégations de Beryl qui prétend qu'il a profité d'elle. Je suis obligée de penser que Madge était au courant aussi, et qu'elle ne la croyait pas. Alors, que s'est-il passé à cette époque, Mary ? Dites-moi ce qui s'est réellement passé pour que je puisse aider Janny Malcolm à avoir la possibilité de vivre.

Sur un bureau près de la porte-fenêtre se trouvait une photographie encadrée montrant un petit garçon aux épais cheveux noirs qui avait les mêmes grands yeux bleus que Mary Mandeer. Bo regarda cette femme toucher d'un doigt le cadre en argent, en suivre le contour comme si elle touchait le visage de l'enfant représenté.

– À avoir la possibilité de vivre, oui, dit-elle doucement. Bien sûr, c'est vrai.

Bo resta immobile, les yeux baissés. Mary Mandeer allait lui révéler quelque chose. Il était important que l'air, entre elles, soit libre de toute pensée parasite, il fallait créer un tunnel dans cet espace, rester neutre. Pas facile pour un cerveau qui ne pouvait s'empêcher, même soutenu par les médicaments, de générer des pensées, des images, des mots, des sons. Un cerveau qui ne pouvait contenir son *intérêt* presque palpable pour absolument toute chose. Mais Bo pouvait y parvenir, en cas d'urgence. Elle était capable de recouvrir la chimie qui la constituait d'un chaperon, comme on le fait avec les faucons dressés pour la chasse. Dans la lumière qui se déversait des collines du désert, Bo fit le vide.

– Je ne sais qu'une chose, dit Mary à voix basse. Madge et Jasper ont passé une nuit ensemble. À l'hôtel Del Coronado.

Bo refoula l'image de cet emblème de l'architecture victorienne sur le bord de mer, avec ses coupoles et ses boiseries précieuses, rendez-vous d'amour d'un roi anglais et d'une divorcée nommée Wallis Simpson. Une image évocatrice, assombrie.

– J'ai été complice en prétendant accompagner Madge à un cycle de conférences à Los Angeles. En réalité, j'ai passé la nuit seule dans un motel à trente kilomètres, et j'ai lu un roman policier dont le titre était, ça ne s'invente pas, *Une mort généreuse*. Je l'ai toujours, quelque part, je me souviens même du nom de l'auteur, Pickard. Le titre s'est avéré être prophétique.

– Comment ça ? demanda Bo très doucement.

– Madge a reçu un appel téléphonique au bureau, le lundi suivant, lui disant qu'il y avait des photos d'elle et de Jasper Malcolm, prises en secret dans leur chambre d'hôtel. Aucune preuve n'a jamais été fournie, mais Madge était terrorisée. Elle a accepté d'interrompre la suite logique des demandes d'analyses adressées au médecin légiste sur les lieux du crime, demandes qui en réalité émanaient de moi. En particulier, concernant la commode qui se trouvait entre les deux petits lits, sur laquelle je pensais qu'il y aurait du sang et des cheveux. Le sang et les cheveux de Kimmy. Vous voyez, la police était convaincue que le coup avait été administré par un homme. Un homme assez fort pour manier un objet très lourd avec brutalité. Ils ont refusé d'envisager ce qui, à mon avis, s'était réellement passé, mais à l'époque je m'étais trompée sur l'identité de l'auteur du crime. Quoi qu'il en soit, après la menace de chantage, Madge m'a suppliée de tout abandonner, et je l'ai écoutée. L'argent voulu pour dispenser les soins exigés pour Kimmy, à Kelton, a soudain été disponible, et le couvent de Sainte-Dymphna, à Julian, a reçu une dotation généreuse. Personne n'était oublié, vous voyez...

– Qui a appelé Madge ce matin-là ? demanda Bo en ôtant le chaperon. Qui l'a fait chanter ?

– Elle ne me l'a jamais révélé, dit Mary Mandeer en se mordant la lèvre. Elle disait que c'était trop dangereux. Mais je sais qui c'était. Pas vous ?

– Si.

Tout concordait. Tout. Bo ne voyait pas comment elle n'avait pas compris avant, mais cela n'avait pas d'importance.

– Merci, Mary, dit-elle en la prenant dans ses bras. Je vais faire ce qui doit être fait maintenant. Et remerciez Dan, aussi. Surtout Dan. Tous les deux, vous avez sauvé la vie de Janny, vous savez. Dites-le-lui. Et faites un beau voyage.

Elle pouvait y être en vingt minutes, calcula-t-elle. Et ça n'allait pas être joli.

26

Bo se gara à un parcmètre dans Washington Street, l'une des deux artères principales traversant le quartier du centre de San Diego appelé Hillcrest. Elle avait dans l'idée qu'il était préférable que le Pathfinder ne soit pas visible. Il valait mieux garder un élément de surprise. Il y avait certaines choses dont elle voulait obtenir confirmation avant de décider de ce qu'elle allait faire.

Les trottoirs de ce quartier étaient habitués à un fort passage. Étant proches de deux grands centres médicaux, ils voyaient un flot constant de piétons se frayer un chemin entre les parkings et les dizaines de cliniques de jour où l'on soignait tout, des oignons à la schizophrénie. Bo enfonça les mains dans les manches de son gros pull en laine d'Aran comme dans un manchon et rentra les épaules, ses yeux inspectant furtivement le sol. Tous ceux qui la regardaient verraient en elle une femme dont la destination évidente était la clinique psychiatrique. Elle savait imiter cette démarche.

Les géraniums étaient toujours là. Bo remarqua leur présence du coin de l'œil, mais continua à marcher. Elle tourna dans la petite rue que l'on pouvait s'attendre à trouver dans un quartier ancien. Parvenue là, elle regarda autour d'elle, feignant l'égarement, puis fit un signe de la main comme si elle venait de reconnaître quelqu'un dans l'un des jardins, ou à une fenêtre. D'un pas soudain vif, elle se dirigea vers l'entrée arrière du pavillon de Beryl Malcolm.

La cour était à l'abandon et jonchée de journaux poussés par le vent. Il y avait aussi un cadre de chaise-longue en aluminium tout piqueté, replié et appuyé contre la clôture, et les restes dégoulinants d'un pot de glace *tutti frutti* géant qu'un enfant avait sans nul doute jeté là depuis moins d'une heure. Bo considéra le liquide fondu d'un rose pimpant dans le godet en carton d'un litre. Il avait quelque chose de malsain, de terriblement menaçant.

Le petit portail bas n'était pas fermé à clef, ce qui d'ailleurs n'avait pas d'importance. Elle aurait facilement pu sauter par-dessus la clôture. En fait, ce geste aurait pu lui faire du bien, pensa-t-elle. Il aurait pu éliminer une partie de l'adrénaline qui vibrait dans les muscles de ses avant-bras et de ses mains.

La porte arrière n'était pas fermée à clef non plus. Bo aurait été étonnée que Beryl Malcolm témoigne un quelconque intérêt pour les serrures. Car enfin, elle était omnipotente. Qui oserait venir faire irruption chez elle ? Les serrures étaient pour les gens qui n'étaient pas absolument sûrs de leur supériorité sur les autres. Les serrures étaient pour les gens faibles, terrorisés, pitoyables. Les gens qui étaient comme des enfants, comme des petites filles.

La cuisine était telle que Bo l'avait imaginée. Nauséabonde, repoussante, jonchée d'immondices provenant d'un appétit obsessionnel. Beryl Malcolm ne faisait apparemment pas la cuisine, remarqua Bo. Elle achetait de la nourriture en boîtes, en paquets, en bouteilles, en barquettes de polystyrène. Sur une des chaises en plastique jaune nacré, Bo compta huit cartons de pizza vides, entassés et puants. Sur deux autres sièges, il y avait un tas de vêtements sales et un sac de provisions d'où dépassaient des paquets de chips non entamés. Le réfrigérateur était tout neuf. Beryl n'avait pas pris la peine d'enlever l'autocollant promotionnel orange fluo sur la partie congélateur. Elle n'avait pas non plus nettoyé la *salsa* rouge qui avait séché par terre après avoir coulé à travers le bourrelet en caoutchouc.

– Fichez le camp d'ici !

La voix fit tressaillir Bo quand bien même elle s'attendait à l'entendre. Elle s'y attendait depuis la nuit où elle avait rêvé d'une station de métro laissée à l'abandon où un train devait encore venir, le dernier. La Station des Morts.

– Salut, Beryl, lança-t-elle d'une voix de faux contralto en penchant la tête de côté et en ouvrant trop grand les yeux. Vous m'attendiez, non ?

Le numéro de la psychotique, qui ne se voyait jamais dans la vie sinon dans les films d'horreur à petit budget, avait pour but de déstabiliser cette femme. Ça allait lui faire peur, avait-elle calculé, ce qui les mettrait à armes égales.

– Vous êtes folle ! Fichez le camp !

Beryl portait à nouveau une blouse fermée sur le devant par des boutons-pressions, cette fois imprimée de fleurs où se perdait la tache de jaune d'œuf sur sa poitrine. D'une main tremblante et boudinée, elle tenait un grand bol de café qui refroidissait. Bo en sentait l'odeur, aromatisée à la vanille, sucrée à en être écœurante, malgré les effluves dominants de cartons imprégnés de pizza.

– Je sais ce que vous avez fait, chantonna Bo en tournant la tête à la manière saccadée d'un oiseau. Tué votre maman et votre petite nièce. Tué votre sœur et votre papa, aussi. Il ne reste plus que Janny, maintenant, hein ? Quand est-ce que vous allez tuer Janny,

Beryl ? Combien de temps il lui reste à vivre, à la petite Janny ?

– Je vous ai dit de ficher le camp, articula Beryl Malcolm d'un ton menaçant. J'appelle la police.

– Police, poooo-lice, singea Bo en fixant un regard d'une intensité exagérée sur les yeux bleu-vert larmoyants, de l'autre côté de la table en Formica jaune. On va leur dire ce que vous avez fait, hein ? On va leur dire que ce qui vous plaît, c'est de fracasser des *têtes*, comme celles que papa était tout le temps en train de faire alors que vous vouliez qu'il s'occupe de *vous*. Que ce qui vous plaît, c'est de les démolir, de faire partir les gens qui sont dedans, comme ça vous pouvez avoir papa pour vous toute seule, c'est ça ? Comme ça vous pouvez lui faire faire exactement ce que vous voulez, à papa. Comme ça, il est rien qu'à vous, votre papa, c'est bien ça ?

L'imposante femme parut déplacer la masse de graisse bulbeuse de son torse, la faire passer dans ses épaules et dans ses bras, la tirer vers le haut de son corps. Bo n'avait jamais rien vu de semblable à la distorsion corporelle psychotique qui se déroulait sous ses yeux. Beryl Malcolm était une sorte d'amibe, pensa-t-elle, elle pouvait mouvoir la masse de graisse figée qu'elle avait sous la peau tout comme cet organisme unicellulaire se meut autour d'une saillie de sa membrane extérieure. Et avec une peur grandissante, elle comprit aussi ce que cela signifiait. Le café l'atteignit au visage avant qu'elle n'ait eu le temps de lever la main devant ses yeux.

« What ends when the symbols shatter ? » Une phrase de chanson gothique résonnait dans sa tête. *« What ends, what ends… »*

– Vous vous croyez maligne mais vous ne savez

rien, déclara Beryl avec une absence d'émotion qui donna à Bo la chair de poule. Vous ne savez pas ce que c'est, de vivre avec le souvenir de cet outrage, de…

– Épargnez-moi votre refrain, fit Bo en mettant un terme à son numéro d'aliénée et en essuyant le café sur son visage avec la manche de son pull. Je connais une centaine de femmes qui ont *effectivement* été violées par leur père, leur oncle, leur grand-père ou leur frère. Des femmes courageuses, persévérantes, qui se sont donné le mal de se forger une vie honnête en dépit de leur douleur. Vous ne faites pas partie de ces femmes, Beryl. Vous n'êtes qu'une meurtrière perverse et égocentrique qui va aller en prison maintenant, là où vous auriez dû être depuis l'enfance !

La transformation atteignit alors les yeux de Beryl Malcolm, répondant par là même à la mélancolique question de la chanson gothique. Le film de larmes disparut, révélant ce qui était dissimulé depuis toujours. Une arrogance hargneuse et exigeante, raffinée jusqu'à devenir une rage possédant la dureté du diamant. Son corps était celui d'une femme entre deux âges effroyablement obèse, mais Bo savait que ses yeux étaient ceux de la Beryl Malcolm qu'elle avait toujours été. C'étaient les yeux d'une enfant sans âme.

Et ils scrutaient les lieux sous leurs paupières blanches. Cherchaient quelque chose dans la pièce encombrée. Ils s'arrêtèrent soudain pour se concentrer sur la cafetière électrique au moment où Bo s'emparait de trois cartons de pizza dont elle se protégea. La cafetière l'atteignit avec une force surprenante mais les cartons lui évitèrent toute blessure grave. La verseuse en pyrex vola et se brisa sur le sol dans des éclaboussures de liquide chaud.

– Les gens ne meurent pas vraiment, n'est-ce pas,

Beryl ? la nargua Bo en la regardant avec méfiance se diriger vers la porte de la cour. Vous avez poussé votre mère dans l'escalier et vous lui avez même enfoncé des épines dans le visage pour lui montrer ce que vous ressentiez quand elle passait du temps dans son jardin au lieu de s'occuper de *vous*. Mais une partie d'elle est restée, n'est-ce pas ? Une partie d'elle a continué à vivre, là, en vous, et c'est pour cela que vous avez aligné des fleurs sur votre véranda et acheté des livres de jardinage que vous ne lisez jamais. Et si vous aviez des amis, ils vous diraient que les bonbonnières en cristal sont tout ce qu'il y a de plus démodé, Beryl. Les divans recouverts de brocart aussi. Mais ça, c'est le salon de votre mère, n'est-ce pas ? C'est derrière ça que vous vous dissimulez, le mensonge derrière lequel vous vivez au milieu des ordures. Vous vous cachez derrière votre maman qui est morte, Beryl, mais ça ne marche plus. Vous êtes finie !

– C'est *lui* qui vous a parlé de l'escalier, hein ? hurla la femme. C'est *lui* qui vous a dit ce que j'ai fait. Je le HAIS !

Le dernier mot, perçant, fut accompagné du fracas qui retentit lorsqu'elle renversa la cuisinière. Puis elle se pencha pour arracher les spirales des brûleurs et les jeter violemment au visage de Bo.

– D'une certaine manière, oui, dit Bo en se rappelant la vilaine petite sculpture de saint François. Il m'a dit qu'il acceptait la responsabilité de la laideur qu'il créait. Je pense qu'il voulait parler de vous, Beryl. Mais pourquoi vous en êtes-vous prise aux enfants ? Pourquoi êtes-vous allée au pavillon près de la plage, il y a treize ans, pourquoi avez-vous défoncé la tête de votre propre nièce contre le bord d'une commode ?

– Les poupées, répondit Beryl en escaladant

maladroitement la cuisinière pour s'avancer vers Bo. C'est *elles* qu'il a prises comme modèle, et ça aurait dû être moi. Ce n'était pas juste. J'avais déjà obligé Tamlin à changer leur nom pour qu'elles s'appellent Malcolm, pas Lafferty, pour qu'il nous retrouve, pour qu'il ait à nouveau ses deux petites filles à lui. C'était forcément ce qu'il voulait, non ? Je l'ai obligée à le faire. Mais ce n'était pas suffisant. Il a fallu qu'il en fasse de jolies *poupées* dans tous les magasins, où tout le monde pouvait les voir, et j'ai été obligée de lui montrer qu'il n'avait pas le droit…

Elle se tut, haletante, ouvrant en grand les tiroirs des placards.

– … de faire ça !

Le visage de Beryl Malcolm était violacé maintenant, comme la main que Bo vit se refermer sur le manche en plastique noir d'un couteau à pain de piètre qualité qui était tombé de l'un des tiroirs retournés.

Fiche le camp, Bradley ! Elle veut te tuer !

– Tamlin vous a vue, cette nuit-là, dit Bo en commençant à reculer vers la porte de la cour. Pourquoi ne vous a-t-elle pas dénoncée à la police ?

– Pour que je ne tue pas papa, répondit la femme avec la voix d'une enfant qui en a assez. Papa était riche et il payait tout, vous voyez ? Tout ce que Tamlin voulait, c'était se trémousser sur la sale petite queue de ce garçon, Rick. Mais il l'a retirée, sa queue, et il est parti, et elle a dû se faire nonne, mais papa continuait de payer, il payait tout le temps. Tamlin savait que tant que Kimmy n'était qu'une poupée et que personne ne la voyait, ni elle ni l'autre, je laisserais papa payer. Tout le monde savait que papa était obligé de payer. Même mon groupe de soutien !…

Bo vit l'attaque arriver et fit un pas de côté en

direction de la porte au moment où le couteau à pain déchirait l'air tandis que Beryl s'affalait contre l'autre chaise en plastique jaune. Mais Bo avait oublié le café renversé et son pied gauche, incapable de trouver un appui sur le sol mouillé et graisseux, se retrouva en porte-à-faux et se déroba sous son poids. Elle tomba lourdement sur un genou. Au même instant, une douleur fulgurante lui traversa la cheville gauche. Beryl avait lâché le couteau, elle levait la chaise au-dessus de sa tête quand Bo détecta une présence qui entrait par la porte du salon, derrière la grosse femme. Du blanc argenté, une couleur familière. Des cheveux, maintenus sur la nuque par un objet en ivoire sculpté.

– Levez-vous, Bo ! hurla Madge Aldenhoven tout en saisissant les pieds de chaise crasseux qui allaient s'abattre sur la tête de sa subordonnée. Filez !

Au lieu de l'écouter, Bo arracha le grand morceau de verre fiché dans son genou et avança la main vers le pied de Beryl. Puis, avec ce verre tranchant comme un rasoir, elle incisa la chair pâle et striée de veines qui recouvrait les ligaments et les tarses. Un sang violet, presque noir, jaillit de l'entaille et Beryl hurla, lâcha la chaise qu'elle tenait au-dessus de sa tête et s'empara du couteau qui était tombé sur la table. Bo regarda Madge Aldenhoven basculer en arrière avec la chaise, et s'effondrer sur la petite table roulante. Le couteau s'abattait vers Bo. Elle comprit qu'elle pouvait se protéger la tête en plongeant le haut du corps sous la table. Mais le couteau allait s'enfoncer quelque part. Taillader. Vraisemblablement à plusieurs reprises.

C'est alors qu'elle sentit une autre présence, entendit des pas sur l'arrière de la maison. Un bruit sec, un éclair, une odeur de cordite.

Beryl Malcolm s'écroula à terre avec un bruit qui

rappela à Bo ceux que l'on entend dans une boucherie, quand les pièces de viande claquent sur la balance. Ses yeux eurent une expression simplement surprise, puis plus rien. Près de la tache d'œuf, sur le devant de la blouse, il y avait un petit trou net, bordé de noir.

– Merde, fit Pete Cullen d'une voix lugubre. Je ne voulais pas la tuer, mais j'ai été obligé de tirer en courant. Ça pue comme au paradis des asticots, ici. Rien de cassé, mesdames ?

– Comment avez-vous su, Pete ? demanda Bo tandis que Madge émettait un grognement rassurant et donnait un coup de pied dans la table roulante.

– Par plein de trucs, dit-il comme si cela pouvait constituer une réponse. Sale coupure que vous avez là. Vous saignez. Il va vous falloir des points de suture.

– Il y a un service d'urgences tout à côté, fit Bo en se laissant remettre debout. Seulement, je ne peux pas marcher. Je me suis fait une entorse à l'autre cheville.

– Bah, il faut que je reste ici avec cette tonne d'appât à poisson en attendant que les flics arrivent et que les rapports soient rédigés, mais...

Ses yeux tombèrent sur la table roulante.

– Madame, dit-il en s'adressant à Madge, vous croyez que vous pourriez la conduire aux urgences en la poussant là-dessus ?

– Bien sûr, répondit Madge.

Bo ne pouvait se souvenir d'une occasion où elle s'était sentie aussi ridicule, mais Madge paraissait adorer l'attention choquée que témoignaient les passants en voyant le sang qui gouttait sur le trottoir.

– Comment avez-vous su ce qui se passait ? demanda Bo à sa supérieure. Comment avez-vous su où j'étais ?

– Mary Mandeer m'a téléphoné. Après votre

discussion avec elle, je savais que vous iriez directement chez Beryl. Mais il y a encore autre chose, Bo. Je vous ai regardée avant que vous ne quittiez le bureau. Je vous ai vue brûler quelque chose sur le parking.

– Et alors ? Je fais tout le temps des trucs bizarres. Vous me le faites remarquer tous les jours.

Madge arrêta la table roulante sous un érythrine, sortit de sa poche de manteau une feuille de papier pliée qu'elle tendit à Bo. C'était la photocopie agrandie du cliché qui la montrait avec Jasper Malcolm tenant l'appareil à bout de bras.

– Mais je l'ai *brûlée* ! s'étrangla Bo. C'est ça qui est parti en fumée sur le parking. Ça et l'original. Je vous le jure, Madge. J'avais trouvé le cliché entre les pages d'un livre de prières dans la maison de Malcolm ce matin. J'ai fait cette photocopie parce que…

Elle sentit le rouge de la honte lui empourprer le cou, mais elle poursuivit :

– Parce que je voulais vous obliger à faire ce qu'il faut pour Janny. Et parce que je voulais avoir un moyen de pression sur vous, quelque chose dont je pourrais me servir pour me venger chaque fois que vous m'humiliez avec vos incessantes allusions au fait que je souffre d'une maladie psychique. Mais je n'ai gardé ni le cliché ni la photocopie. Je n'ai pas pu. Je ne comprends pas d'où cette…

– L'un des coursiers du service des urgences vous a vue entrer dans la salle de photocopie et a trouvé ça dans une des machines, expliqua Madge. Vous savez qu'elles n'ont jamais fonctionné correctement. Celle-là a fait une copie supplémentaire. Il ne savait pas ce que c'était et il s'en moquait. Je pense même qu'il n'a pas eu la curiosité de regarder. Mais il a apporté la feuille à votre chef de service, comme il se doit.

– Même quand on a tout prévu…, soupira Bo.

Madge imprima une forte poussée à la table roulante au moment où un infirmier apparaissait dans l'allée qui menait aux urgences.

– J'ai beaucoup d'admiration pour ce que vous avez fait, Bo, dit-elle calmement. Vous possédez beaucoup plus de force de caractère que je ne croyais. Beryl Malcolm aurait pu vous tuer tout à l'heure, et cela aurait été ma faute, de même que le calvaire de Janny est ma faute. Je ne sais pas comment racheter cela.

– N'envoyez pas Janny dans ce foyer ! répondit Bo.

– Elle n'ira pas. J'ai parlé avec le chef des services de placement et avec les Schroder ce matin. Ils seront heureux de la reprendre chez eux maintenant qu'ils comprennent l'origine de son étrange comportement. Et je pense que, lorsque Rick Lafferty apprendra ce qui s'est réellement passé, il acceptera d'établir des relations avec Janny, même si ça ne doit jamais aller bien loin. C'est un homme plutôt bizarre, timoré. Je crois que sa relation avec Tamlin, suivie de la perte de ses enfants, l'a complètement brisé.

– Quelle prise Beryl avait-elle contre lui ? demanda Bo. Apparemment elle faisait chanter tout le monde.

– Aucune, à ma connaissance, répondit Madge. C'est la police qui a fait trembler Rick Lafferty, ainsi que ses parents. Il semble qu'il y ait eu des contrats très contestables entre la ville et l'entreprise de bâtiment Lafferty. Des pots-de-vin, l'habituelle corruption politique. La police a tout découvert et a menacé George Lafferty de poursuites s'il n'avouait pas qu'il mentait au sujet de l'emploi du temps de Rick cette nuit-là. Les Lafferty ont toujours pensé que les jumelles n'étaient pas les enfants de leur fils, puisque Tamlin avait officiellement changé leur patronyme. Pour fuir toutes ces horreurs, ils ont pris avec eux le seul enfant qu'ils considéraient comme leur petit-fils, Jeffrey, et ils ont quitté la ville. Rick est resté, mais depuis il vit dans la peur constante de la police.

À la porte de la salle des urgences, Bo rendit à Madge la photocopie du cliché.

– Il n'a pas du tout abusé de Beryl, n'est-ce pas ? demanda-t-elle.

– Non, l'homme que j'ai connu en était absolument incapable, dit Madge avec conviction. Mais franchement, où est-elle allée chercher cette histoire ? Souvenez-vous que les faits remontent à presque quarante ans. On ne parlait jamais d'inceste il y a quarante ans. Nous ne saurons jamais ce qui s'est passé dans l'esprit de Beryl. Dites-moi, Bo ?

Le sourire de la chef de service se fit étonnamment malicieux.

– Ouais ?

– Je regrette que vous ayez brûlé l'original.

Bo sentit la lueur qui s'allumait dans ses propres yeux. Une lueur qui signifiait EURÊKA !

– J'ai quelque chose d'encore mieux à vous donner, dit-elle.

27

– Non, je ne veux pas rester, dit Bo au médecin qui venait de poser neuf points de suture sur son genou droit à l'aide d'un très vilain fil noir, et de mettre en place sur sa cheville gauche des sacs de gelée bleue glacée maintenus par une bande. Ce n'est pas grave, je vous assure.

– Elle a raison, confirma Andrew LaMarche posté avec un sourire courageux au pied du brancard des urgences. Bo a supporté beaucoup plus grave que ça.

– Comme vous voudrez, docteur, soupira le jeune interne par déférence envers le rang supérieur d'Andrew au sein de la fraternité médicale. Mais ne la laissez pas du tout appuyer son poids sur cette cheville et n'oubliez pas la crème antibactérienne sur la coupure. Elle est très irrégulière. J'ai peur qu'elle ne garde une cicatrice…

– *Elle* est là, devant vous, et parfaitement capable d'entendre les informations qui concernent son propre genou, bon sang ! fit Bo qui bouillonnait, allongée sur le brancard. Qu'est-ce que vous avez, les médecins, qui vous rend incapables de parler aux *gens* ? Il s'agit de ma cheville, de mon genou, d'accord ?

– D'accord, acquiesça l'interne non sans lancer un regard furtif vers Andrew.

Un regard dégoulinant de compassion, remarqua-t-elle.

– Est-ce que tu peux me reconduire, Andy ?

demanda-t-elle tout en bataillant avec les béquilles pour les glisser sous les emmanchures de son immense pull taché de café. Après t'avoir téléphoné, Madge est passée chez moi, ensuite elle est retournée au bureau et elle a demandé à deux stagiaires du standard d'urgence d'aller chercher ma voiture et de la ramener dans ma rue. Ils vont laisser les clefs dans la boîte aux lettres. Donc, mon seul problème, maintenant, c'est de rentrer chez moi.

– Bien sûr, répondit-il. Et nous pourrons discuter.

– Je viens de voir une femme vêtue d'une blouse atroce se faire tuer, Andy. Il faut vraiment qu'on discute ?

– Oui, dit-il avec entrain.

La substance de la discussion portait, ainsi que Bo l'avait subodoré, sur l'avenir. Leur avenir. Il était désolé de s'être montré paternaliste et dirigiste la veille au soir. C'était un faux pas. Il allait veiller à ce que cela ne se reproduise pas, y veiller sans relâche. Pouvait-elle oublier cet incident ?

– Bien sûr, répondit-elle en jetant un coup d'œil sur son visage aux traits tirés dans le miroir de courtoisie de la Jaguar. Je t'aime, Andy, et il faudra davantage qu'une de tes incartades vers la notion de supériorité masculine pour changer cela. Mais je ne suis pas sûre d'être prête à aller m'installer à Del Mar. Du moins pas tout de suite. C'est possible, c'est même probable, j'adore l'appartement, mais franchement, c'est une décision importante. Irréversible. Ce genre de chose. Et pour l'instant, je n'en suis pas encore tout à fait là.

Elle pensait qu'il allait éprouver une certaine déception. Maîtrisée, bien sûr. Mais ses yeux gris brillaient d'une lueur joyeuse lorsqu'il tourna pour quitter l'I-8 et emprunter Sunset Cliffs Boulevard près de son appartement.

– Est-ce que je m'arrête pour faire des provisions ? demanda-t-il. Tu ne vas pas descendre ton escalier ce soir, alors on devrait acheter ce dont tu as besoin tout de suite.

– Non, Eva est déjà là. Je lui ai téléphoné des urgences après que Madge t'a appelé. Elle va aller promener Molly à ma place et elle pourra acheter tout ce qu'il faut. Je veux surtout discuter de cette affaire avec elle. Elle a découvert quelque chose d'intéressant. Mais Andy, je croyais que tu serais déçu parce que… tu sais… je ne veux pas déménager tout de suite.

– J'ai confiance en ton jugement, Bo, malgré mes occasionnels faux pas, dit-il en souriant. Par ailleurs, Teless et moi avons eu une longue conversation après être partis de chez toi, hier soir. Elle m'a parlé de la ruse qu'elle et son ami Robby Landry ont mijotée pour qu'elle puisse venir ici, et de la dette qu'elle a envers sa *nannan*. Tu l'as aidée, Bo, tu lui as montré ses responsabilités. Elle a trouvé un travail de serveuse à temps partiel dans un restaurant de Del Mar et elle a appelé sa marraine pour le remboursement du voyage. Et je pense que je peux user de mon influence pour la faire inscrire au lycée et qu'elle y fasse son deuxième semestre. Je veux que Teless reste jusqu'à l'été, Bo. Et ton appartement est parfait pour elle. Enfin, pour moi. Je ne pourrais pas supporter d'entendre cette épouvantable musique qu'elle écoute, et…

– Andy, c'est génial ! l'interrompit Bo. Janny pourra voir Teless, elle ne perdra pas une amie une fois de plus. Tu n'imagines pas à quel point c'est dur, ça, pour les enfants qui sont placés en familles, la manière dont les autres ne font que passer. Je suis tout à fait pour !

– C'est bien ce que je me suis dit.

Eva Broussard était sur le balcon quand elle et Andrew entrèrent à grand-peine, riant de l'énergie qu'il fallait pour faire monter l'escalier à Bo avec des béquilles.

– J'ai apporté une quiche et un gâteau fourré au caramel pour le dîner, dit-elle en secouant la tête quand elle constata les blessures de Bo. Et un livre très intéressant sur la vie des saints.

– Je suis sûr qu'on doit m'attendre au bloc opératoire immédiatement, fit Andrew. Le gâteau est fort tentant, mais j'ai eu ma part de vie des saints quand j'étais petit. Elles sont remplies de tortures incroyables. Je t'appellerai plus tard, Bo. Interdiction de t'appuyer sur ta cheville.

Bo lança affectueusement la béquille vers la porte qui se refermait et s'écroula sur le canapé. Comme l'après-midi était frais et couvert, Eva avait allumé la fausse cheminée qui était l'unique source de chaleur de l'appartement.

– On ne devrait pas entrebâiller la porte ? demanda Bo, inquiète. Mes deux parents sont morts à cause d'une cheminée défectueuse. Morts asphyxiés à l'oxyde de carbone, comme ma petite sœur, seulement, eux, ils n'avaient pas fait *exprès*...

– Celle-ci est électrique, Bo, fit remarquer Eva. Et j'ai l'impression que vous avez besoin de vous reposer avant que je vous expose ma théorie sur Beryl Malcolm. Vous êtes à bout.

– Probablement, répondit Bo en revoyant un couteau à pain s'abattre sur elle. Mais je meurs d'envie d'entendre ce que vous avez découvert. Eva, cette femme a terrorisé toute sa famille pendant des dizaines d'années, elle les tenait tous en son pouvoir. Et ce n'était qu'une vulgaire psychopathe. Cela aurait dû être évident aux yeux de ses parents quand elle était encore enfant. Et elle aurait dû se retrouver en prison une fois adulte, comme ils s'y retrouvent tous.

Le carton de pâtisserie posé sur le comptoir était devenu irrésistible. Bo sautilla dans cette direction, en s'appuyant sur une béquille et sur le dossier du canapé.

– Le gâteau fourré au caramel est un anti-stress, dit-elle avec un sourire rayonnant. On va en prendre une part pendant votre exposé, d'accord ?

Quelques minutes plus tard, Eva arpentait la pièce devant le canapé, tenant un livre dont la couverture présentait un vitrail et faisant de grands gestes avec sa fourchette à dessert. Bo entendait le petit bruit que faisaient à chaque pas les franges de ses mocassins. Un bruit rassurant.

– La clef pour comprendre Beryl, comme pour comprendre quiconque, se trouve dans les histoires dont chacun se sert pour donner un sens à sa vie, commença-t-elle. Et en raison des tendances religieuses assez démodées de Jasper Malcolm, elle a eu accès très jeune à certains des contes les plus étranges et les plus sanglants qui existent.

– La vie des saints, conclut Bo en faisant un signe de tête vers le livre.

– Exactement. Beryl était indiscutablement une psychopathe, mais elle avait apparemment hérité de son père un goût pour les rituels et pour les métaphores. Enfant, ses exigences en matière d'attention devaient être insatiables, et sa rage quand elles n'étaient pas satisfaites, intense. Étant une fille, ses exigences les plus extravagantes devaient être dirigées vers le parent de sexe masculin, et la mère perçue comme un obstacle à l'attention qu'il devait lui porter.

– Je ne peux pas encaisser Freud, Eva, marmonna Bo entre deux bouchées de gâteau au chocolat, même si une partie de ce qu'il dit est cohérente.

– Je ne m'occupe que de la partie qui est cohérente, continua la psychiatre dont les yeux noirs brillaient d'une lueur d'excitation intellectuelle contagieuse. La petite Beryl voulait avoir l'attention totale et entière de son père, mais elle n'avait pas de modèle pour parvenir à ce but avant que quelqu'un, probablement Jasper Malcolm lui-même, lui lise une histoire. Une variante de l'un des mythes celtes. Shakespeare s'en est inspiré pour *Le Roi Lear*, et je vous ai entendue en raconter une autre version, « Les Enfants de Lir ». L'histoire de sainte Dymphna n'est que l'une des nombreuses variantes de ce conte ancien. Vous la connaissez ?

– Non, dit Bo en se penchant en avant. J'ai eu une éducation catholique, mais ça ne veut pas dire que je connaisse tous les saints. Il y en a des milliers, vous savez. En fait, tous les morts bienheureux sont des saints. Ça fait des millions de *Graceful Dead*.

– De *Graceful Dead*[1] ? reprit Eva qui ne put s'empêcher de rire. *Mon Dieu* !*

– Les gens qui sont morts en état de grâce, expliqua Bo en souriant. On leur met des aubes teintes par la technique du tie-dye et on leur donne des guitares à six cordes pour remplacer la harpe. Alors, qui est Dymphna ?

– Une pieuse jeune fille de quinze ans dont la mère mourut, à la suite de quoi son père, fou de chagrin,

1. Référence au groupe Grateful Dead. *(N.d.T.)*

voulut l'épouser parce qu'aucune autre femme ne ressemblait à la défunte. Dymphna, bien sûr, voulut fuir les avances incestueuses de son père…

– C'est comme ça que Beryl a su ce qu'était l'inceste, à une époque où personne n'en parlait. Mince ! souffla Bo.

– Elle s'enfuit en Belgique avec son confesseur, Gerebern, également béatifié, et avec le bouffon de la cour de son père et l'épouse du bouffon.

– Bien sûr, le bouffon, comme dans *Le Roi Lear* ! Continuez, Eva.

– Le meilleur reste à venir, dit la psychiatre en hochant la tête. Le père de Dymphna la suivit jusqu'à Gheel, en Belgique, où elle se cachait. Là, il tua le bouffon, sa femme, et Gerebern. Comme Dymphna repoussait toujours ses avances, il la décapita aussi. Ceci se passait en 650. Quelques siècles plus tard, quand les ossements de Dymphna et de Gerebern furent découverts, des guérisons miraculeuses commencèrent à se produire à cet endroit, du moins à ce que l'on raconte. La ville devint une mecque et un havre de compassion pour les personnes souffrant de maladies mentales. Elle l'est toujours. Mais la dimension fascinante de tout cela, c'est la manière dont Beryl, quand son projet initial a échoué, a endossé le rôle du père assassin.

– J'ai entendu parler de Gheel, mais je crois que je vais m'en tenir à mes pilules, Eva. Au moins, cela explique le mobile de Beryl quand elle a poussé sa mère dans l'escalier, non ? Sa mère devait mourir pour qu'elle puisse avoir son père pour elle toute seule, comme dans l'histoire. Mais Jasper Malcolm savait. Il savait que Beryl avait tué sa mère, et il n'a rien fait. Il a permis à un monstre de grandir et de devenir adulte sous son toit et il n'a absolument rien fait pour l'empêcher de nuire.

Eva s'appuya contre le mur, elle réfléchissait.

– Il a sans doute essayé, Bo, de cette manière solitaire qu'ont les artistes. Il ne lui serait jamais venu à l'idée de chercher de l'aide auprès d'instances légales, sociales ou pénales, et à l'époque où sa femme a été tuée, rien de tout cela n'existait pour les enfants, de toute façon. Qu'aurait-il pu faire il y a presque quarante ans, à part abandonner Beryl dans un orphelinat et s'enfuir ? Il n'avait pas d'autre recours que la mythologie, la religion. Vous oubliez à quel point est fragile le vernis de la « connaissance » sur le cerveau et le comportement humain qui caractérise notre époque. Vous ne savez pas qu'en des temps aussi récents que votre propre naissance, cela n'existait pas, et que même à l'heure actuelle, la plupart des gens préfèrent qu'on leur donne n'importe quelle explication pour justifier un cas comme celui de Beryl plutôt que d'entendre cette vérité : on donne parfois naissance à de telles créatures.

– Donc il a élevé ce monstre en gagnant sa vie comme fabricant de poupées et en priant vingt-quatre heures sur vingt-quatre, pensa Bo à voix haute. Tamlin s'est échappée en se mariant trop jeune, dès qu'elle a pu, à dix-huit ans, en mettant au monde Jeffrey, puis les jumelles. C'est à ce moment-là que Beryl a disjoncté, quand son père a créé une nouvelle ligne de poupées de collection à l'effigie des jumelles. C'est ce qu'elle m'a dit pendant qu'elle essayait de me tuer. Mais Eva, je ne comprends toujours pas pourquoi elle est allée au pavillon de sa sœur, cette nuit-là, et pourquoi elle a arraché les jumelles de leurs petits lits. Qu'est-ce qui a pu se passer pour qu'elle fasse ça, et comment se fait-il que la mort de Kimmy ait déclenché la dernière série de meurtres ? Elle a dit que Kimmy devait rester une poupée et que l'autre, c'est-à-dire Janny, devait rester cachée. Je ne comprends pas.

Eva Broussard regarda avec intérêt la plage sous le balcon de Bo, puis elle s'étira.

– Tous ceux qui auraient pu fournir des réponses à ces questions ont maintenant disparu, Bo. Les processus mentaux tortueux de Beryl sont perdus à jamais. L'important est que vous vous soyez acharnée sur cette affaire comme un chien de terrier ; vous n'avez pas voulu lâcher prise et vous avez sauvé la vie de Janny. Parce que Beryl l'aurait tuée, Bo, j'en suis certaine.

– Il y a quelqu'un d'autre qui s'est efforcé de sauver Janny, rappela Bo d'une voix douce. Avec des images qui étaient tout ce qu'elle avait connu presque toute sa vie, un atroce sentiment d'attente, dans un endroit sans autre bruit que les cliquetis et les chuintements du matériel d'assistance physiologique et respiratoire. Un endroit qui ressemblait à une station de métro, depuis longtemps abandonnée, où l'on attend un dernier train…

– On peut penser que le rêve que vous avez intitulé « La Station des Morts » avait un lien avec Kimberly Malcolm, concéda Eva. Mais les mécanismes des phénomènes psychiques résistent notoirement à toute analyse, alors je vous conseille de ne pas trop y penser, Bo. Ces phénomènes sont inexplicables ; il vaut mieux ne pas essayer. Et Molly et moi allons faire une longue promenade. Je vous suggère de vous reposer jusqu'au dîner, après quoi m'attend ce qui promet d'être un passionnant défi, mais je repasserai voir si tout va bien et je sortirai Molly une dernière fois avant de rentrer chez moi.

– Quel passionnant défi ? demanda Bo qui alla tant bien que mal jusqu'à son lit.

– Une conférence sur le développement de la communication verbale, dit Eva en riant. J'ai invité Pete Cullen.

– Aha, la taquina Bo.

Mais psychiatre et teckel avaient déjà franchi la porte.

Plus tard, elle tendit l'oreille pour entendre un message d'Estrella sur le répondeur, mais elle ne se leva pas pour décrocher. Le baptême aurait lieu le 17 mars, annonçait Es d'une voix heureuse. Le jour de la Saint-Patrick. Bo avait tout le temps de s'acheter un manteau. Quelques moments plus tard, Molly commença à bondir contre le lit de Bo, indiquant qu'elles étaient revenues de leur promenade. Puis Bo entendit un coup frappé à la porte, et Eva alla ouvrir.

– Merci, je vais signer, dit-elle.

– Qu'est-ce que c'est ? cria Bo.

– Un courrier express en recommandé qui vient de la Manufacture de Poupées de Palm Valley, répondit Eva en lui apportant une grande enveloppe. Curieux.

– C'est incroyable ! s'exclama Bo en sortant une photo sur papier glacé qu'elle posa sur le lit.

Elle représentait une poupée, une poupée de collection Jasper Malcolm. Une poupée aux cheveux auburn avec des yeux verts malicieux et une pluie de taches de rousseur sur le nez. Un col en dentelle irlandaise, qui rappelait l'ornement de ses chaussettes et des bottines blanches, rehaussait sa robe en velours vert. Et sous le bras, elle tenait un bébé teckel aux yeux brillants, réalisé en velours bronze. Dans la courbe de la lèvre inférieure et dans ses pommettes, Bo revit le geste du fabricant de poupée qui touchait son visage, et elle reconnut ses traits.

« Prototype, ultime création Jasper Malcolm, “Bo”, avait noté quelqu’un en marge de la photo. Selon les instructions de Malcolm, prototype à envoyer à Bo Bradley à cette adresse dès que la série sera produite. Date de commercialisation : mars de l’année à venir. »

Bo trouva la poupée adorable, et elle rougit. La première qu’elle ait jamais vue dont elle n’avait pas peur.

POST-SCRIPTUM

À quelques kilomètres de là, dans un beau quartier de Point Loma, une femme aux cheveux blancs maintenus par un objet en écaille de tortue jouait avec un chat gris. Près d'eux, sur le sol, il y avait une souris faite en herbe à chat et plusieurs pelotes de laine, toutes défaites.

– Tu vas être bien ici, Bède, dit la femme à voix basse. Pour une fois, Bo avait raison. Tu es bien mieux qu'une photo !

Rivages / noir
Dernières parutions

André Allemand
Au cœur de l'île rouge (n° 329)
Un crime en Algérie (n° 384)

Claude Amoz
L'Ancien Crime (n° 321)
Bois-Brûlé (n° 423)

Cesare Battisti
Dernières cartouches (n° 354)

William Bayer
Labyrinthe de miroirs (n° 281)

Marc Behm
Crabe (n° 275)
Tout un roman ! (n° 327)

Bruce Benderson
Toxico (n° 306)

Abdel H. Benotman
Les Forcenés (n° 362)

Stéphanie Benson
Un meurtre de corbeaux (n° 326)
Le Dossier Lazare (n° 390)

James Carlos Blake
L'Homme aux pistolets (n° 432)

Michel Boujut
Souffler n'est pas jouer (n° 349)

Daniel Brajkovic
Chiens féroces (n° 307)

Wolfgang Brenner
Welcome Ossi ! (n° 308)

Yves Buin
Kapitza (n° 320)
Borggi (n° 373)

Edward Bunker
Les Hommes de proie (n° 344)

James Lee Burke
Le Bagnard (n° 272)
Une tache sur l'éternité (n° 293)
Dans la brume électrique avec les morts confédérés (n° 314)
La Pluie de néon (n° 339)
Dixie City (n° 371)
Le Brasier de l'ange (n° 420)

Jean-Jacques Busino
Le Bal des capons (n° 278)
La Dette du diable (n° 311)
Le Théorème de l'autre (n° 358)

Daniel Chavarría
Adiós muchachos (n° 269)
Un thé en Amazonie (n° 302)
L'Œil de Cybèle (n° 378)

Daniel Chavarría/Justo Vasco
Boomerang (n° 322)

George Chesbro
Les Cantiques de l'Archange (n° 251)
Les Bêtes du Walhalla (n° 252)
L'Odeur froide de la pierre sacrée (n° 291)
Le Second Cavalier de l'Apocalypse (n° 336)
Le Langage des cannibales (n° 368)
Veil (n° 369)
Crying Freeman (n° 403)
Le Chapiteau de la peur aux dents longues (n° 411)
Chant funèbre en rouge majeur (n° 439)

Andrew Coburn
Sans retour (n° 448)

Piero Colaprico
Kriminalbar (n° 416)

Michael Collins
Rosa la Rouge (n° 267)

Robin Cook
Bombe surprise (n° 260)
Mémoire vive (n° 374)

Peter Corris
Le Grand Plongeon (n° 394)

Hélène Couturier
Sarah (n° 341)

Jean-Paul Demure
Fin de chasse (n° 289)
Les Jours défaits (n° 351)
Noir Rivage (n° 429)

Jean-Claude Derey
Black Cendrillon (n° 323)
Toubab or not toubab (n° 379)

Pascal Dessaint
Bouche d'ombre (n° 255)
À trop courber l'échine (n° 280)
Du bruit sous le silence (n° 312)
Une pieuvre dans la tête (n° 363)
On y va tout droit (n° 382)

James Ellroy
American Tabloid (n° 282)
Ma part d'ombre (n° 319)
Crimes en série (n° 388)

Kinky Friedman
Elvis, Jésus et Coca-Cola (n° 264)
Dieu bénisse John Wayne (n° 348)
N le Maudit (n° 385)

Barry Gifford
Rude journée pour l'Homme Léopard (n° 253)
La Légende de Marble Lesson (n° 387)

Alicia Gimenez Bartlett
Rites de mort (n° 352)
Le Jour des chiens (n° 421)

James Grady
Tonnerre (n° 254)
Steeltown (n° 353)
Comme une flamme blanche (n° 445)

Russell H. Greenan
Un cœur en or massif (n° 262)

Salah Guemriche
L'Homme de la première phrase (n° 357)

Wolf Haas
Vienne la mort (n° 417)

Joseph Hansen
En haut des marches (n° 342)

John Harvey
Off minor (n° 261)
Les Années perdues (n° 299)
Lumière froide (n° 337)
Preuve vivante (n° 360)
Proie facile (n° 409)

Vicki Hendricks
Miami Purity (n° 304)

George V. Higgins
Paris risqués (n° 287)

Tony Hillerman
Moon (n° 292)
Un homme est tombé (n° 350)
Le Premier Aigle (n° 404)
Blaireau se cache (n° 442)

Craig Holden
Les Quatre coins de la nuit (n° 447)

Eugene Izzi
Chicago en flammes (n° 441)

Bill James
Retour après la nuit (n° 310)
Lolita Man (n° 355)
Raid sur la ville (n° 440)

Stuart Kaminsky
Il est minuit Charlie Chaplin (n° 451)

Thomas Kelly
Le Ventre de New York (n° 396)

William Kotzwinkle
Le Jeu des Trente (n° 301)
Book of Love (n° 332)

Terrill Lankford
Shooters (n° 372)

Michael Larsen
Incertitude (n° 397)

Cornelius Lehane
Prends garde au buveur solitaire (n° 431)

Dennis Lehane
Un dernier verre avant la guerre (n° 380)
Ténèbres, prenez-moi la main (n° 424)

Christian Lehmann
Un monde sans crime (n° 316)
La Folie Kennaway (n° 406)
Une question de confiance (n° 446)

Elmore Leonard
Punch Créole (n° 294)
Pronto (n° 367)
Les Chasseurs de primes (n° 391)
Beyrouth Miami (n°412)
Loin des yeux (n° 436)
Le Zoulou de l'Ouest (n° 437)

Bob Leuci
Odessa Beach (n° 290)

Ted Lewis
Plender (n° 258)
Billy Rags (n° 426)

Jean-Patrick Manchette
La Princesse du sang (n° 324)

Dominique Manotti
À nos chevaux ! (n° 330)
Kop (n° 383)

Ed McBain
Leçons de conduite (n° 413)

Marc Menonville
Walkyrie vendredi (n° 250)
Dies Irae en rouge (n° 279)

Tobie Nathan
Dieu-Dope (n° 271)

Jim Nisbet
Sous le signe du rasoir (n° 273)
Prélude à un cri (n° 399)

Jack O'Connell
Porno Palace (n° 376)

Renato Olivieri
L'Affaire Kodra (n° 402)
Fichu 15 août (n° 443)

Jean-Hugues Oppel
Ténèbre (n° 285)
Cartago (n° 346)
Chaton : trilogie (n° 418)

Abigail Padgett
Le Visage de paille (n° 265)
Oiseau de Lune (n° 334)
Poupées brisées (n° 435)

Hugues Pagan
Last Affair (n° 270)
L'Eau du bocal (n° 295)
Vaines Recherches (n° 338)
Dernière station avant l'autoroute (n° 356)
Tarif de groupe (n° 401)

Pierre Pelot
Natural Killer (n° 343)
Le Méchant qui danse (n° 370)
Si loin de Caïn (n° 430)

Anne Perry
Un plat qui se mange froid (n° 425)

Andrea G. Pinketts
Le Sens de la formule (n° 288)
Le Vice de l'agneau (n° 408)

Michel Quint
Le Bélier noir (n° 263)
L'Éternité sans faute (n° 359)
À l'encre rouge (n° 427)

Hugh Rae
Skinner (n° 407)

John Ridley
Ici commence l'enfer (n° 405)

Louis Sanders
Février (n° 315)
Comme des hommes (n° 366)
Passe-temps pour les âmes ignobles (n° 449)

Budd Schulberg
Sur les quais (n° 335)

Roger Simon
La Côte perdue (n° 305)

Pierre Siniac
Le Tourbillon (n° 256)
Femmes blafardes (n° 274)
L'Orchestre d'acier (n° 303)
Luj Inferman' et La Cloducque (n° 325)
De l'horrifique chez les tarés (n° 364)
Bon cauchemar les petits... (n° 389)
Ferdinaud Céline (n° 419)

Neville Smith
Gumshoe (n° 377)

Les Standiford
Johnny Deal (n° 259)
Johnny Deal dans la tourmente (n° 328)
Une rose pour Johnny Deal (n° 345)

Richard Stark
Comeback (n° 415)

Richard Stratton
L'Idole des camés (n° 257)

Paco Ignacio Taibo II
Pas de fin heureuse (n° 268)
Même ville sous la pluie (n° 297)
La Bicyclette de Léonard (n° 298)
Jours de combat (n° 361)
Rêves de frontière (n° 438)

Ross Thomas
Crépuscule chez Mac (n° 276)

Colin Wilson
Le Tueur (n° 398)
L'Assassin aux deux visages (n° 450)

Daniel Woodrell
Faites-nous la bise (n° 296)
La Fille aux cheveux rouge tomate (n° 381)
La Mort du petit cœur (n° 433)
Chevauchée avec le diable (n° 434)

Achevé d'imprimer sur rotative
par l'Imprimerie Darantiere à Dijon-Quetigny
en octobre 2002

Dépôt légal : octobre 2002
N° d'impression : 22-1304

Imprimé en France